완벽한 날들

아내 세라와 딸 리언에게
무한한 감사와 사랑을 전한다.

추천의 글

해피엔딩이 난무하는 시대에 참으로 드문 작품이다. 그러면서도 가슴 아픈 이야기를 전혀 무겁지 않게 풀어냈다. 인생을 대하는 저자의 낙천적인 태도에서는 죽음을 선고받은 이에게서 보기 힘든 활기가 느껴진다. 또한 이제 막 태어난 딸에 대한 사랑을 독특하고 참신한 방식으로 표현해 이야기에 유쾌한 에너지를 더했다.

_《타임스》

신경학의 역사를 비롯해 병의 징후와 진단 등 불안하고 모호한 영역에 이르기까지 다양한 주제를 너무나 솔직하고 유머러스하게 써 내려갔다. 우리 몸이 어떻게 작동하고 어떻게 망가지는지 일상을 통해 가감 없이 보여주면서, 저자는 때론 불쾌한 경험을 통해 낡은 사고방식이 새롭게 다시 태어날 수도 있다고 말한다. 흥미를 넘어 경외감마저 불러일으키는 책이다.

_윌 슈발브(Will Schwalbe), 《뉴욕 타임스》 베스트셀러 『엄마와 함께한 마지막 북클럽』의 저자

신경질환의 여파와 머릿속에서 전개되는 사고의 전환을 적나라하게 설명하고 있다. 너무 흥미진진해서 한시도 눈을 뗄 수 없었다. 돈런은 우리에게 굉장한 책을 선물했다.

_대니얼 레비틴(Daniel Levitin), 《뉴욕 타임스》 베스트셀러 『정리하는 뇌』의 저자

정말로 훌륭한 이야기다. 폴 칼라니티의 『숨결이 바람 될 때』가 떠오르는, 내 마음에 쏙 드는 작품이다.

_켈리 코리건(Kelly Corrigan), 《뉴욕 타임스》 베스트셀러 『중간 지대(The Middle Place)』, 『내게 더 말해줘(Tell Me More)』의 저자

도저히 손에서 책을 내려놓을 수가 없었다. 너무나 멋진 작품이다.

_클레어 토머린(Claire Tomalin), 『찰스 디킨스: 삶(Charles Dickens: A Life)』의 저자

다발성 경화증에 대한 놀라운 사실과 삶에 대한 통찰력으로 가득한 책이다.

_《선데이 타임스》

The Unmapped Mind

서른넷 불치병에 걸린 한 남자의 5년의 기록

완벽한 날들

크리스천 돈런 지음 | **박미경** 옮김

죽음으로 삶이 사라지는 게 아니라
죽음으로 삶은 살아진다

포레스트북스

차 례

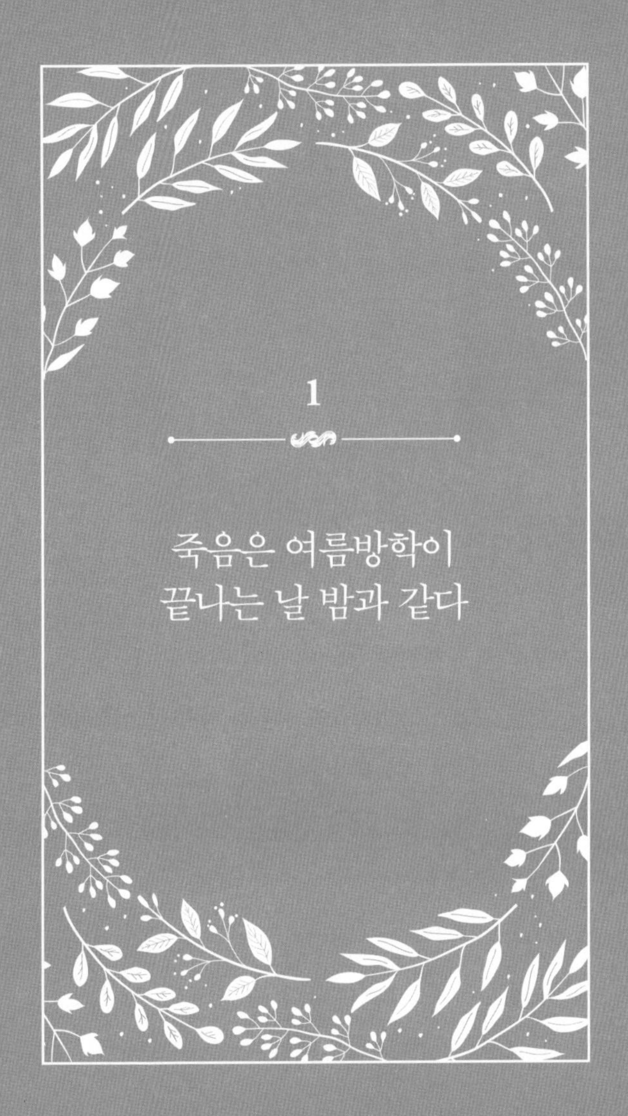

1

죽음은 여름방학이 끝나는 날 밤과 같다

~

나는 뇌가 있다는 사실을 좋아한 적이 한 번도 없다. 마치 머리에 물컵을 이고 걸으면서 쏟아질까 봐 불안해하듯 뇌를 생각하면 늘 한없이 위태롭고 미약하게 느껴진다. 그런데 이런 걱정을 나만 하는 건 아니었나 보다. 최근 딸아이가 머릿속에 떠오른 생각 때문에 뇌를 처음으로 의식하게 됐는데, 자기 몸에 이상이 생겼다고 느끼는 듯했다.

몇 주 전 어느 저녁, 집 안에서 갑자기 흐느끼는 소리가 들려왔다. 리언이 거실에서 울고 있었다. 나는 딸아이에게 다가가 콧물을 닦아주고 머리핀을 다시 꽂아주었다. 리언은 자기 머릿속에 그림이 박혀 있다고, 도대체 왜 그런지 모르겠다고 알아듣기 힘든 목소리로 떠듬떠듬 얘기했다. 아이는 그림이 알록달록한 레고 블록이라 기분은 좋은데 이런 그림이 도대체 어디서 왔는지도 모르겠고, 또 금세 사라질 것 같지 않다며 걱정했다. 머릿속 레고 블록 그림이 없어지지 않을까 봐 겁먹었던 것이다. 아무래도 리언은 레고 블록 한두 개가 머릿속에 진짜로 있을지 모른다는 걱정까지 했던 것 같다.

리언의 나이는 만으로 네 살 정도다. 머릿속 그림을 생각이라고 부르며 생각은 극히 정상적인 마술과 같다는 사실을 금세 이해했다. 우리는 둘이서 이 새로운 정보를 아주 직접적인 방식으로 탐색하기로 했다. 내가 종이에 기본 테두리를 그리고 리언은 20분 동안 공들여서 그 안을 채웠다. 앞으로 이 책에서 탐색하려는 영역, 즉 두개골 내부의 모습을 담은 지도를 그려낸 것이다. 그곳은 생각이 만들어져 나오는 곳으로 아름답긴 하지만 워낙 난해해서 사람을 열 받게 하기도 한다. 우리가 그린 두개골 그림은 리언이 겨우 네 살밖에 안 된 탓에 신경학 교과서에 나오지 않는 것들로 채워졌다. 우선 용암이 많고, 폭포가 적어도 하나 이상 있으며 엄청나게 많은 조랑말이 돌아다닌다.

리언은 지도를 그리고 나서 마음이 어느 정도 진정됐다. 별로 놀랄 일도 아니었다. 내가 어렸을 때도 지도와 이야기는 떼려야 뗄 수 없는 관계였다. 어릴 적 읽었던 책의 표지 안쪽 면엔 그 책에서 다루는 영역의 개요도(概要圖)가 있었다. 내가 갖고 있던 지도책엔 어느 섬의 파란만장한 역사나 대양의 흐릿한 표면 아래에서 유유히 흐르는 이야기를 품고 있는 작은 그림과 풍경이 가득했다. 그런 곳으로 모험을 떠나려면 길을 나서야 하는데, 나는 겁이 많아서 선뜻 떠나지 못했다.

지도나 개요도는 모험을 상징하지만 나처럼 겁 많은 사람에겐 위안을 주기도 한다. 책을 읽기 전에 개요도를 보면 그 안에 담긴 다양한 내용을 미리 엿볼 수 있다. 대략적인 내용을 알면 겁먹을 일이 다소 줄어든다. 그런 점에서 지도나 개요도는 중요한 구조나 내용을 정리해줄 뿐 아니라 불안감을 덜어주는 고마운 존재다.

그런데 여기서 몇 가지 의문이 떠오른다. 지난 몇 년 동안 나는 그 답을 찾으려고 무진 애를 썼다. 입증하려는 온갖 시도를 무산시키는 영역을 탐색한다는 건 무엇을 뜻하는가? 지도 없이 자기 자신을 찾는다는 건 무엇을 뜻하는가?

나는 그런 영역을 꽤 많이 안다고 생각한다. 그중 하나는 바로 리언의 레고 블록과 아주 깊이 관련되어 있다. 일찍이 리언은 주말 아침마다 단잠에 빠진 엄마를 놔두고 나와 함께 거실에서 레고 블록을 쌓으며 놀았다. 우리는 레고 상자를 거꾸로 뒤집어서 블록이 와르르 쏟아지는 소리에 귀를 기울였고, 리언이 내 무릎에 앉으면 나는 블록을 하나씩 쌓아 올렸다. 둘이서 같이 쌓기도 했다. 하나씩, 하나씩. 레고 블록을 쌓으며 놀기에 리언은 너무 어렸고 나는 너무 늙었다. 그런데 어느 순간 우리 둘에게 딱 맞는 장난감이 되었다.

이 놀이는 리언이 태어나고 몇 개월 만에, 즉 뭐라도 경험하면 좋은 시기에 접어들자마자 시작한 것이다. 그런데 이 시기의 아이는 사실 아무것도 하지 않는다. 그저 눈을 두리번거리고 손을 꼼지락거릴 뿐이다. 이때 아이에게 세상은 면밀히 관찰해야 할 대상이자 점차 터득하고 이해해야 할 대상이다. 지금 와서 생각해보면 거실에서 레고 블록을 가지고 놀던 때가 참으로 멋진 시기였다. 내가 이런 이야기를 하면 사람들은 그까짓 게 뭐 그리 멋지냐고 할 것이다. 하긴 단순히 멋지다고 말하는 것으론 부족하다. 주말 아침에 했던 레고 놀이에는 좀 더 흥미로운 점이 있었는데, 나는 그 점을 자꾸 잊어버렸다.

사실 수개월 동안 레고 블록을 쌓은 사람은 나 혼자였다. 리언은 흔들의자에 누워 잠을 자거나 눈을 껌뻑거렸을 뿐이다. 시간이 지나면서 리언의 위치는 내 무릎으로 옮겨왔고 나는 아이의 머리가 떨어지지 않게 턱으로 누르고 팔을 뻗어 블록을 잡았다. 리언은 내 품에 폭 안겨 손가락을 꼼지락거리거나 초롱초롱한 눈으로 내 행동을 지켜봤다. 솔직히 말해서, 아이가 목격한 내 행동은 별게 없었다. 나는 아버지 노릇을 어떻게 해야 하는지 몰랐고 아이와 어떻게 놀아주는지도 몰랐다. 실은 그 나이의 아이가 놀 수 있는지도 몰랐다. 처음엔 리언이나 나나 뭐가 뭔지 하나도 몰랐다. 하지만 레고 놀이를 하면서 시간을 보낸 덕분에 우리는 점차 서로를 더 잘 이해할 수 있었다.

말하자면 나는 브라이튼의 서식스 카운티 병원 분만실에서 딸을 만났지만, 레고 블록이 흩어져 있는 우리 집 거실 바닥에서 아이를 제대로 알게 된 것이다. 그리고 우리를 둘러싼 낯선 풍경도 조금씩 알게 되었다.

시간이 흐르면서 리언은 놀이에 참여하기 시작했다. 가만히 지켜보던 입장에서 조금씩 참여하다가 주도적으로 놀이를 이끄는 입장으로 서서히 바뀌었다. 나는 리언의 변화 과정을 유심히 살폈다. 아이는 눈을 반짝이며 어떤 블록을 집을지 고민하다가 집은 다음엔 곧장 입으로 가져갔다. 블록을 가지고 놀며 까르르 웃다가도 다음 순간 징징거리며 떼를 쓰기도 했다. 하루는 헬륨 풍선이 천장으로 날아가지 못하도록 풍선을 묶은 끈을 블록에 고정시키자 좋아서 헤헤거렸다. 하지만 그다음엔 똑같이 했는데도 달래기 어려울 정도로 울어댔다. 도무지 종잡을 수가 없었다.

처음엔 블록을 쌓는 게 아니라 부수는 게 일이었다. 내가 블록을 쌓으면 리언은 고사리 같은 주먹을 날렸고 블록이 와르르 무너지는 모습을 보면서 킬킬거렸다. 누가 더 빨리 자기 소임을 다하는지 경쟁이라도 하듯 열심히 쌓고 신나게 부쉈다. 그러다 어느 순간부터 리언은 블록을 직접 쌓고 싶어 했다. 손과 손가락을 조절할 수 있게 되면서 레고 블록을 집어 똑바로 맞춘 다음 딱 하고 끼울 수 있게 되었다.

블록 두 개를 처음 맞췄을 때 리언은 어찌나 신났던지 한참 동안 깔깔 웃어댔다. 그러고선 일주일 동안 손도 대지 않았다. 레고 놀이는 우리 둘에게 뜻밖의 사실을 하나씩 보여주었다. 일종의 계시였던 것이다. 단순한 블록 조각이지만 우리는 이 조각들을 이용해서 금방이라도 무너질 듯한 도시를 짓거나 기이하고도 험준한 산맥을 쌓았다. 도시와 산맥은 순식간에 무너지고 군데군데 무더기만 남았다. 요즘엔 이런 무더기를 활용해 새로운 건물을 짓기도 한다. 이렇게 쌓고 부수고를 반복하다 보니 마지막으로 쌓은 것을 완전히 부수진 말아야 한다는 걸 깨달았다. 그래야 다음에 새로운 걸 쌓기가 수월했기 때문이다. 우리는 먼젓번에 쌓아둔 계단과 문과 창문을 대충 수선해서 새로운 건물로 탄생시켰다. 전날의 엄청난 참사 현장은 다음 날의 새로운 건설 현장으로 탈바꿈했다.

리언과 나는 애초에 특별한 걸 염두에 두고 쌓아 올리지 않았다. 그건 지금도 마찬가지다. 우리가 세운 도시는 변두리에 대충 지은 가건물 같아서 형태나 기능에 제한이 없다. 우리는 상상 속의 공간에 기이한 건물을 지어놓고 키가 1인치밖에 안 되는 조용한 사람들의 삶을 멋대로 상상한다. 그런데 우리가 그동안 완성한 장소들은 하나같이 지도로 그릴 수 없다는 공통점이 있다.

나는 이런 장소를 '인랜드 엠파이어(Inland Empire, 내륙 제국)'라고 부른다. 내가 태어난 곳의 이름에서 따온 것으로, 인랜드 엠파이어는 로스앤젤레스에서 동쪽으로 한 시간 거리에 있는 내륙 지역이다. 그런데 내가 태어난 동네는 스페인 풍으로 지어진 작은 상가들이 모래바람을 맞으며 손님을 기다리는 변두리 지역이라 인랜드 엠파이어라는 거창한 이름에 어울리지 않는다. 기껏해야 드라이브스루 던킨도넛 매장밖에 없는 동네가 편의상 한 지역번호로 묶이면서 지나치게 낭만적인 이름을 갖게 된 것이다. 그래서 나는 이 이름을 좀 더 어울리는 장소에 붙이기로 마음먹었다. 나와 리언이 만들어낸, 환상적이고 변화무쌍한 도시는 그 이름에 아주 잘 어울렸다.

그런데 이 도시에는 두 가지 이야기가 존재한다. 첫 번째는 물론 리언의 이야기다. 아이의 인지 능력이 폭발적으로 발달하면서 건물도 나날이 복잡해졌다. 아이디어가 샘솟고 계획이 형체가 잡히면서 리언은 점차 자신의 능력을 인식해갔다. 머릿속 이미지들이 의식적 생각으로 다듬어지고 구체화되었다. 처음에는 그저 레고 블록의 색깔과 형태를 멍하니 쳐다보기만 했으나 지금은 원하는 블록 조각을 찾으려고 레고 상자를 샅샅이 뒤진다. 그래도 찾지 못하면 엄청 짜증을 내고, 기어이 찾아내면 그 조각을 끼울 최적의 장소를 알아내느라 족히 1분은 고심한다.

그다음은 내 이야기다. 토요일 아침마다 레고 놀이를 하면서 몇 달이 지나는 동안 내 안에서 어떤 일이 진행되고 있었다. 의식하고는 있었지만 대수롭지 않게 넘겨버렸다. 손가락 감각이 점점 무뎌지고 팔다리에 힘이 조금씩 빠지면서 몸놀림이 평소보다 둔해졌다. 목소리도 살짝 떨리고 생각지도 못한 방식으로 몸의 여기저기에 작은 상처가 생겼다. 밤에 자려고 침대에 누우면 어떤 날은 정신이 이상할 정도로 고요했다. 머릿속에 떠오르는 생각이 하나도 없었다. 왠지 불길한 기운이 감도는 고요함이었다.

시간이 지나면서 이런 초기 증상들이 실체를 드러냈다. 바로 다발성 경화증의 초기 징후였던 것이다. 그 뒤로 수년째 나는 이 예측 불가능한 신경질환을 이해하려고 고군분투하고 있다. 하지만 이 이야기는 잠시 접어놓기로 하자. 그보다 나는 레고 블록을 쌓으면서 시간을 함께 보낸 리언에게 무척 고맙다. 리언이 없었다면 건축가 프랭크 로이드 라이트(Frank Lloyd Wright)의 무능한 조수가 무심한 고객을 위해 단숨에 지었을 법한 건물만 계속 쌓아 올렸을 것이다.

하지만 리언과 함께한 덕분에 온갖 종류의 건물을 지을 수 있었다. 리언은 한시도 가만히 있지 않았고 계획을 세우지도 않았다. 어쩌다 세우더라도 순식간에 바꾸고 관심사를 넓혀나갔다. 리언이 창조한 건물은 한쪽으로 과감하게 기울거나 블록을 이쪽에 하나 놓고 저쪽에 하나 놓으면 완성될 정도로 미니멀리즘의 정점을 찍었다. 건축물의 용도도 순식간에 바뀌곤 했다. 공원이었던 장소는 빗장 달린 문을 세우고 시소 위로 블록을 몇 개 끼우면 감옥이 되었다. 내가 세운 고층 건물은 꼭대기에 핸들만 하나 끼우면 대양을 가로지르는 범선이 되었다.

2~3세의 여느 아이들처럼 리언은 세상에 무서울 것도, 못 할 것도 없었다. 퍼뜩 스치는 아이디어를 곧바로 실행에 옮겼다. 하지만 이런 성향이 한없이 지속되진 않을 것이다. 나이 든 아이들이 레고 블록을 가지고 노는 모습을 보면 영 딴판이다. 부모와 함께 우리 집에 놀러온 아이들에게 레고 상자를 안겨주면 그들은 아주 멋진 건물을 완성한다.

건물은 멋지지만 신선함은 확 떨어진다. 나이 든 아이들은 매사 규칙에 얽매이고 균형을 따진다. 소설가 톰 울프(Tom Wolfe)가 말했듯이 어중간한 나이의 아이들은 형식을 중요하게 여긴다. 그러다 내 나이가 되어 레고 블록을 마주하면 또 달라진다. 로켓포를 장착한 함정이나 낯선 세계로의 모험은 온데간데없고 그저 현실 세계에서 접하는 부동산의 축소판이자 모방품만 만들어낼 뿐이다.

그래서 내게는 리언이 필요하다. 순전히 이기적인 이유다. 물론 리언이 필요한 수많은 이유 중 하나다. 아이와 놀아줄 심산으로 시작한 레고 놀이가 어쩌다 보니 내게 더 중요한 일과가 되었다. 리언은 레고 블록을 갖고 노는 꿈을 꾸고 깨어 있을 때도 레고 블록을 갖고 노는 생각을 한다. 이제야 그걸 알았다. 그렇다면 리언이 걱정했던 것은 무엇일까? 아이는 머릿속에 그림이 박혀 있는데 도대체 왜 그런지 모르겠다고 울먹였다. 그런데 어떻게 알았을까? 생각이 머릿속에 들어 있다는 걸 도대체 어떻게 알았을까?

다발성 경화증(Multiple Sclerosis, 이하 MS)이란 무엇인가? 이 질문에는 적어도 두 가지 답이 있다. 첫 번째는 질병 자체의 메커니즘을 설명하는 것으로서, 인체의 면역 체계가 뇌와 척수 전역에서 신경섬유를 둘러싼 보호막을 파괴하는 질병이라는 답이다. 미엘린초(myelin sheath)라 불리는 이 보호막은 신경을 보호하고 시냅스 간극을 메우면서 신경 충격의 전도 속도를 높인다. 미엘린초가 없으면 뇌와 인체 사이의 중요한 신호가 잘못 전달되거나 아예 전달되지 못한다. 신호가 전달되지 못하면 손가락과 발가락의 감각이 점점 무뎌지고 여기저기서 찌릿한 통증이 느껴진다.

나는 리언이 언어를 배우는 모습에서 신호가 번개처럼 이동하는 모습을 상상한다. 가끔 나는 아주 간단한 문장도 제대로 완성하지 못하는데, 리언은 순식간에 명사와 동사를 조합해낼 때가 있다. 때론 우리가 미엘린초라는 마법의 물질을 통해 서로 연결된 것 같다는 생각이 들기도 한다. 내 딸의 뇌에서 강화될수록 내 뇌에선 갈수록 약화되고 있다고 말이다.

MS는 그 심각성에 따라 다양한 형태로 나타난다. 이 책에서는 주로 재발완화형 MS를 다룰 텐데, 이는 가장 흔한 형태의 MS로서 증상의 악화와 완화가 반복적으로 나타난다. 발병 후 수일에서 수개월 동안 불규칙한 재발과 완화가 반복되면서 증상이 서서히 악화된다. 증상이 악화되면 일시적 완화 기간이 갈수록 짧아지는데, 이 단계를 이차진행형 MS라고 한다. 가끔은 증상이 완화되지 않고 처음부터 점진적으로 악화되는 경우도 있으며 이를 일차진행형 MS라고 한다. 어떤 형태의 MS든 기본적으로는 같은 메커니즘으로 진행된다. 신경이 뻗어 있는 곳이라면 어디든 대혼란을 일으킨다. 안타깝게도 우리 몸에는 신경이 뻗어 있지 않은 곳이 없다.

이 점은 두 번째 답과 연결된다. MS는 발병 위치에 따라 불쾌한 증상과 징후가 다양하게 나타날 수 있다. 인체의 거의 모든 부위에 영향을 미치며, 손가락이 쿡쿡 쑤시는 정도로 가벼운 증상에서 사지가 마비되는 심각한 증상까지 폭넓게 나타난다. 음식물을 삼키기 어렵거나 배변 장애를 겪기도 하고, 피로감에 시달리거나 나처럼 행복감(euphoria: 감정의 병적 고양 상태-옮긴이 주)에 도취되기도 한다. MS는 수명을 단축시킬 수 있고 본인뿐만 아니라 주변 사람들의 삶에도 엄청난 변화를 가져온다.

이처럼 광범위한 증상과 변화 때문일까. 의사는 내가 MS에 걸렸다고 알려주면서 병에 대해 그다지 상세히 말해주지 않았다. 의학계에서 MS에 대해 언급한 지 100년이 넘게 흘렀지만 많은 부분이 여전히 미스터리한 상태로 남아 있다. 지도상에 표시가 안 된 부분이 아주 많은 것이다. 이런 신경원성(神經原性) 황무지 어딘가에 MS가 사악한 음모를 꾸미는 메커니즘이 놓여 있다. 어딘가에 음모가 도사리고 있는데 그곳이 어디인지 모를뿐더러 어떤 음모가 숨어 있는지 전혀 예측할 수도 없다. MS를 앓는 사람으로선 참으로 통탄스러운 일이 아닐 수 없다.

'뚜렷한 쇠약(marked enfeeblement).' 19세기 말 프랑스의 신경학자 장-마르탱 샤르코(Jean-Martin Charcot)가 강연에서 한 말이다. 샤르코는 오만하면서도 수줍음을 많이 탔던 수수께끼 같은 인물로 환자를 극진히 보살피면서도 환자가 겪는 고통을 거리를 두고 관찰했던 것 같다. '뚜렷한 쇠약'은 그가 처음으로 정확히 기술한 질병 때문에 생기는 다양한 인지적 손상을 의미한다. 즉, 구체적으로 말해서 MS가 기억에 미치는 영향을 언급했던 것이다. 아울러 MS 환자에게서 새로운 '개념'이 천천히 형성된다거나 '지적 능력과 감정적 능력이 전체적으로 둔화된다'는 등 다른 문제도 지적했다. 나는 샤르코의 강연 내용을 모두 입증할 수 있다. 다만 그의 지적이 인지적 측면에만 국한됐다는 점을 덧붙이고자 한다.

샤르코는 의료계 안팎의 관객을 대상으로 매주 금요일과 화요일에 강의를 했다. 나도 강의할 기회가 생긴다면 학문적 호기심에서가 아닌 경험에서 우러나온 이야기를 들려줄 것이다. 아울러 연쇄상구균이 인후를 공격하듯이 신경질환은 궁극적으로 인격을 공격한다고 주장할 것이다. MS 같은 신경질환은 결국 중추신경계에 생긴다. 복잡하게 연결된 1000억 개의 신경세포는 번개가 칠 때마다 서로 소통하면서 자신이 어떤 사람이라고 생각하도록 유도한다. 그런데 신경질환이 뇌를 공격한다면 뇌 안에서 생각을 거듭하며 완성된 인격체도 당연히 공격할 것이다.

따라서 MS의 공격 양상은 사람마다 다르며 증상과 장애 범위도 사람마다 다를 수밖에 없다. MS는 최종 도착지가 있고, 나는 그곳이 어디인지 너무나 잘 알고 있다. 그런데 도착지까지 걸리는 시간이나 경로에 대한 안내문은 어디에도 없다. 사람마다 다르기 때문에 똑같은 일정표가 나올 수 없다.

최악의 경우 다발성 경화증은 무(無)의 상태를 야기한다. 그야말로 아무것도 존재하지 않는 것이다. 근육의 긴장이 하나도 없고 정신이 완전히 고요한 상태가 된다. 나는 가끔 내 안에서 무를 의미하는 작은 웅덩이를 쫓는 것 같다. 때로는 이런 무의 상태가 손가락에 발현되는 것 같다. 그러면 손가락에 아무런 감각도 느껴지지 않는다. 무의 상태가 뇌에 집중될 때는 말을 할 수가 없다. 언어를 도둑맞는 것이다. 뭐라도 생각하기 위해서 명사가 필요한지 동사나 형용사가 필요한지 종잡을 수 없게 된다.

발병 초기부터 나는 늘 이 무의 상태를 보고 싶어 했다. 이해하지는 못하더라도 내 앞에서 어떤 식으로든 형태를 갖춰주길 바랐다. 그리고 그것이 어떤 형태를 취할지는 일찌감치 정해졌다. 어떤 풍경이든 언어를 통해 표현되기 마련이다. 그래서 나는 해안가에 서늘한 안개가 내려와 말과 생각을 죄다 삼켜버렸다는 식으로 말한다. 길게 뻗은 절벽이 맹렬한 조류에 떨어져 나가듯 맥락이 뚝 끊겼다고 말이다. 요상한 일이 자꾸만 벌어지면서 어떤 장소에 떠밀렸는데, 그곳은 나의 인랜드 엠파이어다. 이곳은 단지 기이한 장소만이 아니다. 이곳의 풍경은 날마다 내게 무슨 일이 벌어지는지를 생각하는 방식이 되었다. 내가 사는 세상의 경계를 탐색하는 방식이 되었다.

내가 나를 바라보는 방식도 크게 바뀌었다. 지금까지는 안달 난 사람처럼 늘 모험을 꿈꾸기만 했다. 지난 30년 동안 나는 다른 사람과 통화하면서, 교실이나 직장에서 창밖을 멍하니 바라보면서 기상천외한 지도를 끼적거리기만 했다. 모험에 관한 책을 읽으면서도 실제로 모험을 할 수 있는 기회가 오면 슬쩍 피해버렸다. 그런데 이젠 피할 수 없게 되었다. 병 때문에 나는 탐험가가 되었고 지도 제작자가 되었다. 다발성 경화증은 나를 완전히 새로운 환경으로 몰아넣었다. 예상치 못한 때 예상치 못한 방식으로 뇌라는 낯선 영역을 탐색하도록 나를 압박했다.

리언과 내가 레고 블록으로 만든 거리와 교차로는 순식간에 늘어나고 줄어들며 끊임없이 교체된다. 그 과정에서 나는 공간의 가능성을 새롭게 인식한다. 세심하게 이해하진 못해도 변화에 대처하는 풍경의 능력도 알아차린다. 아이와 레고 놀이를 할 때는 당신이 만든 것에 집착하지 말아야 한다. 사전 경고도 없이 전체 프로젝트가 중단되거나 허접한 무더기에서 성당이 세워지는 등 예측 불가능한 사건들이 일어날 수 있으므로 이에 대처하는 법을 배워야 한다. 질병에 대처할 때도 이런 식의 접근 방법이 유효한 것 같다.

한 가지 더, 다발성 경화증은 완치되지 않는다는 점을 유념해야 한다. 정말로 받아들이기 힘든 점이다. 통증, 피로감, 순간적인 욱신거림 등 지난 3년 동안 MS가 내게 어떤 영향을 미치는지 날마다 알아가고 있다. 그런데 이게 평생 지속된다니, 빈도와 강도가 점점 늘어날 거라니, 맨 정신으로는 도저히 감당하기 어렵다. MS가 게릴라처럼 급습할 때마다 다리가 흔들리고 갈비뼈가 삐걱거린다. 문장이 뚝뚝 끊기고 계획이 자꾸만 연기된다.

진단을 받고 처음 몇 달 동안은 눈길을 안으로뿐만 아니라 바깥으로도 돌리려고 애써왔다. 의사들은 이 사악하고 예측 불가능한 질병이 어떻게 진행될지 예상하고 대책을 마련하고 치료 계획을 세우느라 부심했다. 나도 바쁘게 움직였다. 나를 정립할 새로운 장소를 찾아야 했다. 뒤에 이어지는 내용은 그 탐색 과정에 관한 이야기다.

MS 때문에 내가 어떻게 될지, 좀 더 구체적으로는 정체성 영역에서 어떤 영향을 받을지 알아내고자 탐색을 시작했다. 아울러 지난 38년 동안 내가 일궈놓은 정신 영역에서 어떤 부정적 영향을 받을지 알아내려고 노력했다. 병이 어느 지점에서 멈추는지 안다면 나라는 존재를 다시 정립할 시작점을 알 수 있을 테니 말이다.

그동안 나는 초기 해부학자들의 스케치에서 컴퓨터 스크린에 은빛으로 빛나는 MRI 스캔까지 뇌에 관한 다양한 자료를 살펴봤고, 오랜 시간 필사적으로 노력한 끝에 내 몸의 지도를 서서히 완성해가고 있다. 감춰진 보물 같은 뇌를 탐색하면서 신경계는 한 개가 아니라 두 개라는 사실도 알게 되었다. 인체의 공격적이고 불완전한 면역 방어 체계도 조금씩 알게 되었다. 이런 탐색을 통해 어둠 속에 갇혀 있던 내부

공간에 빛이 들기 시작했다. 아울러 무사안일하던 내 일상에 엄청난 소용돌이가 일기 시작했다.

이 책은 아버지가 됐다는 기쁨을 온전히 누리지도 못하고 신경질환을 앓게 된 환자가 예측할 수 없는 질병을 감당하고자 애쓰는 과정을 담고 있다. 그리고 이 책은 뇌에 관한 이야기이기도 하다. 낯설고 못생겼지만 묘한 매력을 지닌 이 장기를 연구하고 질병이 이 장기에 어떤 식으로 영향을 미치는지 알아내고자 수 세기 동안 애써온 사람들에 대한 이야기를 담았다.

또한 이 책은 딸아이와 레고 블록을 가지고 놀면서 벌어진 이야기도 담고 있다. 내 안에서 일어나는 변화가 처음부터 유쾌하진 않았지만 재앙이라고 생각하진 않는다. 다만 MS의 예측 불가능하고 파괴적인 성격 때문에 상황이 어떻게 흘러갈지 전혀 알 수 없다. 그건 리언과 레고 블록을 쌓을 때도 마찬가지다. 블록을 쌓을 때 딱 한 가지 규칙이 있는데, 리언이 뭘 주든지 나는 그것을 이용해서 쌓아야 한다. 리언이 엉뚱한 선택을 해도, 예를 들어 열심히 쌓아 올린 고층 빌딩이 별안간 개집으로 바뀌어도 선뜻 받아들여야 한다. 처음부터 다시 짓거나 애초에 고층 빌딩이 아니었다고 생각하는 게 아니라 그냥 개집으로 방향을 돌린다. 리언은 걸핏하면 내가 생각지도 못한 결정을 내린다. 그래서 우리의 창조물은 단 한 가지도 같은 게 없다.

이 모든 일이 시작될 때부터 리언은 나와 함께했고 지금도 나와 함께한다. 리언이 있었기 때문에 탐색하겠다고 덤빌 수 있었다. 침해성 장애를 앓는 남자가 아버지 노릇을 어떻게 해야 하는지 알아야 했으니까.

사람들은 가끔 아이를 낳는 일이 참으로 이기적인 행동이라고 말한다. 석유 자원이 고갈되고 비행기 좌석이 모자라고 소고기나 퀴노아 공급량이 부족해질 거라면서 이런 험한 세상에 아이를 밀어 넣을 수 없다고 말한다. 그런 사람들의 생각을 굳이 반박하고 싶진 않다. 내가 소심하기도 하지만 그 말이 틀렸다고 할 수도 없기 때문이다. 그리고 아이를 낳는 일이 다른 면에서도 이기적이라는 걸 알았기 때문이다.

열두어 살 무렵, 죽음이 어떤 모습일지 상상하곤 했다. 내가 상상한 죽음은 여름방학이 끝나는 날 밤과 같았다. 다음 날 학교에 갈 생각을 하면 마음이 착잡했다. 아쉬운 마음을 뒤로하고 장난감을 정리한 다음 잠자리에 든다. 아늑한 침대에 누워 캄캄한 천장을 바라보다 열린 창문으로 희미한 달을 바라본다. 문득 '그동안 뭘 했지?' 하는 생각이 뇌리를 스친다. 기나긴 여름날 아침마다 늦게 일어나서 억지로 아침을 먹고 종일 빈둥거렸다. 아무 목적이나 계획 없이 여기저기 배회하며 덧없이 시간만 허비했다. 지나고 보니 그렇게 날려버린 시간이 참으로 아깝다. 알차고 멋지게 여름방학을 보낼 수 있었는데. 후회가 물밀듯이 밀려온다.

지난 삶을 돌아보면서 내가 날려버린 온갖 기회를 아쉬워할 날이 오리라곤 생각하지 못했다. 하지만 여름방학이 끝나는 날이 오듯 내 인생이 끝나는 날도 결국 올 것이다. 그전에 지금 이 기회를 최대한 살려보기로 결심했다. 그 외엔 다른 도리가 없다.

2017년 상반기 어느 화요일 아침에 이 글을 쓰고 있다. 조금 전 리언을 어린이집에 데려다줬다. 아까운 석유 자원을 낭비하지 않으려고 다른 사람이 운전하는 버스를 타고 갔다. 가는 길에 리언은 내게 원더우먼과 배트맨에 대해 떠들었다. 몇 주 전 집 앞에서 넘어져 무릎을 다쳤을 땐 세상 모든 게 너무 끔찍하더라는 얘기도 들려줬다.

절반쯤 갔을까, 리언은 재킷 지퍼를 끝까지 올리더니 오늘 어떤 티셔츠를 입었는지 잊어버렸다고 말했다. 나는 리언이 재킷 속에 입은 티셔츠에 대해 과학 수사관처럼 세세하게 설명해줬다. 그제야 리언은 무스(moose, 북미큰사슴)가 그려진 티셔츠를 입었다는 사실을 기억해냈다. 그날 아침 무스 티셔츠를 입기로 결정하면서 금색 신발을 벗어 던졌다는 사실도 기억해냈다. 무스와 금색 신발은 어울리지 않는다는 이유로.

버스에서 내린 후 나는 아이에게 차가 다니는 곳에선 내 손을 꼭 잡아야 한다고 설명했다. 그런 설명은 100번도 넘게 한 것 같다. 신호등이 초록불로 바뀌길 기다렸다가 길을 건너갔다. 테스코 매장에 잠시 들러 새로 나온 잡지가 있나 살펴봤다. 리언은 늘 그렇듯이 잡지 판매

대까지 가장 먼 길을 돌아서 갔다. '지그재그로 왕복하고' 싶다는 이유였다. 어린이집에 도착했다. 오늘은 우리가 1등이었다. 리언은 현관문 옆 기둥까지 냅다 뛰어갔다. 그리고 기둥을 한 바퀴 돌고 나서 기어이 붙잡고 올라가기 시작했다. 그러면서 '선더버드가 나타났다(Thunderbirds are Go)!'라고 소리치려다 멈칫했다. 늘 그렇듯이 잠시 헷갈려 하더니 당당하게 소리쳤다.

"레이디버드가 나타났다(Ladybirds are Go)!"

레이디버드라고 소리친 게 쑥스러웠는지, 아니면 아빠가 안중에도 없었는지 리언은 어린이집 문이 열리자 뽀뽀하려는 나를 뿌리치고 안으로 쏙 들어갔다. 나는 손을 흔들어준 뒤 다시 버스를 타고 집으로 돌아왔다. 진입로를 따라 걷는데 허벅지에 찌릿한 통증이 느껴졌다. 얼른 자리에 앉아 10분 정도 쉬어야 한다는 신호였다. 그렇지 않으면 나중에 대가를 톡톡히 치를 것이다.

현관문을 열고 범죄 현장 같은 집 안으로 발을 들였다. 발밑에서 허니 맛 시리얼이 터졌다. '마이 리틀 포니(My Little Pony)'라고 쓰여 있는 속옷이 의자 팔걸이에 걸쳐져 있고 쿠션엔 치약이 잔뜩 묻어 있었다. 소파 아래엔 작은 신발도 한 짝 뒤집어져 있었다. 딸아이가 아침에 무스 티셔츠하고는 어울리지 않는다며 벗어 던진 금색 신발이다. 나는 의자에 앉아 난장판이 된 집 안을 휘 둘러봤다. 안도감과 함께 집이 텅 빈 것 같은 서글픔이 밀려왔다.

예전에 뛰놀던 세상은 참으로 방대했는데 지금은 참으로 좁고 낯설고 환하다. 이제 이 안에서 전과는 너무나 다른 방식으로 살고 있다. 내가 처한 상황 때문에 자꾸만 위축되고 현실과 타협하게 된다. 질병 때문에 세상의 문이 닫히려 하는데 내 딸은 자꾸 그 문을 열고 들어가라고 한다. 우리는 함께 어떤 풍경을 탐색했다. 그곳은 너무나 협소해서 손바닥만 한 지도에 다 표시할 수 있을 것 같았다. 그런데 막상 발을 들여놓으니 끝을 알 수 없을 만큼 방대했다.

뇌를 하찮게 여긴 사람들

: 고대 이집트에서 시작된 신경학의 역사

중추신경계 연구는 손가락 찌르기로 시작되었다. 수천 년 전, 한 남자가 사고로 두개골에 생긴 구멍에 손가락을 밀어 넣고 그 안의 부드러운 물질을 눌렀다. 환자가 울며 소리치는지 알아볼 심산이었다. 남자는 환자가 소리치길 바랐다. 환자가 아파서 몸서리치면서도 소리를 내지 못한다면 그로서는 해줄 게 없었다. 언어 기능이 상실되면 뇌손상을 치료할 수 없다고 여겼기 때문이다.

때는 기원전 2600년경 이집트 고왕국의 제3왕조 시대였다. 신경학의 탄생기에는 위 사례처럼 기이하고 폭력적인 치료술이 횡행했다. 물론 그 뒤로도 수 세기 동안 그런 말도 안 되는 치료가 자행되었다. 당시엔 고왕국의 제사장들이 의사였다. 그들은 하늘이나 신전에 기도를 올리기도 하고 악어 배설물이나 아들을 출산한 여성의 모유를 이용해 치료했다. 뇌는 지금처럼 대접받지 못했을 뿐 아니라 '뇌'라고도 불리지 못했고 다만 '두개골의 골수(marrow of the skull)'라고 불리는 게 고작이었다.

내가 보기엔 그럴듯한 표현인 것 같다. 뇌가 정신생활의 중추라는 걸 모른다면 두개골은 뼈와 똑같다. 그리고 그 안에 든 것은 대단히 기이하고 복잡하긴 하지만 궁극적으로 다른 뼈에서 발견되는 반죽이나 젤리와 다를 게 하나도 없다. 두개골의 골수! 여기서 뇌는 하나의 대상이다. 1000년이 넘도록 인류가 이해하려고 노력해온 연구 대상이다.

이집트의 제3왕조는 문화적으로 격변기였다. 제국 전체에 대규모 건설 바람이 휩쓸던 시기라 뇌손상 환자가 넘쳐났다. 이런 산업재해 사건 중 상당수가 신경학 기록물의 아주 초기 자료에 나와 있다. '에드윈 스미스 외과 파피루스(Edwin Smith Surgical Papyrus)'라는 제목의 자료는 고고학자 에드윈 스미스가 1860년대에 구입해 대대로 보관하고 있는 것으로, 대제사장이자 건축과 공학의 신으로 추앙받던 임호텝(Imhotep)의 지혜를 담고 있다고 한다. 기록은 그가 죽고 1000년이나 지나서 이뤄졌다. 48가지 의료 사례가 등장하는데, 그중 27건이 두부 손상과 관련된 것이다. 이 자료를 살펴보면 고대 이집트인이 뇌를 어떻게 생각했는지 어렴풋이 알 수 있다.

고대 이집트인은 두개골의 골수를 대단찮게 여겼던 것 같다. 그들은 영혼이 심장에 들어 있다고 믿었다. 사람이 죽으면 뇌를 꺼내 한쪽에 치워놓고 장례 의식을 거행했다. 미라로 만들기 위해 방부 처리하는 동안 뇌를 방치했던 것이다. 그렇긴 해도 그들은 이 낯설고 못생긴 기관의 몇 가지 특징을 분명히 알고 있었다. 두부 손상이 사지의 기능 장애를 일으킬 수 있으며, 뇌의 한쪽 반구가 손상되면 일반적으로 반대쪽 행동에 영향을 미친다는 사실도 기록으로 남아 있다.

수 세기가 지나면서 뇌의 위상은 점차 올라갔다. 이제는 이 조그마한 생체전기적 걸작품의 복잡성과 정밀성에 다들 혀를 내두른다. 수십 억 개나 되는 전기 신호가 어떻게 결합해서 생각과 의식을 형성하는지 같은 의문점들은 아직 풀리지 않았지만, 우리는 자의식이 뇌에 존재한다는 사실을 알고 있다. 아울러 뇌의 여러 구조를 점점 파악해가고 있으며 뇌의 여러 영역에 대한 지도도 상당 부분 완성했다.

나는 '삼위일체 뇌(triune brain)'라고 불리는 지도를 가장 좋아한다. 1960년대에 신경과학자 폴 맥린(Paul MacLean)이 작성한 것으로 최근 들어 이에 반발하는 의견이 나오고 있다. 맥린은 인간 뇌의 다양한 구조를 보면 척추동물 뇌(vertebrate brain)의 진화를 전반적으로 알 수 있다고 주장하며 뇌를 진화 과정에 따라 뇌간, 변연계, 대뇌피질의 세 가지 층으로 나눴다. 현대 신경과학자들은 그의 주장을 상당 부분 반박하지만 삼중 구조로 이뤄진 뇌 모델은 뇌의 기본 형태와 기능을 가장 알기 쉽게 설명한다.

가장 원시적 영역은 뇌간(brainstem)이며 호흡, 심장 박동, 소화, 혈압 조절 등 생명 유지를 위한 생리적 자율 기능을 수행한다. 그다음 진화한 영역은 감정과 충동을 조절하는 변연계(limbic system)다. 변연계는 기억을 강화하는 데 중심 역할을 하는 해마, 두려움과 분노를 생산하고 표출하는 역할을 하는 편도체, 감각 정보와 운동 정보를 뇌 밖으로 전달하는 중계국 역할을 하는 시상(視床)으로 이뤄져 있다. 진화의 마지막 단계는 가장 위쪽에 자리 잡은 대뇌피질(neocortex)이다. 꽃양배추처럼 우글쭈글한 이 영역은 좌우 반구로 나뉘고 다시 네 개의 엽으로 세분화된다. 주로 이성적 사고, 언어, 고차원적 사고 능력을 관장한다. 호흡과 웃음, 두려움과 기억, 그리고 인간만이 할 수 있는 고차원적 사고까지 모두 이 안에서 이뤄진다.

가끔은 뇌가 화학자가 아닐까 하는 생각이 든다. 5분 뒤를 예측할 수 없는 상황에서 뇌는 당신을 살아 있게 하려고 신비한 칵테일을 만들어낸다. 감정은 흔히 호르몬과 신경전달물질 같은 화학물질로 이뤄져 있는데, 뇌는 당신이 어떤 화학물질의 효과를 느껴야 한다고 판단하면 그 화학물질을 몸 쪽으로 내보낸다. 나는 그동안 각종 정보와 자료를 두루 접하면서 뇌가 믹솔로지스트(칵테일 전문가) 같다는 느낌을 받았다. 빳빳하게 풀 먹인 셔츠 차림에 머리는 가운데 가르마를 탄 믹솔로지스트가 신기한 칵테일을 완성해서 카운터 너머에 있는 내게로 휙 전달하는 것이다.

그런데 기분이 좀 울적할 땐 이 믹솔로지스트가 어떤 재료로 어떤 칵테일을 만드는지 내심 불안하다. 뇌는 엄청나게 바쁘지만 바쁘게 활동하는 모습을 공개하지 않는다. 당신에게 나쁜 일이 생기지 않도록 주의하지만 당신에게 동의를 구하지 않고 움직인다. 뇌는 당신이 가족을 저버리지 않도록 (포옹 호르몬이라 불리는) 옥시토신을 스스로 투여하지만 위험한 순간엔 순전히 본능에 따라 행동하도록 의식을 완전히 차단해버린다. 뇌와 의식은 공존하지만 둘의 관계가 항상 공정한 것은 아니다. 뇌는 당신이 기능을 제대로 수행하도록 뭔가를 숨기기도 한다.

한편 삼위일체 모델 외에 뇌의 중앙을 기준으로 좌반구와 우반구로 나누는 모델도 있다. 주로 동기부여 전문가들이 미스터리한 창의성 분야를 설명하려고 끊임없이 들먹이는 모델이다. 좌우 반구는 유사한 구조로 이뤄져 있지만 진화를 거듭하면서 기능이 세분화되었다.

뇌를 회백질과 백질 부위로 나눌 수도 있다. 회백질은 수상돌기와 신경세포체로 이뤄진 신경 단위의 뉴런으로 구성된다. 수상돌기는 하나의 신경세포에서 복잡하게 가지를 뻗고 있으며 다른 신경세포에서 나온 축삭돌기와 접해 시냅스를 형성한다(수상돌기는 전기 신호를 받고 축삭돌기는 전기 신호를 내보낸다). 이 시냅스를 통해 전기 신호가 다른 세포로 전달되면서 생각과 행동을 유발한다. 백질은 회백질과 달리 구체적인 연구가 이뤄지지 않고 절연제 정도로 치부되었다. 전기 케이블을 감싸는 플라스틱 코팅처럼 축삭돌기를 감싸는 코팅제 정도로 여겨졌지만 이런 관점은 점차 바뀌고 있다. 이에 대해서는 뒤에서 더 살펴볼 것이다.

아주 간단하게 살펴보긴 했지만 신경해부학 분야는 알면 알수록 흥미롭다. 그리고 나는 단순한 호기심에서가 아니라 이 분야를 좀 더 파헤쳐야 할 이유가 있다. 흔히 하는 말처럼 뇌를 컴퓨터라고 상상해보자. 어느 날 컴퓨터 케이스를 열었더니 흰개미 떼가 배선을 감싼 플라스틱 코팅을 죄다 갉아 먹고 있다면 당신은 어떻게 하겠는가?

2

몸 안의 거대한 발전소

~

딸을 처음 봤을 땐 아직 인간의 형상이 아니었다. 저게 뭐지 싶은 찰나 의사가 '신경관(neural tube)'이라는 말로 나의 무지를 일깨웠다. 크리스마스를 나흘 앞둔 2012년 12월, 병원 모니터에 비쳐진 딸은 분화(分化)를 앞둔 띠처럼 보였다. 한쪽은 파닥거리고 다른 쪽은 매듭처럼 단단히 고정되어 있었다. 심장도 없고 척추도 없었다. 물론 뇌도 없었다. 하지만 매듭처럼 보이는 곳에서 세포분열이 거듭되면 조만간 심장과 척추와 뇌가 분화될 터였다.

그 신경관을 '내 딸'이라고 부르려니 왠지 어색했지만 그날 병원 모니터에 떠오른 형상에게 나는 사랑의 감정을 느꼈다. 아직은 인간의 형상이 아니지만 조만간 인간으로 자라날 야망을 지닌 존재였다. 파닥거리는 신경관을 보며 생각했다. '안녕, 만나서 반갑다.'

딸을 만나기 전날은 평소와 다름없이 평온했다. 하지만 새로 마련한 집은 고칠 게 많았다. 페인트가 벗겨지면서 벽에 생긴 금이 드러났고 다락의 들보 사이로 찬 겨울바람이 몰아쳤다. 어디인지 모를 곳에서 물 떨어지는 소리가 계속해서 들렸다. 하루를 무사히 마감하나 싶었는데 세라가 9시경에 너무나 차분한 얼굴로 욕실에서 나왔다. 그녀의 얼굴을 보고 나는 순간적으로 두려움에 휩싸였다. 세라는 늘 깜짝 놀랄 만한 상황에서 차분한 표정을 지었기 때문이다.

"피가 나왔어."

"아기가 나오는 거야?"

겁에 질린 나머지 바보 같은 질문을 했다. 임신 6주 차였으니 '아기가 유산된 거야?'라고 물었어야 했다. 하지만 차마 그렇게 물을 수 없었다.

휴대폰으로 전화를 걸었다. 전화선 너머에서 상담원이 아침 일찍 병원에 가보라고 했다. 불안에 떨던 그날 밤은 기억하고 싶지도 않다. 그러나 다음 날은 어제 일처럼 생생하게 기억하고 있다. 임산부 진료소는 번쩍거리는 크리스마스 장식들로 어수선했다. 우리는 그곳에서 우리의 이름이 아닌 의학적 상태, 즉 다낭포성난소로 불렸다. 그리고 우리 앞에는 IVF(In Vitro Fertilization, 체외수정)가 두 명, 임신 후기가 한 명 대기하고 있었다. 다리를 쩍 벌리고 서 있는 임신부의 얼굴에선 땀이 줄줄 흘렀다.

나는 모욕감을 느끼진 않았다. 내 난소가 아니라서 그랬던 건 아니다. 오히려 치료의 우선순위를 정하고자 서둘러 환자를 분류하는 직원의 노고를 높이 샀다. 구급 대원이 치료를 서두르고자 부상 부위의 옷을 잘라내듯이 그들은 우리의 니즈를 재빨리 알리고자 우리의 이름을 싹둑 잘라냈다.

모니터에 보이는 태아는 얼핏 상처처럼 보였다. 회색 직물처럼 보이는 세라의 몸속에 조그마한 구멍이 생긴 것 같았다. 사람들은 흔히 아기의 발달 단계를 과일과 야채에 비유한다. 이번 주엔 콩알만 하다는 둥, 얼마 지나면 무화과나 오렌지만 해진다는 둥, 그런 말을 들으면 대형 마트의 농산물 코너에 있다는 착각이 들면서 불안한 마음이 살짝 가시기도 한다. 그런데 정작 자궁 속을 들여다보면 아기는 전혀 과일이나 야채처럼 보이지 않는다. 오히려 생명의 신비를 간직한 위대한 존재처럼 보인다. 생명의 신비에서 가장 중요한 부분은 뇌와 척수를 형성하는 중추신경계다. 그래서 중추신경계를 포함한 신경계가 먼저 생겨난다. 나머지는 값비싼 로켓을 지지하는 갠트리 기중기처럼 부수적인 것들이다.

심장 박동은 참으로 놀라웠다! 파닥거리는 신경관을 보자 불안했던 마음이 한 방에 날아갔다. 짤막한 띠처럼 보이는 생명체는 우리 부부에게 희망을 선사했다. 생명의 신비를 간직한 이 생명체를 뭐라고 불러야 할지 몰랐지만 더 이상 걱정하지 않았다. 자신감이 넘쳐 보였기 때문이다. 그런 자신감을 빌릴 수 있다면 조금이라도 빌리고 싶다.

버스를 타고 브라이튼 외곽의 해안도로를 따라 집으로 돌아오면서 세라가 내 얼굴에 손을 올리며 말했다.

"당신, 참 차분하더라."

"내가 원래 큰일은 잘 처리하잖아."

내 말에 세라가 고개를 끄덕였다. 그녀도 알고 나도 알았다. 내가 큰일은 잘 처리하지만 작은 일은 잘 처리하지 못한다는 것을.

나는 누가 묻지 않아도 부모님이 어떻게 만났는지 곧잘 떠벌리곤 한다. 그런데 두 분이 만난 얘기를 하면 어쩔 수 없이 헤어진 얘기도 해야 한다. 이제 두 분은 부부로 산 세월보다 이혼해서 따로 산 세월이 더 길다.

부모님은 1969년에 만났다. 아버지는 캘리포니아 남부에서 묵언수행을 하던 수도자였는데 믿음에 회의가 들자 남의 차를 얻어 타면서 유럽 전역을 돌아다녔다. 1960년대 내내 말 한마디 하지 않았고 심지어 창밖을 내다보지도 않았다. 수도자로서 아버지가 한 일은 세상과 동떨어진 삶을 살면서 세상을 위해 기도하는 것이었다.

그러던 어느 날 프란체스코회 회원 하나가 비틀스의 「페퍼 상사」(원제는 '서전트 페퍼스 론리 하츠 클럽 밴드(Sgt. Pepper's Lonely Hearts Club Band)'다) 앨범을 수도원으로 몰래 들여와 아버지에게 주었다. 10년 넘게 팝송을 한 번도 들어보지 못했던 아버지는 다이브코(Divco) 트럭에 설치된 레코드플레이어에 앨범을 넣고 노래를 들었다. 한참 노래를 듣다 보니 왠지 수도원이 너무 비좁게 느껴졌다. 이렇게 외진 곳에서 기도만 한다고 세상을 구할 수 있을 것 같지 않았다.

한편 어머니는 유행의 첨단을 걷던 10대 소녀였다. 어느 날 힐만 임프(Hillman Imp: 1963~1976년까지 영국에서 생산된 소형차-옮긴이 주)를 타고 캔터베리에서 멀지 않은 곳을 가다가 빗길에 걸어가는 아버지를 태워주었다. 3주 뒤 두 분은 결혼했다. 닐 암스트롱이 달에 착륙하기 며칠 전이었다.

부모님에 비해 우리 형제들은 지극히 평범한 방식으로 연인을 만났다. 그런 점을 내심 부끄러워하는 것 같기도 하다. 나는 브라이튼의 한 사무실에서 세라를 만났다. 우연히 차를 얻어 타지도 않았고, 대서양을 횡단하지도 않았으며, 달 착륙 같은 엄청난 사건도 일어나지 않았다. 나는 글 쓰는 일로 근근이 먹고살고 있었다. 널찍한 사무실엔 최악의 상황에서 간신히 비켜난 사람들로 가득했다. 그런데 딱 한 사람, 세라만은 예외였다. 그녀는 언뜻 봐도 침착하고 능숙하고 재치 있고 따뜻해 보였다.

극적인 사건은 없었지만 우리도 부모님처럼 일사천리로 움직여 만난 지 1년도 안 돼 결혼했다. 그전엔 둘 다 결혼을 진지하게 여기거나 꼭 해야 한다고 생각하지도 않았다. 그랬던 사람들이 갑자기 결혼하겠다고 안달했다. 우린 함께 살기도 전에 결혼식부터 올렸다. 물론 마음 한구석엔 일말의 불안감이 있었다. 우린 만나자마자 사랑의 불길이 확 타올랐다. 경험상 이런 식의 사랑은 거의 언제나 위기를 맞았다. 금세 불붙은 만큼 금세 식기 마련이니까.

나는 세라의 경제력에 기대진 않았지만 우리에게 필요한 안정감은 그녀에게서 나왔다. 검은 머리칼에 검은 눈동자를 한 이 아가씨는 바람과 사투라도 벌이듯 고개를 앞으로 내밀고 걸었다. 대화를 나눌 때도 생각을 정리하느라 눈살을 찌푸렸다. 어쩌다 한 번씩 뒤틀린 미소를 지으면 살짝 비뚤게 난 앞니가 매력적으로 드러났다.

세라는 사무실에서 일하기 전까지 간호사로 근무하며 인체의 신비를 직접 목격했다. 에너지 음료를 마셔가며 응급실에서 환자의 상처를 봉합했다. 시신에 탈지면을 채워 넣기도 했는데, 그럴 때면 영혼이 훨훨 날아갈 수 있도록 동료 간호사가 근처에 있는 창문을 열었다. 나치당의 만자(卍字) 문신을 한 스킨헤드족을 간호한 적도 있었는데, 그는 마취에서 깨자 집에 오븐을 켜두고 나온 것 같다며 불안해했다. 한 번은 환자의 심장을 자세히 보려고 수술실에서 의자 위로 올라가기도 했다. 심장이 벌렁거리는 모습은 마치 벌레가 가득 든 봉지가 꿈틀대는 것 같았다고 한다.

"수술은 어땠어?"

이 질문에 대한 답변을 듣기는 어려울 것 같았다. 세라는 수술에 대한 얘기 대신 수술실 분위기와 집에 왔을 때 얼마나 피곤했는지에 대해서만 말했다.

"수술실에서 근무할 땐 정말 녹초가 됐다니까. 난 소독약 냄새에 질식할 것 같았는데, 의사들은 아무렇지 않아 하더라고."

요즘 세라는 의료보험과 관련된 업무로 옮겼다. 의학 지식도 풍부하고 성격도 꼼꼼해서 그녀에게 딱 맞는 일이다.

나는 10년째 비디오게임에 관한 글을 쓰고 있다. 게임을 직접 해보고 리뷰를 쓰는 일은 까다로우면서도 흥미진진하다. 소심하지만 호기심이 넘치는 사람이라면 이런 일이 딱 맞을 것이다. 게임 속에선 리스크와 실패를 끊임없이 실험할 수 있다.

그런데 게임은 말이나 글로 설명하기가 굉장히 까다롭다. 리뷰 한 편 쓰려면 적당한 표현을 찾기 위해 머리를 쥐어짜야 한다. 표면적인 스토리라인 아래로 풍덩 들어가야 하고, 규칙과 제약과 메커니즘을 꿰고 있어야 한다. 그래야 각종 효과가 플레이어의 상상 속에서 결합되는 흐릿하고도 질퍽한 영역에 도달할 수 있다. 게임에 관한 글을 쓰다 보면 강바닥을 훑으며 역사적 의미가 깃든 침몰선을 샅샅이 수색하는 느낌이 든다. 내가 쓴 게임 리뷰에 점수를 매긴다면 10점 만점에 4점을 주겠다. 거창한 의도로 시작하지만 결과물이 늘 좋을 순 없다.

그렇게 오랫동안 프리랜서로 일하다 브라이튼의 한 웹사이트 편집팀에 합류하게 되었다. 세라와 결혼하고 얼마 안 됐을 때였다. 프리랜서 세계의 불안정한 상태에서 벗어나자 마음이 조금 놓였다. 아무 때나 출근할 수 있고 걸어서 15분 거리에 있는 사무실이 생긴 데다 나가기 귀찮으면 집에서 일할 수도 있었다. 30대 초반을 넘긴 뒤에도 여전히 학생 같은 라이프스타일로 사는 게 부끄러운지, 아니면 행운인지 나 자신에게 물었다. 나는 행운이라고 생각하기로 했다.

세라와 나는 열심히 일하면서 다사다난한 결혼 생활을 꾸려갔다. 그런데 새로 맡은 역할과 새로 치러야 할 의식이 다소 버거웠다. 나는 늘 걱정했고, 세라는 늘 나를 안전한 곳으로 이끌었다. 세라는 그런 일을 하도록 훈련받았다. 간호사로 일하면서 경험도 많이 쌓았기에 내가 힘들어 할 때마다 자신의 경험담을 수시로 들려줬다. 우스운 이야기도 있고 충격적인 이야기도 있지만 하나같이 안타깝고 서글프고 인간적이라는 공통점이 있다.

그중 특히 기억에 남는 이야기가 하나 있다. 세라가 나를 만나기 한참 전에 겪었던 일이다. 세라는 로열 서식스 카운티 병원의 노인 병동에서 6주 동안 인턴으로 근무했다. 노인 병동은 창문을 따라 병상이 길게 늘어서 있었고 높다란 창문 너머로 브라이튼 해안지구가 멀리 내다보였다. 세라는 아침마다 잠에서 덜 깬 환자들을 다독여 의자에 앉히고 차를 마실 수 있도록 준비시켰다.

나이 든 환자들은 늘 치매가 문제였다. 세라가 침상을 따라 지나갈 때면 누군가가 꼭 엉뚱한 이야기를 꺼냈다. 가령 기다란 그 방이 실은 낡은 기관차의 객실이며 전시 중에 다들 시골로 피난 가는 길이라는 식이다. 그런 말이 순식간에 퍼져도 환자들은 크게 동요하진 않았다. 다만 세라가 찻주전자를 들고 병실을 돌면서 아침 식사로 뭘 먹겠냐고 물으면 환자들은 누가 쳐들어왔는지, 지금 어디로 가는 길인지 등 오만 가지 질문을 쏟아냈다. 세라는 그들이 기차를 타고 있지 않다고 일일이 설명해야 했다.

엉뚱한 상상에 빠지는 데는 나도 선수였다. 나는 늘 가상의 기차를 타고 이상한 곳으로 끌려가는 상상에 빠졌고, 어디로 가는지 몰라 늘 두려움에 떨었다. 그럴 때마다 세라는 나를 올바른 방향으로 이끌어주었다. 그런데 시간이 지나면서 새로운 걱정이 나를 괴롭혔다. 세라가 내 개인 간호사가 될까 봐 은근히 걱정됐다. 세라가 내 개인 간호사로 일하면 나중에 들려줄 재미난 일화가 하나도 없을 것이다. 게다가 나는 세라에게 내 문제를 죄다 까발리고 싶지 않다. 그녀의 털털하고 시원시원한 성격에 반해 결혼까지 했는데 나 때문에 노심초사하는 건 참을 수 없다.

우리는 서둘러 결혼한 뒤에도 매사에 덤벙거렸다. 가족계획을 얘기하다 집부터 옮기자는 결론에 도달했다. 당시 살던 집은 계단이 너무 많아서 애들을 키우기에 적합하지 않았다. 일단 열심히 저축하고 모자란 돈은 빌리기로 했다. 그렇게 해서 덜컥 사들인 집은 우리가 매번 저질러온 실수의 결정판이었다.

우리는 또래보다 늦었다는 생각에 늘 조급했다. 적당한 집을 찾다가 결국 집을 사기로 마음먹었는데, 마음에 쏙 드는 집을 찾았기 때문이다. 그날 우리는 브라이튼에서 버스로 20분 정도 떨어진 솔트딘에 갔다. 완만한 활모양의 거리를 따라 집들이 뜨문뜨문 들어선 한적한 마을이었다. 부동산 중개인이 우리를 어느 집으로 안내했다. 세라는 발을 들여놓기도 전에 그 집에 매료됐다. 야생화가 가득 핀 정원의 낮은 울타리에 걸터앉더니 숨을 깊이 들이마셨다.

7월이라 날이 쾌청했다. 살랑살랑 부는 바람에 나뭇잎이 춤을 췄다. 멀리 떨어진 이웃의 라디오에서 웨스턴 뮤직이 흘러나왔다. 길을 제대로 내지 않아서 풀밭 주변은 울퉁불퉁했다. 신발 밑에 밟히는 자갈 소리가 기분 좋게 들렸다. 전체적으로 완성이 덜 된 분위기였다. 잘 구획된 이스트서식스에 세워진 주택이라기보다는 미국의 어느 시골에 방치된 별장 같았다.

세라는 모험을 떠나기 직전의 허클베리 핀처럼 잔뜩 들떠 보였다. 야생화 사이에서 기다란 풀을 뽑아 질겅질겅 씹기 시작했다. 나는 세라가 이미 마음을 굳혔다고 직감했다.

'그래, 바로 여기야!'

우리는 집 안으로 들어갔다. 방 크기는 작았지만 햇빛이 잘 들었고 창문도 많았다. 전체적으로 반듯하게 뻗은 곳은 하나도 없었다. 건물 상태를 평가한 보고서엔 크고 작은 구조적 결함이 기록되어 있었다.

실내의 세부 장식도 전 주인이 DIY에 관심만 있지 솜씨는 형편없었음을 보여주었다. 입지에 비해 가격이 저렴한 이유가 있었다. 콘센트는 하나같이 높은 데 달려 있었고, 라디에이터는 대충 꿰맞춘 배관들 위로 우뚝 솟아 있었다. 영화 「우주전쟁(The War of the Worlds)」에 나온 삼각대 같은 다리를 한 외계 우주선처럼 라디에이터가 거실을 휘청휘청 돌아다닐 것 같았다.

하지만 어느 것도 문제되지 않았다. 벽에 핀 곰팡이도 거슬리지 않았다. 1년 내내 매물로 나와 있었지만 선뜻 사려는 사람이 없었다는 점도 대수롭지 않게 넘겼다. 실은 그 덕에 우리가 보잘것없는 자금으로 집을 사겠다고 덤빌 수 있었다. 설령 부동산 중개인이 방사능 유출이나 파라오의 저주 같은 경고를 날렸더라도 우리는 상관하지 않았을 것이다.

그러나 세라가 무모하게 덤비더라도 내가 말렸더라면 그런 실수를 저지르진 않았을 것이다. 그러니 나도 죄가 없지는 않다. 집의 구조와 배치를 보면 그간의 증축 과정을 짐작할 수 있었다. 1930년대에 방 두 개짜리 별장으로 지어졌지만 증축을 거듭하면서 10년마다, 때로는 그보다 더 자주 방이 하나씩 늘어났다. 중앙에 놓인 거실 주변으로 방들이 빙 둘러 배치되었다. 그 결과 거실엔 문이 아홉 개나 생겼고 복도는 하나도 없었다. 이 모습을 보고 나는 허먼 멜빌(Herman Melville)의 소설이 떠올랐다. 소설 속에서 화자는 낡은 굴뚝을 중심으로 엉성하게 지어진 주택에 사는데 어느 방이든 문을 열면 굴뚝이 보인다고 했다. 나는 속으로 질문했다.

'허먼 멜빌 때문에 집을 살 것인가?'

내 대답은 분명했다.

'사야지!'

게다가 어지럽게 늘어선 방들을 본 순간 대학 시절 친구가 했던 말이 퍼뜩 떠올랐다. 과제물을 제때 제출하지도 못하면서 술집에서 시간을 죽이던 시절이었다. 친구의 이름은 맷이었다. 맷은 내가 그때까지 만나본 사람들 중에서 가장 똑똑한 것 같았다. 그날 술집에서 맷이 이런 말을 했다.

"살 만큼 살아서 내 야망을 모두 성취했을 때."

"또는." 나는 운명론적으로 보이려는 그의 열망에 얼른 덧붙였다. "그런 야망을 성취하는 게 불가능하다는 걸 알았을 때?"

"아무튼 그런 시기에 도달했을 때 난 엄청나게 큰 집을 살 거야. 그리고 그 집에서 호랑이랑 함께 살 거야. 호랑이를 집 안에 풀어놓고 멋대로 활보하게 할 거야."

"그런 다음엔?"

"그런 다음엔 각자 자유롭게 사는 거지. 호랑이도, 나도. 살아 숨 쉬는 하루하루가 보너스 같을 거야. 언제 호랑이 밥이 될지 모르니까."

"집이 어마어마하게 커야겠군."

맷이 고개를 끄덕였다. 지금도 힘들 때면 호랑이랑 살겠다던 그의 말이 떠오르곤 한다. 때로는 인생 자체가 호랑이랑 사는 것 같다. 늘 뭔가에 쫓기는 것 같고 협상의 여지가 없는 상황으로 내몰리니 말이다. 그 집으로 이사하던 날, 세라가 상자를 풀다 말고 뜬금없이 임신했다고 말했다. 세라가 임신했다! 나는 그 상황을 멋지게 처리할 수 있었다. 원래 큰일은 잘 처리하니까.

그런데 집은 큰일이 아니었다. 그 집으로 들어간 뒤에야 그 사실을 알았다. 생각지도 못한 자잘한 일들이 산더미처럼 쌓여 있었다. 내 손으로 처리할 수 있는 건 별로 없었고 대부분 전문 수리공이 손봐야 할 일이었다. 산적한 일만큼 공포심이 치솟기 시작했다. 어쩌면 아기도 큰일이 아닐지 몰랐다.

우리는 7월에 그 집을 계약했다. 사방에서 햇빛이 들어오고 멀리서 산비둘기가 흥겹게 구구거렸다. 그런데 우리가 이사했을 때는 찬바람이 쌩쌩 부는 12월이었다. 낮은 짧았고 정원엔 안개가 깔려 사방이 음침했다. 거실의 흰 벽은 차갑고 눅눅했다. 아침마다 근처 언덕에서 들려오는 이상한 신음 소리에 눈을 떴다. 알고 보니 양들이 내는 소리였다. 한겨울에 양을 방목한다고? 놀랍지만 그런 인간이 분명 있었다.

이 집에 문제가 많다는 걸 이사한 뒤에야 알았다. 부동산 중개인이 감췄던 문제도 있었지만 아무도 눈치채지 못한 문제도 있었다. 들어가 사는 사람만 알 수 있는 문제였다. 예를 들면 주방 창문 앞에 설치된 홈통은 너무 휘어져서 이끼가 잘 끼었다. 지붕으로 들이치는 빗물을 제대로 모으지 못해서 가는 물줄기가 벽을 타고 줄줄 흘렀다. 집 안에선 반짝이는 검은 벌레들이 툭툭 튀어나왔는데 내 구두 밑창에서 나는 냄새보다 더 역겨운 냄새를 풍겼다. 그래선지 고양이들도 움찔하며 피했다. 집 안에 설치된 파이프에선 천식 환자처럼 가래 끓는 소리가 났다. 밤새 합창이라도 하듯이 사방에서 끄르륵거렸다. 파이프를 교체하는 데 들어갈 비용을 생각하니 앞이 캄캄했다.

처음엔 놀라움의 연속이었다. 어느 날 오후 다락에 올라갔더니 벽으로 나눠진 구역의 쪽문이 안쪽으로 열려 있었다. 그 사이로 찬바람이 쌩쌩 들어왔다. 애써 닫고 보니 문고리가 없었다. 그제야 문 앞쪽에 희미하게 갈겨 쓴 경고문이 보였다.

'닫지 마시오.'

그해 겨울, 우리는 거실을 바다처럼 파란색으로 칠하고 아기 방을 산호처럼 화려한 연분홍색으로 칠했다. 분위기를 바꿨는데도 집에 있으면 온갖 걱정으로 신경이 날카로웠다. 주택을 소유하는 데 드는 비용이 그렇게 많을 줄 미처 몰랐다. 잘 따져보지 않고 덤빈 게 두고두고 후회스러웠다.

"당신이 걱정해야 할 일은 대부분 물로 귀결된다고 봐."

내 입에서 뜬금없이 그런 말이 튀어나왔다. 아마도 그날 싱크대 아래에서 물이 샜거나 TV에서 댐 파괴용 폭탄에 대한 다큐멘터리라도 봤나 보다. 한 문제를 해결하면 또 다른 문제가 터지는 바람에 내 입에선 불평이 끊이지 않았다. 아무래도 그 집은 나를 괴롭히려고 고안된 기계 같았다.

"공감한다는 말이 뭔지 알아?"

세라가 내 말에 바로 반박했다. 그녀는 커피 테이블에 올라가 페인트 붓으로 천장 구석을 칠하는 중이었다. 나는 소파에 널브러진 채 한쪽 팔로 얼굴을 가리고 있었다. 즉흥적으로 상담치료가 시작됐다.

"난 우리가 집을 살 수 있을 거라곤 상상도 못 했어."

세라가 나를 힐끔 쳐다보더니 말을 이었다.

"요즘 사람들은 대부분 그래. 당신의 직장 동료들을 생각해봐. 아무리 열심히 일해도 집을 사는 건 꿈도 못 꾸잖아. 우리 자식들도 그럴 테고. 이런 엄청난 행운에 대한 당신의 반응에 난 전혀 공감할 수 없어."

세라 말이 옳다는 건 알지만 볼멘소리가 나오는 건 어쩔 수 없었다. 그런데 그렇게 불평을 달고 살면서도 집에서 좀체 벗어나지 못했다. 회사에서 굉장히 드문 여행 기회를 제시해도 다 포기했고, 걸어서 15분 거리의 사무실까지 출근하는 일도 걸핏하면 건너뛰고 집에서 글을 썼다. 아내는 임신했고 집은 아파서 골골거렸다. 딱정벌레와 쥐며느리가 출몰했지만 온갖 종류의 값비싼 퇴치제로도 해결할 수 없었다. 나는 환자를 돌보기 위해 집에 머물러야 했다. 그래달라고 누가 요구하지 않았지만 그래야 할 것 같았다.

오만 데 신경 쓰느라 이사한 사실을 다른 식구들한테 알리지도 못했다. 우리 집은 형제자매만 다섯이나 되는 대가족이다. 소식을 다 전하는 데만도 엄청난 에너지가 들어갈 것이다. 그렇더라도 형제자매들에게는 최소한 엽서라도 띄웠어야 했다. 어머니에겐 전화를 드렸어야 했다. 그럼 아버지에겐? 아버지를 생각하면 옛날에 집 앞에서 찍은 사진이 떠오른다. 1970년대 말에 우리는 미국 캘리포니아 북쪽에서 살았다. 산길에서 조금 벗어난 곳에 집이 있고, 집 뒤로 거대한 삼나무 숲이 우거져 있었다. 삼나무 잎들이 바람에 흔들리는 소리와 집이 삐걱거리는 소리가 지금도 들리는 것 같다. 사진 속에선 우뚝 선 집과 거목들이 그림자를 길게 드리웠다. 그 앞에 서 있던 아버지는 너무나 작아 보였다.

아버지는 이해해줄 것 같았다. 남부 해안가에 있는 방 세 개짜리 허름한 목조 주택을 구입한 정신 나간 아들을, 아버지는 이해해줄 것 같았다.

곧 아버지가 되긴 하지만 혈통을 이어야 한다는 압박감을 느끼진 않았다. 부모님이 닦아놓은 길은 매력적이긴 해도 내가 쫓아가기엔 어려울 것 같았다. 부모님은 워낙 개성이 넘치는 분들이라 어디서나 존재감을 발휘했다. 우리가 자랄 때 아버지는 사회복지사였다. 아버지가 당신의 일에 대해 떠벌리진 않았지만 우리는 날마다 아버지가 아이들을 구하고 있다고 생각했다. 그래서 걸핏하면 집을 비우는 아버지를 아무도 원망하지 않았다. 오히려 훌륭한 일을 한다고 높이 평가했다. 한번은 아버지가 저녁 늦게 집에 돌아와서 손을 씻고 싶다고 했다. 나는 아버지가 욕실이 어디인지 모를까 봐 2층 욕실로 안내했다. 그 생각만 하면 지금도 얼굴이 화끈거린다.

아버지는 켄트 사람들 사이에서 유일한 미국인이라 겉모습만으로도 눈에 띄었다. 다들 차갑게 웅얼거리는데 아버지만 크고 다정하게 말했다. 내가 여권에 찍힌 국적대로 미국 사람처럼 보이려면 무진장 노력해야 할 것이다. 1980년대라 해도 영국의 교외 지역은 1950년대와 별반 다르지 않았기 때문에 미국인은 어딜 가나 두드러졌다. 아버지는 입을 다물고 있어도 눈에 띄었지만, 입을 열면 부드럽고 다정한 목소리로 더 이목을 끌었다. 목살이 처진 것만 빼면 서글프면서도 예리한 눈매를 지닌 해리슨 포드 같았다. 그런 외모는 독재자 같았던 할아버지에게서 물려받은 것이었다.

어머니는 다른 식으로 존재감을 뚜렷이 드러냈다. 화가 날 땐 주변 사람들의 기를 죽일 정도로 격분하다가도 돌아서면 금세 웃고 떠들었다. 노상 대의명분을 내세웠고 그에 따라 행동했다. 60대에 들어선 후에야 기세가 조금 누그러져, 속에서 활활 타오르던 용광로의 불길이 잦아든 듯했다.

어렸을 때 우리는 어머니가 어디로 튈지 예측할 수도 없었고 심중을 헤아릴 수도 없었다. 여동생과 나는 어머니의 출신 배경이 확실치 않다는 데 의견을 같이했다. 들은 바에 따르면 어머니의 가문은 프랑스에서 왔다고 한다. 튈르리(Tuileries), 솔레(Solei) 같은 고상한 성이 촌뜨기 켄트 사람들에 의해 틸리(Tilly)와 솔리(Solly)가 되었다. 하지만 겉모습만 봐선 오만 가지 혈통이 뒤섞인 것 같았다. 피부색이 짙고 기운이 센 걸 보면 집시 같았고, 감수성이 풍부한 걸 보면 뉴욕의 시인 가문 소생 같았다. 또 단호한 성격은 러시아 출신 같았다.

어머니와 아버지는 당시엔 정말 이해할 수 없는 결정을 내렸다. 두 분은 미국과 영국을 오가며 살기로 결정했고, 그 바람에 결국엔 다들 버티지 못하고 나가떨어지고 말았다. 1950년대 출생한 여느 아이들처럼 부모님은 1960년대와 1970년대를 내키는 대로 살았다. 중국 고전인 『역경(易經)』의 가르침을 몸소 실천하려는 듯 변화무쌍한 행보였다. 그 결과 우리는 정말 다채로운 삶을 살았다.

내 어린 시절의 기억은 추억 속 장난감 뷰마스터(View-Master)로 보던 3D 입체영상과 흡사했다. 삼나무 숲, 어머니가 급커브 산길을 과속으로 도는 바람에 아찔했던 순간과 때마침 우리를 쳐다보던 사슴, 호박을 사려고 자동차 뒷좌석에서 아버지의 거친 타탄 코트를 깔고 앉아 달리던 시골길, 밤에 로스앤젤레스 공항으로 가던 고속도로에서 바라본 점보제트기, 그리고 켄트에서 살던 시절. 켄트 토박이인 외할아버지와 외할머니는 체구가 작고 고지식했으며 토속 기독교 신앙에 사로잡힌 분들이었다. 당시 부모님의 경제력이 여의치 않아 온 가족이 외할아버지 집 거실 바닥에서 잤다.

그런 와중에도 부모님은 자식을 다섯이나 낳았다. 내 위로 형이 둘, 아래로 여동생이 둘이다. 두 분이 사전에 숙고하거나 계획했을 리는 없다. 그런 유쾌하면서도 종잡을 수 없는 삶의 방식을 나도 모르게 물려받았는지 모른다. 아무튼 어머니와 아버지는 정신 나간 사람들처럼 살았다. 그게 두 분의 기질 탓인지, 두 대륙에 뿌리를 둔 상황 탓인지는 알 수 없다. 두 분은 뭉치면 폭발하지만 따로 있으면 조용하고 안전한 화학물질 같았다. 헤어지고 나서야 각자의 개성이 온전히 드러났는데, 윌트셔에 정착한 아버지는 과거 경험을 살려 사회학자가 되었다. 어머니는 켄트가 싫다고 하면서도 결국 켄트에 정착해서 집고양이처럼 살고 있다. 때로는 얌전하게, 때로는 사납게 굴면서.

나는 어느 쪽에 더 가까울까? 너무 정신없는 어린 시절을 보낸 탓에 일찌감치 한곳에 정착하고 싶었다. 그러나 그렇게 마련한 집은 내게 책임감이라는 새로운 종류의 공포심을 안겨주었다.

그런 공포심을 안고서 2013년 2월, 12주 차 정밀검사를 받으러 세라와 함께 병원을 찾았다. 이번엔 적절히 반응하겠다고 다짐까지 했지만 눈앞에 펼쳐진 모습에 헉 하고 놀랐다. 신경관의 가벼운 퍼덕거림을 예상했는데 실상은 완전히 딴판이었다.

신경관은 없고 아기 형상을 한 덩어리가 보였다. 초음파 기사는 각 부위의 길이를 재고 생김새를 확인하고 팔다리 개수도 셌다. 각 부위에 대한 설명이 정신없이 이어졌다. 어느 부분이 어떤 형상으로 자랄지 생각할 겨를도 없었다. 나는 세라와 같은 장면을 보고 있었지만 속으로는 딴생각을 했다. 나는 퍼뜩 스치는 끔찍한 상상에 고개를 절레절레 흔들었다. 회색빛 몸통 사이로 흐릿하게 보이는 내 딸의 갈비뼈가 아귀의 쩍 벌린 이빨처럼 보였던 것이다.

나는 그 시점에 도달한 태아의 미스터리를 감지했다. 그들은 작고 여리지만 엄청나게 강한 존재였다.

3월 말에 20주 차 정밀검사를 받으러 가는데 내 안에서 뭔가가 변하기 시작했다. 그땐 의식하지 못했다. 길을 잃은 줄도 모르고 걷다가 한참 만에 알아차렸을 땐 처음 잘못 들어선 지점을 찾기 위해 되짚어가야 한다. 돌이켜 생각해보니 그때부터 어떤 변화가 느껴지기 시작했던 것 같다.

변화는 이런 식으로 찾아왔다. 사전 경고도, 뚜렷한 이유도 없이 공포심이 사라지기 시작했다. 집에서 생기는 온갖 문제가 더 이상 충격으로 느껴지지 않았다. 마음이 평온하긴 했지만 왠지 강요된 평온 같았다. 나를 세상에서 분리시키려고, 어쩌면 세상을 내게서 분리시키려고 머리 위로 커다란 드럼통이 씌워진 것 같았다. 이것이 신경질환의 첫 번째 신호였을까? 지금도 잘 모르겠다. 어쨌든 주목할 만한 현상이긴 했다. 사람들이 그에 대해 한마디씩 의견을 내놨다. 세라는 내가 불평을 늘어놓지 않자 이렇게 말했다.

"당신은 기분이 점점 좋아지는 거야."

나는 고개를 끄덕이면서도 속으론 수긍하지 않았다.

'글쎄, 딱히 기분이 좋아진 것 같지는 않은데.'

그래도 여전히 깜짝 놀랄 때가 있었다. 그 당시 딸은 심하게 꼼지락거렸다. 아내의 뱃속에서 팔꿈치와 무릎과 주먹을 바쁘게 놀렸다. 화난 것 같기도 하고 조바심치는 것 같기도 했다.

간혹 현기증이 날 때도 있었다. 딸은 버스 타는 걸 좋아했다. 흥분해서 꼼지락거리는 걸 보면 알 수 있었다. 또 설탕과 차가운 음료도 좋아했다. 「문 리버(Moon River)」가 흘러나오는 TV 광고도 좋아했다. 세라와 나는 아직 태어나지도 않은 딸을 완벽히 파악했다고 장담했다. 딸이 세상에 나오면 바로 알아볼 수 있을 거라고 자신했다.

20주 차 정밀검사에서 나는 어느 때보다 차분했고 그런 반응을 좋은 방향으로 해석했다. 이 마지막 초음파 때는 모든 게 무척 평온했다. 따사로운 3월이었고, 초음파 기사도 상냥했다. 입을 벌름거리는 태아의 모습은 내 여동생을 닮은 것 같았다. 우리는 스크린에 얼굴을 바싹 갖다 댔다. 보름달 같은 아기 머리를 자세히 보니 좌측과 우측으로 갈라져 있었다. 골이 많이 패서 그림자가 진 부분과 환한 부분이 뚜렷하게 갈라졌다.

나는 이처럼 은밀한 영역을 들여다볼 수 있어서 무척 기뻤다. 그런 영상을 보고도 차분할 수 있어서 좋았고, 겁먹지 않아서 더 좋았다. 물론 이 모든 과정에서 나를 진짜로 공포에 빠뜨릴 일은 따로 있었다. 하지만 나는 전혀 감지하지 못했다.

질병은 원래 은밀하게 다가온다. 퇴행적 행동을 하더라도 초기 단계에선 별로 의심하지 않는다. 알던 사실도 잊어버리고 행동도 조금씩 굼떠진다. 좀 더 구체적으로 말하면, 전날까지만 해도 아무 문제없이 열던 문을 잘 열지 못하게 된다. 그런데도 이런 변화를 주목하지 않는다. 그런 문제가 한동안 지속되는데도 그렇다.

분명 처음 그랬던 순간이 있을 텐데 언제였는지 기억나지 않는다. 문고리를 잡지 못하는 문제가 자꾸 반복됐다. 처음엔 어쩌다 한 번 허공을 더듬었다. 보지도 않고 문고리를 잡으려 하니까 그렇다며 대수롭지 않게 넘겼다. 몇 차례 반복됐을 땐 생각 없이 손을 뻗으니까 놓치는 거라고 스스로를 안심시켰다. 하지만 나는 예전에도 생각 없이 손을 뻗었고, 그래도 아무 문제가 없었다. 문을 열려고 손을 뻗었는데 아무것도 잡히지 않고 문도 그대로 닫혀 있으면 처음엔 피식 웃음이 나왔다. 여러 번 반복됐을 때도 그다지 진지하게 생각하지 않았다. 두 번째 시도에서 문이 열리면 우습게 여겼던 다른 사소한 문제들과 함께 그 기억을 재빨리 지워버렸다. 그냥 까맣게 잊어버렸다.

나는 패턴을 찾는 일도 게을리했다. 처음엔 문고리를 놓쳤고 다음엔 스위치를 켜지 못했다. 부엌 찬장 문을 열지 못했으며 현금인출기의 숫자판을 제대로 찍지 못했다. 문제가 점점 확산됐지만 적어도 1년 동안은 전혀 의심하지 않았다. 내가 눈여겨보지 않는 사이에 온 세상이, 그 안에 존재하는 모든 것이 내게서 2, 3센티미터씩 멀어져갔다.

아기가 곧 태어날 예정이라 이런 문제를 감지하기가 더 어려웠다. 예정일이 가까워오자 나는 요일 감각이 없어지고 물건을 자꾸 떨어뜨렸다. 음식을 쏟기도 하고 걸핏하면 펜촉이나 식기류에 찔렸다. 그런데도 별로 신경 쓰지 않았다. 부모가 된다는 불안감 때문일 거라며 대수롭지 않게 넘겼다. 그런데 실상은 불안감을 느끼지도 않았다. 불안감이 싹 사라졌다는 놀라운 사실도 그냥 넘겨버렸다.

딸이 태어나면 바로 알아볼 거라고 자신했는데 아무래도 그러진 못할 것 같았다. 나는 나 자신도 알아보지 못했다. 손이 없어졌지만 전혀 알아채지 못했다. 물론 내 손목 끝에 별일 없다는 듯 달려 있긴 했다. 하지만 손이 해야 할 일을 하지 못했고 도무지 말을 듣지 않았다. 뭔가를 하고 싶을 땐 난생처음으로 내 주변에 놓인 세상을 주의 깊게 살펴야 했다. 열쇠와 자물쇠 따위를 눈으로 일일이 확인하고 집었다. 그런데도 이게 무슨 뜻인지 고민해볼 정도로 심각하게 여기지 않았다.

다만 자신감이 점점 떨어졌다. 결혼 생활도, 집도, 아기도 책임지고 이끌어갈 자신이 없었다. 그럴수록 자꾸 아버지에게 의지하고 싶었다.

세라가 잠자리에 들면 아버지에게 전화를 걸었다. 전화선 너머에서 아버지가 캘리포니아 억양으로 영국인 아들을 안심시켜 주길 바랐다. 골방에서 신호음을 들으며 어두운 창밖을 응시하던 순간을 생생하게 기억한다. 이틀에 한 번꼴로 아버지에게 전화했다. 뭘 물어보려고 전화했는지도 다 기억한다. 그러나 아버지의 대답을 들을 순 없었다. 애초에 묻지도 않았기 때문이다.

'우리가 부모 노릇을 제대로 할 수 있을까요? 애초에 부모가 될 자격은 있나요?'

나만 그런 의문을 품는다고 생각하진 않는다. 자식 노릇도 제대로 못 하면서 부모가 되려니 어찌 두렵지 않겠는가! 게다가 내 주변엔 열지도 않은 포장 상자가 가득했다. 상자에는 각종 보드게임과 비디오게임이 들어 있었다. 어린 시절 반복해서 읽던 책도 그대로 들어 있었다. 그 모든 상자들이 소리치는 것 같았다. 아니, 저주를 퍼붓는 것 같았다. 내가 아버지 노릇을 제대로 해내지 못할 거라고.

그런데 어두운 창문에 어떤 모습이 비쳤는지는 기억하지 못한다. 손을 뻗으면 당연히 잡히는 문고리처럼 나는 거울에 비치는 내 모습에 너무나 익숙했다. 그래서 제대로 보지 않았다. 흐트러진 머리칼, 제멋대로 자란 턱수염, 후줄근한 옷차림, 정신이 팔린 듯한 표정. 대공황 시기에 누군가가 불붙인 쓰레기통 주변으로 모여든 실직자들 사이에 끼면 딱 어울릴 법한 모습이었다.

나는 내내 정신이 팔려 있었다. 도대체 무엇에 정신이 팔렸던 걸까? 30대 중반까지 내가 관심을 기울인 건 다 엄청난 일이었다. 아버지에게 전화로 알릴 만한 큰일이었다. 그렇다면 거울에 비친 내 모습은? 글쎄. 자꾸 문고리를 놓치는 건? 어림없다!

분만실은 아기가 태어날 만한 장소로 적합하지 않았다. 각종 신호를 탐지하는 장비가 늘어서 있고 귀를 찢는 비명 소리가 여기저기서 들렸다. 게다가 인공소생술을 시행하는 장치가 실린 카트를 붙잡고 주변을 서성이는 전문가들까지, 그야말로 어수선했다. 그렇게 숨 막힐 듯 무더운 8월 말의 어느 저녁, 귀여운 고질라가 세상에 나왔다.

불그스름하게 번들거리는 피부는 영락없이 양서류 같았다. 머리는 흡입기로 잡아당긴 탓에 길쭉하게 늘어나 있었다. 검은 눈동자는 영롱하게 빛났고 살집이 있는 도톰한 부리는 입으로 불러도 될 성싶었다. 아기는 세상에 나오자마자 세라의 배 위에 올려졌다. 나는 얼굴을 바짝 들이대고 딸을 쳐다봤다. 너무나 신기해서 눈을 뗄 수가 없었다. 내가 그동안 안다고 생각했던 사람은 아니었지만 놀랍고 신기하기 그지없었다.

"애는 어때?"

세라가 물었다. 나는 놀란 눈으로 딸의 머리를 쳐다봤다. 까만 눈이 나를 마주 쳐다봤다. 어쩌면 처음으로 초점을 맞추려 했는지도 모르겠다. 나는 삐죽한 머리에 불그스름한 얼굴을 한 아기를 버스와 설탕과 「문 리버」를 좋아하던 아기와 연결시켜 보려고 노력했다. 눈썹은 연필로 그린 것처럼 희미했다. 쭈글쭈글한 얼굴은 뭔가를 곰곰 생각하는 것처럼 보였다. 나이가 무척 들어 보였다.

"애는 어떠냐니까?"

세라가 다시 물었다. 그제야 내가 대답해줘야 한다는 걸 깨달았다. 멍청하게도 나는 딸이 직접 대답하길 기다렸던 것이다.

다음 날 우리는 아기를 싸개와 카디건과 스카프로 돌돌 감싸서 카시트에 태웠다. 아버지가 우리를 집까지 태워다주었다. 우리는 감정이 복받쳐서 아무 말도 못 했다. 차에서 아기를 내릴 때 아마도 나는 문을 단번에 열지 못했을 것이다. 보나마나 현관 문고리도 놓쳤을 것이다. 게다가 딸과 나는 아직 서로를 인식하지도 못했다.

오래 기다릴 필요는 없었다. 다음 날 아침 눈을 떴더니 바로 옆에 내 딸이 누워 있었다. 나랑 비교하니 너무나 작아 보였다. 원근법에 의한 속임수가 아니라 진짜로 작았다. 가만히 들어 품에 안았는데 깃털처럼 가벼웠다. 살결은 그지없이 보드라웠다. 내 손길을 느꼈는지 아기가 눈을 뜨고 나를 쳐다봤다. 까만 눈이 초롱초롱 빛났다. 입을 꼬물거리는가 싶더니 침을 꿀꺽 삼켰다. 때마침 선잠에서 깬 세라에게 아기를 건넸다. 그런데 딸이 엄마 품에 안기면서 검은 눈동자를 굴려 나를 계속 쳐다봤다. 촉촉한 눈망울로 한동안 더 쳐다봤다. 내 눈엔 그렇게 보였다. 그걸로 족했다. 우리 사이에 뭔가가 오갔다. 처음으로 서로를 인식한 것 같았다.

그 뒤로 몇 주 동안 우리는 아기의 얼굴을 유심히 살폈다. 뭘 찾았던 건 아니다. 다만 뭔가를 기다렸던 것 같다. 딱히 뭘 기다렸는지는 나도 모르겠다. 어쩌면 아기가 안정되기를 기다렸는지도 모른다. 아기는 하루가 다르게 변했다. 눈이 점점 열어지더니 파란색으로 바뀌었다. 뺨엔 보조개가 생겼다. 얼굴을 찡그리기도 하고 우리를 쳐다보며 방긋 웃기도 했다.

딸이 변신을 거듭하는 동안 세라와 나는 각자 역할을 맡았다. 세라는 젖을 물렸고 나는 잠을 재웠다(반대로 세라가 잠을 재운 적은 많지만 내가 젖을 물린 적은 한 번도 없다). 아기는 자주 깨서 졸린 눈으로 우리를 쳐다보며 방긋 웃거나 와락 울음을 터뜨렸다. 울음이 터지면 나는 아기를 달래려고 온갖 방법을 동원했다. 뱃속에 있을 때 유난히 꼼지락거렸던 노래들만 선별해서 들려주거나 집필 중인 기사를 나른한 목소리로 읽어주었다. 게임 리뷰와 개발자 인터뷰, 특집 기사 목록과 사진 캡션 등을 읽어주면 아기는 눈물을 그쳤다. 어떤 방법이든 적어도 한 번은 먹혔다. 하지만 계속해서 효과를 보이는 방법은 없었다.

이 시기에 특별히 재밌었던 일화를 몇 가지 기억한다. 내가 처음으로 기저귀를 갈아주려고 시도한 사건은 마치 시트콤의 한 장면 같았다.

"내가 갈아줄게."

세라에게 큰소리친 후 나는 아기 방으로 들어갔다. 잠시 후 세라가 호기심에 방문을 빼꼼 열고 들여다봤다. 그런데 새 기저귀를 채우기도 전에 아기가 그만 오줌을 싸고 말았다. 나도, 아기도 흠뻑 젖었다. 어떻게 했는지 아기는 머리카락까지 젖었다. 나는 정신적 외상에 준하는 충격을 받고 어찌할 바를 몰랐다. 세라는 나를 옆으로 살며시 밀더니 응급실 간호사로 변신했다.

"걱정 마."

세라가 뒤처리를 하면서 말했다.

"오줌 봉변을 당하는 게 이번이 처음은 아니거든."

나는 그제야 정신을 차리고 아내를 황홀한 눈길로 바라봤다.

이런 일은 패배감보다는 소소한 즐거움을 느끼게 했다. 그리고 며칠 뒤엔 아기 방에서 승리의 기쁨을 맛봤다. 잠을 재우기 전에 기저귀를 갈아주려는데 아기가 갑자기 보채기 시작했다. 얼굴이 일그러지고 두 눈이 단춧구멍처럼 가늘어졌다. 나는 당황해서 어쩔 줄 모를 거라 생각했다. 그런데 아니었다. 뭘 해야 하는지 알았다. 아무도 말해주지 않았지만 정확히 알았다. 나는 몸을 숙이고 아기의 자그마한 가슴에 살며시 손을 내려놨다. 다음 순간 아기가 울음을 뚝 그치고 나를 쳐다봤다. 우리는 그렇게 신기한 얼굴로 한동안 서로를 쳐다봤다.

이즈음 지방 의회에 아기 이름을 등록하려고 셋이서 딱 한 번 외출했다. 우리는 몇 주 동안 고심해 지은 이름을 온 세상에 공표했다. 리언틴 메이플 돈런. 지방 의회까지 어떻게 다녀왔는지는 기억나지 않는다. 다만 가기 전에 리언을 준비시킨 일은 생생하게 기억한다. 그날까지 우리는 똑딱단추로 밑에서 위까지 채우는 우주복 외에 리언에게 다른 옷을 입혀본 적이 없었다. 우리는 리언의 첫 외출을 위해 셔츠와 바지와 예쁜 모자까지 준비했다. 우리 자신 말고 누구에게 옷을 제대로 입혀보긴 그때가 처음이었다. 만화책 『땡땡의 모험(Adventures of TinTin)』에서 당황한 납치범이 클로로포름에 취한 피해자에게 외출복을 입혀 자동차 조수석에 태우는 장면과 흡사한 상황이 펼쳐졌다.

그 뒤론 웬만하면 외출을 삼갔다. 나는 직장으로 복귀했지만 가능하면 출근하지 않고 집에서 일했다. 아침에 리언은 우리 옆에서 눈을 떴고, 앙증맞은 입을 크게 벌리고 하품을 했다. 밤엔 내 배 위에서 잠이 들었다. 나는 손가락으로 아이의 등을 살살 쓸어주면서 세라와 함께 「히틀러의 메가프로젝트(Nazi Megastructures)」나 북극곰이 처한 참상에 대한 다큐멘터리를 시청했다.

점심 무렵이 가장 좋았다. 리언은 침대에서 낮잠을 자고 세라는 리언 옆에서 꾸벅꾸벅 졸았다. 나는 작업실에 누워 창밖을 바라보곤 했다. 이웃집 뒤뜰에서 자라는 나무의 샛노란 잎사귀 사이로 눈부시게 파란 하늘이 보였다. 나는 책을 읽으며 내 딸이 커가는 모습을 생각했다.

심심풀이 독서가 아니었다. 나는 좋은 아버지가 되고 싶었다. 책을 펼치면 예전엔 별로 의식하지 않던 아버지라는 존재가 유난히 눈에 들어왔다. 평생 끼고 살았던 책에 아버지가 그렇게 많이 나오는지 미처 몰랐다. 그들은 대개 믿기 어려울 정도로 훌륭한 사람이거나 끔찍한 실패자였다. 완벽한 아버지나 폭력을 일삼는 아버지만 있을 뿐 그 중간은 없는 것 같았다.

결국 나는 책 때문에 생긴 고민을 책으로 해결하기로 마음먹었다. 더 많은 책으로 책과 싸웠던 것이다. 그래서 닥치는 대로 책을 구입했다. 아동 발달, 아동 안전, 이유식, 유아교육의 중요성 등에 관한 책을 연이어 읽었다. 어떤 책은 아이가 괜찮은 유치원에 다니지 않으면 괴물이 될 거라고 했다. 어릴 때 대인관계 기술을 익히지 못하면 사람들과 어울리지 못하고 공감하지 못한다는 둥 수많은 책들이 온갖 참상을 역설하고 온갖 괴물을 소개했다.

나는 아동심리학이나 갈등 이론 같은 책 말고도 어렸을 때 즐겨 읽던 책도 하나둘 모았다. 딸한테 줄 선물이라고 둘러댔지만 실은 내가 읽고 싶었다. 『스파이 가이드북(Spy's Guidebook)』은 여름 한정판을 구입했는데, 비밀요원의 자잘한 용품이 부록으로 딸려 있었다. 이 책엔 괴짜 스파이만 나올 뿐 친구를 괴롭히는 못된 아이가 없다. 나는 벌써부터 학교 폭력과 왕따를 걱정하고 있었다. 다음으로 엘렌 라스킨(Ellen Raskin)의 추리소설을 읽었다. 라스킨의 추리소설에는 다양한 퍼즐과 퀴즈가 나온다. 사람들이 자기 이름과 연관된 분야에서 직업을 찾는다는 가설, 어른에 대한 불신, 어른이 아이들과 다른 어른들에게 행하는 수많은 악행도 소개된다.

어렸을 땐 이런 책을 읽으며 온갖 상상에 빠져들곤 했다. 그런 상상은 스릴이 넘쳤지만 어른으로 자라는 데 필요한 의미 있는 경험은 제공하지 못했다. 상상에 빠져들 땐 삶의 모든 것이 단서로 작용한다. 나는 단서를 조합해서 내 멋대로 해석했다. 정도의 차이는 있지만 누구나 어렸을 땐 그렇게 할 것이다. 가령 나는 집을 나설 때 세찬 바람이 불거나 나뭇가지 사이로 새들어온 빛이 오른쪽으로 굴절되면 특별한 일이 생길 거라고 생각했다. 그래서 주변에 무슨 일이 벌어지는지 알아내려고 바짝 긴장했다. 깨진 유리, 다른 사람이 반쯤 쓰다 버린 쪽지 같은 걸 수집하기도 했다. 내가 사는 환경의 보이지 않는 측면에 대한 지도를 그리며 세상에 숨겨진 심오한 질서를 알아내려고 했다.

당시에도 그걸 굳이 이해하려들지는 않았다. 그냥 보고 싶고 탐구하고 싶었을 뿐이다. 리언이 나와 비슷한 상상에 빠질 거라고 생각하진 않았다. 다만 앞으로 부딪칠 세상과 어떤 식으로 교류하게 될지 무척 궁금했다. 리언의 출현으로 나는 뭔가 새로운 면모를 보여줘야 한다고 느꼈다. 어쩌면 거의 잊고 지냈던 옛날 모습을 보여줘야 할지도 모르겠다.

나는 손에서 책을 놓지 않았다. 늦여름이 가고 가을이 오는가 싶었는데 어느새 겨울이 되었다. 그사이 『보물섬』까지 섭렵했다. 에브리맨

라이브러리(Everyman Library)에서 출간한 최우수 판형으로 읽었다. 앞표지 안쪽에 지도가 나오고 머빈 피크(Mervyn Peake)의 삽화도 중간중간 나왔다. 피크는 해적을 기괴한 모습으로 그려서 고사리 같은 양치식물 사이에 배치했다. 흑백 그림에서 빛을 묘사할 땐 아무것도 그려 넣지 않았는데 어두운 주변 모습만 그려도 빛이 뿜어져 나오는 것 같았다. 외다리 존 실버 선장은 똑같은 모습으로 등장한 적이 한 번도 없었다. 늙은 장님 퓨는 커다란 혹이 달린 괴물로 묘사되었다.

『보물섬』이 아이의 도덕성을 다루는 어두운 내용의 책인 걸 진작부터 알았지만, 리언이 내 옆에 누워 있는 지금만큼 명확하게 의식하진 못했다. 리언은 기껏해야 한두 시간밖에 깨어 있지 않았고 어쩌다 다리를 허우적거리거나 뜬금없이 방긋 웃는 정도밖에 할 줄 아는 게 없었다. 그런데도 용케 책 속에 잠입해서 이야기를 다시 써냈다. 위험한 순간을 강조하고 위협적인 존재를 더 극명하게 보여주었으며 중요한 사건을 더 돋보이게 했다.

짐 호킨스는 보물을 찾으러 바다로 나간다. 그런데 히스파뇰라호의 조리실에서 우연히 사과 상자에 들어갔다가 선원들이 반란 음모를 꾸미는 것을 엿듣는다. 키다리 존 실버가 주도한 음모였다. 짐이 실버를 친구이자 아버지로 바라보기 시작한 직후부터 그의 음모가 드러난다. 실버는 선장을 비롯해 지도부만 속인 게 아니라 자기를 좋아하는, 자기를 다정한 사람이라고 생각하는 어린아이까지 속인 것이다.

책을 읽는 내내 마음이 무거웠다. 다 읽고 나서야 마음이 놓였다. 크리스마스는 셋이서 조촐하게 보냈다. 새해가 다가오면서 나는 『지킬 박사와 하이드 씨』를 집어 들었다. 더 독선적인 괴물이 등장하는 책이다. 그리고 책의 도입부에 엄청난 미스터리를 간직한 문이 등장한다.

2014년 1월의 어느 날, 아침 6시경에 나는 침대에서 벌떡 일어났다. 그리고 떨리는 목소리로 말했다.

"아무래도 심장마비가 온 것 같아."

내 말의 주요 청취자는 리언이었다. 태어난 지 다섯 달 된 리언은 우리와 한 침대를 썼다. 엎어져 자면서 자꾸 버둥거리는 바람에 시트에 천사 형태의 자국을 남기곤 했다. 때로는 자명종 역할을 하기도 했다. 작은 발로 내 얼굴을 차면서 일어날 때라고 알려주었다(나는 황급히 일어났다가 아직 새벽 5시도 안 됐다는 걸 알고 도로 눕곤 했다).

리언 옆에는 세라가 있었다. 세라는 침대 옆에 놓인 아기 침대의 나무 창살에 바싹 붙어 있었다. 리언이 체구는 가장 작지만 가장 넓은 자리를 차지했기 때문에 우리는 얼굴과 다리를 반대로 하고 옆으로 누워서 자야 했다. 부모가 되려면 잠자리 습관도 바꿔야 하는 법이다.

당시 리언은 우리 둘을 섞어놓은 듯했다. 세라를 닮은 것 같다가, 나를 닮은 것 같다가 모습이 오락가락했다. 먹고 또 먹으면서 얼굴 모양이 수시로 바뀌었다. 처음엔 나처럼 둥근 보름달 같았다. 창백하고 넓적한 얼굴로 놀란 표정이나 혼란스러운 표정을 지었다. 그런데 시간이 지나면서 세라를 닮아가더니 점점 길쭉해졌다. 프랑스 영화감독 멜리에스에서 이탈리아 화가 모딜리아니로 변신했다. 금발의 모딜리아니는 기분도 수시로 왔다 갔다 했다. 순하게 노는가 싶다가도 금세 독재자로 돌변했고, 관심사가 수시로 바뀌면서 표정도 시시각각 달라졌다. 무슨 표정을 취하든 처음엔 방긋 웃었다. 심지어 울기 직전에도 방긋 웃었다.

그날 아침 리언은 내 말에 전혀 동요하지 않았다. 아직 말을 알아듣지 못하는 아기는 호기심 어린 얼굴로 엄지손가락을 빨면서 나를 쳐다볼 뿐이었다. 내 뜬금없는 발언에 익숙한 세라는 팔꿈치로 턱을 괴고서 눈을 찡그리며 말했다.

"팔이 아파?"

"아니."

"가슴은?"

"안 아파."

세라가 등을 대고 누우며 눈을 깜빡거렸다.

"그럼 정확히 뭐가 문젠데?"

"손이 너무 뻣뻣한 것 같아."

나는 손바닥을 맞붙이고 꽉 눌렀다. 그다음엔 손가락끼리 맞붙이고 세게 밀었다. 딱히 부어 보이지도 않는데 손이 쿡쿡 쑤시고 화끈거렸다. 살갗 속의 뼈가 갑자기 늘어난 것 같았다. 뜨거운 불판에 놓인 소시지처럼 금방이라도 터질 것 같았다.

"토스트기나 진공포장기 같은 데 들어간 것 같아."

나는 적당한 표현을 찾으려고 고심했다.

"내 손이 팝타르트(토스트기에 굽거나 전자레인지에 데워 먹는 냉동 페이스트리-옮긴이 주)가 된 것 같아."

소시지라고 하는 것보단 나을 성싶었다.

"당신 손이 팝타르트가 된 것 같다고?"

세라가 눈을 굴리며 말했다.

"심장마비처럼 들리진 않는데. 오히려 신경학적 문제처럼 들려. 다발성 경화증 같은."

세라가 다시 잠든 사이 나는 리언을 안고 욕실로 갔다. 딸아이의 따뜻한 숨결을 느끼며 손가락을 꼬집기도 하고 꼼지락거리기도 했다. 손가락 마디가 저렸다. 내게 믿는 구석이 하나 있다면 바로 이 손이다. 손은 내 정체성의 핵심이다. 내 마음속의 자아상은 아직도 열여섯 살에 머물러 있다. 나는 셔츠 자락을 나풀거리며 온갖 실수를 저지르지만 내 손은 늘 내가 되고 싶은 사람이 되라고 채근한다. 정확하고 차분하게 행동하라고.

그런데 오늘 아침엔 내 손을 인지하지도 못했다. 손은 이상한 전기로, 위험하고 통제할 수 없는 전기로 가득 차 있었다. 불꽃이 튀는 전기 케이블이 내 안에서 마구 휘젓고 다니는 것 같았다. 결혼반지를 내려다봤다. 애초에 딱 맞았기 때문에 반지를 빼면 자국이 살짝 남았다. 반지를 세게 잡고 살살 돌려가며 뺐다. 자국이 더 깊이 팬 것 같지 않았다. 손가락이 부은 건 아니었다. 피부색도 평소와 다름없는 것 같았다. 이런 걸 병이라고 하는지 모르겠지만 어쨌든 병에 걸렸을 거라고는 추호도 생각하지 않았다. 꼼꼼하게 살피지 않았다. 나는 나 자신을 잘 몰랐다.

리언을 세면대 가장자리에 앉히고 몸으로 받치면서 두 손을 창문 밑 차가운 타일에 갖다 댔다. 찌릿찌릿한 감각은 멈추지 않았지만 그게 어느 부위인지 특정할 수는 있었다. 전기 스파크가 일어난 부위는 손 전체가 아니라 손가락 끝부분이었다. 잠을 이상하게 잤나 보다고 생각하며 리언을 쳐다봤다. 리언도 나를 마주 쳐다봤다. 리언은 결혼반지를 다시 보고 싶어 했다. 금반지가 아침 햇살을 받아 희끄무레한 욕실에서 환하게 빛났다.

문득 얼마 전에 있었던 일이 떠올랐다. 그날도 사무실에서 게임에 관한 리뷰를 지겹도록 쓰고 있었다. 평소처럼 키보드와 컨트롤 패드를 왔다 갔다 했다. 그러다 돌연 업무 때문에 내 손을 지나치게 학대한다는 생각이 들었다. 내 손을 날마다 암염 갱도로 보내놓고 불평도 하지 말고 하루 종일 힘겹게 일하라고 강요하는 것 같았다.

퇴근 후 친구들과 저녁을 먹으러 갔다. 리언이 태어난 후 처음으로 밤에 친구들과 어울렸다. 지금 생각해보니 그날도 손끝에 이상한 낌새가 있었다. 악어 집게가 손톱을 꽉 물고 있는 것 같았다. 손을 몇 차례 흔든 후 그냥 넘기려는데 친구들이 일제히 나를 쳐다봤다. 그들은 산업재해를 당한 사람에게 보내는 동정 어린 시선으로 나를 쳐다봤다. 총 맞은 군인이나 산 채로 타버린 소방관처럼 어깨를 잔뜩 움츠리고 저린 손가락을 참아가며 비디오게임에 관한 기사를 쓴 사람도 괴롭기는 매한가지였다.

꿈쩍도 않고 손만 쳐다보고 있는데 세라가 욕실에 들어와 이를 닦기 시작했다. 손에는 휴대폰이 들려 있었는데, 세라가 최근 푹 빠져 있는 앱이 켜져 있었다. 집에서 약 1.5킬로미터도 안 떨어진 바다를 오가는 선박 정보를 알려주는 앱이었다. 해안가에 자리 잡은 집으로 이사한 뒤 세라는 바다를 쳐다보는 게 일과가 되었다. 넘실거리는 파도 위로 지나가는 요트와 낚싯배, 어둠속에서 어렴풋이 보이는 유조선을 넋 놓고 쳐다봤다. 반면에 나는 (정확히 뭔지도 모르면서) 박공널과 소피트에 대해 불평을 토로했다(박공널은 지붕의 서까래 끝을 가리기 위해 붙이는 널이며 소피트는 처마 아랫면이다-옮긴이 주). 때로는 지붕 가운데를 따라 길게 놓이는 곡선형 기와의 이름처럼 쓸데없는 지식으로 내 머리를 괴롭혔다. 그 곡선형 기와의 이름이 뭐냐고? 보닛(bonnet)이다.

"러시아인의 요트가 돌아왔어." 세라가 말했다. "백만장자의 요트 말이야."

세라가 가장 좋아하는 요트로, 몇 달에 한 번씩 요트 정박지에 나타났다. 보나마나 주색에 빠진 악당의 요트일 것이다.

"아직도 이상해?" 세라가 물었다. "내가 폭죽 운운하니까 당신도 괜히 그런 말을 한 걸 거야."

문득 뭔가가 뒤바뀌었다는 생각이 들었다. 질병에 대해 조바심치는 건 나였지만 우리를 단잠에서 깨우는 건 늘 세라가 도맡았다. 세라는 곤히 자다가도 벌떡 일어나서 엉뚱한 말을 쏟아냈다. 그럴 땐 마치 꿈속을 헤매는 사람 같았다. 그녀의 잠버릇을 불평하려는 건 아니다. 오히려 그런 성향 때문에 우리 관계가 유난히 각별하다는 걸 말하고 싶다. 나는 세라가 눈을 감았을 때 벌어지는 일을 익히 알고 있다.

'내 손이 팝타르트가 된 것 같아'라는 표현은 주로 세라가 잠꼬대로 할 만한 말이었다. 내 손가락이 쿡쿡 쑤시기 이틀 전, 세라가 자다 말고 나를 흔들어 깨우더니 물 위로 폭죽이 펑펑 터졌다고 말했다.

"당신도 봤어? 바다 위로 치솟는 화려한 불꽃 말이야. 당신도 그 불꽃 봤어?"

"그건 잠재의식이야." 나는 세라의 흥분을 가라앉히려고 말했다. "우리 아버지 말로는 바다를 동경하면 잠재의식에 관한 꿈을 꾼대."

"당신 아버지는 별난 말씀을 다 하셨네."

세라가 말했다. 폭죽은 사라지고 바다는 물러갔지만 그날 아침 욕실에서 내 손은 여전히 이상했다. 그런데도 특별히 겁나지는 않았다.

나는 여전히 볼륨을 팍 낮추고 살았다. 그것은 그저 먼 방에서 흘러나오는 소리일 뿐이었다. 심장마비에 대한 두려움은 바로 사라졌다. 손 좀 저리다고 별일 있겠냐는 식으로 넘어갔다. 나중엔 부주의를 넘어 부정(否定) 단계로 진입했다. 부정은 대개 이런 식으로 이뤄졌다. 요즘 손이 가끔 쑤시고 저리지 않았나? 그게 언제부터 그랬지? 등이 쿡쿡 쑤신 건 언제부터였더라? 발이 꽉 죄어들고 무겁게 느껴진 건?

"이건 병이 아니야." 나는 리언의 옷을 입히면서 말했다. "그보다 훨씬 더 끔찍한 거야. 늙었다는 뜻이니까."

"늙긴 누가 늙었다고. 이제 겨우 중년기에 접어든 거야." 세라가 웃으며 말했다. "그게 더 끔찍하게 들리는 건 아니지?"

실제론 중년기 문제가 아니었지만 잘못된 분류를 탓하고 싶지는 않다. 나는 병에 걸린 줄도 몰랐으니까. 이제야 뭐가 문제인지 알았다. 나는 내게 벌어지는 일을 제대로 인식하고 파악했어야 했다. 그게 뭐든 상황을 제대로 바라보려고 노력했어야 했다. 멀리 떨어진 물체를 더 또렷하게, 더 정확하게 보기 위해 낡은 현미경의 렌즈를 닦듯이 내 안에서 벌어지는 일을 제대로 보기 위해, 제대로 해석하기 위해 뭐라도 했어야 했다.

질병에 대처하는 방식은 계속해서 바뀌기 마련이다. 처음 1년 정도는 병에 걸린 줄도 모르고 점점 늘어나는 신경학적 증상을 간과했다.

늘 그렇듯이 당면한 일에만 신경 쓰느라 내면을 들여다보지 못했다. 잠재의식이라는 숨은 감각을 신중하게 검토하지 않았다. 단일한 인지적 특이성을 간과하고 그것이 속할지도 모르는 더 넓은 패턴을 찾지 않았다(나중엔 그 반대로 행동하기도 했다. 내 안에서 이뤄지는 변화에 너무 예민한 나머지, 때로는 있지도 않은 증상을 감지하기도 했다. 환각에 빠졌던 것이다).

나는 손이 계속 쑤시는데도 별다른 조치를 취하지 않았다. 그저 계속 부정하고 갖가지 핑계를 둘러댔다. 그러면 안 된다는 걸 전혀 몰랐다. 그러는 사이 점점 더 찌릿찌릿해졌다. 찌릿한 증상은 손끝을 지나 팔로 번져갔고, 발가락에서 발바닥을 지나 다리로 번졌다. 몸 안에 발전소가 하나 들어선 것 같았다.

그런데도 1월 내내 나는 아무 일도 벌어지지 않았다고 되뇌었다. 찌릿한 증상이 지속되지 않을 거라고 생각했고 점점 심해지는데도 별일 아니라고 우겼다. 그러자 저림 증상이 나를 더 괴롭히기 시작했다. 밤에 리언을 씻긴 후 잠옷에 달린 자그마한 단추를 채워줄 수도 없었다. 아침엔 손가락 감각이 전혀 느껴지지 않았다. 장난감 가게에서 파는 고무손처럼 그저 손목 끝에 찌릿한 덩어리가 달려 있는 것 같았다. 그런데도 나는 핑계만 댔다. 두 사람용 침대에서 세 사람이 자다 보니 잠을 웃기게 잤다는 둥, 리언을 슬링에 넣어 매고 다니니 목과 어깨에 무리가 갔다는 둥.

아버지가 되어 맛보는 기쁨은 끝이 없었다. 아기가 자지러질 듯 웃는 소리, 나를 처음 알아보고 리언이 지었던 표정, 회전식 건조기에서 이불보와 함께 믿기 어려울 정도로 작은 바지를 마주했던 순간 등. 그런 기쁨에 취해 내 안에서 벌어지는 문제는 알아차리지 못했다. 그러다 2월 초, 새로운 증상을 감지했다. 어느 토요일 내 입에서 이런 말이 나왔다.

"그런 적 있어? 밖에서 오토바이가 지나가는데 그 소리가 너무 커서 마치 당신 척추에서 나는 소리처럼 느껴진 적 있어?"

나는 신중하게, 일부러 아주 쾌활한 목소리로 물었다. 그래야 세라도 쾌활한 목소리로 대답할 테니까. 하지만 말을 다 마치기도 전에 내 바람이 무산된 걸 알았다. 반쯤 말했을 때 세라의 얼굴이 굳어지기 시작했다. 얼굴이 굳으면 슬픈 표정이 아니라 역겨운 표정이 떠오른다. 우발적 역겨움이랄까. 역겨움은 곧 두려움에 자리를 내주었다.

"아니." 세라가 한참 만에 말했다. "아무도 그런 적 없어."

우리는 커피숍에 있었다. 때마침 오토바이가 엄청난 굉음을 내며 빠른 속도로 지나갔다. 나도 모르게 고개를 숙였다. 그런데 갑자기 엄청난 전기 충격이 척추를 따라 팔다리로 쭉 뻗어나갔다. 순간 고압전기에 감전된 것 같았다.

한참 만에 나는 멍한 표정으로 껄껄 웃었다. 뭐라고 말할지 생각할 시간을 벌어야 했다. 아니, 어쩌면 방금 벌어진 일에 놀라 머리가 정말로 멍해졌는지도 모르겠다. 그런 충격파가 밖에서 온 게 아니었다면, 내가 오토바이 굉음에 겁먹은 게 아니었다면 방금 내 안에선 너무나 기이한 일이 벌어졌다. 지금까지와는 차원이 달랐다. 손가락이 쿡쿡 쑤시는 것보다 천배나 더 강력한 고통이었다. 그제야 손가락 쑤시는 증상은 일상으로 받아들여야 한다는 걸 깨달았다.

나는 다시 고개를 천천히 앞으로 숙였다. 당신도 해보시라. 고개를 앞으로 숙이면 턱이 가슴 상단에 닿을 것이다. 어떤가? 아무 느낌도 없다고? 그렇다면 당신은 어마어마한 느낌을 놓친 것이다. 나는 고개를 숙이는 순간 찌릿한 느낌이 들기 시작한다. 그러다 갑자기 척추 위쪽에서 전기 스파크가 일어나 순식간에 아래쪽으로 퍼져 내려가면서 내장을 환히 밝힌다. 예전엔 불꽃이 허리쯤에서 저절로 꺼졌는데, 이젠 종아리까지 불씨가 내려간다. 시간이 지나면서 나는 이 자극을 어느 정도 조절할 수 있게 되었다. 마치 악기를 연주하듯 고개를 어느 지점에서 멈추면 거기서 오는 찌릿한 자극을 길게 늘일 수도 있고, 사방으로 뚫고 나아가는 에너지 패턴을 달리해 자극의 형태와 복잡성을 바꿀 수도 있었다.

커피숍에 있을 때 그런 느낌을 두 번째로 받았다. 하지만 전기 충격을 오토바이 탓으로 돌릴 수는 없었다.

"음." 내가 잠시 뜸을 들이다 말했다. "아무래도 이건 좀 심각한 것 같아."

"그래."

세라가 말했다. 우리는 커피를 반쯤 마시다 말고 자리에서 일어났다. 더 이상 시간을 낭비할 수 없었다.

물론 시간 낭비는 상대적이다. 당시 내가 겪은 증상들을 회상하다 보니 문득 이런 생각도 든다. 탐험가는 자기가 발견한 것에 이름을 붙일 특권이 있다. 그래서 특정 장소와 생물, 기이한 암석층과 숨겨진 만(灣)에 자기 이름을 붙인다. 나도 이때 경험한 갖가지 느낌에 이름을 붙였다. 이런 느낌에는 이미 정해진 이름이 있었지만 내 증상에 내가 지은 용어를 붙인다고 누가 뭐라 하겠는가. 어차피 끝까지 남는 건 자기가 만든 용어다.

돌이켜 생각해보면 불안감이 커졌던 첫 3주 동안 나는 내 증상에 새로운 이름들을 붙였다. 아침에 눈을 떴을 때 손이 쿡쿡 쑤시면 '팝타르트'라고 했다(지금도 그렇게 부른다). 발과 팔이 찌릿하면 '정전기'가 일었다고 하고, 이런 증상이 심해지면 내 몸이 '진동 모드'로 설정됐다고 말한다. 그럴 때면 팔과 허벅지까지 찌릿찌릿하고 화끈거린다. 이럴 땐 전화할 시간이나 약 먹을 시간을 알려주려고 휴대폰에 설정해둔 진동을 느낄 수 없다.

그런데 내 멋대로 이름을 붙이지 않은 증상이 한 가지 있다. 척추를 따라 엄청난 에너지가 순식간에 퍼져나가는 증상인데, 이를 가리키는 의학 용어는 레미트 사인(Lhermitte's sign)이다. 나는 이 용어를 그대로 사용한다. 내가 처음으로 느꼈던 증상은 아니지만 세라와 내가 처음으로 조사해 찾아본 증상이다. 놀랍게도 내가 찾아본 첫 번째 신경학적 증상은 이미 지도가 만들어져 있었다.

'등을 따라 사지로 퍼져나가는 전기적 느낌. 흔히 고개를 앞으로 숙였을 때 나타남.'

이젠 레미트 사인이 척수에 생기는 병변이나 상처를 암시한다는 사실을 알고 있다. 그때 위키피디아를 뒤져 더 자세히 조사했다면 이 증상이 다양한 원인으로 발생한다는 사실도 알았을 것이다. 그랬다면 신경과 전문의를 만나러 가기 전에 달콤한 부정의 시간을 몇 주 더 보냈을 것이다.

하지만 그땐 왠지 부정하는 게 더 이상 달콤하지 않았다. 레미트 사인이 너무 기이하고 강력해서 쾌적한 내 삶의 공간에 들여놓을 수 없었다. 아울러 레미트 사인을 처음 조사했을 때 읽은 논문이 마음에 걸렸다. 내가 막 들어가려는 세계, 즉 중추신경계의 풍경을 명확하게 보여주는 것 같았다.

논문에 따르면 레미트 사인은 사실 징후(徵候, sign)가 아니라 증상(症狀, symptom)이라고 한다. 징후는 누구에게나 명확한 병의 객관적 증거를 말하지만, 레미트 사인 같은 증상은 주관적이라 환자마다 다르게 나타날 수 있다. 게다가 이 느낌은 신경학자 피에르 마리(Pierre Marie)와 샤를 샤틀랭(Charles Chatelin)이 1917년에 처음으로 언급했다. 신경 정신병학자인 장 레미트(Jean Lhermitte)는 3년 뒤에야 이것을 알아차렸고 제대로 기술하기까지는 4년이 더 걸렸다.

즉, 레미트 사인은 레미트가 발견하지도 않았고 사인이라고 부를 수도 없다. 그렇다면 레미트 사인은 결국 레미트 사인이 아니다. 흠, 신경학의 세계에 들어온 걸 환영한다!

나의 첫 주치의, 올리버 색스

: 뇌는 다 망가진 뒤에야 존재를 드러낸다

나는 신경학 전문의를 만나기 전에 올리버 색스(Oliver Sacks)를 먼저 만났다. 주치의로는 색스만 한 사람이 없지 않을까 싶다. 신경학에서 다루는 온갖 끔찍한 장애에 대해 색스가 책 밖으로 나와 온화한 목소리로 직접 들려줄 것만 같다. 그의 책은 얼핏 보면 『셜록 홈스』 시리즈 같다. 책에 소개된 병력들은 '아내를 모자로 착각한 남자(The Man Who Mistook His Wife for a Hat)', '힐데가르트의 환영(The Visions of Hildegard)' 등 탐정이 사건 파일에나 붙일 법한 제목으로 되어 있다. 그런데 이 미스터리들은 폭력과 정의 실현이라는 구호가 아니라 친절함과 조용한 통찰력으로 서서히 풀린다.

색스를 훌륭한 임상의로 보지 않는 사람도 있다. 그들은 색스가 환자들의 사례를 문학에 동원하는 등 부당하게 이용했다고 주장한다. 그러나 내가 신경질환자가 되고 보니 이런 비난이 엉터리라는 걸 곧 알았다.

색스는 진단을 받은 사람들에게 그들의 곤경이 대단히 흥미롭고 인간적임을 알게 해준다. 그리고 다음과 같은 말로 용기를 북돋워준다.

"이것은 경험의 끝이 아닙니다. 새로운 경험의 시작입니다."

"당신에게 벌어진 일은 가치가 있습니다."

문고리와 전등 스위치를 더듬거리며 혼란에 빠져 있던 내 모습은 색스의 이야기에 나오는 인물과 흡사하다. '문을 열지 못하는 남자(The Man Who Couldn't Open a Door)'나 '잘못 놓인 손 사례(The Case of the Misplaced Hands)'는 딱 내 이야기 같다.

하지만 당시에는 색스가 이런 문제와 진작부터 씨름했다는 사실을 미처 몰랐다. 그가 씨름했던 문제는 나보다 훨씬 더 끔찍한 상황이었다는 사실도 물론 몰랐다. 당신의 몸을 엉뚱한 곳에 둔다는 건 무슨 뜻인가? '육체에서 분리된 여자(The Disembodied Lady)'라는 제목의 이야기에서 색스가 묻는 질문이다. 몸을 엉뚱한 곳에 둔다니, 생각만 해도 끔찍하다.

'육체에서 분리된 여자'에서는 손뿐만 아니라 몸 전체를 잃은 환자가 등장한다. 크리스틴은 젊은 컴퓨터 프로그래머로, 담낭 제거 수술을 받으러 병원에 입원했다. 입원 첫날 밤, 크리스틴은 팔다리를 통제하지 못하는 꿈을 꾸었다. 그런데 눈을 뜨자 꿈이 현실이 되었다. 며칠이 지나도 크리스틴은 일어설 수조차 없었고 눈으로 쳐다보지 않으면 손이 제멋대로 움직였다. 인체가 공간 현실(spatial reality)을 전혀 인식하지 못하게 된 것이다. 하지만 치료 방법이 없었다. 시간이 지나면서 크리스틴은 보완 체계를 통해 부분적으로 기능을 회복할 수 있었다. 이야기 말미에 그녀는 시각으로 각각의 움직임을 처리했다. 그야말로 피곤하고 힘든 해결책이다.

"내 몸은 보지도, 듣지도 못해요." 크리스틴이 색스에게 말했다. "정말 아무런 감각도 없어요."

이 이야기는 고유수용감각이라는 대단히 기이한 영역을 소개한다. 이 감각은 시각 및 전정계라는 균형기관과 함께 신체 각 부분의 위치 정보를 파악한다. 몸의 움직임과 밀접하게 관련되지만 실체가 없다. 고유수용감각은 눈으로 보지 않고도 몸의 위치뿐만 아니라 자세, 평형 및 움직임에 대한 정보를 파악해 중추신경계로 전달한다.

이런 과정은 운동신경세포와 함께 근방추(筋紡錘, muscle spindle)라 불리는 감각수용기에 의존한다. 근방추는 골격근에 붙어 있는 감각신경의 말단기관이다. 운동신경세포는 뇌가 근육을 움직이라고 보낸 신호를 전달한다. 그리고 감각신경세포는 움직임에 대한 정보를 다시 뇌로 전달한다. 그 결과 뇌는 각각의 정확한 위치를 구성한다. 손이 뭘 하는지, 발이 어디에 있는지, 등을 굽혔는지 폈는지, 심지어 누군가 너무 큰 소리로 말하는지 아닌지도 파악한다. 따라서 고유수용감각의 결손은 지능의 결손으로 이어진다. 뇌로 돌려보낸 메시지가 제대로 이해되지 못하는 것이다.

우리는 전기포트를 켰을 때 발생하는 전기 에너지와 전기 저항에 대해 숙고하지 않듯이 고유수용감각을 숙지할 필요나 기회가 거의 없다. 그냥 모르고 지내도 아무 탈 없이 살아간다. 고유수용감각은 안 보이는 데서 능숙하게 자기 일을 수행한다. 그런데 바로 그 점 때문에 비극이 시작된다. 말썽이 생겨야 비로소 존재와 가치가 드러나기 때문이다. 색스의 이야기를 통해 이런 내막을 엿볼 수 있어서 나는 운이 좋았다. 고유수용감각은 혼란스러운 신경학의 세계로 들어가는 첫 단계로서 손색없다고 생각한다. 세상과 우리의 경험 사이엔 늘 중재 단계가 있다는 걸 알려주는 지표다.

하지만 색스가 설명하듯, 고유수용감각 결손이 늘 가볍지는 않다. 내게 벌어진 일은 크리스틴에게 비할 바가 못 된다. 크리스틴은 총체적 난국을 경험했고 나는 난처하게 엉덩방아를 찧었을 뿐이다. 아주 가벼운 결손이었는데도 우리 집은 장애물 집합소가 되었다. 내 정강이는 의자 다리와 낮은 탁자에 끊임없이 부딪쳤다. 무성영화의 상투적 장면처럼 고양이는 나만 보면 잽싸게 달아났다. 내가 의식의 불안정한 지대를 들락거리는 사이 내 팔다리는 남아나지 않았다. 잠자리에 들기 전에 물을 마시려고 주방에 가면 세라는 어둠 속을 더듬는 남자가 쿵쾅거리는 소리를 들어야 했다. 물론 불은 죄다 켜져 있다.

참으로 괴로운 건 이런 증상이 개선될 기미가 없다는 점이다. 이것이 여전히 신경학적 영역인지조차 의심스럽다. 고유수용감각의 미스터리는 주변 현실과 복잡하게 얽혀 있는 것 같다. 우리 집에서 몇 년을 살았는데도 나는 여전히 낯설다. 익히 알고 있어야 할 장소를 계속해서 탐험하고 또 새로운 걸 발견한다. 우리 집의 전기 스위치는 참으로 희한하다. 어디 한 군데 붙어 있질 않고 벽을 오르락내리락하면서 수시로 위치를 바꾸니 말이다.

어느 책에서 이런 이야기도 읽었다. SF소설가 필립 K. 딕(Philip K.

Dick)은 자꾸만 움직이는 전기 스위치 때문에 골치가 아팠다. 스위치는 매번 위치가 바뀌어 있었다. 그는 이것이 자신을 둘러싼 세상이 편집되고 업데이트되는 증거라고 여겼다. 나는 그를 비난하지 않는다. 내가 어떻게 비난할 수 있겠는가? 신경학적 불평에서 광범위한 존재론적 음모론으로 한 걸음 나아갔을 뿐인데.

고유수용감각이 초래하는 문제는 제대로 인식하기 어렵다. 그런 문제가 너무 개인적이고 삶에 깊숙이 파고들어서 예전엔 그렇지 않았다는 사실을 간과하기 쉽다. 뇌는 다 망가진 뒤에야 뭐가 잘못됐다는 걸 알려줄 수 있기 때문에 막 망가지기 시작했을 때 벌어지는 일을 감지하긴 어렵다.

그렇지만 섹스 덕분에 그 점을 미리 알 수 있었다. 신경학에서 좀처럼 익숙해지지 않는 부분이 있는데, 말로 표현하기 힘든 개인적 느낌을 막판에 가서 찾아보면 그런 느낌은 이미 체계적으로 분류되고 정리되어 있다는 점이다. 게다가 그 느낌은 내가 생각했던 것만큼 개인적이지도 않고, 걱정했던 것만큼 말로 표현하기 힘들지도 않다.

3

뇌를 도둑맞다

~

스물다섯 살 때 나는 뇌가 뭘 할 수 있는지 눈으로 직접 확인했다. 그즈음 형과 형수가 새로 집을 장만했다. 길고 좁은 건물 중앙으로 삐걱거리는 계단이 있고 그 양옆으로 낡은 방들이 오밀조밀하게 붙은 집이었다. 아직 태어나진 않았지만 어린아이들이 시끄럽게 뛰어다니기엔 안성맞춤이었다. 새벽 여명이 틀 무렵 아버지는 거실 소파에서 자는 나를 깨워 1층 안방으로 데려갔다. 안방에선 형 벤이 발작을 일으키고 있었다.

나는 벤이 발작을 일으키는 모습을 보고 싶지 않았다. 그때까지 나는 냉정하게 굴지, 자세히 살펴볼지 고민하다 결국 냉정한 척하기로 마음먹은 참이었다. 그런데 아버지는 내가 몸만 컸지 실상 어린아이에 불과하다는 걸, 내가 일다운 일을 겪어보지 않았다는 걸 알았나 보다.

실제로 나는 어른이 되지 않으려고 몇 가지 꼼수를 부렸다. 일단 운전을 하지 않았고, 정부가 알아서 해주기 전까진 연금도 들지 않았다.

지난 10년 동안 그 장면을 떠올리지 않으려고 무진 애썼다. 그렇기에 기억 자체는 전혀 왜곡되거나 훼손되지 않았다. 팔을 뻗어 투명 장막을 거두면 다시 그 방으로, 형이 누워 있던 방으로 돌아갈 것 같다. 거울엔 빨간색 셔츠가 걸려 있었고, 유리잔에서 물이 넘쳐 바닥에 패인 홈을 따라 길게 뻗어갔다. 벤은 회복 자세로 침대에 엎어져 있었고, 아버지는 그런 벤을 옆에서 지켜보고 있었다. 벤은 자기에게만 들리는 사운드트랙에 따라 리드미컬하게 몸을 떨었다. 주먹을 꽉 쥐고 입은 헤벌린 채 두 발이 번갈아 퍼덕거렸다. 왼발, 오른발, 왼발, 오른발. 나는 입구에서 오도 가도 못하고 있었다. 그때만큼 도망치고 싶었던 적이 없었다.

아버지가 내게 말했다.

"와서 앉아라."

부드러운 목소리였지만 거역하긴 어려웠다.

"형한테 네가 왔다고 말해라. 팔을 만져주고 네가 여기 있다는 걸 알려줘라."

벤은 내가 예상했던 모습과 거리가 멀었다. 오랫동안 병을 앓은 사람은 흔히 피골이 상접하고 극도로 지쳐 보인다. 병에 찌든 육신은 지저분하고 냄새도 나기 마련이다. 그런데 형은 전혀 그렇지 않았다. 키가 크고 늘씬했으며 흠잡을 데 하나 없이 말끔했다. 건강한 사람이 몸을 뒤틀고 씰룩거리는 모습을 흉내 내는 것 같았다.

나는 형의 다리에 한 손을 올렸다. 몇 년 만에 처음 만져보는 것 같았다. 어느 집이나 다 그러겠지만 우리 식구들도 가족애가 끈끈하다. 하지만 살갑게 만지고 안아주거나 하진 않는다. 그날도 형이 죽지 않기를 바라는 마음에서 다리를 만졌을 뿐이다.

가족애는 대단히 복잡하고 이기적인 감정이다. 내가 계속 나로 존재할 수 있으려면 형이 살아 있어야 했다. 성년이 된 후 내가 누구인지, 그러니까 내 정체성에 대해 지겹도록 고민했다. 하지만 내가 무엇인지에 대해선 한 번도 고민한 적이 없었다. 내 곁엔 늘 벤이 있었기 때문에 그런 걸 고민할 필요가 없었다. 그런데 그날 시냅스의 사고로 몸을 뒤틀고 씰룩이는 벤을 보면서 나는 우리가 무엇인지 눈으로 직접 확인했다. 단 몇 분 동안일지라도 우리 인간이 얼마나 쉽게 존재 가치를 잃을 수 있는지 알았다. 적어도 알았다고 생각했다.

그날 벌어진 일과 관련해 지금도 궁금한 게 있다. 그날 방에 다들 모였을 때 벤은 어디에 있었을까? 여전히 그 방에 있었을까? 심연에 갇혀서 표면으로 올라올 수 없었을까? 경련을 일으키면서 소리 없이 비명을 질렀을까? 일시정지 버튼을 누른 것처럼 형은 그저 잠시 말도 못 하고 옴짝달싹 못 했던 것일까? 그날 아버지의 모습도 떠오른다. 발작을 일으키는 자식을 보면서 아버지는 과연 무슨 생각을 했을까?

부모가 되면 자식이 하루가 다르게 성장하는 모습을 지켜볼 수 있다. 아기는 처음엔 가만히 누워서 눈만 맞춘다. 그러다 곧 부모의 표정을 살피며 방긋 웃는다. 목을 가누고 더 지나면 네발로 기어 다닌다. 신생아의 뇌는 완성된 게 아니다. 하루가 다르게 분화하고 수년에 걸쳐서 발전을 거듭한다.

내가 이 글을 쓰는 지금 리언은 만으로 네 살이 다 돼간다. 어제 내가 책을 읽고 있는데 다가오더니 거울 앞에 서서 허수아비처럼 두 팔을 벌리고 자기가 입은 옷을 이리저리 살폈다.

"이렇게 입으니까 어울려요?"

그 말을 듣고 나는 "그냥 관용적인 표현이겠지"라고 중얼거리며 책장을 넘겼다. 그런데 리언의 말은 단순한 관용적 표현이 아니었다. 모방이었다. 나는 집을 나서기 전에 항상 세라에게 내 차림새에 대해 묻곤 했다. 체크 셔츠에 체크 바지를 입어도 괜찮아? 셔츠가 너무 끼는 것 같지 않아? 지금 생각해보니 그런 나를 누군가가 지켜보고 있었다. 유심히 지켜보다가 적당한 때에 그대로 따라 했다. 아니, 더 유창한 표현으로 완성해냈다.

부모가 돼서 자식이 잘 자라는 모습만 볼 수 있다면 얼마나 좋겠는가! 그러나 자식이 기능을 하나씩 잃어가는 모습을 지켜봐야 할 때도 있다. 이번엔 이걸 못 하고 일주일 뒤엔 저걸 못 하고……. 그러다 자식이 잃었던 기능을 회복하는 모습을 보기도 한다. 벤이 그랬던 것처럼. 때로는 잃었던 기능을 영영 회복하지 못하는 모습을 보기도 한다. 역시나 벤이 그랬던 것처럼.

10대 중반, 별 감흥 없이 맞이한 크리스마스에 형은 연휴라고 집에 찾아와서는 뇌종양에 걸렸다고 말했다. 내 기억으로는 그랬지만 일단 그건 사실이 아니었다. 나와 형제들의 기억은 세부 사항에서 몇 가지가 엇갈렸는데, 다들 자기주장이 옳다고 우기다 결국 기본 내용만 합의하기에 이르렀다. 벤이 연휴라고 집에 찾아와서 자기한테 문제가 좀 생겼는데 걱정할 정도는 아니라고 말했다는 것이다.

때는 1994년이었던 걸로 기억한다. 나는 중등교육자격 검정시험인 GCSE 시험을 연이어 치르느라 바빴다. 내가 열여섯 살이었다면 벤은 스물두 살이었을 것이다. 당시엔 형의 나이가 많다고 생각했는데 겨우 스물두 살 때 그런 상황에 직면했다고 생각하니 마음이 아프다. 훤칠한 키에 몸도 좋았던 형은 내 어린 시절의 우상이었다. 그런데 나뿐만 아니라 다른 사람들에게도 약간 미스터리한 인물이었다. 형은 늘 흥미를 끌었고 어디서나 화제의 대상이었다.

"너희 형은 미소가 참 독특해."

형의 친구가 어느 날 속내를 털어놨다. 아마도 내게서 뭔가 정보를 캐내려 했던 것 같다.

"남들은 모르는 걸 알고 있는 듯한 미소거든. 네가 10년 동안 매일 쫓아다녀도 벤은 그 수수께끼 같은 미소를 지으며 널 쳐다보는 게 전부일 거야." 그러더니 잠시 뜸을 들이다 말을 이었다. "하지만 난 다 파악했어. 벤의 비밀이 뭔지 알아냈어."

그 순간 나는 심장이 벌렁거렸다. 그는 고개를 절레절레 저으며 말했다.

"벤은 그냥 수수께끼 같은 미소를 지을 줄 아는 거야. 그뿐이야. 다른 건 없어."

"딱히 그런 것 같지는 않은데요."

내가 한참 만에 말했다.

"실은 나도 그런 것 같지는 않다."

그가 솔직하게 말했다.

나는 벤과 하나도 닮지 않았지만 가끔, 아주 가끔 비슷하다고 느낄 때가 있다. 둘이 동시에 같은 말을 내뱉을 때다. 그럴 때면 벤과 내가 인생관이 비슷하다는 생각이 든다. 나는 벤의 냉소적이면서도 낭만적인 삶의 태도를 은연중에 배웠다. 그러니까 동시에 똑같은 말을 하는 것이다. 그런 건 억지로 맞추려 해도 맞춰지지 않는다. 그냥 엉겁결에 그렇게 되는 것이다.

벤은 대학 예비과정을 들으려고 집을 떠나 있을 때 처음 발작을 일으켰다. 수업 중에 발작이 일어나 의자에서 떨어지기도 했다. 한번은 오토바이를 타다가 발작이 일어나는 바람에 큰 사고로 이어질 뻔했다.

이런 발작은 낭포 때문에 일어난다고 했다. 뇌 안에 생긴 유동체가 주요 부위를 압박한다는 것이다. 보이지 않는 지하 호수에서 물이 뚝뚝 떨어지는 것이다.

지난 20년 동안 우리 가족은 그때의 일을 잊으려고 노력했다. 하지만 누구 하나 성공하지 못했다. 아무리 묻으려 해도, 아무리 지우려 해도 잡초처럼 끈질기게 살아남아 수시로 튀어나왔다. 즐겁게 이야기하다가도 뜬금없이 벤의 병세에 대한 이야기가 나오면 다들 얼굴이 급격히 어두워졌다. 애써 회피하려 하면서도 늘 걱정하고 마음을 썼다. 중년에 접어든 벤은 우스터에 살고 도서관에서 일한다. 그를 생각하면 발작과 낭포, 그리고 그 이야기를 처음 들었던 날 밤이 고스란히 떠오른다.

장소는 어머니 집이었다. 이 말인즉슨 다들 추워서 벌벌 떨었다는 뜻이다. 난방 금지는 어머니가 자초한 고난 중에 하나였다. 어머니는 자신은 원래 추위를 타지 않는다면서 라디에이터를 켜지 않았다. 누가 몰래 켜기라도 하면 전쟁과 배급 제도를 운운하며 잽싸게 꺼버렸다. 하지만 어머니는 1949년에 태어났기 때문에 전쟁이나 배급 제도를 제대로 겪어보지도 않았다(부모의 가르침은 자식에게 지대한 영향을 미칠 수 있다. 내가 작가의 길로 접어든 건 순전히 어머니 덕분이다. 초등학교 때 선생님이 읽고 쓰는 법을 가르칠 요량으로 단어가 적힌 플래시 카드를 나눠줬다. 카드에는 개, 자동차, 어머니 따위가 적혀 있었다. 집에 가서 이 단어들로 문장을 완성해오면 되는데, 선생님은 주변 사람들의 도움을 받아도 된다고 했다. 나도 도움을 받았다. 엄마는 단어를 대단히 흥미롭게 조합하는 방식을 알려주었다. 그리고 지금 생각해도 무척이나 흥미로운 문장을 완성해서 학교에 갔다. '어머니가 개를 치었다.').

아무튼 우리는 그날 거실에 앉아 차디찬 밤공기 속에 퍼지는 우리의 입김을 바라봤다. 벤은 조율도 안 된 기타를 하릴없이 튕겼다. 식구가 많다 보니 우리 가족은 다 모이는 경우가 드물었다. 어쩌다 모이면 마치 앨범 재킷용 사진을 찍으려고 포즈를 취하는 무명 밴드처럼 보였다. 그날도 힘들게 제작한 두 번째 앨범에 실을 사진을 찍으려고 모인 것 같았다.

오랜 시간이 지났는데도 기억이 생생하다. 하지만 솔직히 말해서 상당 부분 윤색됐을 거라고 본다. 빛바랜 크리스마스 사진을 보면 아픈 기억은 흐릿해지고 그날의 분위기는 세세하게 기억난다. 추위, 어둑한 실내를 밝히는 촛불, 어머니가 근처 농장에서 부지런히 꺾어온 호랑가시나무 장식. 그 속에서 벤은 음도 맞지 않는 기타를 튕기며 자신의 머리에 대해 말했다. 뇌와 두개골 사이에 낭포가 생겼는데 위치는 괜찮은 것 같다고 했다. 벤의 표현을 그대로 옮기면 '접근하기 쉬운 곳'에 있었다. 그는 그렇게 말하면서 슬며시 웃기도 했다. 크기가 무화과만 하다고, 통증이 있지만 견딜 만하고 금방 해결될 거라고 했다.

그 말에 우리가 어떻게 반응했더라? 다들 아무것도 묻지 않고 뿔뿔

이 흩어졌다. 어머니는 라디오 4 채널에 귀를 기울였다. 나는 영화를 보러 나갔다. 자리를 뜨기 전에 말 한마디 나오지 않았지만 우리 사이엔 무언의 합의가 이뤄졌다. 다들 방금 들은 정보를 깊이 생각해보지 않기로 마음먹었다. 유력한 소식통에게 암호 전보를 받았지만 해독하지 않겠다고 결정한 것과 같았다.

그 말을 들은 식구들 모두 나만큼 당황했을 것이다. 우린 당황하기만 한 게 아니라 화가 나기도 했다. 우리처럼 평범한 사람들에게 아무런 예고도 없이 이런 재앙이 닥치다니, 도저히 받아들일 수 없었다. 남에게 해 끼치지 않고 열심히 살아온 우리 같은 사람들에게 이렇게 험한 일이 벌어지다니, 도무지 이해할 수 없었다. 더구나 낭포가 생겨서 10년 넘게 우리와 함께 있었다니, 상상할 수도 없는 상황이었다.

우리는 그날 받은 충격을 떨쳐내지 못한 채 힘겹게 부딪쳐나갔다. 계획을 수립하고 배농법(排膿法) 등 치료 방법을 알아보기 시작했다. 그사이 많은 변화가 찾아왔다. 낭포가 처음엔 무화과 크기라고 했는데 얼마 지나자 오렌지만 해졌다. 그러다 돌연 낭포가 아니라고 누군가가 우리에게 설명했다(언제나 우리였다. 나 혼자 뭔가를 했던 기억은 모두 지워버렸다). 낭포가 아니라 종양이라고 했다. 종양은 네 단계로 나뉘는데 벤은 두 번째 단계라고 했다.

종양의 정확한 이름은 성상세포종(星狀細胞腫)이었다. 뇌와 척수의 성상세포라 불리는 세포에서 자라기 때문에 붙은 이름이었다. 별처럼 생겨서 성상세포라고 한다는 얘기도 들었다(그건 그렇고 성상세포는 신경교(神經膠, neuroglia)의 한 형태인데, 신경교는 신경 조직을 결합하고 유지하며 영양을 공급하는 구조물이다. 그런 뜻에서 신경교는 '신경아교'라고도 한다).

생각할 시간이 별로 없었다. 의학적으로 위기에 직면하면 전쟁을 치르는 것과 같은 상황이 펼쳐진다. 치열하게 전투를 치른 다음 적의 동태를 살피며 한없이 기다린다. 언제 떨어질지 모르는 포탄 때문에 내내 바짝 엎드려 있어야 한다. 봄이 돼서야 벤은 브라이튼 외곽의 한 병원에서 수술을 받았다. 멋진 동네에 있는 병원이었지만 이후로 나는 그 동네에 발도 들여놓기 싫었다.

오후에 시작된 수술은 밤늦도록 이어졌다. 나는 초콜릿 바를 연신 까먹으며 온갖 상상에 빠져들었다. 낡고 평범한 병원 장비들로 기발하고 초현대적인 SF영화를 찍었다. 중환자실 앞에서는 벤이 찐득한 젤에 갇혀 몸을 천천히 뒤트는 장면을 상상했고, 수술실 앞에서는 「화성 침공」이나 「벅 로저스」 같은 SF영화의 주인공들이 형의 두개골에 구멍을 뚫는 모습을 상상했다.

나는 당시 상황을 다른 각도에서 바라보기도 했다. 상상의 세계에서 허우적거릴 때와 달리 이 버전에선 섬이 등장한다. 벤과 내가 어린 시절 탐닉했던 책은 죄다 섬에 관한 것들이었다. 『보물섬』, 『산호섬(The Coral Island)』, 『로빈슨 크루소』, 『파리대왕』 등. 『파리대왕』은 열서

너 살 때 영어 과제로 읽었다. 섬에 불시착한 아이들의 권력 다툼 과정에서 피기라는 아이가 살해당했는데, 피기의 쪼개진 머리가 파리 떼로 뒤덮였다는 부분에선 둘 다 엄청난 충격을 받았다. 섬이란 곳은 한번 갇히면 구조될 때까지 옴짝달싹 못 하는 곳이다.

당시 벤의 상황이 꼭 섬에 갇힌 꼴이었다. 푸른 하늘을 배경으로 외롭게 서 있는 남자, 고개를 푹 숙이고 해변의 자갈을 툭툭 차는 벤의 모습이 눈앞에 어른거렸다. 예전에 아버지가 『돈키호테』에 대한 이야기를 하다가 섬을 라틴어로 'insula'라고 부른다고 알려줬다. 『돈키호테』에서 산초는 그간의 노력과 충성심을 인정받아 어느 섬의 통치권을 약속받았다. 형의 상황과 섬을 결부시켜 생각하다 보니 문득 '섬처럼 고립된'이라는 뜻의 insular가 어떤 의미인지 파악했다. 섬은 자기 안으로의 여정, 즉 내적 성찰을 하기에 안성맞춤인 곳이다.

그나저나 어머니는 뭘 했지? 어머니는 모리스 트래블러라는 소형차로 켄트와 이스트서식스를 부지런히 오갔다. 새로운 책과 깨끗한 옷을 실어 나르는, 사소하지만 중요한 임무를 도맡았다. 몸을 바쁘게 놀려서 생각할 짬을 없애려는 속셈이었다. 내가 엄마 입장이었더라도 그랬을 것이다. 반면에 아버지는 늘 벤과 함께 지냈다. 벤이 수술실에 들어가면 나를 돌봐줬다. 그러니까 세인즈버리 식료품점 주차장에서 펑펑 우는 나를 달래줬다는 뜻이다. 내 등을 다독이던 아버지의 서늘한 손길이 지금도 기억난다.

리언이 태어나고 얼마 안 됐을 무렵 배 위에 리언을 올리고 등을 살살 쓸어주면서 아버지의 손길을 떠올리곤 했다. 아버지는 아픈 자식의 치료를 위해, 또 불안해하는 자식의 안위를 위해 전문가가 되었다. 처음엔 낭포에 대해 온갖 정보를 찾아봤고 다음엔 종양에 대해 속속들이 파헤쳤다. 어려운 질문에도 척척 대답해주는 사람이 있어서 마음이 놓였다. 나를 잘 아는 사람이라 더 안심이 됐다.

당시 나는 벤이 공중에 붕 떠 있다고 느꼈다. 수술을 기다리거나 회복을 기다리는 동안 벤은 왠지 현실감이 없어 보였다. 벤은 짬이 날 때마다 혼자서 하는 카드게임인 솔리테르를 하거나 스탈린에 대한 두꺼운 책만 죽어라 읽었다.

나는 벤의 겉모습만 봤을 뿐 좀 더 내밀한 감정은 읽지 못했다. 그의 분노를 전혀 감지하지 못했던 것이다. 그가 몹시 화난 상태라는 말을 줄곧 들었는데도 그랬다. 벤은 의사에게 한마디도 안 했다. 그 때문에 아버지가 매번 벤의 속내를 짐작해서 전달해야 했다. 하긴 아버지에게도 거의 말을 하지 않았다. 병원에 입원하기 며칠 전, 벤은 냉장고 문에 붙어 있는 자석 문자를 이용해서 아버지와 소통했다. 주로 기분이 날카롭다거나 불안정하다는 식의 간단한 메모를 남겼다. 작은 냉장고라 자세히 적을 수도 없었다. 어느 날 오후엔 한마디만 남겨놓고 외출했다.

'도와줘요.'

나는 벤이 느끼는 공포심도 감지하지 못했다. 그 점이 가장 후회스럽다. 벤을 안심시키려는 시도조차 하지 않았다. 그를 좀 더 알 수 있는 기회를 놓친 것도 안타깝다. 벤과 동시에 같은 말을 하는 것과 벤이 왜 그런 말을 했는지 이해하는 것은 별개의 문제다. 벤은 원래 속내를 털어놓거나 일의 진척 상황을 시시콜콜 알려주지 않았다.

벤은 한량 기질이 있어서 여자들에게 인기가 많았다. 말하자면 언론학 교수들이 여성의 시선을 끌 만한 남자로 꼽는 유형이었다. 벤이 졸업한 그래머 스쿨에 나도 다녔는데, 이유를 꼬집어 말할 순 없지만 벤은 그 학교에서 전설이었다. 나는 늘 돈런의 동생으로 불렸다. 그때마다 나 역시 돈런이라고 주장하곤 했지만 누구 하나 내 말을 귀담아듣지 않았다.

심지어 교장 선생님도 그 대열에 동참했다. 그는 명문 학교 교장답게 기다란 가운을 걸치고 접시로 받친 찻잔을 들고서 복도를 걸어갔다. 교장실엔 피아노의 전신인 하프시코드가 떡하니 놓여 있었고 상트페테르부르크로 안내해줄 것만 같은 열쇠도 걸려 있었다. 그런 교장 선생님도 벤의 이름이 거론될 때마다 눈을 찡그리며 살짝 화난 표정으로 말했다.

"아, 벤 돈런. 아주 멋진 녀석이었지. 그렇지 않나?"

벤의 고통을 제대로 감지해서 그의 미스터리한 측면을 파헤칠 기회는 놓쳤지만 병이 사람을 어떻게 바꿔놓을 수 있는지는 파악했다. 수술 다음 날, 나는 벤을 보러 병원으로 달려갔다. 사람이 뇌수술을 받으면 어떤 모습일까? 어떤 상황을 마주할지 몰라 잔뜩 긴장했는데 벤은 의외로 쾌활했다. 수술이 끝나서 후련한지 크게 웃기도 했다. 우리가 침대 주변에 서서 지켜보는 동안 벤은 병원에서 제공한 희끄무레한 요구르트를 먹었다. 의사가 구멍을 낸 곳엔 붕대가 칭칭 감겨 있었고, 두피엔 말발굽 모양의 흉터가 나 있었다. 깔끔한 호를 그리고 있는 상처가 기하학무늬처럼 아름답게 보였다. 인간의 뇌를 째는 폭력적 행위에 이런 우아한 측면이 있으리라곤 생각지도 못했다.

수술을 받고 하루가 지났는데도 벤은 여전히 머리에 뭘 꽂고 있었다. 그 점이 가장 흥미로웠다. 머리 꼭대기에 연결된 튜브에서는 진한 갈색 액체가 흘렀는데 상처에서 나오는 건지, 아니면 상처로 들어가는 건지 알 수 없었다. 뭐가 맞는지 물어보고 싶었지만 왠지 도리가 아닌 것 같아 꾹 참았다. 게다가 그땐 뇌에 대해 더 알고 싶지도 않았다. 하지만 그 뒤로 나는 뇌수술에 관한 책을 꾸준히 읽고 있다. 당시엔 무지했던 게 오히려 다행이었다. 형은 얼마나 알고 있었는지 궁금하다.

뇌수술의 물리적 과정은 말로 다 형용하기 어려울 정도로 복잡하고 까다롭다. 어떤 건 보강하고 어떤 건 제거해야 하며, 그 과정에서 생기는 온갖 위험을 감수해야 한다. 정말로 세심한 주의가 필요하다. 복잡미묘한 뇌는 미지의 동굴과 비슷하다. 끔찍한 일이 벌어지지 않길 바라면서 우리는 위험하고 비좁은 동굴로 들어간다.

벤의 경우 종양이 다시 생기지는 않았다. 하지만 다른 변화가 찾아왔다. 뇌에 생긴 상처 때문에 발작이 일어났고, 발작을 다스리려고 복용한 약 때문에 부작용이 나타났다. 그의 넘치던 재기가 살짝 무뎌지더니 결국 말도 어눌해졌다. 최근에 내게 나타나는 증상도 이와 비슷하다. 뒤늦게 알았지만 벤은 내내 그런 부작용에 시달렸다. 그래서 자기가 아무리 노력해도 결국 죽을 거라고 확신했던 것 같다.

이런 경험이 벤에게는 늘 현재형이었지만 내게는 점차 과거가 되었다. 그러다 4~5년이 흘러 대학 졸업반이 되었을 때 오밤중에 걸려온 전화를 계기로 모든 게 다시 시작되었다. 벤이 다시 발작을 일으키기 시작했다. 이번엔 말하는 능력도 상실했다. 병원에서 의사가 오른손을 내밀라고 하면 벤의 왼쪽 다리가 툭 튀어나왔다.

종양이 다시 생기지는 않았다. 형을 수술했던 신경외과 의사가 때마침 은퇴 생활을 접고 복귀해 벤의 스캔 결과를 확인해주었다. 이때는 결국 우발적인 발작으로 결론이 났다. 벤의 병세가 다시 과거형으로 묻혔다. 적어도 내게는 그랬다. 그런데 4년 뒤 벤이 또다시 발작을 일으켰다. 이번엔 훨씬 더 심각했다.

당시 나는 대학을 졸업하고 이렇다 할 목적 없이 여러 직업을 전전하고 있었다. 당장 그만둬도 전혀 아쉽지 않을 일자리들이었다. 나는 벤의 집으로 들어가 뭐가 잘못됐는지 파악하려고 애썼다. 하지만 우리가 할 수 있는 일이 별로 없다는 걸 다들 알고 있었다. 벤은 이번에도 말하는 능력을 상실했고 팔다리가 마음대로 움직이지 않았다. 물론 이번에도 스캔에서는 종양이 보이지 않았다. 의사가 추궁하자 벤은 약을 안 먹으면 어떻게 되나 시험해봤던 것 같다고 털어놨다. 하지만 명확하게 대답하지 않아서 진상을 제대로 파악할 수는 없었다.

솔직히 나는 이 시기가 가장 힘들었다. 순전히 이기적인 이유였다. 표면적으론 어른이었지만 어른답게 행동하고 싶지 않았다. 어떻게든 뒤로 숨고 싶었는데 아버지가 결국 나를 벤의 침실로 데려갔다. 지금도 그 의미를 온전히 이해하지 못한 기억이 생기고야 말았다.

물론 이런 상황에서 의미를 따져본들 무슨 소용이 있겠는가? 벤의 발작이 재발할 때까지 나는 뇌에 관한 책을 여러 권 읽었다. 벤의 병을 고치려면 뇌를 제대로 알아야 한다고 생각했기 때문이다. 고치지 못하더라도 앞으로 무슨 일이 벌어질지는 알고 있어야 한다고 생각했다. 통속과학(popular science)을 파헤치며 정신에 대한 재미있는 일화와 흐릿한 이미지를 잔뜩 머릿속에 집어넣었다. 온갖 지식으로 무장했지만 내가 할 수 있는 일은 아무것도 없었다. 씰룩거리는 벤의 다리를 억지로 만져주는 것밖엔. 한번 망가진 뇌는 내가 알던 사람을 내 앞에서 전혀 모르는 사람으로 일그러뜨렸다.

역시나 이기적인 이유로 벤의 병은 내게 어떤 기준점이 되었다(내가 아픈 게 아닐 때도 병과 관련해선 이기적으로 굴 수밖에 없다). 어떤 사람에게 일어날 수 있는 최악의 상황을 생각할 때 벤의 사례는 내 두려움과 상상력의 한계치가 되었다. 두개골 밑에 종양이 있는 것보다 더 끔찍한 게 있을까? 내 안에 죽음이 살아 있다는 생각보다 더 암담한 게 있을까? 뇌에 들러붙은 거머리를 떼어내지 못하는 상황보다 더 괴로운 게 있을까?

벤은 다른 면에서도 기준점이 되었다. 새로 이사한 집에서 벤이 발작을 일으키는 모습을 본 다음 날 우리는 또다시 병원에 갔다. 벤에게 딸이 태어난 것이다. 벤은 돈런 가 형제들 중 처음으로 자식을 얻었다.

딸이 태어났을 즈음 벤은 수시로 병원을 들락거렸다. 때로는 아버지로서, 때로는 환자로서. 아버지로서 벤이 뭘 했는지는 알 길이 없다. 환자로서 벤은 검사 병동에서 몇 날 며칠을 보냈다. 병세와 상관없이 온갖 환자들이 모여 있는 예진실에서 하염없이 기다려야 했다.

검사 병동의 의사들은 참으로 열정적이었다. 병동 책임자는 키가 작고 뚱뚱한 의사였는데 한시도 가만히 있지 않았다. 그는 낡은 검정색 작업복 차림으로 병상을 분주히 오갔다. 하도 닳아서 번들번들해진 소맷동엔 포스트잇이 잔뜩 붙어 있었다. 환자들 이름, 아니 환자들 증상이 적힌 쪽지였다. 그는 병상을 계속 돌아다니며 뭉뚝한 펜으로 쪽지에 뭘 기록하거나 수정하거나 찍찍 그었다. 때로는 소맷동의 쪽지를 떼서 구기기도 했다. 환자가 위층으로 옮겨졌다는 뜻이었다. 그의 머릿속에 다음 쪽지, 아니 다음 환자를 위한 공간이 생겼다는 뜻이기도 했다. 알고 보니 당시 그는 환자가 사망할 경우를 대비해 쪽지를 버리진 않았다. 아마도 주머니 같은 데 넣어뒀나 보다.

가장 두드러진 의사는 벤의 담당의였다. 그는 내가 처음으로 만난 신경과 전문의였다. 첫인상은 전혀 신경과 전문의 같지 않았다. 신경과 전문의 하면 내 머릿속엔 신형 아우디를 디자인한 독일 과학자의 이미지가 떠올랐다. 신경과 전문의가 착용해야 할 안경도 정해져 있었다. 무테에 얇은 금속 다리로 된 안경이어야 했다. 그런데 이 남자는 잘생긴 정원사처럼 보였다. 칙칙한 모직 점퍼 안에 체크 셔츠를 갖춰 입었는데, 전 자민당 당수였던 패디 애시다운(Paddy Ashdown)이 유권자들 앞에서 최대한 멋지게 보이려고 입었음직한 셔츠였다.

정원사 같은 이 남자는 MRI와 LP 등 벤이 받을 각종 스캔과 테스트를 뒤에서 총괄했다. 나는 MRI 검사에 대해 막연한 경외심을 품었다. 그의 쪽지에 적힌 'LP'는 다음 날 아침에 받기로 예정되어 있었다. LP는 Lipid Profile의 약자로 혈중 지질 농도를 측정하기 위한 검사였다. 나는 식구들이 무슨 검사인지 모를까 봐 "그냥 피검사니까 걱정할 것 없다"고 설명해주었다. 실제론 '요추 천자'를 말하는 것으로 척추 아랫부분에 바늘을 꽂아 골수를 뽑아내는 까다로운 검사였다. 단순한 피검사가 아니라 걱정하고도 남을 만한 검사였다.

이 남자가 왜 여태 내 기억에 남아 있을까? 나중에 내가 처할 상황을 전혀 모르던 시절에 만난 남자를 왜 또렷이 기억하고 있을까? 그건 순전히 그가 일하는 방식 때문이었다. 그의 방식은 내 예상과 완전히 달랐다. 그는 줄곧 벤 옆에서 서성거렸다. 벤이 깨어 있거나 자는 모습을 그냥 지켜보기만 했다.

벤을 지켜보긴 우리도 마찬가지였다. 하지만 그는 우리보다 훨씬 더 주의 깊게 지켜봤다. 한번은 아버지가 벤이 이러저러한 발작을 일으킨다고 그에게 설명했다. 그런데 때마침 벤이 발작을 일으켰다. 그러자 그 신경과 전문의가 조심스럽게 말했다.

"아, 보세요. 지금 발작이 일어났네요."

우리는 모두 몸을 돌려 벤이 진짜로 발작을 일으키는 모습을 지켜봤다. 벤은 입을 헤벌린 채 요란하게 몸을 뒤틀었다. 신경과 전문의가 고개를 끄덕였다. 필요한 건 다 봤다는 얼굴이었다. 그는 벤의 머리 각도가 중요하다고 설명했다. 그것으로 병변의 위치를 알 수 있는 것 같았다. 그러곤 벤의 차트를 보더니 기존에 먹던 약물을 빡빡 지우고 새로 뭐라고 썼다. 그 뒤로 발작이 멈췄다. 우리의 걱정도 상당 부분 사라졌다. 그가 잘못된 걸 다 바로잡았다는 사실을 알기도 전에 우리는 이미 마음을 놓았다.

'아, 보세요. 지금 발작이 일어났네요'라는 말과 함께 내 걱정도 말끔히 사라졌다. 이 남자에게 벤의 발작은 그의 안쪽 세상이 무너지고 있다는 신호가 아니었다. 오히려 병변을 파악하고 진단하도록 돕는 유용한 정보였다. 그런데 그는 단지 보기만 하고서 이 모든 걸 해냈다.

신경과 전문의는 눈으로 보는 사람이었다. 신경학의 세계에 발을 깊숙이 들여놓을수록 더 그렇게 생각하게 되었다. 볼품없는 점퍼 차림에 정원사처럼 보였던 그 남자는 신중한 관찰로 모든 걸 간파했다.

2월 레미트 사인이 처음 나타난 후 나는 지금 내게 누가 필요한지 깨달았다. 신경과 전문의였다. 나를 관찰하고 내 속을 들여다볼 수 있는 사람, 살가죽과 뼛속을 들여다보면서 동시에 내가 지껄이는 허튼소리를 분간해서 들을 수 있는 사람. 나는 지역 보건의를 찾아갔다. 진료소는 브라이튼에서 다소 번화한 지역에 있었는데, 해안에서 떨어진 내륙 지역으로 지난 세기의 허름한 부랑자들과 금세기의 씩씩한 멋쟁이들이 공존하는 곳이었다. 거리에 몰려든 군중이 꼴사나운 주먹다짐을 구경하려고 모였는지, 아니면 오페라 「아이다」를 공연하는 플래시몹을 보려고 모였는지 분간하기 어려운 곳이었다.

나는 대기실에 앉아 조용히 차례를 기다렸다. 남자보단 여자가 많았다. 앞서 들어간 남자가 다른 사람들보다 늦게 나왔다. 나는 피검사를 예약하고 몇 가지 가능성에 대한 이야기를 들었지만 당장은 비타민 D 결핍증이라는 진단을 받았다. 우려했던 것보다 나쁘지 않은 것 같아 마음이 살짝 놓였다. 하지만 레미트의 격렬한 에너지를 겪은 뒤라 증세에 비해 가벼운 진단을 받았다는 느낌을 지울 순 없었다.

약국 카운터에 처방전을 내밀자 약이 나왔다. 자그마한 청록색 알약이었다.

"순수한 햇빛입니다." 약사가 약 봉지를 내밀며 말했다. "나중엔 이거 말고 다른 약은 조제할 일이 없을 것 같다니까요."

순수한 햇빛. 겨울의 끝자락에 이르렀지만 날씨는 여전히 흐렸다. 나는 눈에 띄게 차분해졌다. 집에선 멍한 눈으로 허공을 바라보거나 빈둥빈둥 시간을 보냈다.

"처방전에 왜 햇살을 그려 넣었어?"

어느 날 저녁 세라가 물었다. 음식을 주문하고 배달원에게 줄 잔돈을 찾는 중이었다.

"햇살?"

나는 그게 무슨 뜬금없는 소리냐는 투로 반문했다. 세라가 연한 초록색 종이를 보여주었다. 상단에 비타민 D라고 적혀 있었고 그 아래엔 빛을 내뿜는 태양이 주황색 형광펜으로 그려져 있었다.

"약사가 그렸나 보지 뭐."

"이상하네."

세라가 말했다. 나는 처방전을 뚫어져라 쳐다봤다. 태양을 그린 사람이 정말 나였을까? 며칠간 약을 복용하자 기분이 살짝 좋아졌다. 하지만 비타민 D가 해결책이 아님을 알고 있었다. 내 안에서 벌어지는 사태가 이 작은 알약으로 해결되기엔 너무 크게 느껴졌다. 일주일 뒤 나는 다시 지역 보건의를 찾아갔다. 레미트 사인이 점점 더 심해졌다. 지역 보건의도 신경과 전문의를 찾아가는 게 좋겠다고 말했다.

그때가 3월 초였다. 전문의 진료 날짜는 5월로 잡혔다. 불확실한 상태로 두 달을 보내야 했다. 신경질환에 걸리면 마법에 걸렸다거나 귀신에 씌었다는 식으로 손가락질 받던 시절이 있었다. 그런 걱정 없이 시간을 보낼 수 있으니 다행이라 생각하며 계획을 세웠다. 실은 아무 계획도 세우지 않기로 계획했다. 일단 인터넷을 검색하지 않기로 했다. 미국 최대의 의학 정보 사이트인 WebMD나 구글에 들어가지 않기로 했다. 신경과 전문의를 기다리면서 내가 마치 아마추어 신경과 전문의가 된 것처럼 굴지 않기로 했다. 비겁해 보이지만 이론적 근거가 없지는 않다. 아무 데도 갈 데가 없을 땐 아무 데도 가지 않는 게 최선이다!

그래서 그렇게 했다. 그때의 기나긴 봄날을 떠올리면 27번 버스를 타고 하릴없이 보냈던 기억밖에 없다. 웨스트딘에서 솔트딘 사이를 오가는 버스였다. 브라이튼의 양쪽 끝에 있는 지극히 평범한 마을들이다. 버스 여행만큼 단조로운 것도 없지만 그만큼 자연스럽게 졸음을 유발하는 것도 없다. 2층 뒷자리에 앉아 잠에 빠져들 땐 왕이 된 기분이다. 버스에 오를 때의 나와 내릴 때의 나는 같은 사람이 아니다.

27번 버스를 탈 땐 더욱더 그렇다. 엄밀히 말하면 27번 버스는 딱히 어디로 간다고 할 수 없다. 그냥 브라이튼 지역을 덜컹거리며 순환한다. 그런데도 묘한 매력이 있다. 경로의 상당 부분이 해안도로이기 때문에 날씨가 좋을 땐 시선 끝에서 일렁이는 바다와 약동하는 구름이 만나는 모습을 계속 볼 수 있다. 차도 바깥쪽으로는 끝없이 펼쳐진 흰 암벽을 따라 방호책이 길게 설치되어 있는데, 바람이 불 때마다 철제 울타리가 이리저리 흔들렸다. 까딱하다간 절벽 밑으로 떨어질 것 같다. 문득 좁고 갑갑한 브라이튼을 뒤로하고 탁 트인 하늘과 바다로 풍덩 뛰어들고 싶다.

평소엔 솔트딘에 있는 집 근처에서 27번 버스를 타고 회사로 간다. 하지만 신경과 전문의 진료를 기다리던 두 달 동안엔 평소 내리던 정류장을 지나쳤다. 무료한 시간을 때우기 위해 버스가 가는 대로 하염없이 앉아 있었다. 그렇다고 일을 회피하진 않았다. 물론 가족들도 피하지 않았다. 메일이 오면 부지런히 답했고 리언과도 많은 시간을 보냈다. 리언도 흔들리는 버스에서 쉽게 잠이 들었다. 당시 나는 정확히 뭔지는 모르지만 내가 변하고 있다는 생각에 막연히 불안했다. 하지만 버스를 타고 있을 땐 그런 불안감에서 벗어날 수 있었다. 바퀴가 포장도로를 덜컹거리며 지날 땐 내 안에서 느껴지던 진동이 사라졌다. 아니, 엄밀히 말하면 다른 사람들에게로 널리 퍼져나갔다고 하는 게 맞겠다. 다른 승객들도 모두 진동을 느꼈으니까.

시간은 잘 흘러갔다. 이렇다 할 계획도, 목적도 없이 버스에 몸을 싣고서 앞으로 벌어질 일을 막연히 생각했다. 앞으로 내가 가게 될 미지의 영역에 대해, 나를 인도해줄 사람에 대해 상상했다. 내가 만날 신경과 전문의가 내 증상을 곧바로 알아차리길 바랐다. 가능하면 그런 증상을 없애주길 바랐다. 쓸데없는 검사와 불안한 기다림으로 시간을 허비하고 싶지 않았다. 검진 받으러 가기 전날 세라에게 말했다. 이 상황에서 벗어날 유일한 길은 곧장 본론으로 들어가는 거라고 말이다. 나는 벤처럼 화를 내거나 두려움을 숨기지 않겠다고, 처음부터 딱 부러지게 말하겠다고 다짐했다. '도와줘요'라고.

다음 날 브라이튼 외곽에 있는 신경 병동을 다시 찾아갔다. 내가 열여섯 살 때 형이 뇌수술을 받았던 곳이다. 이곳은 변한 게 거의 없었다. 신경 병동은 병원 본관에서 두 층을 내려가야 나왔다. 지하에 있었지만 바람이 잘 통하고 서늘했다. 환한 복도가 사방으로 뻗어 있어서 까딱 잘못하면 엉뚱한 곳에 이르렀다. 신경 병동의 미로 같은 구조는 신경질환자의 변화무쌍하고 혼란스러운 머릿속 풍경을 그대로 보여주는 듯했다.

근대 국민의료보험(NHS) 덕분에 병원엔 활기가 넘쳤다. 안으로 들어가자마자 제2차 세계대전 때 독일 공군의 런던 대공습을 맞닥뜨리기라도 한 듯 정신이 번쩍 들었다. 1940년대 벽면을 가득 메웠던 암호 해독 장치처럼 지하 병동엔 각종 장비가 늘어서 있었다. 왜 안 그러겠는가? 신경과 전문의와 암호 해독자는 예측하기 어려운 적을 상대한다. 게다가 둘 다 불완전한 정보를 바탕으로 적을 무찔러야 한다.

그의 이름이 퀼(Quill)은 아니지만 일단 그렇게 부르기로 하자. 그의 세심하고 용의주도한 성격이나 프라이버시를 손상시키지 않고 그를 설명하기에 적당한 이름이다. 퀼은 수수께끼 같은 인물이다. 그에 대해 묘사하려고 할 때마다 그런 생각이 든다. 키가 엄청 큰 것 같은데 실제로는 나와 비슷하다. 평균 정도의 키라는 뜻이다. 대단히 마른 것 같은데 실제로는 딱히 말랐다고 하기 어렵다. 나처럼 보통 체구다. 위트가 넘친다고 생각했는데 그가 나를 웃기려고 할 이유는 전혀 없다. 그냥 말과 행동이 빠른 걸 두고 그렇게 생각했나 보다.

여느 전문가와 마찬가지로 그도 다른 시대에서 온 사람 같았다. 나이가 젊은데도 빅토리아 시대 사람처럼 근엄해 보였다. 가장 혼란스러운 건 그가 내 인생에서 가장 중요한 사람 중 하나가 됐는데 실제론 몇 번 만나지도 못했다는 점이다. 그와 함께 보낸 시간은 다 합해도 반나절이 안 된다.

마음이 약해진 상태라 그랬는지 모르지만 나는 퀼 박사를 보자마자 호감을 느꼈다. 혼잡한 신경 병동에서 그를 처음 만난 순간이 어제 일처럼 생생하다. 처음에 퀼은 내가 하는 말에 그다지 관심이 없었다. 병력에 대해 꼬치꼬치 물어보지도 않았다. 그저 나를 정중하게 맞이한 다음 내 파일을 살폈다. 내가 초조한 목소리로 이야기할 때는 미소를 지었지만 내용보다는 억양에 더 집중하면서 내 외관과 움직임을 주시했다.

퀼은 눈이 크고 예리했다. 첫날 그는 대단히 신중하고 유능해 보였다. 나이는 젊어도 만만하게 대할 사람이 아니었다. 셔츠와 타이를 유니폼처럼 착용하고 있었는데 병원에 있지 않을 때도 정장 차림으로 다닐 사람처럼 보였다. 첫눈에 그가 마음에 들었다. 초반에 각종 테스트로 나의 모자란 민첩성을 체크하는 통에 언짢은 기분이 들기도 했지만 알고 보니 신경질환을 진단하는 최첨단 검사였다. 두개골에 구멍을 내지 않고도 다른 사람의 머릿속을 들여다보는 가장 빠른 방법이었다.

가장 기본적인 관찰 검사는 도로에서 하는 음주 측정 검사와 흡사하다. 아니, 음주 측정 검사와 똑같다. 직선을 따라 똑바로 걷기, 열 손가락을 차례로 이용해 코 만지기, 손전등 불빛이 움직이는 대로 동공 움직이기. 신경학적 검사를 받는 내내 음주 측정 검사를 받는 기분이 들었다. 남들은 신나게 쌩쌩 달리는데 나만 혼자 교통순경에게 걸린 기분.

이런 검사는 결국 뇌가 비밀을 숨기고 있으며 그 비밀을 알아내는 게 쉽지 않다는 사실을 방증한다. 신경학적 검사를 받을 거라고 들었을 때 나는 기계와 스캔 선, 전선과 전극, 끈적거리는 패드 따위를 예상했다. 과학과의 직접적인 접촉, 즉 각종 장비를 이용한 검사를 예상했다. 내 뇌가 말하는 것을 기계가 듣고 파악할 거라고 말이다. 그런데 실상은 달랐다. 처음엔 훨씬 더 인간적인 방법을 활용한다. 나중에 기계를 활용하긴 하지만 일단은 의사가 먼저 보고 듣고 파악한다. 손상된 뇌를 이고 사는 사람의 행동을 관찰해서 뇌에 도달하는 것이다.

나는 그날 손가락 갖다 대기, 시선 추적, 걸음걸이 측정 같은 검사를 받았다. 의사는 다른 사람을 빤히 쳐다봐도 되는 거의 유일한 전문직이다. 대다수 의사가 그 권한을 마음껏 행사한다. 검사 받는 동안 나는 우스꽝스러운 장면을 여러 번 연출했다. 아마 굉장히 건강한 상태였더라도 그 검사를 제대로 통과하진 못했을 것이다. 하지만 퀼은 나의 타고난 신체적 부족함과 진짜 신경학적 단서를 용케 구별해냈다.

검사가 끝나자 우리는 다시 앉았다. 퀼이 내 쪽으로 몸을 기울이더니 지금 기분이 어떠냐고 물었다. 의사는 그런 걸 물어봐도 된다. 나는 종양이 두렵다는 말로 이야기를 시작했다. 실은 두려움을 입 밖으로 꺼내는 것도 두려웠다. 내가 벤의 사례를 언급하자 퀼은 작은 글씨로 메모하면서 자세히 말해보라고 했다. 종양이 제거됐다고 설명했을 땐 벤 얘기를 지울지 말지 고민하는 듯했다. 결국 방금 쓴 메모를 지우고 그 옆에 똑같이 작은 글씨로 뭐라고 적었다. 그런 다음 내 병력의 나머지 부분과 구별하려는 듯 메모 주변에 빗금을 그었다. 존재하긴 하지만 당장은 무관해 보인다는 뜻 같았다.

지난 1월 이후 몇 달간 세라에게 했던 말을 퀼에게도 했다. 뭔가 잘못된 것 같긴 한데 도대체 무슨 일이 벌어지는지 전혀 모르겠다고 솔직히 털어놨다. 촉각이 전과 달라졌으며 커피숍에서 세라를 만난 2월 이후로 줄곧 고개를 숙이면 찌릿한 전율이 느껴진다고 했다. 이 시점에서 나는 순간적으로 멈칫했다. 두려운 마음에 이 증상을 숨기고 싶은 충동을 느꼈다. 그러자 퀼이 계속하라고 말했다. 나는 날마다 뭔가가 밖으로 빠져나가는 것 같다고 말했다. 방어막이 무너지고 내 영역을 계속 잃는 것 같다고 했다.

"전쟁터처럼 느낀다는 건가요?"

퀼의 질문에 나는 살짝 웃었다.

"도난 사건이 꾸준히 일어나는 건물 같아요. 중요한 문들이 해체되고 귀중품이 계속 사라지는데 경보가 울리지 않습니다. 게다가 뭘 도난당하는지 정확히 알지도 못해요."

"그전으로 돌아가봅시다." 퀼이 말했다. 그때 내 팔이라도 잡아줬더라면 나도 더 애썼을 텐데 하는 아쉬움이 있다. "작년엔 어땠습니까? 손이 쿡쿡 쑤시기 전엔 이상한 낌새가 없었나요?"

나는 예전으로 돌아갔다. 아니, 돌아가는 척했다. 그간의 삶을 떠올려봤지만 특별히 언급할 만한 게 없었다. 문고리 문제가 연관됐을 거라고는 의심하지 않았다. 그건 그냥 웃어넘길 만한 일이지, 문제라고 생각하지도 않았다. 1년 전쯤 옛날 집에서 아침에 눈을 떴을 때 온몸이 아팠던 것도 기억하지 못했다. 오히려 세라가 나중에 기억해냈다. 세라는 자신의 검색 기록을 살피다 우연히 호지킨 림프종(Hodgkin's lymphomas)에 관한 질문과 자료를 발견하고서 그때 일을 기억해냈다. 살다 보면 별의별 증상을 겪는다. 하지만 우리는 그런 증상을 무시하거나 슬쩍 살펴보고 그냥 지나쳐버린다. 적어도 나는 그랬다.

나는 유용할지도 모르는 이런 일들을 털어놓지 않았다. 그 대신 연관됐을 거라고 짐작 가는 다른 일들을 떠벌렸다. 어떻게든 가벼운 진단을 받으려는 속셈이었던 것 같다. 나는 리언을 자주 안고 다녔으며 상자를 다락으로 많이 옮겼다고 얘기했다. 죄다 목에 손상을 줄 가능성이 있는 일이었다.

퀼이 고개를 끄덕였다. 하지만 그는 내가 애써 기억해낸 내용을 기록하지 않았다. MRI 검사를 예약하거나 다음 진료 시간을 알려주지도 않았다. 그는 자기 앞에 놓인 서류를 정리한 다음 자신의 두 손을 꽉 잡았다. 손가락이 길고 창백했다. 마치 조사를 마친 형사가 다음에 뭘 할지 궁리하는 모습을 흉내 내는 것 같았다. 어쩌면 경험상 환자들은 이런 식의 극적인 몸짓이 필요하다고 생각하는지도 몰랐다.

"진단적 관점에서 보면 당신에게서 아무 문제도 보이지 않습니다." 퀼이 마침내 입을 열었다. "우린 당신이 평소 느낀다고 말한 점을 바탕으로 판단해야 합니다. 흠, 좋습니다. 좋아요."

우리는 소리 없이 웃었다. 하지만 그의 말은 다 끝나지 않았다.

"당신이 한 말을 놓고 볼 때 아무래도 경추(頸椎)에 병변이 있는 것 같습니다."

내 눈이 씰룩거리기 시작했다. 이 말은 전혀 좋지 않게 들렸다. 사람들은 흔히 척추가 중요하고 다치기 쉬운 부위라는 사실을 알면서도 그냥 무시하고 살아간다. 나도 그랬다. 그런데 척추도 아니고 척추 맨 위쪽의 경추라고?

한시름 놓았다가 뒤통수를 맞은 기분이었지만 한편으론 퀼이 예상했던 것보다 훨씬 더 뛰어난 마법사라는 생각이 들었다. 내 경추? 내가 내 머리를 두드리는 모습과 검사실에서 걷는 모습만 보고 그걸 간파했단 말인가?

"병변이 경추라고 판단하는 데는 세 가지 이유가 있습니다." 퀼이 이야기를 계속했다. "우선 당신이 어떤 식으로든 목에 손상을 입었을 가능성이 있습니다. 목 위로는 아무 증상이 없는 게 확실한가요?"

나는 찌릿한 전율과 통증이 일어나는 부위를 하나씩 떠올렸다. 발, 다리, 팔, 손가락. 퀼이 옳았다. 목 위로는 아무 증상도 없었다.

"그렇다면 확실히 목 부상이 원인일 수 있습니다. 다음으로는 일시적으로 척추에 염증이 생겼을 가능성이 있습니다. 어떤 사람은 염증이 생겼다가 이내 사라지기도 합니다."

퀼이 잠시 뜸을 들이다가 말을 이었다.

"하지만 어떤 사람은 그보다 심각한 문제로 판명나기도 합니다."

이제 와 생각해보니 그는 알고 있었다. 처음부터 알고 있었다.

나는 이 점에 대해 아주 솔직하게 말할 작정이다. MRI에 대한 이야기를 들은 순간부터 내가 조만간 MRI 검사를 받을 거라고 직감했다. 그 기계가 내게 필요하다는 걸 직감했다. 이런 확신의 중심에는 벤이 있었다. 아무리 험난해도 형이 지나간 길을 따라가고 싶은 욕망이랄까. 내 말이 터무니없이 들릴지도 모르겠다. 발작이 재발했을 때 벤이 병원에서 MRI 검사를 기다리던 모습을 생생하게 기억한다. 의사가 서류를 하나 들고서 질문을 던졌다. 틀니? 피어싱? 둘 다 없다고 벤이 대답했다. 의사가 다시 물었다.

"자기장 안에 들어가본 적이 있나요?"

그러자 벤이 자신 있게, 심지어 장난스럽게 대답했다.

"오오오오, 예스!"

그 순간 나는 이런 느낌을 받았다. 뭐든 경험하면 자신감이 붙는다!

나는 곧장 기계에 매료되었다. 기계는 영화 「12 몽키즈」에 나왔던 시간 터널 같았다. 아니, 그보다는 비슷한 영화에서 봤던 시간 이동 장치 같았다. 진단을 받고 있는 벤을 떠올릴 때마다 MRI의 흐릿한 조명 속에 누워 있는 그의 모습이 아른거렸다. 배에 손을 올리고 머리 위쪽 둥그런 천장을 뚫어지게 바라보는 모습이 왠지 너무 외롭게 느껴졌다. 병에 걸리면 나머지 세상과 단절된다는 걸 또렷하게 보여주는 장면 같았다.

"그 안에 들어가면 어떤 소리가 들려?"

어느 날 벤에게 물었다.

"끝내주게 멋진 소리가 들려. 꼭 무슨 음악 소리 같아."

벤은 늘 이상한 음악을 좋아했다. 이런 반응이 보편적일 거라고 기대하진 않는다. 실제론 완전히 이상한 소리가 들린다. 그런데도 나는

MRI를 막연히 동경했다. 컴컴한 뇌에 빛을 분사하는 장치 정도로 생각했던 것이다.

이런 식으로 생각한 이유는 세라 때문이라고 주장하고 싶다. 연애를 막 시작하던 무렵 어떻게든 세라에게 잘 보이려고 잡지에서 읽은 기사에 대해 떠벌렸다. 물속에 사는 하등식물의 한 무리인 조류(藻類)와 파킨슨병에 관한 기사였다. 조류는 감광성(感光性)이고 생물발광(生物發光)도 한다. 다시 말해 조류는 자체적으로 빛을 발산할 수도 있고 다른 빛에 반응할 수도 있다. 이에 착안해 의사들은 파킨슨병에 걸린 사람의 뇌에 작은 도파민 기계를 집어넣은 다음, 빛을 이용해 필요할 때 기계가 화학물질을 분출하도록 유도한다. 전기도 필요 없고 뇌의 복잡 미묘한 배선을 건드릴 필요도 없다.

내가 이 이야기를 해주자 세라는 입맛을 다시며 관심을 보였다. 자기랑 관심사가 같은 사람을 만나서 흥분했던 것이다. 시간이 흘러 기사 내용에 대한 기억은 흐릿해졌지만, 뇌 안의 생각은 MRI 상에서 빛의 파문이며 뇌혈류는 시냅스의 폭발을 암시한다고도 했던 것 같다. 아무튼 두개골 속을 헤집어 볼 순 없지만 MRI라는 첨단 영상 자료를 통해 엿볼 수는 있다.

NHS의 주선으로 6월에 어느 개인 병원에서 MRI 검사를 받기로 했다. 검사 당일 세라와 나는 리언을 부모님께 맡기고 버스를 탔다. 길이 막혀 버스가 지체됐다. 약속 시간에 늦을까 봐 걱정하면서도 한편으론 다행스러웠다. 한 시간 가까이 튜브에 갇혀 있는 동안 상상할 수 도 없이 강력한 자석이 내 몸에 고주파를 쏘아대는 게 더 걱정스러웠기 때문이다.

검사 방식은 별게 없다. 방사선 전문의가 유리문 뒤에 앉아서 실시간으로 올라오는 스캔 영상을 지켜본다. 피검자는 영상을 볼 수 없다. 방사선 전문의가 자기는 스캔을 판독할 수 없다고 사전에 고지하기도 한다. 실제론 판독할 수 있는데도 거짓말하는 게 틀림없다. 피검자는 검사를 마치고 나오면서 무슨 단서라도 얻을 요량으로 방사선 전문의의 얼굴을 유심히 살펴본다. 그들이 어떤 표정을 짓든 불안하긴 마찬가지겠지만.

검사를 받기 전에 기계부터 살펴보면 MRI 스캐너에는 약간 종교적인 면이 있다. 크고 둥그런 외관은 초자연적 카리스마를 발산하며 피검자를 내세로 인도할 것처럼 보인다. 웅장한 외관에 말문이 막히고 경외심마저 든다. 그 앞에 무슨 공물이라도 바치고 싶어진다. 기계 주변에 독수리 깃털과 솔방울로 둥그렇게 엮은 세공품들이 경건하게 놓여 있지 않은 게 매번 놀라울 따름이다. 이 글을 쓰는 시점까지 MRI 검사를 여러 번 받았다. 자기장 안에 들어가본 적이 있느냐고 물으면 이젠 나도 자신 있게 대답할 수 있다.

"오오오오, 예스!"

나는 바퀴가 달린 들것에 눕혀진다. 귀에 헤드폰이 씌워지고 머리에 구조물이 덧씌워져 옴짝달싹도 할 수 없다. 순간 공포심이 밀려온다. 그때 목소리가 들린다. 보이진 않지만 두 사람이 내 옆에 서 있다.

"이 친구는 버티라고 합니다." 그중 한 명이 말한다. "버티가 바늘을 꽂을 겁니다."

"알겠습니다."

내가 쾌활한 목소리로 말한다. 속으론 전혀 쾌활한 상태가 아니다. 바늘이라고?

"버티는 이걸 처음 해봅니다. 지금 수련 중이거든요."

"알겠습니다!"

나는 여전히 쾌활한 목소리로 말한다. 정신 나간 사람 같다. 속으로는 안절부절못하고 있는데 주삿바늘이 팔뚝을 푹 찌르고 들어온다. 차가운 액체가 팔꿈치 아래로 흘러내리기 시작한다.

"버티가 시작을 잘 했네요." 목소리가 말한다. "나머지는 내가 할게, 버티."

조영제 주사는 영상을 또렷하게 보여주기 위해서 놓는다. MRI 스캐너가 뇌의 손상된 부위를 볼 수 있도록 뇌를 잉크에 살짝 담그는 것이다. 그런 다음 들것이 기계 안으로 천천히 이동한다. 머리 바로 위로 회색의 둥그런 플라스틱 천장이 보인다. 밑은 평평하고 위는 둥그런 모양을 보니 비행기 좌석 위 선반에 넣어진 것 같다. 실제로 그렇게 누워 있으면 비행기 이륙할 때와 비슷한 느낌이 든다. 공중에 붕 뜨는 것 같고 세상에서 멀어지는 것 같다. 내가 어쩌다 여기 와 있지? 나중에 다시 돌아올 수 있을까?

기계가 작동한다. 온갖 소음이 시끄럽게 들린다. 쿵쿵쿵. 쾅쾅쾅. 윙윙윙. 뚜뚜뚜. 끈적끈적한 두 물체를 억지로 떼어내는 듯한 소리도 들린다. 찌익찌익찌익. 음악 소리? MRI 스캐너는 다량의 시럽 생산과 관련된 공장 같은 소리를 낸다. 그 공장은 콧대 뒤쪽 어딘가에 세워져 있지만 여러 가지 이유로 실체를 규명하지 못한 상태다.

"2분짜리 사진입니다. 가만히 계세요."

귀에서 어떤 목소리가 들린다. '사진'이라는 말이 마음에 든다. 사진술 초창기처럼 은판사진(銀板寫眞)이라도 찍는 기분이다. 나도 모르게 엄지손가락을 번쩍 들어올린다. 그 바람에 비좁은 터널 천장에 손이 부딪친다. 이런! 거기 누운 이유가 퍼뜩 떠오르면서 공포감이 다시 밀려든다. 그런데 한참 있다 보면 왠지 마음이 차분히 가라앉는다. 감각 차원에서만 생각하면 MRI 검사는 그렇게 위압적이지 않다. 어른의 경우 뇌가 낯선 소리 안에서 리듬을 찾아낸다고 한다. 아이에겐 자장가나 동요를 들려준다고 한다. 그렇지만 아이가 MRI 스캐너에 누워 있는 건 생각하고 싶지 않다.

이 과정에서 나는 점차 지도로 완성된다. 낯선 사람의 완성된 스캔에서 봤던 것처럼 내 뇌와 척추의 단면도는 분필 자국 같은 흰색의 석호(潟湖, 작은 늪)와 우각호(牛角湖, U자형 만곡부)를 보여준다. 그런데 의

학용 뇌 단면도는 다 똑같아 보인다. 인간의 머리가 실제로 어떻게 보이는지 까먹은 사람이 그린 것 같은 터무니없는 낙서처럼 보인다. 그 중에서도 달걀 노른자처럼 둥둥 떠 있는 눈알은 정말 눈 뜨고 못 봐줄 지경이다.

이 병원에선 MRI 스캐너를 '진실의 도넛'이라고 부른다. 그럴듯한 이름이다. 내가 느끼는 복잡 미묘한 감정을 설명하는 데도 도움이 된다. 나는 이 기계에 고마움과 두려움을 동시에 느낀다. 우리는 어떤 증상을 감지하면 그것을 기술하려고, 말로 표현하려고 부단히 노력한다. MRI는 그런 수고를 한 방에 덜어준다. 그 결과는 어떤 말로도 뒤집거나 반박할 수 없다. 결정적 증거물이자 최종 판결문이다.

45분 뒤, 나는 마침내 회색 플라스틱 터널에서 스르르 벗어난다. 귀가 먹먹하다. 눈을 몇 차례 깜빡이고 혀로 바짝 마른 잇몸과 입술을 핥는다. 왠지 낯선 곳으로 여행을 떠나온 기분이다. 막 도착했으니 새로운 풍습과 의식을 익혀야 할 것 같다. 아울러 기계에서 막 빠져나온 듯한 기분도 든다. 하지만 앞으로 몇 주 동안 기계에 갇힌 느낌에 계속 시달릴 것이다.

나가는 길에 방사선 전문의를 유심히 쳐다본다. 그는 내 눈길이 부담스러운지 억지로 웃으며 고개를 돌린다. 버티는 어디에도 보이지 않는다. 어쩌면 이 사람이 버티인지도 모르겠다.

한 달 뒤인 6월 초에 나는 두 번째 MRI 검사를 받았다. 플라스틱 터널은 더 진한 회색이었고 소리는 더 이상했다. 조영제를 투여하는 팔뚝 주사도 더 아팠다. 이날은 검사가 하루 종일 이어졌다. 오전엔 MRI, 오후엔 요추 천자였다.

나는 척추 아랫부분에 바늘을 꽂아 골수를 뽑아내는 요추 천자에 제대로 대비하지 못했다. 잘 모르니까 걱정도 별로 하지 않았다. 침대가 놓인 작은 방으로 들어가자 의사가 다양한 종류의 바늘을 준비하고 있었다. 그제야 겁이 덜컥 났다.

요추 천자에 대해 별로 걱정하지 않은 것은 물론 그에 대비하면서 두 가지 중요한 실수를 저질렀다. 일단 자료를 검색하면서 엉뚱한 자료를 찾아 읽었다. 환자 입장에서 정리된 자료를 찾아봤다면 내 뇌와 척수를 감싼 유동체에 어떤 이물질이 떠다니는지 알 수 있었을 것이다. 하지만 나는 검사자 관점에서 정리한 절차를 살펴봤다. 이 자료에서 환자는 그저 골수를 뽑히는 살덩어리일 뿐이었다. 나는 결국 나 자신에게 요추 천자를 시행하는 방법에 관한 자료를 읽었던 것이다.

그 자료에선 첫 번째 저항이 느껴질 때까지 바늘을 찔러 넣으라고 했다. 그런 다음 두 번째 저항이 있을 때까지 계속 밀어 넣으라고 했다. 첫 번째 저항! 두 번째 저항! 나는 자료를 읽다 말고 검색 창을 얼른 닫아버렸다. 주삿바늘이 살가죽을 뚫고 들어가 여기저기 헤집고 다니는 장면이 눈앞에 어른거렸다. 의사가 정확도를 높이고자 두 눈을 감고서 감각만으로 작업하는 모습도 떠올랐다. 마치 암호를 모르는 금고를 해체하듯이, 불꽃이 튀는 전선에서 원인 물질을 찾으려고 탐침을 집어넣듯이.

내 허리에 바늘을 찔러 넣는 것, 좀 더 구체적으로 말하면 내 척추의 섬세한 필라멘트가 들어 있는 영역 속으로 바늘을 집어넣는 것은 아무리 생각해도 대단히 위험한 작업 같았다. 내가 직감으로 이해하는 필라멘트는 유리 섬유 혹은 광섬유(光纖維) 가닥으로 워낙 섬세해서 쉽게 끊어진다.

내가 두려움에 떨자 의사가 계속 말을 걸었다. 나는 침대에 누운 채 의사의 지시대로 등을 돌렸다. 그리고 세라의 손을 꼭 잡았다. 혼자 잠들고 싶지 않을 때 리언이 내 손을 꼭 잡는 것처럼. 이번에도 나는 무슨 일이 진행되는지 볼 수 없었다. 내 등에 바늘의 감촉이 느껴졌다. 바늘이 금방이라도 척추뼈 사이로 헤집고 들어올 것 같았다.

"비디오게임이요? 비디오게임을 하면서 일한다고요?"

의사가 물었다. 나는 이런 자리에서도 다음 질문을 예상할 수 있었다. 내 예상은 한 치도 빗나가지 않았다.

"비디오게임으로 밥벌이가 된다고요?"

"미안하지만 지금은 그 질문에 대답할 여유가 없습니다."

내가 떨리는 목소리로 말했다. 무례하게 보일까 봐 한 번 더 사과했다. 다음 순간 바늘이 푹 들어왔다. 상상 속에선 거대한 투창이 뚫고 들어온 것 같았다. 세라의 손을 더 꽉 잡았다. 손톱이 살을 파고들었다. 욕지기가 올라왔다.

"안색이 나빠졌어." 세라가 내 이마에 손을 올리며 말했다. "겁먹으니까 더 그런 거야."

그 뒤로도 몇 분 더 욕지기가 올라올 것 같았다. 몸을 비틀고 침대에서 도망갈까 생각했다. 척추가 깨진 유리처럼 박살날까 봐 차마 그럴 수는 없었다. 이런 나를 구해준 건 뜻밖에도 통증이었다. 어느 시점에서 의사가 바늘로 신경을 살짝 건드렸는지 오른쪽 다리 전체가 갑자기 확 타올랐다. 마그네슘 불꽃같은 백색광이 번쩍하더니 사타구니부터 발가락까지 연결된 신경이 철사 줄처럼 팽팽해졌다. 나는 순간적인 통증에 몸을 바싹 움츠렸다. 그와 동시에 생각했다. 허리에 바늘을 꽂았는데 다리에 통증이 느껴지다니 참으로 흥미롭군. 흠, 신경학의 세계에 들어온 걸 환영한다!

"거의 다 됐습니다." 의사가 1~2분쯤 뒤에 말했다. 그녀는 액체가 든 작은 유리관을 들어 올렸다. "깨끗하군요. 잘하셨습니다."

괜히 으쓱해졌다. 바보같이.

그 후에도 여러 가지 검사를 받았다. MRI를 찍을 때마다 내 인생의 상당 부분이 잘려나가는 것 같았다. 사무실에 간간이 얼굴을 비치긴 했지만 일을 제대로 하지는 못했다. 고맙게도 편집장은 내게 뭔 일이 생겼다고 짐작하면서도 내가 말할 때까지 기다리는 눈치였다. 나는 사무실에 있을 때도 글을 통 쓰지 못했다. 게임도 거의 안 했다. 걸핏하면 사람들 눈을 피해 밖으로 나와서 전화통을 붙들었다.

당시를 떠올리면 내내 불안에 떨던 기억밖에 없다. 신경과 전문의의 비서에게 자꾸 전화를 걸었다. 전화가 연결되기를 기다리는 동안 검사 결과에 대한 불안감과 근무 태만에 대한 죄책감에 속이 타들어갔다. 멀게만 생각했던 의학 전문가들과 그 비서들의 세계가 부쩍 가깝게 느껴졌다. 전화 신호음에 귀를 기울이면서 복도 창문에 비친 내 모습을 힐끔 쳐다봤다. 나는 지금 이 세계에 있는 걸까? 아니면 그들의 세계에 있는 걸까?

다행히 나는 세라의 세계에도 있었고 리언의 세계에도 있었다. 우리는 도싯(영국 잉글랜드 남서부의 카운티)의 작은 해안가 마을인 스워니지에서 주말을 보냈다. 세라의 부모님 집이 그곳에 있었다. 10대 초반에 어머니와 스워니지를 방문했을 땐 세상에서 제일 따분한 동네 같았는데, 이제 보니 참으로 멋진 곳이었다. 흔들거리는 페리를 타고 들어가서도 모래바람이 흩날리는 해안도로를 달려 한참 들어가야 마을이 나왔다.

저녁 무렵 우리는 옥상에 올라가 해변을 바라봤다. 한 팔로 리언을 안고 다른 팔로 세라의 어깨를 감쌌다. 사랑하는 아내와 자식이 곁에 있으니 참으로 든든했다. 내 안에서 벌어지는 일도, 실제론 나를 도와주려 애쓰는 의료계도 두렵지 않았다.

"다시 의사들 주변을 얼쩡거려야 하다니 기분이 묘해." 세라에게 말했다. "리언을 안고 병원 문을 나설 때가 기억나. 낡은 장비와 집기를 안 보게 되어 속이 시원했는데."

"리언이 태어날 때 말고 병원에 마지막으로 갔던 건 언제였어?"

언제였는지 한참 생각해야 했다.

"맙소사, 정말 오래됐군. 서른 살에 막 접어들었을 때였거든."

나는 10년째 골수 등록소에 내 골수를 등록해둔 상태였다. 어느 날 오후 골수가 일치하는 사람이 있다는 연락을 받았다. 나는 하루 동안 병원에 입원했고 누군가에게 내 줄기세포 한 봉지를 제공했다. 내가 관여했던 일 중에서 가장 멋진 일이었다. 물론 나중엔 세라와 리언이 그 자리를 차지했다.

"그래도 다행이야." 세라가 말했다. 때마침 리언이 몸을 뒤척였다. 나는 본능적으로 기저귀를 살폈다. "뭐가 잘못되기 전에 리언을 얻었잖아."

"그럼 지금은 잘못됐다는 거야?"

세라는 살짝 미소만 지을 뿐 아무 말도 하지 않았다. 우리는 저녁을 먹으러 내려갔다.

며칠 뒤 나는 퀼 박사를 만나러 브라이튼으로 갔다. 검사 결과가 몇 가지 나왔다. 일부 검사는 아직 결과를 기다려야 했다. 퀼 박사의 진료실로 들어갔다. 오후 햇살이 벽에 커다란 호를 그리며 천천히 물러났다. 자리에 앉자 퀼이 두 손을 무릎에 내려놓고 몸을 쑥 내밀었다.

"척추에 염증이 있습니다." 퀼은 내가 말귀를 알아듣나 살피면서 이야기를 계속했다. "우린 그 이유를 알아내고자 애쓰고 있습니다. 전에 말씀드렸다시피 어떤 사람은 척추에 염증이 생겼다가 이내 사라지기도 합니다."

"그렇다면 다른 사람은요?"

"다른 사람은 다발성 경화증 때문에 염증이 생기기도 합니다."

그 말이 끝나기 무섭게 내 안에서 뭔가가 와르르 무너져 내렸다. 망치로 맞은 듯한 기분이라기보단 건물이 무너지는 것 같은 기분이었다. 엄청난 먼지 구름이 사방으로 피어올랐다. 순간이 영원처럼 느껴졌다.

"다발성 경화증." 나는 따라 말했다. 뭐라도 물어봐야 할 것 같았지만 아무 질문도 떠오르지 않았다. "다발성 경화증."

"네." 퀼이 고개를 끄덕이면서 나를 유심히 살폈다. 혹시라도 내가 뭘 아는 눈치인지 살피는 것 같았다. "그게 뭔지 아십니까?"

"아뇨. 아무것도 모릅니다."

"다발성 경화증."

그날 밤 세라가 침대에 누우며 말했다. 리언이 축축한 손을 내 어깨에 올린 채 쌔근쌔근 자고 있다. 7월이라 날이 따뜻했다. 열린 창문으로 낮에 베어낸 풀 냄새가 솔솔 풍겨왔다.

"다-발썽 경화-쯩."

세라가 다시 한번 소리 내서 말했다. 그 말의 뜻을 새겨보려는 듯 천천히 말했다.

"당신이 처음에 추정했잖아." 내가 말했다. "그것도 단 2분 만에. 내가 손이 이상하다고 하니까 당신이 비몽사몽간에 그렇게 진단했잖아."

세라가 나를 쳐다봤다. 지금은 그런 말을 할 때가 아니라는 표정이었다.

"우린 감당해낼 거야." 세라는 내 손을 꼭 잡았다. "우린 다 이겨낼 거야. 별일 아닐 거야. 혹시 별일 아닌 게 아니라면." 세라가 한숨을 푹 내쉬면서 말을 이었다. "별일 아닌 게 아니라면 그럼 큰일이잖아, 그렇지? 우리가 원래 큰일은 잘 처리하잖아."

몇 분 뒤 세라가 잠이 들려는 찰나 내가 또 물었다.

"이것 때문에 죽게 될까?"

"그렇지는 않을 거야."

세라가 얼른 대답했다. 약간 퉁명스럽게 들렸다. 병원에 다녀온 뒤 내가 바보 같은 질문을 계속 퍼부었기 때문이다.

"그게 당신을 직접적으로 죽이진 않을 거야." 세라가 덧붙였다. "다만 당신을 죽음에 이르게 할 다른 문제를 초래할 수는 있겠지."

세라가 고개를 젖히고 지긋이 쳐다봤다. 나를 살피는 듯한 그 눈길을 마주 쳐다볼 수가 없었다.

"당신은 아마 폐렴으로 죽게 될 거야."

그 말을 들으니 기운이 났다. 폐렴에 대해선 아는 게 없었다. 그러니까 별로 두렵지 않았다. 세라는 금방 잠이 들었다. 나는 몸을 일으켜 어둠 속에서 벤을 생각했다. 벤은 수년 동안 외로운 섬에 갇혀 있었다. 하지만 종양은 제거되었고 발작도 서서히 잦아들었다. 이젠 본토로 돌아왔다. 거의 다. 벤은 탈출했다. 나도 탈출할 수 있을까? 노트북을 꺼내 구글에 처음으로 그 단어를 입력했다.

다발성 경화증.

손가락 끝에서 그 단어가 주는 느낌을 살폈다.

1분쯤 뒤 검색 창을 끄고 유튜브 비디오를 시청했다. 다발성 경화증을 앓는 여자가 나와서 병에 대해 설명하려고 했다. 여자는 설명하려고 애썼지만 목소리가 잘 나오지 않았다. 주먹만 한 돌덩이가 목구멍을 막고 있는 것 같았다. 여자의 눈에 이슬이 맺혔다. 반짝이는 두 눈이 나를 쏘아봤다. 그 눈길이 헤아릴 수 없을 만큼 깊었다. 그녀와 나 사이에 기나긴 터널이 놓여 있었다. 나는 그쪽으로 건너가고 싶지 않았다. 결국 고개를 돌렸다.

쇠막대가 머리를 관통한 남자

: 뇌 손상은 어떻게 자아를 무너뜨리는가

한 세기 반을 거슬러 올라간 어느 날 오후, 피니어스 게이지는 주치의와 함께 블랙강을 따라 산책하고 있었다. 버몬트 주의 작은 마을인 캐번디시 외곽으로 흐르는 강이었다. 게이지는 걸어가면서 매끄럽거나 환한 조약돌이 눈에 띄면 하나씩 주워 모았다. 금세 10여 개가 모였다. 한 손 가득 조약돌을 쥐고 있으니 기분이 좋았다. 그런데 두 사람이 헤어지기 전에 이상한 상황이 펼쳐졌다. 게이지의 주치의가 조약돌을 1000달러에 사겠다고 하자 게이지는 안 팔겠다고 거절하면서 버럭 화를 냈다. 주치의에게 이런 식으로 기만당했다는 생각에 분노가 폭발했던 것이다.

피니어스 게이지는 아마도 역사상 가장 유명한 신경질환자가 아닐까 싶다. 그가 조약돌을 이토록 가치 있게 생각한다는 사실은, 그의 상태가 치료 불가능하며 지금의 모습으로 영원히 살아야 한다는 것을 보여주는 첫 번째 지표였다. 아울러 그의 옛 자아가 그에게서 영원히 떠났음을 보여주는 첫 번째 지표이기도 했다.

하지만 게이지 본인은 그런 사실을 전혀 몰랐다. 건설 현장 감독이었던 그는 안타깝게도 1미터 길이의 철근이 머리를 관통하는 바람에 뇌의 좌측 전두엽 중 상당 부분이 훼손되었다.

사고는 1848년에 일어났다. 미국 전역에서 철도 선로 공사가 한창 진행되면서 길을 가로막는 바위를 제거해달라는 요구가 끊이지 않았다. 게이지는 버몬트 주에서 작업하던 발파 팀의 감독관이었는데, 어느 날 다이너마이트를 설치하면서 평소답지 않게 주의를 게을리하고 말았다. 구멍에 다이너마이트를 넣고 철근 다짐대로 구멍 표면을 고르게 다지던 중 실수로 바위 측면을 건드리고 말았다. 갑자기 불꽃이 튀면서 폭발이 일어났다. 무게가 6킬로그램, 길이가 1미터나 되는 철근이 게이지의 입천장을 뚫고 들어와 정수리로 빠져나가면서 두개골을 순간적으로 관통한 뒤 10미터 밖으로 날아갔다. 게이지는 뒤로 벌렁 자빠졌다. 그런데 놀랍게도 다음 순간 그는 일어나 앉았다.

그는 살았지만 완전히 딴사람으로 변했다. 오랜 회복 기간이 지나자 친절하고 점잖던 사람은 온데간데없고 괴팍하고 약삭빠른 사람만 남았다. 전두엽은 보상과 집중력, 계획과 동기부여 등을 주관하는 부위로, 사회적 상호작용에서 이해관계를 관리하는 복잡한 기능을 담당한다. 바로 이 부분이 손상되어 게이지는 탈억제(脫抑制) 상태에 놓였다. 자신을 억제하지 못하고 쉽사리 공격적 태도를 취하거나 분노를 표출했다.

게이지는 뇌와 정신의 관계를 연구하던 학계에서도 논쟁의 한가운데 놓였다. 한쪽에서는 뇌는 단일 기관이며 뇌 전체가 하나로 똘똘 뭉쳐 생각을 창출한다고 주장했고, 다른 한쪽에서는 뇌는 여러 모듈로 나뉘고 각 부위마다 맞춤형 용도가 정해져 있다고 주장했다.

두 파는 게이지의 사례를 각자 자기들 입맛에 맞게 해석했다. 전뇌(全腦)를 주장하는 이들은 게이지의 생존을 놓고 뇌가 개별 부위의 상실을 보충할 수 있다는 증거로 봤다. 반면 부분뇌(部分腦)를 주장하는 이들은 게이지의 생존이 뇌가 특정 기능을 수행하는 특정 모듈의 상실을 통제할 수 있다는 증거로 봤다. 부분뇌를 주장하는 쪽이 특정 모듈의 정확한 위치를 찾아내는 데는 실패했지만 대체로 옳았다고 볼 수 있다. 하지만 뇌의 타고난 상호연계성 측면에서 볼 땐 전뇌를 주장하는 쪽이 옳았다. 아울러 이들은 뇌의 어떤 부위가 다른 부위의 결함을 보충하기 위해 점차 기능을 바꿀 수 있다는 뇌의 가소성을 예견하기도 했다.

게이지의 삶은 신경학적 사건이 사람을 변화시키며 어떤 변화는 예측 가능하다는 점을 보여준다. 나 같은 초보 신경질환자에게는 이 점이 더 중요하다. 신뢰할 만한 전문가에서 비열한 난봉꾼으로 돌변한 게이지의 사례는 특정 부위에 생긴 손상이 인간성을 확 바꿔버릴 만큼 뇌가 성격과 행동 측면을 통제한다는 점을 암시한다. 아울러 어떤 사람의 인간적인 면모가 애당초 두개골 안에 저장된다는 점을 강력히 시사한다.

훗날 게이지는 칠레에서 역마차 기사로 제2의 인생을 시작했다. 그 일은 게이지의 사회 복귀를 돕고 적어도 욱하는 성격을 다소 완화시킨 듯했다. 이는 심각한 뇌손상 환자가 삶을 꾸려가는 데 유용한 정보를 준다는 점에서 똑같이 중요하다. 결국 게이지의 섬뜩한 사고는 현대 신경과학의 현실을 그대로 보여주었고 치료 가능성도 어느 정도 제시했다.

이를 통해 우리는 뇌가 강하면서도 부서지기 쉬우며 새로운 환경에 적응력이 뛰어나다는 사실을 알 수 있다.

어쨌거나 인생이 그렇게 꼬이다니! 사진 속의 게이지는 툭 불거진 광대뼈와 강한 턱을 지닌 잘생긴 남자였다. 커다란 손으로 철근을 쥐고 있는 모습이 다소 불안정해 보이긴 하지만 영원히 감겨 있는 왼쪽 눈을 뜨고 펄럭이는 망토만 두르면 슈퍼맨처럼 보일 것 같다. 운명을 바꿔놓을 정도로 엄청난 고통을 안겨준 물건을 여봐란 듯이 들고 있는 모습을 보니 왠지 우스꽝스럽게 보이면서도 서글프다.

게이지는 1860년 서른여섯 살의 나이로 사망했다. 가족도 없이 비참한 최후를 맞이했지만 세상을 바꾸는 데 일조했다. 역사가들과 신경학자들은 게이지의 사고와 회복뿐만 아니라 그의 사례에서 배워야 할 점에 대해 활발하게 논의했다. 지금까지도 피니어스 게이지는 신경질환자들에겐 수호성인으로 남아 있다.

나는 신경학적 세계의 경계선에 있는 입장에서 게이지에 대한 글을 처음 접했을 때 무척 반가웠다. 나는 나와 같은 처지에 있는 사람, 뇌에 문제가 있는 사람을 찾았다. 아니, 나보다 훨씬 더 나쁜 처지에 있는 사람을 찾았다. 나와는 비교도 안 될 정도로 심각한 문제가 있으면서도 어떻게든 이겨낸 사람, 그 방법을 알려줄 만한 사람을 찾았다.

나로선 엄두도 못 낼 일을 해낸 사람, 이후로도 삶의 의지를 불태워 자기가 찾을 수 있는 가장 예쁜 조약돌을 찾으려 애쓰고 결국에 찾아내서 간직한 사람. 내게는 그런 사람이 필요했다.

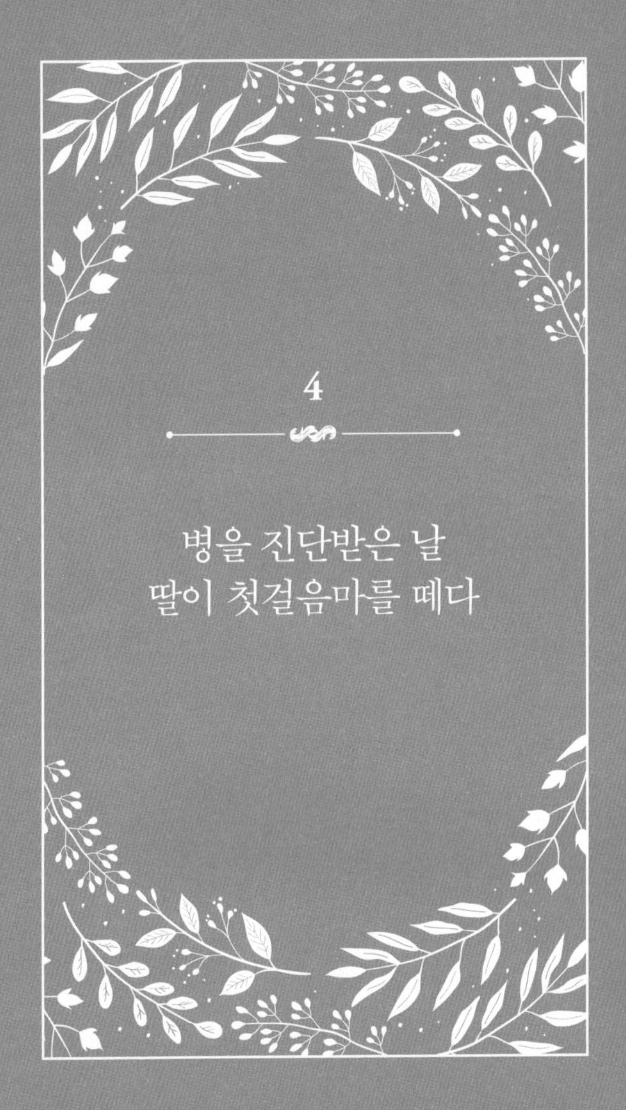

4

병을 진단받은 날 딸이 첫걸음마를 떼다

~

리언이 먹는 법을 배웠다. 브로콜리와 사과를 갈아 입에 넣어주면 눈을 휘둥그레 뜨면서 오물거렸다. 시큼한 맛을 온 얼굴로 표현하며 막 나온 치아로 부드러운 과육을 씹었다. 리언은 말하는 법도 배웠다. 엄마. 아빠. 사과. 그러면서 아이가 관심을 보이는 세계도 덩달아 넓어졌다.

두 가지 모두 '배웠다'라는 말로는 부족하다. 그 말은 아이의 활발한 인지적 도약을 제대로 포착하지 못한다. 사실 리언은 스스로 터득했다. 아니, 자기가 이런 걸 할 줄 안다는 사실을 불현듯 깨닫고 곧바로 행동에 옮기기 시작했다.

물론 먹는 법을 배우고 소리 내는 법을 배우는 것은 기본 중에 기본이다. 그렇다 해도 기민하게 움직이는 눈과 놀라움을 나타내고자 활짝 웃는 입을 보면서 아이가 자라고 있다는 사실을 실감했다. 리언은 갓난아기에서 좀 더 발달된 존재로 탈바꿈했다. 새로운 능력을 장착한 새로운 사람으로 변모했다. 다른 사람들 눈에는 대수롭지 않겠지만 세라와 내 눈에는 경이롭게 보였다.

변화의 조짐은 내게도 나타났다. 7월 첫째 주 MRI 검사를 받고 나서 얼마 안 돼 사이먼이라는 친구와 함께 런던의 바비칸 센터에서 열리는 디지털 아트 전시회를 보러 갔다. 사이먼은 그 전날 여러 아티스트 중 한 명을 인터뷰했는데 실제 전시 장면을 보고 싶어 했다. 나는 사무실에서 벗어나고 싶어 기꺼이 따라 나섰다. 사무실에는 NHS에서 보내는 각종 우편물이 끊임없이 날아왔다. 새로운 우편물을 볼 때마다 가슴이 철렁하는 걸 보면 적어도 내 뇌의 특정 부분은 별 문제가 없는 듯했다.

기차를 타고 가는 길에 사이먼은 자신이 인터뷰한 아티스트에 대해 들려줬다. 그 아티스트는 카니예 웨스트와 아케이드 파이어 같은 스타 가수들의 뮤직 비디오를 제작했고, LA와 뉴욕의 여러 갤러리에 작품을 걸었다고 했다. 이번엔 비디오게임기의 동작 인식 카메라를 이용해 기발한 설치 미술을 완성했다고 했다.

"너도 아주 마음에 들어 할걸."

재떨이 모양의 웅장한 바비칸 센터에 들어서면서 사이먼이 말했다. 접수처에 이르렀을 때 방명록의 서명란이 너무 좁은 걸 보고 사이먼에게 대신 서명해달라고 부탁했다. 사이먼은 눈썹을 치켜세웠지만 묻지 않고 내 부탁을 들어줬다.

"손에 문제가 좀 생겼거든."

나는 사이먼에게 들릴 듯 말 듯한 목소리로 말했다. 어두운 전시실로 들어가는데 두 손이 찌릿찌릿했다. 손목 끝에 꺼져가는 폭죽이 달린 것 같았다.

몇 군데 둘러본 전시실에는 각양각색의 평범한 비디오게임이 전시돼 있었다. 누렇게 바래고 고장 난 콘솔이 금속 선반에 산처럼 쌓여 있는 전시실도 있었고, 게임 캐릭터인 마리오가 최첨단 HD 모니터에서 활발하게 뛰노는 전시실도 있었다. 코너를 돌자 한쪽 벽면이 백색광으로 빛나는 기다란 전시실이 나왔다. 사이먼이 언급한 아티스트의 전시실이었다. 이곳은 성당처럼 천장이 매우 높고 서늘했다. 무슨 소리가 나면 서늘한 공기 속으로 울려 퍼졌다.

우리 앞에 줄지어 늘어선 사람들이 흰색 벽 앞에 서면 그림자 인형극처럼 실루엣이 비쳤다. 눈부시게 흰 세 개의 패널 사이로 움직이는 모습이 다양한 형태의 실루엣으로 계속 비쳤다. 첫 번째 패널에선 사람들이 각자의 투영된 실루엣과 합치됐다. 두 팔을 뻗어 손가락을 활짝 벌리면 그림자도 똑같이 움직였다. 그런데 다음 순간 그들이 드리운 그림자가 산산이 부서졌다. 검은 조각들이 새로 변해 하늘로 날아가는가 싶더니 금세 흩어져 아무것도 남지 않았다. 두 번째 패널로 이동하자 그림자가 다시 나타났다. 새들도 나타났는데, 이번엔 떼로 날아왔다가 살덩이가 찢기는 모습을 적나라하게 보여주며 또다시 흩어졌다.

마지막 패널에 도달하자 사람 그림자는 다시 나타났지만 새는 어디에도 보이지 않았다. 아니, 처음엔 보이지 않았다. 그런데 사람들이 팔을 활짝 벌리자 패널에 날개가 나타났다. 그와 동시에 커다란 새가 날개를 퍼덕이는 소리가 들렸다. 손목에서 겨드랑이까지 활짝 펼쳐진 실루엣 날개는 깃털 모양이 보일 만큼 선명했다. 너무나 신선하고 충격적이었다. 처음엔 음산한 기분이 들었지만 막판엔 크나큰 감동을 받았다. 높다란 천장과 어두운 실내에서 풍기는 위압적 분위기에 위축됐던 사람들이 활짝 펼쳐진 자신의 날개를 보고 웃음을 터뜨렸다.

"정말 대단해." 바비칸 센터에 있는 커피숍에 앉아 사이먼에게 말했다. "어떻게 그런 걸 제작했을까? 뭔가 아주 멋진, 생명력으로 가득 찬 뭔가에 의해 산산이 부서지는 느낌이었어."

내가 적당한 표현을 찾아 고심하는 모습을 보더니 사이먼이 미소를 지었다. 그러면서 다시 눈썹을 치켜세웠다. 나의 지나치게 감정적인 반응과 방명록에 서명하지 못한 것 사이에 어떤 연결점이 있나 생각하는 눈치였다.

그제야 내가 설치 미술에 대해 말하고 있지 않다는 걸 깨달았다. 하는 수 없이 그간 받았던 각종 검사와 손발 저림 증상에 대해 털어놨다.

오래 걷지 못한다는 사실과 내 세계가 점점 위축되고 있다는 사실도 털어놨다. 그리고 퀼 박사와 마지막으로 만났을 때 들은 다발성 경화증에 대해서도 털어놨다.

사이먼의 반응은 나중에 내가 사람들에게 이 얘기를 들려줬을 때 봤던 반응과 같았다. 속으로 충격을 삭이는지 얼굴엔 별다른 움직임이 없었다. 그러다 고개를 흔들었지만 여전히 아무 말도 하지 않았다. 시간이 한참 흐른 뒤에야 사이먼이 입을 열었다.

"웃기게 들리겠지만, 네가 걸릴 수 있는 온갖 질병 중에서 하나를 꼽으라면 나는 그걸 꼽겠어." 그러더니 자기가 한 말을 바로 수습했다. "일부러 꼽겠다는 게 아니라, 내 말은 그게 너한테 딱 맞는 것 같다는 뜻이야."

"그래?" 내가 껄껄 웃었다.

"넌 늘 신경학과 관련된 것들에 매료됐잖아. 얼마 전에도 내게 기억에 대해 들려줬고."

기억에 대한 이야기를 들려줬을 때 사이먼은 아주 흥미로워 했다. 어디선가 읽은 바에 따르면 기억은 왜곡될 여지가 있는 게 아니라 일부러 왜곡하려고 애쓴다. 기억은 윤색과 날조를 즐긴다. 뭔가를 기억할 때 사람들은 전체 내용을 불러내서 살핀 다음 일부 내용을 쳐내고 편집한다. 그것이 기억이다. 뭔가를 기억하는 것은 파괴 행위와 창조 행위가 거의 동시에 이뤄진다. 순수한 창조가 아닌 왜곡된 창조다. 기억은 이미 일어났던 일의 사본에 대한 또 다른 사본이다. 간단히 말해서 허구다. 따라서 우리 뒤에 놓인 삶은 우리 앞에 놓인 삶만큼 변화무쌍하다.

공교롭게도 나는 그런 걸 좋아한다. 나는 생각이 무엇인지에 대해 읽는 것도 좋아하고, 사고가 무엇으로 이뤄졌는지 숙고하는 것도 좋아한다. 그렇다고 사이먼의 말이 전적으로 옳다는 뜻은 아니다. 나는 생각하는 걸 좋아하지, 뇌를 좋아하지는 않는다. 실은 뇌가 있다는 사실을 좋아한 적도 없다.

그러다 퍼뜩 정신을 차려보니, 나는 여전히 사이먼과 함께 바비칸 센터에 있었다. 생각에 빠져 한동안 아무 말도 안 했다. 나는 화제를 바꿔 그의 딸에 대해 물었다. 최근 사이먼은 딸이 집 근처 초등학교에서 멀리 떨어진 중등학교로 옮기는 문제로 고민하고 있었다. 딸의 친구들은 모두 다른 학교에 갔다며 걱정했다.

"그게 뜻밖의 기회일 수 있어." 나는 내 딸이 조만간 학교에 가지 않기에 별생각 없이 말했다. "열한 살이 되면 모든 게 변하거든. 이참에 네 딸도 자신을 재정립할 수 있을 거야."

하지만 내 말은 사이먼에게 전혀 먹히지 않았다. 그런데도 나는 굽히지 않았다.

"그러니까 어려운 상황을 유익한 상황으로 재구성할 기회라니까. 네 딸이 되고 싶어 하는 새로운 사람으로 거듭날 기회라고."

이번에도 결국엔 나에 대해 말하고 있다는 사실을 알아차렸다. 하지만 아까와 다른 점이 있었다. 내게 닥친 질병이 뭐든 그것은 재앙일 뿐만 아니라 기회일 수 있다는 생각이 들었다. 탐구할 기회이자 옛 자아에서 벗어나 새로운 자아로 나아갈 기회였다. 그 새로운 자아를 내가 온전히 선택하지 못한다 해도.

퀸은 '목 위로는 아무 증상이 없습니까?'라고 물었었다. 그 말은 곧 척수에 생긴 단일한 병변 때문일 수 있다는 뜻이었다. 그 말에 일말의 희망을 걸었다. 하지만 당시 그는 그럴 가능성이 거의 없을 거라고 봤던 것 같다. 그건 나도 마찬가지였다. 결국 8월에 이르러 목 위로도 증상이 나타났다. 희망을 버리자 오히려 마음이 편해졌다.

"당신이 걱정해야 할 일은 대부분 물로 귀결된다고 봐."

새로 이사한 집에서 온갖 말썽 때문에 밤잠을 설치던 시절 세라에게 했던 말이다. 그런데 갑자기 물이 정말로 나를 깨우기 시작했다. 왼쪽 입술에서 물이 몇 방울 떨어지며 살갗을 간질였다.

"이젠 침까지 흐르네."

어느 날 아침, 팔꿈치를 괴고 누운 채 쾌활한 목소리로 세라에게 말했다. 뺨에 느껴진 침의 흔적을 손으로 더듬었다. 세라는 이 점에 대해 리언만큼이나 흥미를 보이지 않았다. 두 사람은 곧 이를 닦으러 욕실로 향했다. 나는 1~2분 더 꾸물거렸다. 얼굴을 아무리 더듬어도 침 자국을 찾을 수 없었다. 하지만 대수롭지 않게 넘겼다. 커피를 타러 주방에 갔을 땐 내가 뭘 찾았는지도 잊어버렸다.

그런데 다음 날 아침 침을 흘린 느낌이 또 들었다. 그다음 날 아침에도 그랬다. 나쁜 조짐이라고 직감했지만 정확히 뭔지는 알 수 없었다. 아무튼 이 사소하면서도 새로운 증상은 내 질병을 확실히 공표해 주었다. 내가 MS에 걸렸다는 사실을 더 이상 부인할 수 없었다. 게다가 이 새로운 증상은 그 자체로 신기한 측면이 있었다.

"이게 뭔지는 생각하지 말고, 그냥 어떻게 진행되는지 지켜보자고."

내가 이렇게 말하자 의외로 세라도 순순히 동의했다. 며칠 지나면서 물이 피부를 간질이는 듯한 느낌이 점점 더 심해졌다. 왼쪽 입술에서 시작해 뺨 쪽으로 가다가 턱 가운데로 내려갔다. 위쪽으로도 올라갔는데, 얼굴 왼쪽 면을 따라 죽 올라가서 눈썹 주변까지 이어졌다.

얼굴에 개울이 흐르는 것 같은 느낌이 들었다. 골짜기를 따라 졸졸 흐르는 개울처럼 때를 가리지 않고 얼굴을 간질였다. 일주일쯤 지나서도 나는 실제로 물이 묻었는지 계속 얼굴을 더듬었다. 하지만 손에는 아무것도 묻어나지 않았다. 영화 「잃어버린 지구 속으로(Journey to the Center of the Earth)」에서 모험을 돕기 위해 가이드인 한스가 만든 개울처럼 이것도 분명히 서늘한 지하에 있었다. 그리고 한스의 개울처럼 이것도 상서로운 징조 같았다. 내 경우 딱히 유익할 것 같지는 않았지만 어쨌든 흥미로운 동반자였다.

신경학적 문제는 대체로 남들이 의식하기 어렵다. 내게 어떤 문제가 생겨도 남들은 전혀 의식하지도, 중간에 개입하지도 못한다. 업무를 볼 때도, 전화를 받을 때도 내 얼굴엔 계속 물이 흘렀다. 건조한 여름날 버스에 오르면 남들은 놔두고 내게만 물이 쏟아졌다. 밤에 리언을 재우다가 리언의 고사리 같은 손을 내 얼굴에 갖다 대면 물 흐름이 몇 초 동안 멈췄다. 그러다 리언의 손을 떼면 곧바로 다시 흘렀다.

증상이 나타난 지 일주일쯤 지난 어느 날, 돌연 개울이 얼어붙었다. 아침에 눈을 뜨자 물의 흐름이 멈추고 그 자리에 서리가 내려앉은 듯 감각이 없어졌다. 개울이 흐르던 경로와 똑같이 눈썹에서 뺨을 타고 내려와 턱까지 이어진 부위였다. 얼굴 측면을 따라 선뜩선뜩 한기가 느껴졌다. 그 때문에 자꾸 고개를 흔들거나 얼굴을 찡그렸다. 형태는 바뀌었지만 개울이 여전히 있다고 세라에게 털어놓을 수밖에 없었다.

"아프진 않아?"

토요일 아침에 세라가 물었다. 리언과 나는 여느 때처럼 레고 블록을 쌓고 있었다.

"딱히 아프진 않아. 실은 꽤 괜찮아. 크리스마스 같아."

"하지만 당신 얼굴에서 느껴지는 크리스마스잖아."

세라가 말했다. 결론적으로 말해 내가 느꼈던 개울은 실제로 신경이었다. 비운의 탐험가처럼 나는 이 개울을 지도로 표시하고 싶었다. 도대체 어디에서 시작되는지 그 출처를 찾고 싶었다.

그날은 리언의 생일이었다. 생일이라고 특별한 건 없었다. 열두 달 전 우리에게 찾아온 불그스름한 고질라가 이젠 우리 삶의 활력소가 되었다. 리언은 따사로운 햇살처럼 방긋 웃는 얼굴로 우리의 아침을 열어주었다. 아침 일찍 사무실로 출근했을 땐 세라가 리언의 영상을 찍어서 보내주었다. 이유식 그릇을 머리에 뒤집어쓰거나 고양이를 쫓아가 안으려 애쓰는 모습을 보면 절로 웃음이 나왔다.

우리는 리언의 생일에 손님을 초대하지 않고 셋이서 기념하기로 했다. 얼마 전 공원에 갔을 때 리언이 막대기로 바닥에 뭘 그리는 모습을 보고 종이와 사인펜을 선물로 사줬다. 리언은 사인펜의 감촉과 다채로운 색깔을 무척 좋아했다. 하지만 너무 어설퍼서 제대로 활용하기는 어려웠다. 아무래도 당분간은 내가 써야 할 듯했다.

나는 종이를 펼쳐놓고 내 얼굴의 측면을 그리기 시작했다. 몇 차례 실패한 끝에 겨우 완성했다. 얼굴 왼쪽 면에서 약하게 휘어지다가 입 쪽으로 길게 뻗은 C자 모양의 신경을 그려냈다. 그림을 보여주자 세라가 금세 알아차리더니 삼차(三叉)신경이라고 했다. 삼차신경은 얼굴 양쪽에서 발견되는 기다란 신경 조직이다. 이름처럼 세 개의 신경으로 나뉘며 지각근과 운동근으로 구성된다. 이 신경 덕분에 우리는 뺨에 닿은 입술을 알아차리고, 음식을 씹어 먹을 수 있다. 진짜로 중요한 신경이다.

구글에서 검색해보니 이 개울엔 이미 이름이 있었다. 삼차신경통.

"그와 관련된 협회도 있어."

세라가 컴퓨터 화면을 내 쪽으로 보여주며 말했다. 둥그런 얼굴을 밝은 쪽과 어두운 쪽으로 나눈 뒤, 어두운 쪽에 붉은색으로 삼차신경을 그려 넣은 협회 로고가 보였다. 내가 그린 개울 그림과 비슷했다.

"병에 걸리면 생각지도 못했던 클럽의 회원이 될 수 있군."

나는 다른 링크를 몇 군데 더 검색한 뒤에 노트북 컴퓨터 화면을 닫으며 말했다. 어디를 둘러봐도 어마어마한 통증과 불완전한 수술 옵션에 대한 얘기뿐이었다. 나는 삼차신경통이 간혹 다발성 경화증의 증상일 수 있다는 내용에 주목했다.

내게는 어마어마한 통증이 찾아오진 않았다. 일주일 정도 지나자 선뜩선뜩한 느낌이 저절로 줄어들기 시작했다. 불꽃이 일기 전에 사그라지는가 싶었는데, 2~3일쯤 더 지나자 다시 확 타올랐다. 1분에 한두 번씩 얼굴 왼쪽 면을 따라 불길이 타오르는 것 같았다. 게다가 왼손 엄지와 검지 사이에도 강한 통증이 일었다. 크리스마스 전구의 불이 일제히 들어오듯 얼굴이 확 타올랐다.

이런 증상이 몸의 다른 부위로 번질 때마다 나는 리언의 사인펜으로 종이가 아닌 피부에 직접 그리고 싶은 유혹을 느꼈다. 새로운 신경이 점화할 때마다 그 자리에 직접 표시하고 싶었다. 손과 뺨, 관자놀이, 눈썹 바로 위, 여러 신경이 모이는 엄지발가락 옆 등 통증이 느껴지는 곳을 하나씩 그리다 보면 결국 우리 몸의 숨은 경로를 보여주는 살아 있는 지도가 완성될 것이다.

이렇게 살아 있는 경험에서 나온 지식은 『그레이 해부학(Gray's Anatomy)』 같은 권위 있는 해부학 교재나 대학교 강의실에선 결코 찾을 수 없을 것이다. 그런 이유로 나 같은 환자들은 일부 의사에겐 성가신 존재로 비치기도 한다. 우린 큰 그림은 못 보지만 몇 가지 구체적인 사항은 시시콜콜 알고 있다.

8월의 끝을 향해 가던 어느 날 밤, 세라와 리언이 잠든 뒤에 나는 살며시 일어났다. 지난 며칠 동안 밤마다 다발성 경화증을 조사하고 있었다. 딱히 유용한 방식은 아니었다. 전혀 아니었다. 최근에 위키피디아에서 혈액뇌관문(血液腦關門, blood-brain barrier)을 알아보려다 딱 한 줄 읽고 그만뒀다. 더 이상 알아보고 싶지 않았다. 싸구려 샤워 커튼 같은 거라고 이해하고 얼른 창을 닫아버렸다.

그 뒤로는 평소 궁금증에 접근하는 방법을 활용했다. 대단히 자기중심적이고 이기적인 방법이다. 잘 알려진 인물에 대한 조사, 즉 'MS 증상'이 아니라 'MS 유명 인사'를 조사하는 것이다. 내게 생기려 하는 이 병에 누가 또 걸렸을까? 이런 조사는 앞으로 어떤 사람이 되고 싶은지 결정하는 데 도움이 된다. 나는 어떤 사람이 되고 싶은가? 카리스마 넘치는 어른들이 대치하는 가정환경에서 자랄 땐 이 질문이 참으로 중요하다. 나는 누구처럼 되고 싶은가?

위키피디아에서 '다발성 경화증에 걸린 사람들 명단'을 찾아냈다. 자료를 죽 훑어보는데 문득 전에도 이런 문제로 고민했던 것 같았다. 오래전 기억을 더듬어봤다. 기억이 날 듯 말 듯하다가 결국 떠올랐다. 부모님이 막 이혼한 열한 살 때였다. 새로운 학교에 갔는데 반에서 부모님이 함께 살지 않는 아이는 나뿐이었다. 그 사실을 깨닫자 내가 왠지 특별하게 느껴졌다. 실은 특별한 게 아니라 처음이었을 뿐인데, 지금 생각해보면 멍청하기 짝이 없었다. 아무튼 당시에 나는 아버지와 어머니 중 누구처럼 되고 싶은지 깊이 고민했다.

다발성 경화증에 걸린 사람들 명단에서 널리 알려진 사람을 찾았다. 동경의 대상이긴 하지만 쉽게 다가갈 수 있는 사람이어야 했다. 「웨스트 윙(The West Wing)」의 제드 바틀렛이란 인물이 눈에 띄었다. 「웨스트 윙」은 미국 대통령과 보좌관들의 이야기를 그려낸 정치 드라마로 마틴 쉰이 대통령 제드 바틀렛을 연기했다.

'그래, 이 사람이야!'

혹시라도 겁나거나 거부할 만한 사항이 있을까 싶어 「웨스트 윙」에 대한 기억을 조심스럽게 더듬었다. 바틀렛은 천재였다. 도덕과 윤리에 절대적 기준이 있다고 믿었으며, 생각이 깊지만 때로는 변덕을 부리기도 했다. 경제학 박사이며 미국 대통령이었다. 아무래도 우리는 공통점이 거의 없는 것 같았다.

바틀렛은 나보다 아버지와 더 유사했다. 그의 병은 처음엔 가볍게 취급됐지만 드라마 전개를 위해 후반부에서 급격하게 악화되는 식으로 그려졌다. 그의 애잔한 표정을 나는 절대로 따라 짓지 못할 것이다. 아무튼 인기 드라마의 주인공이 MS에 걸렸다는 점은 꽤 흥미로웠다. 바틀렛은 병세가 악화돼 집무실에서 쓰러지기도 했다. 그래도 병마에 당당히 맞서 중국 국빈 방문까지 무사히 마쳤다.

바틀렛은 내가 찾던 사람이 아니었다. 그리고 다른 사람들도 대부분 아니었다. 플레르 아게마는 누군지 모르지만 이름이 참 음악적으로 들렸다. 배우 잭 오스본은 왠지 안아주고 싶은 느낌이 들 뿐 별로 끌리지 않았다. 작가이자 저널리스트인 조앤 디디온(Joan Didion)은 바틀렛과 같은 부류라서 비디오게임 리뷰나 쓰는 나로선 감히 넘보기 어려운 존재였다. 코미디언이자 사회비평가인 리처드 프라이어도 나와 다른 부류로 역시 천재이자 거장이었다. 첼리스트 재클린 뒤 프레는 생각하고 싶지도 않은 인물이었다. 그녀는 천재 첼리스트로 명성을 떨쳤으나 애석하게도 젊은 나이에 세상을 떴다.

명단은 계속 이어져, 파키스탄 여배우인 이만 알리가 있었고, 핼 케첨이라는 특이한 이름의 컨트리 뮤지션도 있었다. 몇 시간을 뒤진 끝에 드디어 한 사람을 찾았다. 테리 가. 어린 시절 봤던 1980년대 영화에서 시시한 단역으로 수없이 등장했던 여배우다. 「투씨(Tootsie)」라는 영화에선 더스틴 호프만이 자신을 진지하게 받아주지 않는다고 늘 눈물을 글썽거렸다. 그녀도 MS를 앓고 있었다. 그 사실을 방금 알았지만 문득 그녀가 친구이자 동지처럼 느껴졌다. 반면에 더스틴 호프만은 꼴도 보기 싫었다. 테리를 진지하게 생각하지 않아서, 우리를 진지하게 생각하지 않아서.

테리 가를 곁에 둘 수 있어서 참으로 좋았다. 가족에게 내 상황을 알리는 과제를 수행하려면 그녀가 꼭 있어야 했다. 더 이상 미룰 수도, 피할 수도 없었다. 자선기금을 마련하려고 장시간 방송하는 텔레톤 쇼에서 전화 돌리는 업무를 맡은 기분이었다. 모금의 대의도 별 볼 일 없고, 본 행사에 삼류 연예인만 등장하는 텔레톤 모금 행사. 투광 조명등이 초라한 무대를 비추고 내 앞에는 전화기가 잔뜩 놓여 있다. 버스 여행이나 유람선 여행에서 마이크를 잡아본 경험밖에 없는 사회자가 진땀을 흘리며 쇼를 진행한다. 나는 식은 커피를 마시며 전화번호를 누른다. 무대에서 유일하게 빛나는 부분은 모금액 누계다. 시간이 하염없이 더디게 흐른다. 전화를 몇 통 걸었지? 앞으로 몇 통 더 걸어야 하지? 집에 가려면 얼마나 더 남았지? 가족에게 도대체 뭐라고 해야 할까? 고심에 고심을 거듭하다 결국 세라와 의논했다.

"확실히 알았을 때 말하는 게 좋지 않을까?"

세라가 말했다.

"난 단계적으로 말하는 게 좋을 것 같아." 내가 말했다. "일단 마음의 준비를 시켜놔야지."

"시간을 끌면서 찔끔찔끔 알린다고 뭐가 달라져?"

"하지만 다 털어놨다간 엄청난 충격을 받을 텐데?"

세라가 얼굴을 찌푸리며 말했다.

"당신이 어떻게 하든 어차피 엄청난 충격을 받을 거야."

"바로 그거야." 내가 말했다. "그럼 우리끼린 동의한 거야. 단계적으로 말하는 게 좋다니까."

이 시점까지 나는 어떤 관계에서도 '그럼 우리끼린 동의한 거야'라는 말을 해본 적이 없었다. 그런 말을 안 해도 되던 시절이 참으로 좋았다.

결국 MS 진단과 MS의 실질적 의미를 뺀 나머지만으로 실행에 들어갔다. 생각해보니 사이먼은 시운전이었던 것 같다. 첫 시도치고는 나쁘지 않았다. 10점 만점에 6점을 주고 싶다. 20분 정도 우리는 그의 딸과 중등학교에 대해 이야기했다. 물론 한 명은 남몰래 진단에 대해 계속 떠들고 있었지만.

하지만 시운전은 늘 그렇듯 아무리 해도 충분치 않다는 한계가 있다. 그래서 한 번 더 해보기로 했다. 두 번째 시운전 대상으로 회사 대표가 낙점되었다. 겁쟁이 기질을 발휘해서 이메일로 보냈기 때문에 어렵진 않았다. 대표의 반응은 괜찮았다. 단순히 괜찮은 정도가 아니었다. 그는 회사 차원에서 내게 해줄 수 있는 걸 다 해주었다. 내가 이렇게 운이 좋은 사람이었나 싶을 정도였다.

이젠 과제를 본격적으로 수행할 대상을 떠올렸다. 식구들에게는 좀 더 교묘한 방법을 동원해야 했다. 당연히 개별적으로 접근해야 했는데, 제일 먼저 제이니가 떠올랐다. 식구들 중에선 제이니가 가장 든든한 내 편이었다. 일단 나이와 기질 면에서 제일 가까웠다. 때로는 우리 둘의 뇌가 완전히 똑같지 않나 싶을 정도로 비슷했다. 물론 지금은 절대로 그렇지 않기를 빌고 있다.

그렇게 가까운 제이니에게도 선뜻 알릴 순 없었다. 지금에야 고백하지만 당시 내 받은메일함에는 몇 주째 메일 하나가 들어와 있었다. 오밤중에 내가 나 자신에게 보낸 메일이었다. '제이니에게 어떻게 말해야 할까?'라는 제목 외엔 아무 내용도 없었다. 어떻게 말해야 할까? 제이니는 이 책의 여기저기에 등장해야 할 사람이다. 우린 두 살 터울이고 굉장히 가깝다. 사는 곳도 가깝다. 제이니는 나의 옛 상사랑 결혼했다. 내 결혼식에서 만나 눈이 맞았다. 그녀의 아들 손턴은 리언보다 몇 달 후에 태어났다.

우린 어렸을 때부터 죽이 잘 맞아서 다른 형제들의 부러움을 샀다. 인류학자라도 되는 양 둘이서 식구들을 분석하며 이런저런 이론을 갖다 붙였다. 나머지 형제자매도 다 친했지만 제이니와 나는 유난히 가까워서 아무도 우리랑 보드게임을 하려고 하지 않았다. 가상 살인 사건의 범인, 흉기, 범행 장소 따위를 찾아내는 클루도 게임이나 모노폴리 게임을 할 땐 둘이서 은밀히 암호를 주고받을 정도였다. 둘이 워낙 잘 통해서 단어 맞히기 게임인 아티큘레이트에선 다른 팀을 한 바퀴 이상 앞서나갔다. 설명을 길게 안 해도 쉽게 맞혔다.

그런데 우린 사소하고 특이한 면에선 비슷한 반면 크고 중요한 면에선 상당히 다르다. 제이니는 대범한 데다 클래식과 고고학에 조예가 깊다. 아버지처럼 라틴어를 읽을 줄 알며 때로는 아버지와 라틴어로 농담을 주고받기도 한다. 그리고 제이니는 정의를 믿지 않는다. 자신의 믿음을 위해 어디서나 당당히 맞선다. 그런 제이니에게 어떻게 말해야 할까? 사실 제이니는 이 책의 어디에도 등장할 필요가 없는 사람이다. 내 병을 다룬 이 책과 아무 관계도 없다.

결국 얼마 전에 이 문제로 제이니와 통화했다. 둘 다 걸음마를 뗀 아이가 옆에 있어서 길게 이야기하진 못했다. 나는 책을 쓰고 있는데 그녀에 대해 뭐라고 써야 할지 잘 모르겠다고 말하면서 사과했다. 인상적인 장면도 없고 특별히 멋진 표현도 없다고 했다. 하긴 멋진 표현이 필요한 책은 아니지만. 제이니는 그게 다 자기 잘못이라고 말했다. 손턴이 태어난 뒤로 육아에 매달리느라 여유가 없다는 핑계를 댔지만 실은 내 일에 개입하는 게 조심스럽다고 했다. 그게 내게 무슨 의미인지, 그리고 나머지 식구들에게 무슨 의미인지 생각할수록 두렵다고 했다.

나는 제이니를 믿지만 그 말은 믿을 수 없다. 실제론 내가 일부러 그녀를 멀리했으니까. 제이니가 힘들어할까 봐 걱정됐기 때문이 아니라 사실을 알았을 때 제이니가 보일 반응을 감당할 수 없었기 때문이다. 순전히 나 편하자고 그랬던 것이다. 똑같다고 여겼던 우리의 정신이 두 갈래로 갈라지는 걸 보고 싶지 않았다.

그래서 제이니에 대해서는 그냥 이렇게만 말하겠다. 여동생과 나는 어렸을 때 뭐든 함께했다. 제이니는 키가 크고 평발이라 어딜 가든 쿵쿵거리며 걷는다. 착하고 참을성이 강한 반면 어디로 튈지 종잡을 수 없다. 그녀의 라디오는 늘 클래식 음악과 교양 프로그램을 방송하는 BBC 라디오 3에 맞춰져 있다. 중산층이 선호하는 방송이라지만 그렇게 따분한 방송만 듣다니, 솔직히 경외심이 들 정도다. 그리고 그녀는 중요한 일을 허투루 넘기지 않는다. 절대로 말이다. 흠, 누군가를 설명하는 데 이 정도면 충분하지 않을까?

그건 그렇고 나는 식구들에게 내 병에 대해 알릴 때 제이니를 교묘하게 이용했다. 변명처럼 들리겠지만 그녀와 워낙 가까웠기 때문에 그래도 된다고 생각했다. 다른 식구들에게 알리는 문제는 더 크고 까다로웠고, 그래서 좀 더 쉽게 처리하고자 제이니를 뒤에서 조종했다. 그들에게 나쁜 소식을 빠르고 힘들지 않게, 효율적이면서 효과적으로 전달하고자 그녀를 감쪽같이 이용했다.

나는 이 문제를 놓고 어떤 방법이 내게 유리할지 따져봤다. 아무래도 제이니를 합류시키는 게 나을 듯싶었다. 그렇다면 내 편으로 만들어 유용하게 써먹어야겠다고 마음먹었다. 퇴근하고 브라이튼에 있는 주빌리 도서관 커피숍에서 제이니를 만났다. 이곳은 커피도 맛있고 커다란 유리창 밖으로 보이는 전망도 끝내준다. 주빌리 광장은 늘 브라이튼의 멋쟁이들로 가득하다. 고개를 들면 도서관의 분류 목록이 한눈에 들어온다. 가는 기둥들이 세워져 있고 지붕에서 내려오는 거대한 채광정 세 개가 실내를 환히 밝힌다. 아무리 따분한 이야기도 여기서 나누면 분위기 있게 들린다. 하지만 따분하지 않은 이야기를 나눌 땐 탁 트인 도서관의 부산스러운 분위기가 친밀감을 조성하는 데는 불리하게 작용하는 듯했다.

제이니를 앞에 두고 가벼운 목소리로 이야기를 시작했다. 문제가 좀 생겼는데 신경학 전문의 말로는 다발성 경화증일 수도 있지만 그럴 가능성은 희박하다고 설명했다. 어쨌든 식구들에게 알려야 하니까, 나중에 별일 아니라고 밝혀지면 사태를 원만하게 수습하도록 도와줄 수 있겠냐고 물었다.

이제 와서 생각해보니 내가 지독한 거짓말쟁이였음을 새삼 인정하지 않을 수 없다. 나는 제이니에게 감정적으로 반응할 기회를 빼앗아 버렸다. 솔직하게 털어놓지도 않았고, 일어나지도 않을 상황을 상정해서 그녀를 일단 안심시켰다. 그런 상황이 오지 않을 걸 알면서도 현실을 호도했다. 사실대로 털어놨을 때 벌어질 상황을 어떻게든 모면하고 싶었던 것이다.

그렇게 해서 제이니를 무사히 넘겼다. 나아가 내 하수인으로, 내 방패막이로 삼았다. 하지만 내게 나쁜 일이 일어났다는 사실을 누군가에게 말할 땐 나뿐만 아니라 상대에게도 중요한 순간이다. 그들이 상황을 직시하고 솔직하게 반응할 기회를 줘야 한다. 그걸 이제야 알았다. 그러나 나는 제이니를 혼란에 빠뜨렸고 그 자리를 얼른 모면하려고 테리 가를 동원하기까지 했다. 다발성 경화증이 뭐냐는 그녀의 질문에 나는 이렇게 대답했다.

"나도 잘 몰라. 「투씨」라는 영화에 나왔던 테리 가 알지? 그녀도 다발성 경화증에 걸렸대. 「프렌즈」에선 피비의 엄마로 나왔잖아. 아무리 봐도 멀쩡하던 걸."

실제로 테리는 드라마 「프렌즈」에서 피비의 엄마로 나왔다. 그런데 그녀가 나온 장면을 유심히 보면 그녀가 좀체 움직이지 않는다는 걸 알 수 있다. 서 있을 땐 뭐라도 꼭 붙잡고 있다. 예전엔 전혀 눈치채지 못했는데 사실을 알고 나니 다 보였다.

다른 형제자매도 이런 식으로 처리했다. 돈런 가에서 가장 직설적인 막내 사즈는 내 적수가 못 됐다. 내 이야기를 듣고 놀라긴 했지만 곧 희망적인 예측을 내놨다. 장남이자 나와 가장 소원한 폴은 1980년대 인기 드라마 「이스트엔더스(EastEnders)」에 나오는 인정머리 없는 남자처럼 말했다.

"기분이 좋다고는 할 수 없지만 일단 알았다."

내가 형의 빨래방에 담보권을 행사하겠다고 말했을 때나 보일 법한 반응이었다. 어쨌든 두 사람도 MS가 무엇이냐고 물었다. 대충 둘러댔지만 실은 나도 잘 모른다는 걸 새삼 깨달았다. 또 내가 형이나 동생으로서 얼마나 부족한 사람인지도 깨달았다. 이 일이 있기 전에 두 사람에게 연락해서 한 말은 이랬다.

“나 곧 결혼할 건데, 결혼식에 올 거야?”

“아기가 곧 태어날 건데, 와서 볼래?”

이들과 달리 벤과 어머니는 상대하기가 훨씬 힘들었다. 어머니는 내 이야기를 듣자 약간 얼빠진 표정으로 MS가 스티븐 호킹이 걸린 병이냐고 물었다.

“아뇨. 테리 가라는 배우가 걸린 병이에요.”

“아, 「영 프랑켄슈타인(Young Frankenstein)」이라는 뮤지컬에 나왔던 배우.”

어머니는 그렇게 말하고 더 묻지 않았다. 너무 겁나서 더 묻지 못한 걸 텐데, 어리석게도 나는 그것을 무관심으로 해석했다. 벤은 가장 힘들고 두려운 대상이었다. 그래서 최대한 간략하게 말했다. 그런데도 벤은 다 알아듣고 충고까지 해줬다.

“그들은 네게 세 가지를 제시할 거야. 항상 그래. 앞의 두 가지는 별거 아니야. 하지만 마지막 세 번째는 겁나는 거야. 너는 늘 그 마지막에 해당될 거야. 그들은 처음부터 그걸 알고 있을 테고.”

나는 퀼이 뭐라고 말했는지 기억을 더듬었다. 세 가지를 제시한다고? 그나저나 퀼이 제시한 마지막이 뭐였지?

마지막 상대는 아버지였다. 아버지는 벤이 아팠을 당시 대단히 멋지게 대처했다. 상황을 능숙하게 통제하고 전문 지식으로 무장했다. 나는 아버지를 마지막까지 남겨두었다. 마지막까지 믿고 의지할 사람이었기 때문이다. 이유는 간단했다. 아버지는 이런 일을 하는 데 이골이 난 사람이다. 30년 넘게 각종 장애와 진단을 다뤄왔다. 세라와 처음부터 잘 지낸 것도 다 그런 이유 때문이었다. 두 사람은 사람들의 머리에 생긴 문제에 깊이 매료됐다. 흠, 생각해보니 매료됐다는 말이 맞는 표현인지는 잘 모르겠다.

아버지는 수년째 퀼과 비슷한 일을 하고 있다. 관찰과 평가. 고객을 만나 몇 분간 지켜본 다음 그들의 정신 속에서 무슨 일이 벌어질지 판단한다. 사회복지 일은 정신적으로 힘든 일이다. 게다가 아버지는 원래 예민하고 여린 분이다. 일하면서 날마다 부딪치는 끔찍한 상황과 밤마다 어린 자식들이 바글거리는 집으로 돌아가야 하는 상황에서, 심리적 증후군과 신경학적 결함에 대한 방대한 지식과 전문 기술은 아버지에게 일종의 보호막이었는지 모른다. 그렇다고 아버지가 고객의 사례를 그저 자신이 풀어야 할 지적 퍼즐 정도로 격하시켰다는 말은 아니다. 다만 평가 과정에서 좋지 않은 일에 대한 대비책이 필요했을 거라고 본다.

아버지는 늘 맡은 일을 잘 처리했다. 그런데 일과 상관없는 상황에서도 습관적으로 사람들을 유심히 관찰했다. 때로는 그러지 않으려고 애썼지만 내가 아는 한 아버지는 늘 관찰자였다(돈런 가 사람들 중엔 관찰자가 많다. 할머니는 창가에 앉아 지나가는 사람을 관찰하는 걸 제일 좋아했고 그런 행위에 대해 이름까지 붙였다. '관조(觀照)'라고). 아버지는 진단자이기도 했다. 길을 걷다가 옆을 스치는 사람의 특이점에 대해 한마디씩 툭 던지곤 했다(사회복지 일 때문에 아버지는 부적절한 대화를 이끄는 능력도 갖게 된 것 같았다. 한번은 내가 사귀던 여자 친구를 저녁 식사에 초대했다. 디저트에 대한 이야기를 한참 하는데 아버지가 뜬금없이 프로이트의 유년기 성생활에 대한 장광설을 늘어놨다).

가끔 곤란한 상황을 연출하기도 했지만 아버지는 사랑이 넘치는 분이었다. 평생 다른 사람을 돕는 일에 헌신했고, 무엇보다도 가정 폭력의 악순환을 끊어냈다. 본인은 폭력을 행사하는 아버지 밑에서 자랐지만 자식들을 한없이 자상하게 대했다. 그런 이유들로 아버지에 대해선 크게 걱정하지 않았다. 아버지는 이 난국을 어떻게든 헤쳐갈 수 있으리라 믿었다. 하지만 내 예상이 빗나갔다.

"아버지, 손에 문제가 좀 생겼습니다."

어느 날 밤 아버지에게 전화를 걸었다. 내 무릎엔 리언이 등을 돌리고 앉아 있었다. 아이의 곱슬곱슬한 금발 머리가 내 턱을 간질였다.

"관절염이냐?" 내 말이 끝나기 무섭게 아버지가 말했다. "루앤 고모도 관절염을 앓았단다."

나는 루앤 고모를 떠올렸다. 관절염은 모르겠고 엄청난 술고래였다는 건 알았다. 고모는 캘리포니아 북부에 살면서 지역 보안관과 결혼했다. 한번은 텔레비전을 침입자로 오해하고 총을 쏘기도 했다.

"아뇨, 다른 거예요."

"그럼 가족성 수전증인가?" 아버지가 물었다. "오른손이 떨리지 않니? 우리 집안 남자는 다 그렇단다."

맙소사! 아버지는 고객에게도 이런 식으로 말할까? 그 뒤로도 5분 동안 이런 식의 대화가 이어졌다. 아버지는 온갖 가능성과 일화를 제시하며 내 말을 막았다. 내가 한 마디 하면 열 마디 넘게 늘어놨다. 게다가 아는 병도 많고 갖다 붙일 일화도 엄청 많았다. 우리 집안에 말(馬)에 차여 정신적으로 문제가 생긴 고모할머니가 있었나? 그냥 말을 보고 놀라서 그랬던가? 뭐가 됐든 무슨 상관인가. 신경이 옥죄여 팔이 아픈 걸 수도 있고, 아니면 발에 문제가 생겨서 그런 걸 수도 있다. "이상하게 들리지만 그럴 수도 있단다! 마티 삼촌은……."

"의사 생각으로는 다발성 경화증일 수도 있대요."

참다못한 내가 아버지 말을 자르고 털어놨다. 전화기가 갑자기 치직 소리를 냈다.

"다발성 경화증."

아버지가 숨을 토해내듯 말했다. 의자에 몸을 기대며 내 말을 받아들이려 애쓰는 모습이 눈에 보이듯 어른거렸다. 리언의 머리카락이 내 턱을 간질였다. 따스하고 무른 리언의 머리가 느껴졌다.

"바틀렛처럼?" 아버지가 물었다.

"테리 가처럼요." 내가 심술궂게 말했다. "바틀렛은 설정일 뿐 진짜로 걸린 건 아니죠."

아버지가 잠시 생각하다 입을 열었다.

"그건 집안 내력과 상관없는데."

아버지는 다시 입을 다물었다. 직업상 다뤘던 온갖 사례를 떠올리는지도 몰랐다. 어쩌면 내 사례도 업무 파일에 끼워 넣으려고 준비하는지도 몰랐다.

"그간 일하면서 MS를 다뤄본 적도 있어요?"

"한두 번."

아버지가 마지못해 대답했다. 나는 입을 꾹 다물고 아버지가 더 말해주길 기다렸다.

"기억나는 게 한 가지 있긴 있다." 아버지가 말했다. "논문에서 읽었는데, 가만있자……."

아버지는 이 어려운 순간에도 논문 내용을 언급해서 기운을 차리려는 것 같았다.

"MS 인격에 관한 이론이란다. MS에 걸린 사람은 남 탓을 많이 한다더구나. 주변 사람을 괜히 못살게 군대. 원래는 아닌데 병 때문에 됨됨이가 변하는 거지. 통증과 혼란 때문에 자신을 잃고 잔인한 사람으로 변하는 거야."

얼마 전 제이니에게 내가 어떻게 했는지 떠올렸다. 하지만 난 그저 나답게 행동했을 뿐이다.

"고마워요, 아버지. 그렇게 안 되도록 조심할게요."

진단 전 단계에서도 나는 이미 수없이 진단을 받았다. 결혼이나 졸업을 앞둔 사람처럼, 자식의 탄생을 기다리는 사람처럼 진단받는 순간을 상상하고 또 상상했다. 진단받는 꿈을 꾸다 화들짝 깨기도 했다.

'이 꿈은 도대체 어떤 의미일까?'

때로는 좀 더 대담한 질문을 던지기도 했다.

'얼마나 남았을까? 앞으로 몇 년이나 더 살 수 있을까?'

진짜 진단 결과가 나올 날이 멀지 않았다. 어쩌면 벌써 나왔는지도 몰랐다. 다만 어떻게 전달될 것인지, 그것이 문제였다. 기나긴 여름 내내 나는 편지나 이메일이나 전화를 기다렸다. 어쩌면 퀼이 사무실로 연락할지도 몰랐다. 그러면 빈 회의실로 재빨리 들어가서 우리가 이미 예견했던 결과를 들어야 할 것이다. 어쩌면 버스에 타고 있을 때 퀼의 비서가 전화할지도 몰랐다. 그러면 제대로 얘기도 못 하고 조용한 곳에 가서 다시 전화하겠다고 말해야 할 것이다. 더구나 상담 약속을 잡아 퀼을 만나기까진 또다시 고통스러운 나날을 보내야 할 것이다.

누가 됐든 얼른 전화해주기를 자나 깨나 기다렸다. 하지만 내 속도 모르고 엉뚱한 전화만 자꾸 왔다. 그해 여름 휴대폰 유통업체인 카폰

웨어하우스(Carphone Warehouse)에서 나를 업그레이드 대상으로 결정했는지, 업그레이드를 원치 않는데도 전화가 올 때마다 받아야 했다. 휴대폰 화면에 매번 낯선 번호가 떴기 때문에 받지 않을 수 없었다. 전화가 울릴 때마다 나는 영화 속 비운의 영웅을 연기할 작정을 하고 전화를 받았지만 이내 표정을 바꿔야 했다. 약정 기한이 다 된 휴대폰을 안드로이드로 바꿀 의향이 있는지, 혹은 부가 기능을 원하는지 물어보는 칼이나 이언이나 제스를 상대해야 했다.

그럴 때마다 화가 치밀었다. 휴대폰 업그레이드나 부가 기능이 무슨 소용이란 말인가. 이 시기를 어느 때보다 진지하고 경건하게 보내고 싶었다. 하지만 도저히 그럴 수가 없었다. 세상은 비극보다 희극을 좋아했다. 실은 나도 그랬다. 나는 비극의 한가운데서 희열을 맛봤다.

2014년 9월 5일, 내가 진단받은 날 딸이 첫걸음마를 뗐다. 잔인한 현실과 완벽한 현실의 병치. 너무 진부한 설정이라 누구한테 말하기도 거북하지만 정말로 그랬다. 나는 그 순간을 담은 영상을 지금도 본다. 영상에 찍힌 모습은 두 번째 걸음을 떼는 장면이다. 첫걸음마 떼는 모습을 휴대폰 렌즈로 보고 싶지 않았기 때문에 두 번째 걸음부터 영상에 담았다.

초저녁이었다. 세라와 나는 병원에서 막 돌아왔다. 리언이 거실에서 커피 테이블을 붙잡고 서 있었다. 요샌 붙잡을 게 있으면 곧잘 일어섰다. 그런데 무슨 생각이 들었는지 리언이 얼굴을 찡그렸다. 그리고 다음 순간 테이블을 잡고 있던 두 손을 놓았다. 몸이 앞으로 휘청했다. 리언은 무릎을 살짝 구부리며 다리에 힘을 잔뜩 주었다. 프랑켄슈타인처럼, 아니 관에서 막 나온 드라큘라처럼 두 팔을 벌리고 한 발짝 내디뎠다. 리언이 첫걸음마를 뗀 것이다. 한 발짝, 두 발짝, 거실을 가로질러 오더니 손바닥을 활짝 펴고서 내 다리를 와락 붙잡았다. 그런 다음 쓰러져서 깔깔 웃었다. 나도 깔깔 웃었다. 나는 휴대폰 카메라를 끄고 세라를 바라봤다. 그리고 감격에 겨워 말했다.

"오늘은 정말 기쁜 날이야."

정말로 기쁜 날이었다. 리언이 걸음마를 떼기 전에도 그랬다. 기다리던 전화는 결국 오지 않았다. 상담 약속을 잡으라는 퀼의 편지가 이미 일주일 전에 도착했기 때문이다. 약속 시간에 맞춰 오후에 세라와 함께 병원에 갔다. 신경 병동 계단을 내려가는데 기분이 묘했다. 이곳에 오면 벤이 머리에 관을 꽂고 있던 모습이 떠올랐다. 벤이 수술받는 동안 나는 아버지와 함께 대기실에 앉아 있었다. 텔레비전에선 저녁 뉴스가 나오고 급식 담당자들이 요정 의상을 입고 아이들에게 식사를 제공하는 모습이 화면에 나왔다. 기다리다 지쳐 있던 아버지와 나는 그 장면을 보고 피식 웃음을 흘렸다.

퀼의 진료실은 희끄무레한 수족관 옆에 있었다. 진료실 앞에는 대기 환자가 길게 늘어서 있었다. 내 차례가 돼서 들어가니 퀼은 아픈 사람처럼 피곤해 보였다. 안색도 어두웠고 눈 밑에 짙은 그림자까지 드리웠다. 반면에 나는 지난 몇 주 동안 몸 상태가 꽤 괜찮았다. 손끝이 저리기만 할 뿐 다른 증상은 거의 없었다. 남들이 보면 누가 환자고 누가 의사인지 모를 것 같았다.

퀼은 말을 빙빙 돌리지 않았다. 정확히 뭐라고 했는지는 기억나지 않지만 태도가 무척 정중했던 건 기억한다. 나도 모르게 가슴이 뭉클했다. 그동안 우리 사이에 형성된 두터운 우정 때문이었으리라. 물론 나만 그렇게 생각했을 수도 있지만. 퀼은 내가 다발성 경화증이라고 말했다. 재발완화형 다발성 경화증. 너무 전형적인 케이스라 이차 소견을 구할 필요도 없다고 했다.

퀼의 이야기를 듣고 가슴이 철렁하면서도 한편으론 속이 후련했다. 차마 입 밖에 내지 못했던 온갖 두려움이 기우였다는 사실에 안도감마저 들었다. 운동신경원 질환일까? 이게 손 저림 증상으로 시작될 수 있을까? (아니다.) 파킨슨병일까? 이것도 손 저림 증상으로 시작되지 않나? (아니다.) MS 자체도 내가 생각했던 것보다 훨씬 악화된 상태면 어쩌지? 일차진행형이나 이차진행형이라면? 날마다 일에 치여 사느라 악화와 완화가 반복되는데도 모르고 지나쳤을지도 몰라. 내색하진 않았지만 그동안 속으로 끙끙 앓았었다.

나는 의자에 등을 붙이고 세라에게 기댔다. 문득 신경과 전문의들이 참 안됐다는 생각이 들었다. 사람들은 신경과 전문의에게 이상한 말들을 마구 쏟아낸다.

"손이 자꾸만 커지는 것 같아요."

"다리가 세 개인 것처럼 느껴집니다."

나도 전에 어떤 신경과 전문의에게 이렇게 말한 적이 있다.

"오밤중에 눈을 떴는데 눈이, 왼쪽 눈이 얼굴 아래로 흘러내리는 것 같았습니다. 그리고 세상이 삐딱해진 것 같아서 지난주 내내 고개를 오른쪽으로 기울이고 지냈습니다."

이렇게 온갖 이상한 말을 쏟아놓고는 정작 신경과 전문의가 하는 말은 귀담아듣지 않는다.

"어떤 환자도 진단 결과를 제대로 듣지 않습니다." 최근에 한 신경과 전문의가 내게 말했다. "그들은 첫마디만 듣고 나머지는 그냥 흘려버립니다."

나도 그랬던 것 같다. 퀼이 우리에게 MS에 대해서 설명했다. 다양한 증상이 몸의 여러 부위에 나타날 수 있다고 설명했다. MS의 여러 유형을 언급한 뒤 내가 가장 나은 재발완화형 MS에 걸렸다고 말했다. 가장 나은 유형 중에서 가장 나쁜 종류라고 했다.

"당신의 스캔은 아주 인상적입니다." 퀼이 말했다. "재발완화형이긴 하지만 급속 진행성으로 보입니다."

좋다 말았다. 가장 나은 유형이래서 좋아했는데 급격히 나빠지고 있단다. 그렇다고 나쁘다고만 할 수는 없었다. 내가 치료 요건에 딱 맞는다는 뜻이었으니까. 퀼의 설명이 길게 이어지는 동안 내 정신은 자꾸만 옆길로 샜다. 세라가 열심히 귀를 기울이는 동안 나는 그녀에게 기대어 생각했다.

'난 이겨낼 수 있어. 들어보니 충분히 대처할 수 있겠어.'

세라가 숨 쉴 때마다 어깨가 들썩거렸다. 오르락내리락하는 그녀의 어깨를 느끼며 최근 함께 본 영화에 대해 생각했다. 세계에서 가장 뛰어난 셰프 중 한 명인 페란 아드리아(Ferran Adria)에 관한 다큐멘터리였다. 카탈로니아 출신의 그는 1년 중 절반을 타르트 메뉴를 개발하는 데 쓰고, 나머지 절반 동안은 그렇게 개발한 메뉴를 자신의 레스토랑에서 손님들에게 대접한다. 그러나 이걸 먹으려면 대기자가 워낙 많아 몇 년은 기다려야 한다. 그런데 그가 충동적으로 레스토랑을 닫아버렸기 때문에 지금은 기다려도 소용없게 됐다.

나는 그가 접시에 차려놓은 음식을 떠올렸다. 점점이 흩어지고 나선형으로 꼬이고 아치 모양으로 휘어져 있다. 그 위에 물방울처럼 반짝이는 입자가 흩뿌려져 있다. 음식이라기보다는 예술 작품 같다. 도대체 무엇으로 만들었을까? 모양만 봐서는 재료를 알 수 없다. 일단 맛을 보면 '아, 이거구나!' 하는 확신이 든다. 모든 게 맥락으로 연결된다. 맥락을 제거하고 교체해서 새로운 맥락을 탄생시킨다. 눈으로 봐선 뭔지 모르다가 한 입 베어 문 순간 바로 알아차린다. 확신에 찬 진단을 내리는 것이다. 맥락의 부활이다.

퀼은 우리를 문까지 배웅했다. 불현듯 이 남자를, 나를 진단하고 내 세계에 질서를 잡아준 이 남자를 영영 못 보게 될까 봐 불안했다.

"물어볼 게 있는데요." 내가 말했다. "제 곁에 계속 있어주실 건가요? 선생님은 제 편인가요(Are you my guy)?"

같은 영어라도 퀼처럼 보수적이고 진지한 남자에겐 미국식 표현이 어색할 것이다. 그런데도 그는 불안한 내 속내를 알아차리고 웃으며 받아줬다.

"전 당신 편입니다(I'm your guy)."

"그렇게 얘기해주시니 얼마나 힘이 나는지 모르겠습니다."

나는 삼류 배우마냥 과장된 목소리로 말하며 악수를 청했다. 퀼이 내 손을 잡았다. 그런데 다음 순간 나머지 손도 내밀어 내 손등을 토닥토닥 두드려주었다. 피곤에 찌든 그의 눈을 바라보는 내 눈에서 눈물이 흘러내렸다.

밖으로 나오면서 세라에게 말했다.

"정말 대단한 사람이야, 그렇지? 정말 대단해. 그 셰프처럼!"

내 기분을 어떻게 설명할지 몰라 그렇게만 말하고 입을 다물었지만 세라는 내 뜻을 알아차렸다. 퀼은 특유의 섬세함과 친절함으로 나를 한 세계에서 다른 세계로 이끌어주었다.

진단 결과가 나오자 갑자기 세상이 빠르게 돌아갔다. 시간이 별로 없었다. 지금까진 별 계획 없이 살았지만 진단을 계기로 계획을 세웠다. 앞으로 며칠, 어쩌면 몇 주 동안 뭘 하고 싶은지 나는 정확히 알고 있었다.

한 보름 정도는 침대에서 뒹굴며 자가 처방한 특별 휴가를 만끽할 생각이었다. 그런 다음 실내복 차림으로 앙상한 팔을 흔들며 집 주변을 어슬렁거릴 생각이었다. T.S. 엘리엇의 시를 큰 소리로 읊조리는 내 모습을 보면 누구라도 참으로 의연하다고 감탄하지 않을까 싶었다.

권좌에서 내려온 토니 블레어 전 총리처럼 미니 투어도 계획했다. 지금의 나를 있게 해준 장소를 하나씩 둘러볼 생각이었다. 멀리 사는 대학 동기들과 옛날에 사귀었던 여자 친구들에게 밤늦게 전화해볼 마음도 먹었다. 다들 반가워하면서도 내가 왜 뜬금없이 연락했을까 의아해할 것 같았다. 그들이 안 가본 위험 지대에 내가 발을 들여놨다는 걸 알면 무척 놀랄 것 같았다.

하지만 이런 일은 하나도 실현되지 못했다. 9월 한 달은 정신없이 지나갔다. 옛 동료들의 페이스북 메시지가 쇄도했고, 회사에선 내 상태에 맞는 의자를 알아보고 각종 편의를 봐주기 위한 회의를 연이어 소집했다. 우편함에는 각종 홍보물과 신문 스크랩이 쌓였다. 그중에는 기적의 치료법을 소개하는 기사도 있었다. 그런데 막상 읽어보면 기껏 아침에 커피를 더 많이 마시라거나 뜨거운 물에 레몬을 띄워 마시라는 것이었다. 아무리 허접한 내용이라도 보내준 사람의 성의를 생각해서 다 모아뒀다. 생각나면 하나씩 읽어보기도 했다. 아무것도 할 수 없다는 걸 알면서도 나를 위해 뭐라도 해주고 싶어 보냈을 테니까. 다들 내가 얼른 털고 일어나길 바란다는 뜻이었으니까.

수확의 계절인 10월, 리언의 식욕이 폭발했다. 리언이 먹는 모습만 봐도 배가 불렀다. 식욕만이 아니라 인지 능력과 언어 능력, 신체 능력도 폭발적으로 성장했다. 진단을 받고 온 날, 리언이 두 팔을 벌리고 무릎을 굽힌 채 휘청거렸던 모습은 엄청난 변화의 서막이었다. 아이가 크는 모습을 보느라 진단 후에 오는 공허함을 느낄 새도 없었다. 리언은 옹알이를 넘어 단어를 또박또박 발음해서 확실한 의사와 엉뚱한 욕구를 드러냈다. 그애의 정신을 다 수용하기엔 머리가 너무 작은 것 같았다.

그즈음 거짓말처럼 증상이 거의 사라졌다. 동네에서 만난 이웃에게 아프다는 말을 하면서도 왠지 사기 치는 기분이었다. 내가 처한 비극을 설명할 때도 난치병이라고 해야 할지, 불치병이라고 해야 할지 헷갈렸다. 뭐라고 말하든 무슨 상관이겠는가! 증세의 악화와 완화가 반복될 텐데 당장 괜찮다고 마냥 좋아할 수도 없었다. 이젠 공식적으로 치료할 질병이 생겼으니 치료 계획을 세워야 했다.

일이 순조롭게 흘러갈 거라 기대했고 실제로도 순조롭게 흘러갔다. 하지만 늘 그렇게 느꼈던 건 아니다. 리언이 태어나기 몇 년 전 어느 날, 나는 친구와 함께 레스토랑에 앉아 있었다. 우리가 앉은 테이블 주변에선 친구의 두 아이가 뛰놀았다. 두 아이는 조그마한 장난감 자동차를 가지고 놀았다. 테이블 위에서, 바닥에 엎드려서 자동차를 마구 굴렸다.

나는 친구에게 자식을 키우는 기분이 어떠냐고 물었다. 친구가 심각한 표정을 짓더니 그동안의 애환을 마구 쏟아냈다. 기본적으로 좋을 땐 한없이 좋고 나쁠 땐 한없이 나쁘다고 했다. 그런데 그게 결정적 특징은 아니라고 했다. 결정적 특징은, 좋을 때와 나쁠 때가 수시로 바뀌기 때문에 그 차이를 구분할 수 없다는 것이다. 무슨 일이 벌어질지 예측할 수 없어서 그냥 닥치는 대로 대처해야 한다고 했다.

치료 계획을 세우는 과정도 그와 비슷했다. 좋을 땐 한없이 좋고 나쁠 땐 한없이 나빴으며, 지금도 그 둘을 잘 구분하지 못한다. 실상은 간단하다. 일차진행형 MS라면 증상이 처음부터 계속 악화되기 때문에 완화 기간이 없다. 물론 치료 방법도 없다. 예전엔 재발완화형 MS도 치료 방법이 없었다. 그러다 30년 전부터 새로운 치료법이 꾸준히 나왔다. 그 발전 속도는 정말 놀라울 정도다. 내가 재발완화형 MS 증상을 처음 경험했을 땐 치료 방법이 8가지였는데, 막상 치료를 받는 시점에선 10가지나 됐다. 얼마나 감사한지 모르겠다. 하지만 간단한 점은 거기까지다.

어느새 초가을이 왔다. 나는 퀼이 보낸 편지를 읽었다. 그는 여전히 내 신경과 전문의로 남겠다고 했지만 MS 전문의는 아니므로 조만간 나를 돌봐줄 전문의를 추천하겠다고 했다. 아울러 내가 MS 간호사를 정기적으로 만나도록 주선하겠다고 했다. 나는 서른여섯 살에 전담 간호사를 둔다는 게 썩 내키지 않았다.

하지만 생각할 시간이 많지 않았다. 결국 MS 전문의를 만나러 갔다. 새로운 신경과 전문의의 이름은 케이니그 박사였다. 그녀는 내게 서류를 하나 내밀고 조곤조곤 설명했다. 서류에는 10가지 치료법이 적혀 있지만 내 경우 다 적용할 수는 없었다. 내 MS가 너무 강력해서 상당수는 효과를 보기 어렵고 두 가지만 실행 가능한데, 알약은 재발률을 획기적으로 줄여주지만 내성이 강하기 때문에 정맥주사제가 더 좋을 것 같다고 그녀는 설명했다.

얼마 전 주사제의 끔찍한 부작용에 대해 읽었다. 그 점을 지적하자 케이니그는 부작용 사례가 드물다고 설명하면서 내게 위험할 수 있는지 알아보는 피검사를 하자고 했다. 둘이 심각하게 얘기하는데 아버지가 자꾸 끼어들었다. 벤의 치료 과정에서 아버지가 얼마나 훌륭하게 대처했는지 알기에 나는 상담실에 아버지를 대동했다. 박사의 말을 다 기억할 수 없을 것 같아 아버지가 메모해주길 기대했다.

그런데 아버지는 가만히 앉아서 메모만 하기엔 아는 게 너무 많았다. 그는 케이니그가 잘하나 못하나 감독하고 모니터하느라 바빴다. 우리가 악화와 완화의 주요 특징에 대해 논의하는데 아버지는 펜이 안 나온다면서 케이니그에게 빌려달라고 했다. 옆에서 성가시게 하는 아버지 때문에 머리가 아팠다. 그런데 그녀는 전혀 동요하지 않았다.

난치병 환자와 가족들을 늘 상대해서인지 어려운 상황도 능숙하게 대처했다. 그녀는 상담을 마칠 때까지 상냥한 태도를 고수했다. 나는 치료법을 선택해야 한다는 새로운 고민을 안고 자리에서 일어났다. 상담실을 나서려는데 케이니그가 나를 불러 세우고 말했다.

"혼자가 아니라는 사실을 명심하세요."

그 말에 어떻게 반응해야 할지 지금도 모르겠다.

11월 말 나는 치료법이 적힌 목록을 들고 여전히 고민했다. 10개 중 2개만 빼고 모두 줄이 그어져 있었다. 뭐가 좋을까? 결정을 미룬 채 MS 간호사인 제니퍼를 만나기로 마음먹었다. 그간 제니퍼에게서 온 이메일도 삭제했고 편지도 반쯤 읽다 서랍에 처박아버렸다. 전담 간호사를 두는 게 꺼림칙해서 방문을 미루고 미루다 어느덧 11월 끝자락에 이르렀다.

하지만 만나기 직전까지도 제니퍼가 나를 성가시게 할까 봐 걱정했다. 왜 그런 걱정을 했는지 나도 모르겠다. 전담 간호사를 둘 정도면 상태가 몹시 안 좋다는 뜻이라 괜히 부담스러웠을까? 아니면 그녀가 상대하는 다른 MS 환자들을 마주칠까 봐 두려웠던 걸까? 그들을 보면 내가 앞으로 어떤 궤도를 밟게 될지 알 수 있겠지만 나는 전혀 알고 싶지 않았다. 그래서 피할 수만 있다면 MS를 앓는 사람과는 만나지 않기로 마음을 굳혔다. 그들을 통해 내 미래를 조금이라도 보게 될까 봐 두려웠다. 어리석고 이기적이며 근시안적인 생각이란 걸 나도 잘 알았다. 그런 내가 부끄럽기까지 했다. 그래도 제니퍼를 만나면 어떤 식의 그룹 활동에도 끼지 않겠다고 단호하게 말할 작정이었다.

막상 제니퍼를 만나보니 그간 얼마나 쓸데없는 걱정을 했는지 알게 됐다. 자그마한 체구에 곱슬머리를 한 제니퍼는 굉장히 차분한 미국인이었다. 그녀와 함께 있으면 문 밖에서 벌어지는 일을 잊고 우리가 당면한 문제에만 집중할 수 있었다. 첫 번째 만남에선 서류를 작성하고 3개월 간격으로 만나자는 약속을 잡은 것 외엔 별로 기억나지 않는다. 다만 사무실에 창문이 없는데도 바람이 잘 통하고 쾌적했다는 점, 인간의 대퇴골 모형이 그 방의 유일한 장식물이었다는 점은 기억한다. 대퇴골 모형은 중간 부분이 반으로 쪼개져 연분홍 골수가 훤히 드러나 있었다.

사무실을 나서기 전, 나는 뭐가 뭔지 잘 모르겠다고 털어놓으며 제니퍼에게 잘 부탁한다고 말했다. 그건 병뿐만 아니라 인생에 대해서도 잘 모른다는 뜻이었다. 제니퍼는 내 손을 잡고 힘차게 흔들더니 생각지도 못한 말을 해주었다. 그녀는 MS는 사람마다 달라서 내 MS도 전례가 없다고 했다.

"당신의 질병에선 당신이 유일한 전문가가 될 거예요."

나는 그 말을 믿었다. 제니퍼를 만나러 갈 때는 발걸음이 무거웠는데, 나올 때는 깃털처럼 가벼웠다. 그녀의 말에 힘을 얻어 모험을 떠날 각오를 다졌다.

그 후 다른 병원의 다른 진료실에 찾아갔다. 내가 어떤 치료법으로 결정했는지 듣기 위해 NHS에서 파견 나온 간호사 두 명이 나와 마주 앉았다. 내 멋대로 명명한 기적의 치료법 두 가지 중 과연 어떤 걸 선택할 것인가? 나중에 아버지에게도 설명했지만 나는 이 상담에서 굉장히 차분하고 설득력 있게 설명했다. 이 결정이 너무 어렵다고, 진단받을 때보다 더 힘들다고 호소했다.

내게 뭔가 안 좋은 일이 벌어진다는 사실도 알고 있고 어떤 건 영원히 되돌릴 수 없다는 사실도 알았다. 그런데 그것에 어떻게든 대처할 방도가 있고, 다들 나더러 그 방도를 결정하라고 하는데 나는 무서워서 도저히 결정할 수 없었다. 예전엔 운명을 거스르지 않고 흘러가는 대로 사는 게 행복했다. 그런데 이제 와서 나더러 내 운명을 결정하라니. 그렇게 결정하고 나면 누구에게도 책임을 전가할 수 없다. 치료 계획은 궁극적으로 내게 달렸다고 다들 말했다. 나 대신 결정을 내려달라고 아무리 부탁해도 다들 고개를 저었다.

급기야 나는 부탁을 들어주지 않는 사람들을 비난하기 시작했다. 세라, 아버지, 심지어 리언까지도. 밤마다 리언을 다독여 재울 때면 얼굴이 화끈거리고 눈알이 근질거렸다. 이것은 MS와 하등 상관없는 증상이었다. 결정을 내리지 못하는 데서 오는 편두통 증상이었다. 그런 와중에도 감정을 자제하며 사람들과 잘 지냈다. 나중에 아버지에게도 그렇게 말했다. 용케 잘 버텨냈다고. 그런데 나만 그렇게 생각했나 보다. 실제로는 단 한 가지도 내가 기억하는 대로 흘러가지 않았나 보다.

"그날 당신은 입만 열면 욕부터 내뱉었어." 세라가 최근에 내게 말했다. "'염병할! 빌어먹을!' 기억 안 나? '빌어먹을 약! 내가 먹나 봐라!'라고 했잖아."

내가 정말 그랬냐고 묻고 싶었지만 세라 말이 맞는 걸 알기에 꾹 참았다. 곰곰 생각해보니 욕설을 내뱉었던 기억이 난다. 그놈의 빌어먹을 약! 약이고 주사제고 선택하는 걸 그토록 주저했던 이유는 부작용 때문이었다. 아무리 좋은 약이라도 드물긴 하지만 부작용이 있다. 부작용에 대한 우려를 도저히 떨쳐낼 수 없었다. 그런 우려를 안고서는 살 수 없을 것 같았다.

처음부터 그 약을 선택했어야 했다. 그 점을 그때도 알았고 지금도 알고 있다. 하지만 당시엔 그걸 선택할 수 없었다. 아무리 좋은 약이라 해도, 부작용이 아무리 드물게 발생한다 해도 선뜻 그걸 선택할 수 없었다. 밤마다 침대에 누워 액체에 잠기는 상상에 빠지고 싶지는 않았다. 파이프가 터지고 양동이에서 액체가 쏟아져 내리는 상상에 빠지고 싶지 않았다. 생명을 구해주는 면역 혈청이 내 몸속에서 돌이킬 수 없는 일을 할지도 모른다는 상상에 빠지고 싶지 않았다. 그래서 거부했다. 내 앞에 놓인 선택지를 둘 다 거부했다. 마주한 두 간호사에게 어느 치료법도 선택하지 않겠다고 말했다. 그리고 말하자마자 결국엔 둘 중 하나를 선택하리라는 걸 직감했다.

나를 설득한 사람이 리언이나 세라나 벤이라고 말하고 싶지만 실은 두 간호사 중 한 명이었다. 두 사람 다 NHS에서 파견 나온 간호사답게 사무적이고 딱딱했다. 하지만 얼핏 비정해 보이면서도 연민에 찬 한 간호사의 눈빛이 내 마음을 열었다. 그 눈빛에서 내가 얼마나 운이 좋은지 깨달았다. 사람들은 수 세기 동안 MS에게 유린당했다. 치료에 대한 희망도 없이 속수무책으로 당했다. 불과 20년 전까지 그랬다. 치료법이 하나도 없었으니까. 그런데 지금은 무려 10가지나 나왔다. 물론 어느 것도 완벽하지는 않았다. 어느 것도 나를 완치해주지는 못하겠지만 그래도 없는 것보단 나았다. 더구나 한 가지도 아니고 둘이나 됐다. 나는 뭐라도 선택해야 했다.

첫 증상이 나타난 뒤로 이미 시간이 한참 흘렀다. 예전엔 벤이 왜 화를 내는지 몰랐는데, 이젠 나도 모르게 벤처럼 행동했다. 너무 화가 나서 내 선택지를 걷어찰 정도였다. 남 탓만 하면서 내 책임을 회피하려고 했다. 그걸 뒤늦게 깨달았다. 돌고 돌아 결국엔 내가 선택하기로 마음먹었다. 그게 잘못된 선택일 수는 있지만 최악의 선택은 아닐 테니까. 그래서 나는 알약을 선택했다.

그러자 시간이 다시 느리게 흘러갔다. 우리는 이번에도 셋이서 조용히 크리스마스를 보냈다. 해가 점점 짧아지고 해안도로 옆 바다는 잿빛으로 변했다. 1월의 어느 날 아침, 안락의자에 앉아 있는데 차가운 바람이 맹수의 포효처럼 요란하게 불었다. 해가 그려진 약 봉지에서 아침에 먹을 알약을 꺼냈다. 저녁에 먹을 약은 달이 그려진 봉지에 들어 있었다. 당분간 아침저녁으로 약을 달고 살아야 한다. 아침엔 해를, 저녁엔 달을 만나면서.

나는 약을 삼키고 의자 팔걸이를 붙잡았다. 중력을 뚫고 나가 미지의 세계로 진입하려는 영화 속 시간 여행자처럼 한동안 앉아 있었다. 한 시간 뒤 리언이 내 무릎에 올라와 펄쩍펄쩍 뛰었다. 관자놀이 주변이 화끈거리더니 뺨과 코로 번져갔다.

"열감이 느껴져." 나는 아픈 쾌감을 느끼며 들뜬 목소리로 세라에게 말했다. "어디선가 읽었는데 약효가 있다는 뜻이래. 약효가 있다는 뜻이라고."

최초의 다발성 경화증 환자들

: 그들은 자신이 어떤 병에 걸렸는지 몰랐다

다발성 경화증은 1860년대에 처음으로 기록되었다. 그래선지 간혹 19세기 질병으로 여겨지기도 한다. 도시와 공장, 오염과 열악한 생활환경 때문에 걸리는 질병이라는 것이다. 일부 신경학자는 19세기에 이르러서야 MS를 겨우 제대로 파악했다고 주장한다. 산업화를 거치면서 의학도 급격하게 발전할 수 있었던 것이다. 물론 19세기 이전에도 MS의 존재를 드러낼 만한 역사적 사례는 있었다. 그러나 MS다, 아니다를 판단하기는 쉽지 않다. 신경질환자에 대한 세부 묘사와 병세가 자세히 기록되지 않았기 때문이다. 아울러 MS 증상이 워낙 다양하고 방대해서 오늘날에도 진단을 내리기는 쉽지 않다.

이런 초기 사례들 중에서 두 가지가 유독 눈에 띈다. 12세기에 할도라(Halldora)라는 이름의 아이슬란드 여성은 팔다리의 힘이 약해져 결국 걸을 수 없게 되었다. 할도라는 3년 동안 병석에 누워만 있었다. 상태가 거의 호전되지 않던 어느 날, 유명한 종교치료사이자 훗날 아이슬란드의 수호성인으로 추앙받는 토르락 토르할손(St. Thorlak Thorhallsson)이 친구의 꿈에 나타나 할도라에게 순례를 떠나라고 촉구했다. 들것에 실려 순례를 떠난 할도라는 결국 완치됐다.

할도라 외에도 토르락의 성공 스토리는 굉장히 많다. 그런데 『토르락 주교의 전설 같은 이야기(The Saga of Bishop Thorlak)』에 소개된 여러 사례를 읽다 보면 당대 기록에 신빙성이 떨어지는 것 같다는 인상을 지우기 어렵다. 귀신 들린 여자들은 토르락이 축성(祝聖)한 오일을 마시고 멀쩡해졌다. 낭떠러지에서 떨어져 뼈가 으스러진 송아지가 토르락의 중재로 벌떡 일어나 걸었다. 그는 파도를 잠재우고 화재를 진압했다. 그가 만지면 누워 있던 사람도 벌떡 일어났다. 그렇다면 할도라의 이야기는 MS가 12세기에도 있었다는 걸 입증할 만큼 신뢰할 수 있을까?

성녀 리드비나(St. Lidwina)의 이야기는 더 자세히 기록되어 있다. 리드비나는 네덜란드 서남부의 스키담이라는 도시에서 14세기 말부터 15세기 초까지 살았다. 열여섯 살 때 스케이트를 타다 넘어져 갈비뼈가 부러졌는데, 치료를 제대로 받지 못해 종기가 생겼고 회복이 더뎠다. 결국 부상에서 회복된 뒤에도 제대로 걸을 수 없었다. 그 뒤로 몇 년에 걸쳐 리드비나는 두통과 극심한 치통에 시달렸다. 열아홉 살이 되자 온몸에 산발적 통증이 나타났다. 도와주지 않으면 걸을 수 없었고 오른팔에 힘이 없었으며 오른쪽 눈이 보이지 않았다. 후에 리드비나는 천사를 보고 신과 이야기를 나눴다고 하는데, 그런 경험을 할 때면 한동안 증세가 호전되었다.

하지만 리드비나를 MS 환자로 보기 어려운 부분이 있다. 병세와 관련된 세부 묘사에서 이상한 점이 있기 때문이다. 리드비나는 입과 귀와 코에서 피가 쏟아졌다. 피부가 벗겨지고 뼈와 창자의 일부가 저절로 떨어졌다. 그녀의 몸에서 달콤한 냄새가 났는데, 그것으로 아픈 사람을 치유하기도 했다. 그래도 리드비나의 이야기에선 MS와 흡사한 부분이 확실히 있다. 리드비나는 눈이 멀었고 사지 마비가 왔으며 통증에 시달렸다. 모두 MS로 나타날 수 있는 최악의 증상이다. 리드비나는 영문도 모른 채 온갖 증상에 시달렸을 것이다. 해결책을 찾아내려고 부단히 애썼을 텐데 참으로 안타깝다.

최초의 MS 사례라고 할 수 있는 것은 아무래도 19세기 기록에서 찾아야 할 것 같다. 1822년 12월 조지 3세의 손자인 아우구스투스 데스테(Augustus d'Este)는 친구를 방문하려고 영국 램즈게이트에서 하일랜드 산악지대로 여행을 떠났다. 그러나 그가 도착했을 땐 친구가 이미 죽어 있었다.

"사람들이 주변에 너무 많이 있어서 나는 울지 않으려고 무진장 노력해야 했다."

하지만 그런 노력이 성공하진 못했나 보다. 장례식이 끝난 뒤 데스테는 일기에 몇 날 며칠을 울었다고 적었다. 그런데 며칠 펑펑 울고 나니 세상이 변해버렸다. 울지 않는데도 눈물에 젖은 눈으로 세상을 바라보는 것 같았다. 데스테는 자신의 눈이 '공격받았다'라고 기록했다. 다행히 그런 증상은 곧 사라졌다. 당시 데스테는 그것으로 끝났다고 생각했지만 실제로는 시작이었다.

데스테가 평생 기록한 일기에 따르면 그는 스물여덟 살에 증상을 처음 경험했고 1848년 쉰다섯 살을 일기로 사망했다. 데스테는 모범적인 환자였고 세상을 늘 긍정적으로 바라봤다. 그리고 자신의 몸에서 일어나는 변화에 주의를 게을리하지 않았다. 그는 자신이 경험한 여러 증상을 아주 상세하게 기록했는데 그 기록을 읽는 것만으로도 기분이 으스스하다. 1825년엔 눈앞에 점이 나타났다. 1826년엔 눈앞이 다시 흐릿해졌고, 1년 뒤 스위스 로잔으로 여행을 떠났을 땐 하나의 물체가 둘로 보이는 복시(複視)가 나타났다. 이때는 '왼쪽 눈 관자놀이 감각의 둔화 또는 불명'도 동반됐다. 감각의 둔화 또는 불명. 데스테는 최초의 MS 환자일 뿐만 아니라 최초의 MS 시인이었다.

다른 증상도 계속 이어졌다. 며칠간 기운이 하나도 없고 손마디가 저리거나 감각이 없어졌다. 픽 쓰러지기도 하고 피로감과 발기부전에 시달리기도 했다. 장이 활발하게 움직이다가 갑자기 변비가 찾아왔다. 데스테는 이때가 '가장 불편한 상태'라고 했다. 몸의 균형감이 떨어지고 아침에 눈을 뜰 때 경련이 자주 일어났다.

데스테는 당대 여러 의사들에게 이상한 치료를 계속 받았고 치료와 관련된 이야기도 일기에 자세히 기록했다. 거머리에게 피를 뽑히는가 하면, '철을 담가둔 물'을 마시고 그 안에서 목욕하라는 처방도 받았다. 어떤 의사는 그에게 하루 두 번씩 비프스테이크를 처방하고 런던 포터라는 흑맥주와 셰리주, 마데이라 와인을 마시게 했다(고대 이집트에서는 성직자가 의사였던 반면에 유럽에서는 19세기까지 셰프가 의사였다). 어떤 의사는 데스테의 다리를 여우 꼬리로 살살 문지르고 리니먼트제라는 통증 완화용 약으로 등을 문질렀다. 일시적으로 힘을 되찾기 위해 사타구니를 손바닥으로 철썩 때리는 처방도 있었다. 말년에는 전기치료도 받았다. 또 어떤 의사는 더 심한 사람도 많다면서 그에게 아무런 문제가 없다고 말하기도 했다.

평생 병마에 시달렸는데도 데스테는 처음부터 끝까지 품위를 잃지 않았다. '바퀴 달린 의자'에 의존하는 시간이 길어졌지만 늘 쾌활했다. 그의 일기에는 병의 증상뿐만 아니라 처음 복시를 경험했던 로잔의 더위 등 중요한 맥락까지 상세하게 기록되어 있다. 바로 그런 점에서 나는 그가 대단하다고 생각한다. 그는 자신의 경험을 말로 표현하고 글로 기록하려는 노력을 한시도 멈추지 않았다. 직접 기록할 수 없을 때는 다른 사람에게 대신 기록하게 했다.

우리는 아우구스투스 데스테의 열정을 기억해야 한다. 그를 움직인 신념과 계몽사상, 토착민에 대한 지원, 미국 원주민의 토지 소유권에 대한 지지까지 모두 기억해야 한다. 그런데 역사는 그의 질병과 그에 대한 상세한 기록물로 데스테를 기억한다. 데스테는 죽음을 앞두고 이렇게 기록했다.

"나는 그것을 어떻게 생각해야 할지 모르겠다."

이 말은 지금도 신경학의 핵심 문제로 남아 있다. 적어도 환자의 관점에선 그렇다.

5

죽은 자가 산 자를 가르친다

~

나는 한 병리학자의 인스타그램을 팔로우했다. 그녀는 뉴저지 출신이고 온몸에 문신을 했다. 장미가 목을 둘러싸고 활짝 피어나고 있었으며 시커먼 방사능 구름이 팔과 어깨로 뭉게뭉게 피어오르고 있었다. 가슴에 새겨진 나비는 금방이라도 날개를 펄럭이며 날아오를 것 같았다. 그녀의 이름은 Mrs. 앤게미(Angemi)다. 그녀의 좌우명은 '모투이 비보스 도슨트(mortui vivos docent)', 즉 죽은 자가 산 자를 가르친다는 것이다.

앤게미는 인스타그램을 통해 인간이 겪는 온갖 고통을 여과 없이 보여준다. 그녀의 게시물은 너무 참혹해서 차마 볼 수 없는 것도 많다. 살점이 뚝뚝 뜯겨져 나간 손과 팔(그들은 이것을 열상(裂傷)이라고 부른다), 총알이 관통한 두개골, 시뻘건 결장(結腸)과 시커먼 폐에서 흉측한

몰골을 드러낸 암 덩어리. 이런 강렬한 이미지들 사이로 두 딸이 노는 사진도 보이고 짤막한 문구와 그림이 새겨진 티셔츠도 보인다. '듀라 메이터(Dura Mater)'라 쓰인 티셔츠에는 경막(硬膜)이 벗겨진 뇌의 이미지가 그려져 있다. 듀라 메이터는 '터프 마더(tough mother)', 억센 어머니라는 뜻으로 두개골 바로 밑에 있는 보호막인 경막을 가리킨다.

앤게미가 내 인스타그램의 다른 게시물들에 섞이면 이상한 일이 벌어진다. 미트볼과 자른 무 다음에 '다리가 절단되면 바로 이렇게 된다니까!'라는 문구가 달린다. 프라도 미술관에 전시된 벨라스케스의 작품과 멕시코의 테이크아웃 커피에 이어 태아의 조그마한 뇌를 들고 있는 손이 등장한다. 태아의 뇌는 불에 살짝 그슬린 관자처럼 매끄럽고 연한 크림색이다.

내가 보기에 Mrs. 앤게미는 특별한 사명을 수행하는 것 같다. 인스타그램을 통해 인간의 몸에 대한 진실을 공유하고 우리의 숨겨진 세계를 적나라하게 보여주고자 노력한다. 그녀는 죽음을 삶의 한가운데로 밀어 넣는다. 다른 것들과 마찬가지로 죽음도 바라볼 만한 광경으로 대접받아 마땅하다고 주장한다.

한번은 아버지에게 앤게미의 게시물을 보여주며 이런 이야기를 했다. 그런데 아버지는 눈썹을 치켜뜰 뿐 아무 말도 하지 않았다. 예전에 벤이 자기 침실을, 아니 나와 같이 쓰는 침실을 검은색으로 칠하겠다고 했을 때 보였던 반응과 똑같았다(설득 끝에 벤은 결국 추상표현주의

화가 마크 로스코(Mark Rothko)가 즐겨 쓰는 검붉은 색으로 침실을 칠했다. 결과적으론 그게 훨씬 더 숨이 막혔다).

"MS와 관련된 거냐?" 아버지가 한참 만에 물었다.

"아니요." 내가 말했다. "딱히 그런 것 같진 않아요."

앤게미는 MS를 다루진 않는다. MS는 눈길을 사로잡을 만큼 자극적이지 않다. MS가 뇌에 남긴 플라크(plaque)나 상흔은 MRI의 무대 연출이 없으면 멋진 그림이 못 된다. 그녀의 인스타그램엔 MRI 사진을 이용한 게시물이 몇 개 있지만 MS와 관련되진 않았다. 그런데도 나는 매일 그녀의 작품을 생각한다. 각각의 사진이 보여주는 스토리를 떠올리는데 질병을 찍은 사진이든, 상처 부위를 찍은 사진이든 상관없다. 시커먼 폐, 스테이플러로 봉합한 두피, 푸르스름한 멍, 불가피한 사고 장면. 이런 것들이 꼭 죽음을 뜻하진 않는다. 오히려 삶이 어떤 모습인지 적나라하게 보여준다.

아버지가 표현은 안 했지만 나는 그의 속내를 짐작할 수 있었다. 하지만 아버지의 생각처럼 마음이 약해져서 이런 이미지에 끌렸던 게 아니다. 오히려 삶의 아찔한 흥분으로 나를 가득 채워주기 때문에 끌렸다. 나는 브라우저를 열고 숨을 깊이 들이마시며 최악의 장면을 마주할 각오를 다진다. 그런 다음 Mrs. 앤게미의 페이지에 들어가 그날 올라온 게시물을 살펴본다. 한 5초 정도 본 다음 숨을 토해내고 눈을 감는다. 그리고 나 자신의 존재를, 내 몸의 절대적 한계를 온전히 인식

한다. 심장이 두근거리고 손끝이 찌릿찌릿하다. 살아 있음을 만천하에 공표하듯 우렁찬 외침이 귓전을 울린다. 높다란 허공에서 외줄을 타는 것처럼 아찔하다. 살아 있다는 증거다.

진단을 받은 직후에도 이런 흥분과 설렘을 느꼈다. 자욱한 안개가 걷히고 눈앞이 환해진 기분이었다. 남들은 모르는 정보를 손에 넣었다는 우쭐한 기분도 맛봤다. 하지만 그보다 더 중요한 게 있었다. 바로 '죽은 자가 산 자를 가르친다'는 생각이다. 인스타그램 게시물에서 느꼈던 희열과 진단받았을 때 느꼈던 희열을 나란히 놓고 보니, 우리는 질병에 걸린 순간 가장 살아 있다고 느끼는 것 같다. 그러던 어느 날 불현듯 유진이 나를 찾아왔다.

어머니는 귀신도 믿고 하나님도 믿는다. 그런 어머니가 딱 한 번 다른 세상에서 온 메시지를 받았다. 때는 1990년대 초였다. 그즈음 돌아가신 할머니에게서 온 메시지였다. 할머니는 추운 겨울날 꽁꽁 언 옥외 수도꼭지처럼 차가운 분이었다. 자식이고 손자고 마음대로 주무르려 했던 폭군이었다. 켜켜이 쌓인 마음의 상처로 따지자면 할머니는 어머니에게 많은 것을 남겨주었다. 그리고 시집도 한 권 남겨주었는데, 책등이 해지고 천으로 된 표지가 손때로 반들반들해진 시집이었다. 어느 날 어머니가 시집을 펼쳤더니 할머니가 딸에게 읽으라고 표시해둔 시가 몇 편 있었다. 끝이 뾰족한 연필로 사선을 쳐놔서 놓칠 수가 없었다고 어머니는 말했다. 이것. 이것. 그리고 이것.

나를 기억해주오. 내가 떠난 뒤,
머나먼 침묵의 땅으로 영영 떠난 뒤

Remember me when I am gone away,
Gone far away into the silen land

영국의 시인 크리스티나 로제티(Christina Rosetti)의 「기억해주오(Remember)」(시 전문은 '참고 문헌에 관한 메모'를 보라-옮긴이 주)라는 시다. 시의 초반에는 죽은 뒤에도 오래 기억되기를 바라는 마음을 표현하지만 뒷부분에선 결국 편하게 잊어달라고 한다. 얼핏 생각하면 할머니가 어머니에게 자신을 잊어달라고 부탁하는 것 같다. 하지만 이 메시지를 제대로 해독하면 여전히 할머니 뜻대로 자식을 좌지우지하려는 의도가 담겨 있다.

유진도 책을 통해서 내게 돌아왔다. 하지만 유진이 전한 메시지는 훨씬 더 부드러웠다. 1월 초의 어느 날 밤, 나는 뜨끈한 욕조에 몸을 담근 채 오래전 읽었던 소설을 펼쳤다. 아서 C. 클라크의 『3001 최후의 오디세이』였다. 이 책은 수 세기 만에 살아 돌아온 한 남자의 이야기로 시작된다. 프랭크 풀은 2001년 인공지능 할(HAL)에 의해 우주로 방출됐다가 얼음을 캐던 디스커버리호에게 발견되어 지구로 돌아온다. 그는 동면한 상태로 목성 너머 암흑 속에서 떠돌다가 1000년 만에 다시 깨어난다. 나는 초반부를 읽다가 잠시 멈췄다. 그리고 책 표지 안쪽을 보려고 읽던 페이지에 엽서를 끼워놓았다. 나는 습관적으로 책을 처음 읽은 날짜를 표지 안쪽에 기록해둔다. 그러면 훗날 책을 다시 펼칠 때 아련한 추억에 잠길 수 있다. 아, 그땐 그랬지!

2000년. 서식스 대학교에 다니던 시절이다. 그해 말 문학과 시각문화로 석사학위를 받았다. 당시 서식스 대학교는 학제 간 교류가 활발했다. 그 덕에 전공 공부는 팽개치고 포스트모던 인류학 과정을 들으며 관련된 책만 죽어라 읽었다. 애당초 현실에서 서로 합치될 수 없는 사람들의 사회 구조를 이해하고자 부단히 노력했다. 당시 내가 읽던 책들을 보고 어머니가 했던 말이 아직도 기억난다.

"장하다. 나중에 직장 구할 때 퍽도 쓸모가 있겠구나!"

흠, 비디오게임에 관한 글을 쓰면서 먹고사니까 쓸모가 전혀 없지는 않은 것 같다. 지적 호기심을 채워준 강좌도 즐거웠지만 브라이튼에서의 생활도 참으로 즐거웠다. 문득 그 시절이 주마등처럼 눈앞을 스쳐갔다. 찬바람이 쌩쌩 부는 목요일 아침마다 브라이튼의 팔머 역에서 기차를 탔다. 고가도로를 지날 때 바라본 바다는 햇빛을 받아 황금빛으로 반짝거렸다.

주빌리 도서관 앞 광장을 바삐 걸어가는데 얼굴에 서늘한 감촉이 느껴졌다. 고개를 들자 하늘에서 탐스러운 눈송이가 내리기 시작했다. 12월의 첫눈이었다. 밤늦게 복사실 옆 낡은 의자에 앉아 있는데 도서관 문을 닫는다는 마지막 안내 방송이 들렸다. 당시 내 가방이나 겨드랑이 속 책은 아마도 프랑스 철학자 자크 데리다(Jacques Derrida)의 저서나 지그프리트 크라카우어(Siegfried Kracauer)의 『대중의 장식(The Mass Ornament)』이었을 것이다.

표지 안쪽에 적힌 연도를 보고 추억에 잠기다가 책갈피에 꽂아둔 엽서를 쳐다봤다. 모서리가 닳고 메시지를 적는 면이 누르스름하게 바랬다. 글씨가 눈에 들어온 순간, 아찔한 현기증을 느꼈다. 엽서를 뒤집었다. '영국, 보스턴.' 다시 뒤집어서 내용을 읽었다.

'나 영국 보스턴에 와 있다. 세상을 좀 둘러보려고…….'

수신인을 확인했다. '크리스 돈런, 서식스 대학교 역사학과.'

역사학과라니! 내가 무슨 과인지도 몰랐나 보다. 문득 휴게실에서 보관함을 뒤적이던 때가 떠올랐다. 달갑잖은 에세이 피드백을 예상했다가 이 엽서를 발견했다. 엽서를 보낸 남자가 떠올랐다. 눈매는 예리하지만 선한 인상의 얼굴과 정감 어린 목소리. 유진이 내게 돌아왔다. 프랭크 풀처럼 전혀 생각지도 못한 순간 짠! 하고 돌아왔다. 프랭크 풀만큼 머나먼 곳에서.

죽은 사람과 대화할 수 있을까? 그들에게 말을 거는 것은 쉽다고 생각한다. 하지만 어떤 식으로든 대답을 듣기는 쉽지 않다. 그런데 진단을 받은 직후인 1월에 시도했던 게 바로 그것이다. 당시 나는 산 사람들과 별로 이야기하지 않았다. 벤과도 여전히 소원했다. 똑같이 병을 앓고 있었지만 딱히 공통점이라고 느껴지지도 않았다. 우리의 병이 같지 않았기 때문이다. 벤의 병은 치명적이지만 치유 가능했고, 내 병은 치유할 수도 없고 진행 상황을 예측하기도 어려웠다.

내가 대화하고 싶었던 사람은 유진이었다. 그런데 문제가 있었다. 유진은 이미 죽었다. 그것도 10년 전에. 참으로 소중한 친구였기에 그는 떠난 뒤에도 여전히 내 주변에 살아 있었다. 그를 연상시키는 물건을 봤을 때나 우리가 나눴던 대화가 떠오를 때면 그가 예전처럼 내 어깨를 툭 치는 것 같았다. 하지만 그의 손길은 갈수록 줄어들었다. 그를 떠올리는 횟수도 줄어들고 그에게 들려줄 말도 점점 줄어들었다.

그런데 지금 그가 다시 필요해졌다. 그에게서 뭔가 배울 게 있을 것 같았다. 그는 내가 지금 막 들어선 영역에 먼저 들어갔다. 그것도 아주 깊숙이. 죽기 전에 그도 치유할 수 없는 병에 걸려 있었다. 그래서 결심했다.

"여행을 떠날까 해." 내가 말했다. "리언이랑 둘이서. 세상을 좀 둘러보려고."

말은 그렇게 했지만 겁이 덜컥 났다.

"우리 둘만 갈 건데, 괜찮을까?"

어둠이 깔린 1월 어느 날 밤, 나는 리언을 씻기고 있었다. 세라는 일과 관련된 문제를 머리에서 떨쳐내려 애쓰며 문간에 기대어 있었다. 그녀의 손엔 물컵이 들려 있었다. 내가 복용할 약과 함께. 아니, 후끈한 기운이 어깻죽지를 지나 두피까지 휩쓸고 지나는 걸 보면 약은 벌써 먹었나 보다. 세라는 멍한 표정으로 와인을 음미하듯 물을 홀짝였다.

"어디로 갈 건데?"

'영국, 보스턴'이라고 대답하려다 얼른 마음을 바꿨다.

"유진을 보러 갈까 생각 중이야."

나는 방금 한 말이 적절치 않다는 걸 깨닫고 입을 다물었다.

"유진?" 세라가 낌새를 맡았다. "그 사람, 이미 죽지 않았어?"

"물론 그렇지." 나는 리언의 젖은 머리카락을 뿔처럼 뾰족하게 매만지며 말했다. "우리가 화장까지 했는데."

리언이 내 손을 찰싹 치더니 머리카락을 납작하게 눌렀다. 세라는 몇 주 전부터 짓기 시작한 험상궂은 표정을 지었다. 내가 행복감에 빠질 때 짓는 표정이다. 그녀는 우리 둘 다 그 점을 알아차리는 게 좋겠다고 생각하는 듯했다.

나는 브라이언을 만나러 간다는 말이 헛나갔다고 설명했다. 브라이언은 유진과 나의 친구였다. 다른 친구들은 모두 떠났지만 그는 남부 해안지역 일대를 벗어나지 않았다. 지금도 본머스라는 해안 휴양지에서 지냈다. 너그럽고 성실하며 재미있는 친구지만 간혹 음울한 구석도 있었다. 사느라 바빠서 자주 못 만나는 게 참으로 안타까웠다.

"우리 둘에게 멋진 경험이 될 거야!" 내가 말했다. "흠, 내게 멋진 경험이 될 거야. 사무실엔 하루 휴가를 내면 돼. 내가 하루 안 나간다고 아쉬워할 사람은 없을 거야. 나 혼자서 리언을 데리고 멀리 가본 적이 없잖아."

세라가 변기 끝에 살짝 걸터앉았다. 나는 리언을 욕조에서 꺼내 타월로 감쌌다. 타월 끝으로 리언의 머리를 흩뜨리며 물기를 닦자 리언이 키득거렸다. 그 모습을 지켜보던 세라가 말했다.

"안 될 게 뭐 있겠어?" 세라는 손에 든 물컵을 보다가 덧붙였다. "그나저나 약은 먹었어?"

"아까 먹었잖아."

대답은 그렇게 했지만 정말로 먹었는지는 나도 몰랐다. 정말로 안 될 게 뭐 있겠는가? 내 안에선 진단 직후 느꼈던 극도의 행복감이 지금도 감돌고 있었다. 두 팔을 활짝 펼치고 하늘을 나는 기분. 이런 기분이 크리스마스를 지나 1월까지 이어졌다. 전혀 예상하지도, 알지도 못하는 재앙을 물리칠 수 있다는 믿음에서 비롯된 감정이었다. F. 스콧 피츠제럴드가 미완의 『라스트 타이쿤(The Last Tycoon)』에서 남겼던 메모가 떠올랐다.

"바구니에 담긴 나의 푸른 꿈은 줄에 매달려 나부끼는 연과 같다."

이 메모의 주석에는 '비행기 여행'을 뜻한다고 나와 있다. 나는 인간이 하늘을 나는 게 꿈같던 시절에 그것을 꿈꿨던 사람과 같은 기분을 느꼈다.

'정말로 안 될 게 뭐 있겠는가?'

나는 아침저녁으로 새로운 알약을 복용했는데, 약이 들어가면 매서운 칼바람을 정면으로 맞는 것처럼 목과 뺨 주변이 화끈거렸다. 약 덕분에 MS가 다소 억제됐는지 성난 림프구가 손 닿을 수 없는 높은 곳으로 이송된 것 같았다. 약 때문에 기분이 들떠 있었다. 아니, MS 때문에 기분이 붕 떠 있었다. 갑작스러운 변화 때문에 황홀감에 빠져 허우적거렸다.

당시에 나는 뭐였을까? 병마에 시달리는 환자였을까? 그런데 찌르르한 느낌과 갑작스러운 통증 외에는 별다른 증상이 없었다. 나는 생존자요, 개척자였다. 위험을 무릅쓰고 미지의 세계를 조사하는 탐험가였다. 위험한 여정이 기다리고 있지만 성공을 자신했다. 평소와 달리 말이 청산유수로 나왔고 내게 벌어지는 일을 상세하게 설명했다. 고맙게도, 내가 기회 있을 때마다 속사포처럼 떠들어도 사람들은 그러려니 하고 받아줬다. 나는 모든 대화의 주인공이었다. 적어도 내 기억으로는 그랬다. 하지만 그건 별로 좋은 징조가 아니다.

나는 내 병을 파악했다고 착각했다. 오밤중에 몸의 어딘가가 쿡쿡 쑤시면 지구 위로 높이 떠오르는 것 같았다. 우주 어딘가로 날아갈 것 같았다. 다행히 그 길을 안내해줄 사람이 나타났다.

"유진은 어떤 사람이었어?"

브라이언을 만나러 떠나기 전날 세라가 물었다.

"대학 때 만난 친구였는데, 우리보다 족히 스무 살은 더 먹었을 거야. 아쉽게도 10년 전에 저세상으로 떠났어. 신장질환을 앓았거든."

그렇다. 유진이 바로 새로운 안내자였다. 그는 내가 막 들어서려는 세계에 먼저 들어갔다. 그에게 좀 더 가까이 갈 수 있다면, 그의 기억에 가까이 갈 수 있다면 뭔가 중요한 얘기를 들을지도 몰랐다.

나는 주방에서 여행 중에 먹을 간식을 챙겼다. 잘게 썬 과일, 떡, 막대 비스킷 등을 가방에 담았다. 다른 가방엔 기저귀도 몇 개 담았다.

"리언을 위해 다른 것도 더 담아야 하지 않을까?"

내가 기저귀를 쳐다보다 여느 때처럼 세라에게 말했다. 하지만 MS 진단을 받은 뒤론 농담을 해도 예전처럼 웃기지 않았다. 갈아입을 옷 몇 벌과 유모차만 챙기면 될 듯했다. 리언은 낮엔 젖을 먹지 않았지만 가끔 낮잠을 길게 자고 나면 엄마를 찾기도 했다. 그럴 땐 달래느라 애를 먹었다. 애먹었다는 얘기를 하니 며칠 전에 있었던 일이 떠오른다. 리언이 도서관 옆에서 놀다 강아지가 싸놓은 오줌을 밟고 미끄러졌다. 하나도 당황하지 않고 나는 근처 스타벅스 매장에서 제이니와 수다를 떨면서 리언의 옷을 갈아입혔다. 젖은 바지를 벗기고 다리를 닦아준 다음 기저귀를 채웠다. 그 와중에 모카커피까지 주문했다. 행복감은 확실히 장점이 있었다.

"정말로 가고 싶어?" 세라가 물었다.

“겨우 하루잖아. 당신이 주말에 근무할 땐 나 혼자서 내내 리언을 돌봤잖아.”

실은 리언을 상대로 나 자신을 테스트해보고 싶었다. 17개월 된 아이의 아버지로서 어떤 난관이든 부딪쳐 이겨내고 싶었다. 그 말을 덧붙일까 하다가 관뒀다.

어둡고 비좁은 현관을 나서기 전에 주황색 목도리를 목에 휙 둘렀다. 가방을 잔뜩 짊어지고 등으로 문을 밀어 열었다. 밖으로 나온 다음 유모차를 우둘투둘한 카펫에서 더 울툭불툭한 도로 쪽으로 힘껏 잡아당겼다(전에 내가 “도로가 참 그지 같지?”라고 말했더니 세라가 정정해줬다. “거지 같다고 해야지.” 뭐가 됐든 우리는 현관 앞 도로를 수리 항목에 포함시키기로 합의했다).

조금 전, 따뜻한 거실을 나설 때 MS가 은밀한 마수를 뻗쳐서 목 아래쪽을 자극했다. 버스 정류장으로 향하는데 갑상선 아래쪽이 자꾸 눌렸다. 목구멍을 조이는 듯한 느낌이 하루 종일 이어질 것이다. 이 느낌이 내일 사라질지, 일주일 뒤에 사라질지는 알 수 없었다.

버스 정류장에서 기다리는 사이 나는 리언의 코트를 단단히 여며줬다. 바닷바람이 심하게 불었다. 리언이 잠에서 깨더니 추위에 얼굴을 찌푸렸다. 머리카락이 바람에 날렸다. 머리핀을 꽂아주려고 하자 리언이 고개를 돌렸다. 버스에 오른 뒤에야 리언의 얼굴이 밝아졌다. 기차역에 도착해서 객차에 올라타자 멋진 여행이 될 거라는 확신이 들었다. 리언과 단둘이 떠난 첫 기차 여행이었다. 휴대폰으로 사진을 찍으려다 멈칫했다. 왠지 우리에게 찾아온 긍정적 기운에 찬물을 끼얹을 것 같았다. 유모차를 짐칸에 넣고 가방들을 창문 쪽으로 바짝 붙였다. 리언은 아주 즐거워했다. 내 무릎에 앉아 테이블에 두 손을 올리고 바깥 풍경을 쳐다봤다. 나는 주머니에서 약을 꺼냈다.

"아빠 야, 아빠 야."

리언이 쾌활한 목소리로 말했다. 어린아이가 약이라는 단어를 알고 있다는 사실에 기쁨과 슬픔이 교차했다. 몇 분 뒤 살갗 바로 안쪽이 화끈거렸다. 약효가 있다는 신호였다. 어떤 효과인지 알 수 있다면 좋으련만.

리언이 계속해서 뭐라고 조잘거렸다. 그 소리는 더 이상 의미 없는 옹알이가 아니었다.

"저거 뭐야?"

리언이 창밖을 가리키며 물었다.

"전봇대."

"저거 뭐야?"

"들판."

"저거 뭐야?"

"으음, 변전소?"

리언의 입에서 쏟아지는 '저거 뭐야?'에 벌써부터 뭐라고 대답해야 할지 모르겠다. 전에 아버지가 "자식은 네게 새로운 세계를 보여줄 거야"라고 경고했었다. 이제 보니, 자식은 내가 예전의 세계에서 미처 채우지 못했던 빈틈도 보여주었다.

리언은 첫걸음마를 떼고 몇 달 만에 엄청나게 변했다. 민들레 갓털 같던 머리카락은 미국 드라마 「로즈메리의 아기(Rosemary's Baby)」에 나온 주인공처럼 짧은 금발로 자랐다. 달덩이처럼 둥근 얼굴도 점점 개성을 드러내기 시작했다. 광대뼈가 나오고 턱선이 완만해졌다. 깔깔 웃을 땐 커다란 눈이 옆으로 길게 찢어졌다.

이제 리언은 어디든 갈 수 있고 무엇이든 먹을 수 있었다. 호기심이 넘쳐서 보는 것마다 뭐냐고 물어봤다. 성에 차지 않으면 곧바로 화를 내지만 돌아서면 금방 풀렸다. 내 무릎에 앉아 창 쪽으로 몸을 바짝 기대고는 내 손을 잡아 높이 쳐들었다. 남들 눈엔 내가 인형을 조종하는 사람처럼 보일 것 같았다.

서리가 내린 들판을 지나는데 리언이 깔깔 웃더니 몸을 돌리고 나도 웃는지 쳐다봤다. 하얗게 언 들판이 아침 햇살에 눈부시게 반짝거렸다. 그제야 알았다. 리언은 더 이상 아기가 아니었다. 품에 안고서 먹이고 재우고 얼러야 하는 존재가 아니었다. 나는 더 이상 리언이 졸릴 때 흔들어주는 아빠 요람이 아니었다. 우린 함께 길을 나선 동반자였다.

리언은 한참 더 재잘거리다 결국 잠이 들었다. 그 덕에 내가 어디로 가는지, 왜 가는지 생각할 여유가 생겼다. 차창 밖으로 시선을 돌렸다. 아침에 내린 서리로 온 세상이 흰색 털로 얇게 뒤덮였다. 부두 외곽에 높이 쌓인 화물 운반대가 바람에 흔들거렸다. 텅 빈 겨울 들판은 햇빛을 받아 태양전지판처럼 반짝거렸다.

문득 이 길은 과거로 가는 여정이라는 생각이 들었다. 대학을 두 번 다녔기 때문에 두 마을이 서로 연결돼 있는 것 같았다. 브라이튼으로 이주한 뒤 2000년에 대학원생으로 지냈던 때를 기억한다. 그땐 뭔가를 새로 시작하는 기분이 아니라 다시 공중에 붕 뜬 것 같았다. 착륙 허가를 기다리는 비행기가 선회비행을 하듯이 나도 정착할 순간을 기다리며 빙빙 도는 것 같았다. 처음 대학에 다닐 땐 뭐든 다 이룰 수 있을 거라 생각했지만 두 번째는 재방송 같았다. 사회 진출을 미루기 위한 임시방편 같았다. 그런데 지금도 그때처럼 공중에 붕 뜬 것 같은 기분이 들었다. 진단은 받았지만 매일 복용하는 약이 효과가 있는지 몰라서 더 그런 것 같았다. 이 약은 내가 이제야 조금 알게 된 MS의 궤적을 바꿔줄까?

대학에 처음 다니던 때를 생각해보니 3학년 때까지는 유진과 친하게 지내지 않았다. 대학에 함께 다니긴 했지만 오다가다 스쳤을 뿐 어울릴 기회가 없었다. 둘 다 자기 생활에 바빠서, 아니 되지도 않는 시나리오 집필 기술을 익히느라 서로를 알아차릴 여유가 없었다.

유진은 나보다 나이가 많았다. 마흔을 바라보는 늦깎이 학생이었다. 하긴 당시 거의 모든 학생들이 나보다 나이가 많았다. 9월에 새 학기가 시작되므로 여름에 태어난 나는 20대 초반까지 어딜 가나 가장 어린 축에 속했다. 브라이언도 나보다 한두 살 많았다. 우리 셋은 같은 과정을 들었지만 브라이언도 졸업할 무렵에야 가까워졌다.

대학 생활은 치열하게 보냈다. 학습 과제물도 열심히 했고 주변에서 벌어지는 일들을 작은 노트에 꼼꼼히 적었다. 각 과정마다 수행할 과제가 무척 많았다. 내 책상에는 과제물과 노트가 금세 쌓였다. 10권, 15권, 20권……. 보고 듣고 느낀 온갖 것들을 기록했다. 그게 훗날 멋진 작품으로 거듭날 거라고 생각했다. 그러다 어느새 모두 끝났다. 실질적인 결과물은 아무것도 없고 졸업장만 남았다. 내 인생의 3막이 클라이맥스도 없이 끝나버린 기분이었다. 주인공이 뚜렷한 교훈도 얻지 못하고 대단원의 막이 내려버렸다. 엉겁결에 어른의 세계로 흘러 들어왔지만 진짜 어른이 되는 훈련은 받지도 못한 상태였다.

그래서 나는 대학에 돌아가기로 마음먹었다. 어른이 되는 데 필요한 훈련을 더 받기로 마음먹었다. 그전에 보험회사에서 1년 정도 일할 기회가 생겼다. 그곳에선 내가 제일 어린 축에 속하지 않았다. 당시 동네에서 반갑게 만날 만한 사람은 유진과 브라이언뿐이었다. 우리 셋만 빼고 다른 친구들은 모두 타지로 떠났다. 셋이 친해질 수밖에 없었다.

브라이언은 자상하고 너그러웠다. 키가 크고 머리카락이 짙었으며 얼굴도 잘생긴 편이었다. 20대 초반이었지만 인생을 다 산 사람처럼 옛날이 좋았다고 넋두리를 늘어놓았고 내세를 함께 보낼 사람을 찾았다. 당시 브라이언이 극장에서 일한 덕분에 우리 셋은 늘 공짜로 영화를 봤다. 우리는 삼총사처럼 붙어 다녔다. 나이 차는 문제가 안 됐다. 유진은 브라이언과 나보다 영화나 책, 인생에 대해 훨씬 많이 알았지만 우리를 무시하지 않았다. 그는 체구가 나랑 비슷했다. 잘 꾸미지도 않았고 등도 약간 꾸부정했다. 목소리가 워낙 작아서 그의 이야기를 들으려면 몸을 바짝 기울여야 했다. 그나저나 유진이 불치병에 걸렸다는 사실을 우리가 알고 있었던가? 나는 기억에 없다. 브라이언은 기억하고 있을지 모르겠다.

커피를 즐길 이상적인 장소는 기차역 근처다. 예전부터 늘 그렇게 생각했다. 부산함 속에 깃든 정적이랄까, 수많은 사람이 오가는 와중에 맛보는 여유랄까. 기차역 커피숍 중에서도 단연 최고는 20년 전 대학생 시절에 갔던 카이로의 람세스 기차역 커피숍이다. 세계 각국에서 온 사람들이 블랙 티를 마시며 브리틀 과자나 살짝 실망스러운 케이크로 요기한 뒤 각자의 목적지로 향했다. 그들은 내가 낡은 여행 안내서에서 훑어본 어딘가로 분주히 걸음을 옮겼다.

다음으로 좋아하는 곳은 영국 남부 해안가에 있는 기차역의 커피숍이다. 이 역은 사람들이 즐겨 찾는 여행지가 아니라서 커피숍이 한산했다. 무늬가 새겨진 붉은 벽돌이 천장까지 높게 쌓여 사방 벽을 이루었으며 카펫은 닳아 해졌고 주방에서 달그락달그락 그릇 씻는 소리가 홀에서도 들렸다. 실내에서 담배를 피울 수 있던 시절 1년에 한두 번은 이곳에 들렀다. 고개를 들어 보니 지금도 천장엔 찌든 담배 연기 자국이 있는 듯했다. 이곳은 커피를 마시기에도 이상적인 장소지만 죽은 자를 되살리기에도 안성맞춤인 장소였다.

리언은 기차에서 내릴 때 살짝 찡찡거리더니 이곳에 들어온 뒤론 기분이 좋아졌다. 색다른 분위기에 호기심이 발동한 듯했다. 마침 유아용 의자가 눈에 띄었다. 이렇게 낡은 커피숍에 유아용 의자가 웬 떡이냐 싶어 얼른 리언을 앉혔다. 리언은 손가락으로 바나나를 주물럭거리며 이리저리 두리번거렸다.

곧이어 브라이언이 합류했다. 멀리서도 훤칠하게 큰 키와 반짝거리는 검정 머리칼이 눈에 들어왔다. 세월의 풍상을 겪은 듯한 회색 눈동자와 주름이 잡힌 입술이었지만 여전히 잘생겨 보였다. 움직임도 여전히 온화하고 부드러웠다. 어머니가 어린이집을 운영한다더니 과연 브라이언도 아이를 잘 다뤘다. 그는 손가락을 꿈틀꿈틀 움직이다가 눈이나 입술을 가리기도 하고, 얼굴을 일그러뜨리며 괴상한 표정을 짓기도 했다. 리언은 조몰락거리던 바나나도 잊고 그의 묘기를 넋 놓고 쳐다봤다. 이 낯선 남자에게 금세 빠져버린 듯했다.

"난 흰 양복 이야기가 제일 기억나."

유진이 떠난 지도 한참 됐다는 얘기 끝에 브라이언이 말했다. 나는 유진의 병에 대해 바로 묻고 싶었지만 만나자마자 그런 얘기부터 꺼내기는 조심스러웠다. 그래서 우리는 엉뚱하게 옷 얘기를 했다.

“그는 「12명의 성난 사람들(12 Angry Men)」이라는 영화를 무척 좋아했어. 헨리 폰다가 흰 리넨 정장을 입고서 정의로운 배심원으로 출연한 영화 말이야. 그런데 크리스마스를 앞둔 어느 날 유진의 어머니가 유진에게 크리스마스 선물로 뭘 받고 싶은지 물었대. 유진은 헨리 폰다가 입었던 흰 양복을 받고 싶었나 봐. 그래서 흰 양복이라고 말하고 싶었지만 결국 포기했대.”

“흰 양복?”

내가 물었다. 브라이언이 고개를 끄덕였다.

“어머니가 영화 「토요일 밤의 열기(Saturday Night Fever)」에서 존 트라볼타가 입었던 디스코풍의 흰 양복을 사줄까 봐 겁났던 거지.”

대화가 중간에 자꾸 끊겼다. 너무 오랜만에 만나서 대화의 리듬을 찾기가 어려웠다. 나는 브라이언이 벌떡 일어나 가버릴까 내심 두려웠다. 왜 그런 두려움을 느꼈는지 모르겠다. 얘깃거리를 찾는 와중에 유진이 디스코풍의 흰 양복을 입고 건들거리는 모습이 눈앞에서 어른거렸다. 우리 셋은 참으로 특이한 조합이었다고 내가 말했다. 특히 유진은 우리와 세대가 달랐다.

“하긴 유진은 우리와 속도가 달랐어.” 브라이언이 유진을 떠올리며 말했다. “발을 끌면서 엄청 느리게 걸었잖아. 몇 분 걸으면 꼭 앉아서 쉬어야 했고. 결국 우리도 굼벵이처럼 걸었잖아. 그래도 괜찮았어. 느리게 걸으면 주변 세상을 훨씬 더 주의 깊게 볼 수 있었으니까."

그랬다. 그제야 옛날 일이 하나둘 떠올랐다. 유진과 거리를 거닐 땐 이야기할 시간이 아주 많았다. 어딜 가든 오래 걸렸기 때문이다. 유진은 불평하지도 않았지만 우리에게 미안해하지도 않았다. 그땐 전혀 의식하지 못했던 그의 기질이 이제 와서 새삼 존경스럽게 느껴졌다.

"유진은 아픈 게 자신의 일이라고 말하곤 했지. 아무리 열심히 일해도 돈벌이가 안 되는 게 문제라면서……."

브라이언이 말끝을 흐렸다. 나는 리언의 손을 닦아주다 고개를 들었다. 브라이언의 회색 눈동자가 살짝 흔들렸다. 그는 우리 사이에 논의된 적이 없는 영역을 건드렸다고 생각했는지 무척 조심스러워 했다. 나는 병을 진단받은 뒤로 브라이언을 만나지 못했기 때문에 미리 문자로 간단히 소식을 전했다. 나도 내 상태를 잘 몰랐기 때문에 자세히 전할 수도 없었다.

"유진이 즐겨 입던 가죽점퍼 기억해?"

브라이언이 뜬금없이 물었다. 그 낡은 갈색 가죽점퍼를 어찌 잊을 수 있겠는가! 하도 입어서 옷깃 주변과 주머니 입구는 가죽이 벗겨져 노리끼리해졌을 정도였다.

"그럼, 용이 그려진 셔츠도 기억해?"

그건 전혀 기억나지 않았다.

"실은 말이야." 내가 말했다. "난 유진에 대한 기억이 참 좋아. 우습게 들릴지 모르겠지만 왠지 유진이 내게 뭔가 중요한 이야기를, 내 앞길을 이끌어주는 이야기를 들려줄 것 같아. 그런데 난 그에 관한 기억이 별로 없어. 예전에 유진이 어땠는지 좀체 떠오르지 않아. 사진이 하나 있는데, 유진이 아기를 들고 있는 모습이야. 조카라고 했던 것 같아. 그 사진을 높은 선반에 올려놨는데 세라는 볼 때마다 웃음을 터뜨려. 유진이 아기를 아주 이상하게 안고 있거든."

"기억이 자꾸 없어진다는 거야?" 브라이언이 얼굴을 살짝 찡그리며 물었다. "MS 때문에?"

브라이언이 MS를 처음으로 언급했다. 내가 말했다.

"솔직히 말하면 그런 것 같지는 않아. 유진이 떠난 지도 10년이 흘렀잖아. 10년 전 일이라 그냥 흐릿해진 것 같아."

"흠, 뭔가 도움이 될 만한 걸 기억할 수 있을 거야. 잠깐 걸을래?" 브라이언이 리언을 힐끔 쳐다보며 덧붙였다. "리언이 바나나를 거의 다 처리했네."

놀랍게도 브라이언이 리언을 안고 걷겠다고 했다. 더 놀랍게도 리언이 그에게 넙죽 안겼다. 나는 유모차를 밀며 차가운 거리로 나왔다. 브라이언의 품에 안긴 리언은 높아진 눈높이에 한껏 들뜬 모습이었다. 브라이언은 리언을 안고서 내 앞에 유진을 다시 불러왔다. 아니, 불러

오려고 애썼다. 각종 일화와 사소한 기억까지 모조리 들려줬다. 어떤 목표와 사회 불안증이 공존하면 결국 사회 불안증이 목표를 끌어내린다면서, 유진의 성격을 심도 있게 분석하기도 했다.

"그런 이유로 유진은 흰 양복을 포기할 수밖에 없었던 거야. 스탈린그라드 전투처럼 협공을 받은 거지. 어머니가 엉뚱한 양복을 사올 거라는 두려움, 어머니를 실망시키지 않으려고 어쩔 수 없이 그 양복을 입어야 한다는 두려움."

'실망시키지 않으려는 게 아니라 속상하게 하지 않으려는 거겠지.'

나는 속으로 생각했다. 유진은 자기 때문에 남들이 괴로워하는 걸 끔찍이 싫어했다.

브라이언은 자신의 주장을 입증할 다른 일화를 더 꺼냈다. 우리는 유진의 일상에서 시시콜콜한 것까지도 모조리 이야기했다. 유진은 크리켓을 좋아했다. 크리켓 선수인 세인 원(Shane Warne)을 무척 좋아했다. 도박도 즐겼다. 내가 대학을 졸업하고 유진을 처음 마주친 곳도 사설 경마장 앞이었다. 그날은 누적 베팅으로 800파운드를 따서 기분이 좋아 보였다. 유진은 늘 이런저런 곳에 조금씩 돈을 걸고는 그동안 베팅한 금액을 본전치기할 날을 끝없이 계산했다. 내가 마지막으로 들었던 예정일은 2021년이었다.

유진은 정치에도 관심을 보였다. 인두세 시위에 참여하고, 대처 수상이 우유 무료급식을 중단하자 '우유 날치기범 대처'에 반대하는 시위에도 열심히 참여했다. 그렇긴 해도 성격은 참 온화했다. 의자에 힘없이 앉아 있다가도 누가 와서 말을 걸면 반갑게 맞아주었다. 행동은 굼떴지만 정신은 매우 기민했다.

나는 이런 이야기를 그만하고 유진의 병에 대한 이야기를 나누고 싶었다. 유진이 병 때문에 힘들어 했는지, 우리에게 투병에 대한 얘기를 했는지 궁금했다. 그래서 영화를 보려고 유진의 집에 놀러갔던 이야기를 넌지시 꺼냈다. 나는 차를 준비하려고 그의 주방에 들어갔다가 작은 탁자에 잔뜩 쌓인 알약을 봤다. 다양한 종류의 알약이 담긴 블리스터 팩(약을 투명 플라스틱 칸 안에 개별 포장한 것)이 어지럽게 널려 있었다. 당시 유진은 대수롭지 않다는 듯 탁자에서 약을 밀쳐버리고는 설탕은 두 개면 되냐고 물었다.

브라이언에게 그 얘기를 들려줬지만 그는 전혀 기억하지 못했다. 대신 다른 이야기를 들려줬다. 내가 브라이튼으로 이사한 뒤에 있었던 일이라 잘 모를 거라고 했다. 둘이 미니 골프장에 다녔다는 이야기, 어울리지 않게 클린트 이스트우드를 흉내 냈다는 이야기, 영화를 본 뒤에 유진이 '법과 싸워서 이겼다(I Fought the Law and I Won)'라고 적힌 티셔츠를 사줬다는 이야기를 시시콜콜 들려줬다. 내가 기억하는 유진과 같은 사람인가 싶었다. 내가 기억하는 유진은 빈틈없고 진중했다. 관심사나 관점이 우리와 달랐다. 철없는 아이들 틈에서 유일한 어른이었다.

"'이성의 시대(The Age of Reason)'에 대한 일화도 있잖아. 기억해?"

브라이언이 새로운 화제를 꺼내며 리언을 유모차에 앉히고 자신이 끌겠다는 제스처를 해보였다.

"이성의 시대?" 내가 물었다.

"넌 이성의 시대와 관련해서 토머스 핀천(Thomas Pynchon)의 책도 읽었잖아." 브라이언이 내 기억을 환기시켰다. "거기에 흠뻑 빠졌던 걸로 기억하는데. 너뿐만 아니라 우리 또래는 다 좋아했지. 나도 그 시기의 가발과 코트 따위에 엄청 끌렸거든. 우리가 그런 얘기를 한참 떠드니까 옆에서 유진이 듣다못해 껄껄 웃었잖아."

브라이언이 잠시 뜸을 들이다 말했다. "그러다 한마디 툭 던졌지. '이성의 시대에 살았더라면 난 벌써 죽은 목숨이야'라고."

"맙소사."

"유진이 자기에게 벌어지는 일에 대해 언급한 건 그때가 처음이었어. 신장 이식을 받았지만 차도가 없어서 이틀에 한 번씩 투석을 받는다고 했어. 그런 얘기를 하면서도 속상해하기는커녕 껄껄 웃었어. 우린 그제야 그가 어떤 상태인지 알았지."

"요즘에 글은 좀 써?"

헤어지기 전에 들른 커피숍에서 내가 물었다. 커피숍 한쪽에 장난감 블록이 잔뜩 놓여 있었다. 우리는 마시던 커피를 두고 카펫에 쪼그려 앉아 리언과 놀아줬다. 브라이언은 까꿍 놀이로 리언의 혼을 빼놨다. 그의 얼굴이 손 뒤로 사라졌다가 다시 나타날 때마다 리언은 손바닥으로 바닥을 치면서 깔깔거렸다. 저러다 숨넘어가겠다 싶을 정도로 자지러지게 웃었다.

"전혀."

브라이언이 말했다. 그 얘길 들으니 속이 상했다. 브라이언은 대학 시절 누구보다 열심히 글을 썼다. 처음 2년 동안은 저장 용량이 30페이지밖에 안 되는 컴퓨터 겸용 타자기로 글을 썼기에 더 대단했다. 앞서 작성한 내용을 수정하려면 다시 타이핑해서 출력해야 했다.

우리가 대학을 졸업한 뒤에도 브라이언은 계속 글을 썼다. 처음엔 로맨스 소설을 썼는데 어느 날 조지프 헬러(Joseph Heller)의 『캐치-22(Catch-22)』를 읽은 뒤로 내용을 확 바꿨다. 슈퍼마켓에서 벌어지는 사랑 이야기(제목이 '슈퍼마켓 통로에서 꽃핀 사랑'이었다)는 삶의 내재된 모순을 다루는 암울한 이야기로 바뀌었다. 그 뒤로는 당시 우리들 사이에서 인기가 높았던 어느 강사를 소재로 탐정 소설을 연달아 썼다. 그 강사는 지나칠 정도로 냉철했는데 다들 그 점에 매료됐던 것 같다. 탐정 시리즈는 악당이 주인공을 열린 유리창 밖으로 내던진다는 내용이 주를 이뤘다. 어느 날 브라이언이 상기된 얼굴로 극장에서 나오던 모습이 기억난다. 그는 방금 대단한 장면을 구상했다며, 악당이 창문을 닫은 다음에 주인공을 내던질 거라고 말했다.

오랜만에 브라이언을 만나 우리의 삶이 얼마나 변했는지 더 이야기를 나눌 수도 있었다. 하지만 그런 이야기를 해서 뭐하겠는가? 커피도 식었고 가벼운 손장난에 자지러지게 웃던 아기도 눈에 졸음이 차올랐다. 리언은 까꿍 놀이를 세상에서 가장 신나고 재미있는 놀이라고 생각했다. 진짜로 신나고 재미있는 놀이였다. 그나저나 리언을 여전히 아기라고 불러도 될까? 아무래도 세라에게 물어봐야겠다.

리언의 기저귀를 갈아주고 집으로 돌아갈 준비를 했다. 마음 한구석이 왠지 허전했다. 모처럼 교령회(交靈會: 산 사람들이 죽은 이의 혼령과 교류를 시도하는 모임-옮긴이 주)를 열었는데 정작 꼭 와야 할 유진이 나타나지 않았기 때문이다. 브라이언과 내가 이야기를 주고받는 동안 테이블이 몇 번 달그락거리긴 했지만 우리가 준비해둔 여분의 의자는 내내 비어 있었다.

우리는 찬바람이 몰아치는 거리로 나왔다. 리언의 유모차를 밀고 가는데 브라이언이 자신의 차 앞에서 우뚝 멈춰 섰다. 불현듯 무슨 기억이 떠오른 얼굴이었다.

"유진의 차에는 판지로 된 원반 모양의 주차증이 있었어. 장애인이라 아무데나 차를 세워도 된다는 표시였지. 기억나? 유진이 주차 시간을 설정한 다음 원반던지기 놀이라도 하듯이 주차증을 계기판 쪽으로 휙 날렸잖아."

브라이언이 말하다 말고 껄껄 웃었다.

“어떤 상황에서도 유머를 잃지 않던 친구였어. 자신의 처지를 비관하지 않고 웃음으로 승화시켰지.”

리언은 돌아오는 내내 잤다. 리언이 잠에 빠져든 사이 유진이 내게 돌아왔다. 망설이듯 천천히. 나는 그를 불러내려고 온 신경을 집중했다. 그깟 일화는 잊어버려. 나는 혼잣말로 중얼거렸다. 그가 좋아했던 일이나 즐겨 했던 일 따위도 잊어버려. 머릿속을 비우고 내가 실제로 기억하는 걸 찾아. 그러자 유진이 내 앞에 나타났다.

우리가 오후 내내 생각했던 이야기 속 유진이 아니라 진짜 유진이었다. 행동은 굼뜨지만 정신은 매우 기민하고 매사에 쾌활한 유진. 나는 흔히 사람을 그의 손으로 기억한다. 눈을 마주 보는 걸 싫어해서 다른 곳을 보는데 주로 상대방의 손을 쳐다본다. 손을 보면 그 사람을 어느 정도 알 수 있다. 유진의 손은 특히 기억에 남았다. 병과 니코틴 때문에 누렇게 떴지만 손가락이 길고 우아했다. 손톱은 길고 평평하고 두꺼웠다. 유진은 블리스터 팩을 손가락으로 툭 눌러서 알약을 꺼내곤 했다. 뭔가 난해한 문제를 생각할 땐 두툼한 손톱으로 목덜미를 긁적거렸다. 자그마한 양철 상자를 이용해 필터가 없는 담배를 직접 말아 피우는 모습은 참으로 멋졌다.

“마음에 들어?”

어느 날 유진이 상자를 열어서 담배 마는 것을 보여주며 말했다.

"이걸로 어떻게 담배를 말죠? 도저히 그 원리를 모르겠는데요."

상자 안에는 헐거운 천으로 된 덮개와 두툼한 금속 핀밖에 없었다. 그런데 그가 한쪽 끝에 침을 바른 종이를 안에 넣고 담배 가루를 올린 다음 뚜껑을 닿자 또르르 말린 담배가 톡 하고 나왔다.

유진은 담배에 불을 붙인 후 맑고 하얀 연기를 내뿜었다. 그 무렵엔 평소와 달리 차림새가 말쑥했다. 늘 셔츠에 넥타이를 매고 다녔다. 물론 깔끔하게 다려진 셔츠는 아니었다. 사무실 소파에서 눈을 붙인 사설탐정의 셔츠처럼 구겨져 있었다. 우리 곁을 떠나기 한두 해 전으로 기억한다. 그때가 아마 서른여덟 살이었을 것이다.

"내 간호사가 이 양철 상자를 좋아하거든." 유진이 말했다. "너처럼 그녀도 이게 어떻게 작동하는지 보고 싶어 하더라고. 말로는 아무리 설명해도 모르더라니까."

"그런데 병원에서 담배를 피워도 돼요? 주변에 산소 탱크 같은 게 있을 텐데?"

"물론 거기선 못 피우지. 그냥 들고 있기만 해도 좋은가 보지."

유진이 남 얘기하듯 말하면서 찻잔에 손을 뻗었다. 한꺼번에 많이 마시지 못하기 때문에 그의 찻잔은 늘 절반만 채워졌다. 나는 우유를 적당히 부어서 차를 맛있게 타주곤 했다. 유진은 차를 좋아했다. 콜라도 좋아했다. 아니, 음료는 뭐든 좋아했다. 영화 볼 때도 음료가 없으면 화를 내곤 했다. 신부전(腎不全)은 늘 목마른 상태라는 뜻이었다.

그동안 그 차를 잊고 지냈다. 영화 볼 때 차가 없다고 성내던 그의 목소리를 잊고 지냈다. 그가 죽고 나서 처음 몇 주 동안 나는 습관적으로 차를 절반씩만 탔다. 그가 말한 간호사도 잊고 지냈다. 그녀 때문에 유진이 말쑥하게 차려입고 다녔다고 생각하진 않는다. 자신이 바꿀 수 있는 게 별로 없으니까 옷차림이라도 바꾸자는 생각이었을 것이다. 그래도 유진이 그녀 앞에 서기 전에 셔츠 주름을 펴고 넥타이 매듭을 살짝 풀어 삐딱하게 조절하는 모습을 상상할 수 있었다.

유진의 집 내부가 눈앞에 보이듯 펼쳐졌다. 벽에는 뉴욕 시의 흑백 사진이 여러 장 걸려 있고 주방 탁자엔 약들이 어지럽게 널려 있다. 그는 담뱃진에 누레진 손가락으로 약을 집어 든다.

"유진!"

그를 큰소리로 불렀다. 그 소리가 너무 커서 곤히 자던 리언이 깼다. 이런, 내가 지금 잠결에 소리쳤던 걸까?

"아닐 거야."

리언을 다독여 더 재워야겠다고 생각하면서 또다시 큰소리로 말했다. 리언이 하품을 하더니 방긋 웃었다. 혼자서 딸을 데리고 다니는 기차 여행을 무사히 마쳤다. 집에 돌아오자 가슴이 뿌듯했다. 하지만 브라이언이 리언을 데리고 놀던 모습이 떠올라 살짝 부끄럽기도 했다.

"진작부터 데리고 다녔어야 했는데 말이야."

그날 밤 욕조 옆에 앉아 리언을 씻기며 말했다. 리언은 거품이 일어난 욕조에 몸을 담근 채 장난감을 가지고 놀았다. 내가 어렸을 땐 어머니가 욕조 옆에 앉아서 나를 씻겨주곤 했다.

"혼자서 리언을 데리고 멀리까지 다녀왔잖아. 그것만으로 훌륭해."

세라가 말했다.

"그래. 하지만 당신은 전에도 리언을 데리고 오만 데를 다녔잖아. 오늘 데리고 다녀보니까 그렇게 힘들진 않더라고. 아무래도 난 매사에 느린 것 같아. 뒷짐 쥐고 어슬렁거리던 빅토리아 시대 아버지들처럼 잘 놀아주지도 못하고."

리언이 나를 보고 꺼억 트림을 했다. 입에서 거품이 나왔다. 그러고는 배가 고픈지 과일을 달라고 했다.

"과일? 목욕할 땐 안 돼."

흠, 난 역시 빅토리아 시대 아버지군. 리언을 재우고 나서 소파에 축 늘어져 있는데 세라가 다가와 물었다.

"그 사람에게 좀 더 가까이 간 것 같아?"

"유진 말이야? 여러 가지 기억을 되살렸어. 유머러스한 성격, 아픈 몸, 기민한 정신. 우린 그가 아픈 뒤부터 알고 지냈어. 늘 그러려니 하면서 별로 신경을 못 써줬지."

"아프기 전엔 어떤 사람이었어?"

나는 입을 벌렸다가 다시 다물었다. 딱히 생각해본 적이 없어서 뭐라고 대답해야 할지 몰랐다. 한참 만에 얼굴을 찡그리며 말했다.

"그는 어디서나 주인공이었던 것 같아. 브라이언과 둘이 그의 장례식에 갔었거든. 그를 평생 알고 지냈던 사람들을 많이 만났어. 우리가 너무 젊어서 다들 우리를 보더니 놀라더라고. 그들은 유진의 근황을 무척 궁금해했어."

나는 런던 북부에 있는 골더스 그린에 갔던 때를 떠올렸다. 비까지 내리는데 우리는 어느 공원에서 길을 잃었다. 유진이 그 공원에서 즐겨 앉던 의자를 보여주겠다고 해서 찾아 나선 길이었다. 하지만 의자는 못 찾고 비만 쫄딱 맞았다.

"장례식장에서 그의 사진을 봤어. 젊었을 때 사진인데 아마 20대 시절이었을 거야. 처음엔 유진인지 알아보지도 못했어. 너무 다르더라고. 유진은 처음엔 관절염에 걸렸고 나중엔 신부전으로 고생했어. 둘 다 만성질환이지. 병에 걸리기 전엔 무척 활동적이었대. 크리켓을 좋아했고 크리켓 팀에선 투수로 활약했더라고. 매사에 자신감이 넘치고 유머감각도 뛰어났대. 사진 속 얼굴을 보니까 진짜로 생기가 넘치더라고. 그는 무정부 상태를 좋아한 대중 선동가였어."

나는 잠시 쉬었다가 말을 이었다.

"유진은 세상 경험이 많은 것 같았어. 여행을 많이 다녔기 때문은 아니야. 그보다는 아팠기 때문이야. 그가 신장 때문에 패혈증으로 죽을 뻔했다는 얘기를 들려줬어. 정신이 오락가락하더래. 의사가 동그라미를 크게 그리더니 유진에게 시계 문자판이라고 생각하고 숫자를 적으라고 했대. 그가 1, 2, 3까지만 쓰고 멈추니까 의사가 그게 다냐고 하더래. 그가 다시 4, 5, 6까지 쓰고 멈췄대. 그런 식으로 쓰고 멈추고를 반복해서 간신히 열두 숫자를 적어 넣었어."

거기까지 말한 뒤 나는 잠시 입을 다물고 생각에 잠겼다. 유진이 내게 뭔가 할 말이 있는 것 같았다는 얘기를 할까 말까 망설이다 결국 털어놨다.

"비밀 얘기라도 되나 보지?"

세라가 눈웃음을 지으며 물었다.

"예전에도 내게 몇 가지 비밀을 알려줬거든. 몸을 잔뜩 내밀고 작게 속삭였어. '난 머리카락을 자른 적이 없어. 전혀 자라지 않으니까. 누가 나더러 이발했냐고 물어보면 그냥 했다고 말해.' 그리고 장래 계획도 말해줬어. 몸이 좋아지면 뭘 할지 내게만 알려줬어."

"뭘 한다고 했는데?"

"뉴욕에 가서 작가가 될 거랬어. 진짜로 그랬다면 아주 잘했을 거야. 유진은 원고를 거의 다 완성한 뒤에도 자꾸 앞으로 돌아가서 다듬고 고쳤어. 뭘 쓰든 70퍼센트 정도까지만 완성하고 끝을 맺지 않았어. 작가는 원래 그래야 한다면서. 1막을 완성하고 2막을 완성한 다음 3막에선 계속 머뭇거렸어. 전체 내용을 마무리하려면 생각할 시간이 필요하댔어."

"그런데 어쩌다 그렇게 일찍 떠났어?"

세라가 한참 만에 물었다. 그 점에 대해선 나도 생각할 시간이 필요했다.

사실은 유진이 왜 죽었는지 정확히 알고 있었다. 신부전 때문이었다. 하지만 나머지 세세한 사항은 다 잊고 있었는데 세라의 질문 덕분에 다시 떠올릴 수 있었다. 차가운 눈발이 날리던 12월 말이었다. 나는 캠버웰에 사는 친구 집 소파에 늘어져 있었다. 케이블 TV에서 형편없는 예산으로 제작한 재연 프로그램을 보고 있었다. 전쟁 중 크리스마스에 독일군과 영국군 사이에 벌어진 축구 경기에 관한 내용이었다. 독일군을 연기한 배우들은 옷걸이로 만들었음직한 크리스마스 초롱을 들고 뒤뚱거렸다. 우리 편을 연기한 배우들은 프롭 건(prop gun: 흔히 영화 소품에 쓰이는 총으로, 실제 총기를 개조해 공포탄만 쏠 수 있게 만들었다-옮긴이 주)을 낮게 들고서 이것이 교활한 술책인지 아닌지 파악하려고 애쓰고 있었다.

갑자기 전화벨이 울렸다. 전화를 받았는데 수화기 너머로 들리는 목소리가 낯설었다. 런던 토박이 말투의 여자 목소리였다. 잡음이 많아서 무슨 말인지 알아듣기 힘들었다. 잡음이 가신 뒤에 여자가 다시 말했다.

"유진의 엄마예요."

그 말에 나는 바로 알아차렸다. 실은 그 전화를 계속 기다리고 있었다. 얼마 전에 유진은 신장을 이식받기 위해 병원에 입원했다. 마지막 순간 찾아온 기회였지만 너무 위험하다고 했다. 수술이 성공하면 늙어서 죽을 수 있지만 실패하면 바로 죽을 거라고 했다.

목소리로 봐선 성공한 것 같지 않았다. 그래도 유진은 여전히 살아있다고 했다. 병원에 누워 있는데 잘 버텨낸다고 했다.

"유진이 입원한 병원은 집에서 멀리 떨어진 곳에 있었어. 이식을 제안한 병원이 브리스틀에 있었으니까. 병원 전화로 그와 한 번 통화했는데 말을 거의 못 하더라고. 다음 날도 전화했지만 연결이 안 됐어. 그 뒤로는 한 번도 통화를 못 했어. 매번 통화 중이었지."

(솔직히 말하면 연결이 안 돼서 오히려 기뻤다. 전화기 너머로 들리는 목소리가 전혀 유진 같지 않았기 때문이다. 지금은 그와 연결되기를 간절히, 간절히 바란다. 잡음이 들리든, 유진의 목소리가 이상하든 상관없다. 그와 말할 수만 있다면 얼마나 좋을까? "연결되면 뭐라고 말할 건데?" 세라가 내 얘기를 다 듣고 나서 물었다. "글쎄, 특별히 할 말은 없어. 우리 사이에 말하지 않은 건 없으니까. 음, 최근에 얼마나 땄는지 물어보지 뭐.")

그러다 복싱 데이, 그러니까 26일 아침에 브라이언에게서 전화가 왔다. 유진이 크리스마스에 죽었다고 했다. 어머니가 갑자기 울음을 터뜨렸다. 나는 어머니에게 버럭 화를 냈다. 그 뒤로 며칠 동안 아무한테나 화를 냈다. 격분한 상태로 어머니 집 차고에서 게임 보이 마이크로(Game Boy Micro)만 죽어라 했다. 차고 구석에 놓인 소파에 널브러져 게임에 열중하느라 발이 얼어붙는 줄도 몰랐다.

이야기를 하다 보니 그때 기분이 되살아났다. 벤이 침대에서 발작을 일으키던 모습처럼 한 번도 떠올리지 않은 기억이라 더 생생했다. 유진이 또다시 죽었다. 그는 내가 그 자그마한 양철 상자를 떠올릴 때마다 죽었다. 하지만 어떤 기억을 떠올려도 내가 찾는 것은 보이지 않았다. 좌절감이 밀려와 엉엉 울고 싶었다.

"그 사람을 참 좋아했나 봐." 세라가 말했다. "하긴 그는 치유할 수 없는 병에 걸리는 게 어떤 건지 잘 알았겠지."

나는 고개를 끄덕인 뒤 세라에게 기댔다. 머리가 세라의 어깨에 놓이자 그녀의 목소리가 내 머리 위에서 나오는 것 같았다. 세라는 한참 동안 내 머리를 쓰다듬었다.

"하지만 그가 대신해줄 수는 없어. 당신이 이겨내야 해." 세라는 내 얼굴을 들어 자신의 얼굴을 마주 보게 한 다음 말했다. "그가 대신해줄 수 없어. 대신해서도 안 되고."

"안 되지."

내가 중얼거렸다. 세라 말이 맞았다.

"그가 여기 있다면 당신에게 뭐라고 말할까?"

세라가 물었다. 나는 잠시 생각했다.

"아마 이렇게 말하겠지. '난 이보다 더한 것도 참아냈어'라고."

그리고 이런 말도 했을 것이다. 병은 인생의 끝이 아니라고, 설사 인생의 끝이라 해도 그게 핵심은 아니라고.

그래서 그는 마지막에 이식 수술을 받은 걸까? 아무리 생각해도 마지막 이식 수술을 이해할 수 없었다. 내가 이래라저래라 할 일은 아니지만 지금도 이해되지 않는다. 지난 몇 주 동안 나는 유진을 그의 병과 동일시했다. 병을 정체성의 핵심으로 간주했다. 어떻게든 유진의 혼령을 불러내서 죽음에 대해 말해달라고 조를 참이었다. 치유할 수 없는 병에 걸렸는데 삶에 대해 알려달라고 할 수는 없는 노릇이니까. 하지만 온갖 농담과 크리켓, 그가 요청하지 못한 흰 양복까지 그에 대한 기억은 죄다 삶과 결부된 것이었다.

"그는 기억 속에 존재할 뿐이야." 세라가 말했다. "그는 당신 문제를 풀어줄 해결사가 아니야."

"그에게 중요한 점이 있어."

내가 말했다. 머릿속에서 그때 본 엉성한 재연 프로그램이 떠올랐다. 진흙탕 속에서 축구를 하는 독일군과 영국군. 양국 선수들은 시간이 갈수록 경기에 집중하면서도 적군과 계속 즐겁게 어울릴 수 없다는 걸 알았다. 그런 조잡한 프로그램도 그 점을 놓치지 않았다.

"아니, 그가 아니라 그를 이야기하는 우리에게 중요한 점이 있어. 그의 선견지명은 우리가 감탄했던 것보다 훨씬 더 심오한 경지에 도달했다는 걸 놓치지 말아야 해."

요즘 들어 사람들은 내게 선견지명이 있는 것 같다고 말한다. 하지만 그렇지 않다. 나는 코앞에 닥친 일도 잘 모른다.

"그는 마흔 살이었어." 내가 말했다. 그리고 세라가 묻지도 않고 굳이 물을 생각도 안 했는데 한마디 덧붙였다. "아이는 없었어."

죽음은 참으로 허망하다. 가까운 사람이 죽을 때마다 그런 생각이 든다. 어제까지 함께 어울리던 사람이 하루아침에 저세상으로 갔다는 걸 믿어야 하다니, 참으로 허망하다. 그런데 죽은 사람이 우리 곁을 영원히 떠난 건 아니다. 내 시야의 한 귀퉁이나 창문 가장자리에 숨어 있다가 아차 하는 순간 나타난다.

사람이 많은 곳에서 안경을 벗으면 처음엔 주변 사람들이 변하기 시작한다. 뇌가 빈틈을 채우기 시작하면 낯선 사람들이 금세 내가 아는 사람들로 변한다. 유진이 떠나고 처음 몇 년 동안 나는 그가 보고 싶을 때마다 이런 트릭을 시도했다. 이를 실행할 최적의 장소는 바로 세인트 판크라스 역의 기다란 통로다.

세인트 판크라스 역은 통로가 길고 하얗다. 투시도나 설계도에서 봤을 때 평행한 두 선이 결국에 만나는 점을 소실점(消失點)이라고 하는데, 이 역은 통로가 길어 소실점이 굉장히 멀리 보인다. 브라이언을 만나고 얼마 지나지 않아서 나는 리언을 데리고 그 역에 갔다. 오후 햇살 속에서 기차가 들어오길 기다리며 유모차를 살살 밀었다 당기기를 반복했다. 사람만 많이 내려준다면 아무 기차나 상관없었다.

마침내 기차가 들어왔다. 나는 리언의 유모차를 통로 중앙으로 밀고 가면서 안경을 벗었다. 뇌 안에선 죽은 자도 살 수 있다. 유진도 살아 있다. 유진이 다시 내 곁에 나타나 꾸부정한 자세로 발을 끌며 걸어갔다. 나를 보고 활짝 웃더니 전에 봤던 영화 이야기를 들려주려 했다. 하지만 이것은 환영이다. 유진은 나타날 순 있지만 만질 수 있을 만큼 가까이 다가올 순 없다. 환영이 흩어지고 우리는 다시 낯선 사람들에 둘러싸인다. 그리하여 죽은 자는 계속 산 자를 가르친다.

병을 관찰하는 의사, 장-마르탱 샤르코

: 관찰하다 보면 어느 순간 알게 된다

구글 지도에서 센강 왼쪽에 있는 건물이 보인다. 피티에-살페트리에르(Pitié-Salpêtrière) 병원이다. 중앙의 돔 건물 양옆으로 크림색 석조 건물이 날개처럼 길게 뻗어 있다. 병원 이름 옆에는 '격변의 역사가 담긴 대학병원'이라는 문구가 새겨져 있다.

처음엔 화약 공장으로 쓰이다가 빈민과 광인을 위한 쓰레기 처리장으로 쓰였다. 그 후 매춘부를 가두는 감옥으로 사용될 때는 쥐가 들끓었다고 한다. 1650년대에 이르러서야 이곳은 병원이 되었다. 규모가 점차 커졌고 프랑스 혁명의 격변기에도 끄떡없이 버텼다. 1860년대에 바로 이곳에서 장-마르탱 샤르코가 동료인 에드메 펠릭스 알프레드 뷜피안(Edmé Félix Alfred Vulpian)과 함께 신경질환 연구와 분류를 과학의 반열에 올려놓았다.

나는 샤르코가 하나밖에 없는 창문으로 들어오는 햇빛에 의지해 오전 진료를 시작하는 모습을 그려본다. 작은 진료실은 사방 벽이 까맣게 칠해져 있다. 허름하지만 다소 위압적인 환경에서 샤르코는 환자들을 지켜보고 있다. 까만 눈동자로 쏘아볼 뿐, 좀체 입을 열지 않는다. 이따금 손가락으로 테이블을 톡톡 두드린다.

세월이 흘러 명성이 자자해지자 샤르코는 자신이 밝혀낸 결과를 널리 알렸다. 멀리 일본과 미국의 의사는 물론 언론인, 작가, 유명 배우도 그의 강연을 들으러 왔다. 프로이트도 짧은 기간이지만 1880년대에 그에게 가르침을 받기도 했다. 샤르코는 몇십 년에 걸쳐 파킨슨병과 운동신경원 질환을 기술했다. 1868년에는 다발성 경화증(la sclérose en plaques)을 기술하기 시작했다.

샤르코는 1825년 파리에서 화가이자 마차 제작자의 장남으로 태어났다. 화가들 사이에서 자란 탓에 그도 화가가 되려고 했으나 의사가 돈도 더 벌고 출세할 기회도 많아 진로를 바꿨다. 처음엔 눈에 띄는 학생이 아니었다. 하지만 수련의에 지원할 무렵엔 지식, 능력, 열정 면에서 평균 이상으로 평가받았다. 초기엔 그의 열정이 가장 중요한 요소였던 것 같다. 환자 치료와 질병 연구에 매진했고 논문을 정기적으로 발표했으며, 의학 발전이 각 지역에 국한되던 시기에 자신의 연구 성과를 널리 알리는 데 앞장섰다.

1861년 샤르코는 이상적인 연구소를 찾아냈다. 바로 살페트리에르였다(샤르코는 1852년에 이곳에서 수련의로 재직하며 관절염에 관한 논문 데이터를 수집하기도 했다). 샤르코와 뷜피안이 이곳에 왔을 땐 병원이라기보다는 작은 마을에 가까웠다. 5000명에 이르는 여성 환자들이 있었는데 대부분 나이가 많았다. 그중 상당수가 뇌전증이라는 포괄적 진단 아래 마구 섞여 있었다. 샤르코와 뷜피안은 제일 먼저 환자 목록을 작성하고 사진 촬영 같은 신기술을 이용해 진료 내용을 기록했다. 그들의 첫 목표는 증상에 따라 환자를 분류하는 것이었다. 그래야 각 질병의 근본 원인을 조사할 수 있을 터였다.

샤르코는 자신을 '시각형 인간'이라고 불렀다. 프로이트도 샤르코의 추도사에 '그는 사색형 인간이 아니었다. 사색가가 아니라 화가의 기질을 지닌 사람이었다'라고 적었다. 샤르코는 스스로 사진가라고 하면서 "나는 다만 관찰할 뿐"이라고 말했다. 또 이런 말도 했다. "굳이 말하자면 의사는 (……) 보는 법을 아는 사람이다. 아마도 이 말이 가장 큰 칭찬일 것이다."

샤르코는 살페트리에르에서 연구할 때 임상해부학적 방법을 기본 원칙으로 삼았는데, 이는 청진기를 발명한 프랑스 의사 르네-테오필-이아생트 라에네크(René-Théophile-Hyacinthe Laënnec)가 대중화한 접근법이었다. 라에네크는 2단계 시스템을 이용했다. 환자가 살아 있는 동안 사례 연구를 진행하고, 환자가 죽으면 자신이 목격했던 증상을 물리적 증거와 대조해보려고 직접 해부했다.

라에네크가 두 가지 방식으로 관찰했다면 샤르코는 한 가지를 더해 세포병리학도 활용했다. 샤르코와 그의 연구팀은 환자를 수년간 관찰하면서 환자의 생활과 증상을 상세히 기록했다. 그러다 환자가 죽으면 부검을 실시했다. 여러 종류의 증상에서 두드러진 신경학상 질병을 구분한 다음, 각 증상을 뇌나 척수의 특정 병변과 대조했다. 이런 과정에는 끝없는 인내와 통찰력, 다소 가혹한 추진력이 필요했다. 프로이트는 그 지난한 과정을 이렇게 적었다.

"치명적이지는 않지만 만성적인 질환에서 기질적 변화의 증거를 찾으려면 환자를 수년간 관찰해야 한다. 살페트리에르처럼 난치병 환자를 위한 병원에서나 그토록 오랫동안 환자를 관찰할 수 있었다."

프로이트의 기록을 보면 살페트리에르는 실제로 샤르코에게 좋은 기회를 제공했다.

"샤르코는 잘 모르는 게 있으면 알아차릴 때까지 매일 보고 또 봤다. 그렇게 관찰하다 보면 어느 순간 알게 되었다."

많은 의사들이 MS의 특징을 포착해서 부분적으로 기술했다. 어떤 의사는 MS 환자의 중추신경계에 형성된 플라크를 개략적으로 기술하기도 했다. 하지만 MS와 다른 신경성 질환을 명확하게 구분하는 체계적 이해가 부족했다. 그래서 샤르코와 뷜피안은 진전(振顫, 떨림)을 연구하기 시작했고 이를 위해 다양한 관찰 방식이 동원되었다.

일단 동맥성 혈류를 측정하는 장치인 맥박 기록기를 활용해 손의 움직임을 기록했다. 아울러 손의 흔들림을 더 쉽게 판단하기 위해 환자에게 커다란 깃털을 들고 있게 했다. 이런 도구를 활용해서 샤르코와 뷜피안은 MS와 진전마비(振顫麻痺, 파킨슨병)를 구분해냈다(당시엔 파킨슨병을 'shaking palsy', 즉 진전마비라고 불렀다. 그런데 샤르코가 이 질병을 새롭게 기술하면서 처음 이를 기술한 제임스 파킨슨이라는 의사를 기리고자 파킨슨병으로 명명했다).

샤르코와 뷜피안은 질병마다 진전 증상이 다르다는 점에 주목했다.

파킨슨병 환자는 쉬고 있을 때 진전 증상을 보였다. 반면 MS 환자는 뭔가를 하려고 할 때 진전 증상을 보였다. 이런 활동진전(活動振顫) 또는 기도진전(企圖振顫: 동작을 취하려고 할 때 일어나는 떨림-옮긴이 주)은 샤르코가 MS 진단에 활용한 3대 징후 중 하나다(나머지 징후는 안진증(眼震症: 규칙적으로 반복되는 안구의 불수의적 떨림)과 전보식 문장(telegraphic speech: 활용어미를 생략하고 간단히 '명사+동사'로만 이뤄지는 문장)이다. 그렇지만 샤르코는 곧 MS가 일으키는 증상이 너무 많아서 이 3대 징후가 딱히 믿을 만하지 않다는 사실을 깨달았다).

샤르코와 벌피안은 진전 유형을 구분한 뒤에도 연구를 거듭해서 활동진전에 흔히 다른 증상이 동반된다는 사실을 파악했다. MS의 시각 이상과 감각 이상을 포착하고, 심지어 재발완화형 MS도 파악했다. 두 사람의 헌신적인 연구 덕분에 MS는 점차 제 모습을 드러냈다.

사실 샤르코는 대단히 흥미로우면서도 모순된 성격의 소유자로 알려져 있다. 나는 그와 관련된 단편적 지식들을 결합해 그를 제대로 이해하고 싶었다. 그가 쓴 글을 보면 대단히 사려 깊고 세심한 남자로 보이지만 사람들의 이야기를 들어보면 환자에게 고압적으로 대했다고 한다. 그는 자신의 강연회에 환자들을 데려가 사람들에게 서커스 동물처럼 보여주기도 했다.

그렇지만 신경성 질환과 관련된 초기 연구에서 그가 이뤄낸 진단적 성과에 의문을 품는 사람은 거의 없다. 살페트리에르에는 당시 의학의 힘으론 구할 수 없는 환자가 넘쳐났다. 그들 중 상당수는 자기에게 무슨 문제가 있는지도 모른 채 죽어갔다. MS 환자도 마찬가지였다. 샤르코가 그들의 목숨을 구할 수는 없었을지 모른다. 하지만 그들이 무엇 때문에 죽어가는지 알아볼 방법은 찾아냈다.

"우리는 주로 치료할 수 없는 신경성 질환들을 끊임없이 연구한다고 비난받기도 합니다."

샤르코가 남긴 말이다(샤르코의 기록물에는 다음과 같은 방어적 태도의 글도 간간이 눈에 띈다).

> "이게 다 무슨 소용이냐고요? 어떤 사람들은 이것이 진짜 의술인지 의문을 제기하기도 합니다. (……) 그렇다면 우리가 이렇게 말해야 할까요? '환자분, 저는 의사입니다. 안타깝게도 저는 당신을 위해 아무것도 할 수 없습니다. 환자분은 우리가 다루지 않는, 치료에서 제외된 자의 범주에 속하기 때문입니다!' 이럴 수야 없지 않겠습니까? 우리의 책임은 다릅니다. 어떤 난관에 부딪히더라도 우리는 계속 지켜봐야 합니다. 계속 조사해야 합니다. 치료법을 찾아내는 데 이보다 좋은 방법은 없습니다. 이런 노력 덕분에 우리가 후대의 환자에게 내릴 소견은 작금의 환자에게 내려야 하는 소견과 같지 않을 것입니다."

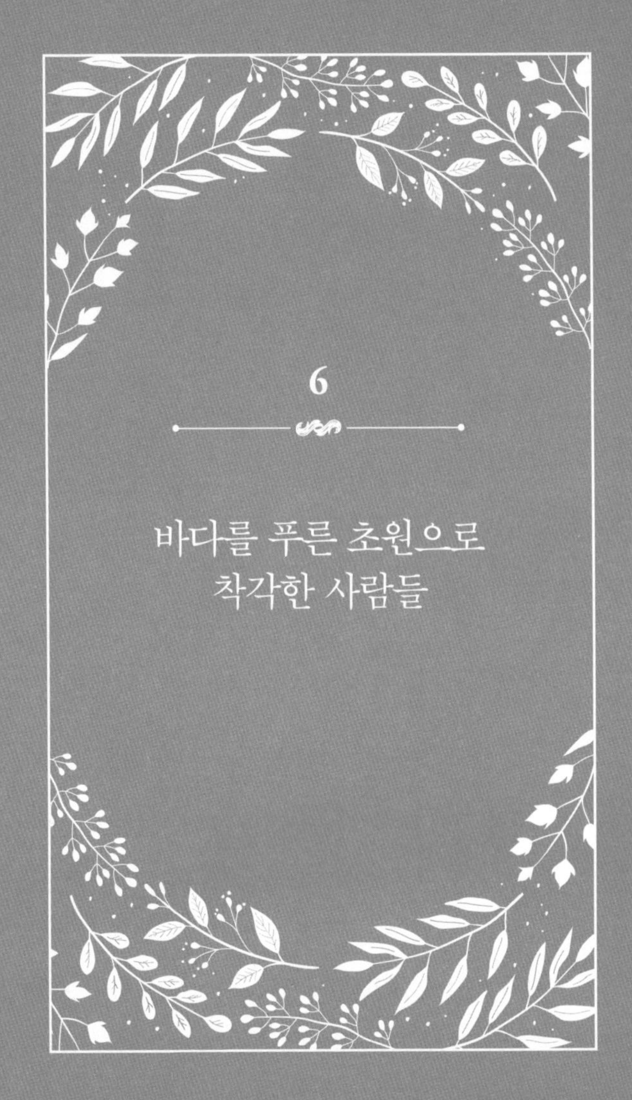

6

바다를 푸른 초원으로 착각한 사람들

~

리언에게 아기가 생길 거란다. 2월의 어느 날 아침, 잠결에 리언과 세라가 침대에 앉아 나누는 대화의 끝자락을 들었다. 세라가 몸을 돌리더니 내가 놓친 부분을 이야기해주었다. 아기의 성별은 여자라면서 축하해주라고 했다. 옆에서 리언이 고개를 끄덕였다. 이런 일에 따르는 책임의 무게를 안다는 듯 제법 심각한 얼굴이었다.

아기는 외할머니 집에서 데려올 거라고 했다. 세라가 파트타임으로 일하게 된 바람에 근처 사는 외할머니가 일주일에 이틀씩 리언을 돌봐주고 있었다. 리언의 아기는 갈색 플라스틱과 천으로 만들어졌는데, 이름이 '뽀삐'라고 했다. 리언이 뽀삐에 대해 들려준 이야기를 정확하게 기억하진 못하겠다. 리언은 어휘력이 늘긴 했지만 아직 완벽한 문장을 구사하진 못했다. 그렇긴 해도 자신의 의사는 충분히 전달했다.

우리는 들뜬 마음으로 아기를 기다렸다. 어느 날 밤, 외할머니 차를 타고 집에 돌아온 리언의 손에 아기가 들려 있었다.

"얘가 뽀삐니?"

내가 물었다. 리언이 고개를 끄덕이더니 "쉿!" 하며 내 입을 다물게 했다. 뽀삐가 잠들었다면서.

"아기를 어디에 눕힐까?"

세라가 물었다. 나는 문간에 서서 리언이 아기를 품에 안고 살살 흔드는 모습을 흐뭇하게 지켜봤다. 우리가 육아에 들인 노력이 리언의 행동에 고스란히 반영됐다는 생각에 뿌듯한 마음까지 들었다.

"리언." 우리의 육아 비법을 전수할 마음으로 내가 나섰다. "뽀삐를 침대에 눕히고 저녁 식사를 할까?"

안타깝게도 '저녁 식사'는 리언이 가장 좋아하는 말 중 하나였다. 그 말을 듣자마자 리언은 본능적으로 뽀삐를 휙 내던지고 식탁의 유아용 의자 쪽으로 냅다 뛰어갔다. 세라와 나는 동시에 뽀삐를 쳐다봤다. 뽀삐는 벽에 머리를 찧고 바닥에 널브러져 있었다. 우리는 말없이 그간의 육아 방식을 돌아봤다.

하지만 그날 이후 리언은 놀랄 정도로 상냥한 엄마가 되었다. 얼마나 상냥한지 리언이 밤에 뽀삐를 품에 안고 침대에 눕히러 가면서 지나치게 천천히 걷는 바람에 뒤따르던 고양이들이 지겨워서 몸을 돌리고 가구를 박박 긁을 지경이었다. 뽀삐의 취침 시간은 당연히 리언의 취침 시간이기도 했다. 리언은 아기를 재운다는 핑계로 잠드는 데 시간이 오래 걸렸다. 하지만 아침에 일어날 땐 전광석화처럼 빨랐다. 눈을 뜨자마자 벌떡 일어나 이불을 젖히고 뽀삐를 찾았다. 그리고 자는 동안 얼마나 보고 싶었는지 모른다며 호들갑을 떨었다(움직이지도 못하는 뽀삐는 매번 고개를 바닥에 처박고 뒤집어져 있었다. 뽀삐에게 공감 능력이 있다면 우리의 심정을 충분히 이해해줄 것이다).

리언이 과장된 표정으로 뽀삐에 대한 애정을 드러낼 때마다 나는 하던 일을 멈추고 지켜봤다. 절로 미소가 떠오르면서도 왠지 마음 한 구석이 편치 않았다. 단둘이 브라이언을 만나고 온 뒤로 나와 리언의 관계에 뭔가 미진한 점이 있다는 느낌에 시달렸는데, 그게 뭔지 어렴풋이 알 것 같았다.

2월 어느 날 아침, 눈을 떴더니 낯선 혹성이었다. 보름 정도 그 혹성에 머물렀다. 낮에 하늘을 보면 태양이 두 개 떠 있었다. 한 태양이 다른 태양더러 비키라고 조금씩 떠미는 것처럼 보였다. 밤이 되면 서로 맞물린 두 달을 바라보다 잠이 들었다.

복시(複視) 혹은 이중시(二重視)라는 증상이 생긴 것이다. 시신경을 둘러싼 수초가 손상돼 발생하는 MS의 대표적 증상이다. 이미 예상하고 있었는데도 직접 경험하자 충격을 받았다. 리언을 데리고 브라이언과 유진을 만나고 온 직후부터 복시 때문에 세상이 두 개로 보이기 시작했다. 전경(前景)에 보이는 사물은 또렷하게 하나로 남아 있지만, 새로운 내 눈이 시계(視界)를 뒤섞어 내가 움직일 때마다 사무실 창밖으로 보이는 교회 첨탑이 유령을 달고 움직이는 것처럼 농간을 부렸다. 사물은 흐릿한 형체와 하나로 합쳐질 듯하다가 다시 분리돼 두 개로 보였다.

다행히 당시 내가 하던 일은 스크린을 중심으로 전개되었다. 몸을 웅크리고 게임을 하거나 게임에 관한 리뷰를 작성하는 거라서 눈 때문에 일을 못 하진 않았다. 사무실을 돌아다닐 때는 가끔 휘청거리기도 하고 오후가 되면 몹시 피곤하긴 했지만, 아침엔 기운이 살아나 수많은 이야기를 거침없이 쏟아냈다. 수천 단어로 된 리뷰에 오자(誤字)는 몇백 단어에 불과했다.

"이런 일을 계속할 수 있겠어요?"

어느 날 오후 한 편집자가 걱정스러운 목소리로 물었다. 사무실 뒤쪽에 마련된 소규모 비디오 스튜디오에서 소파에 누워 쉬고 있었다. 그 질문에 '실은 이런 일밖에 할 수 없습니다'라고 말하고 싶었다. 사실 나는 MS에 특화된 직업을 가졌다. 내가 하는 일은 몸을 많이 움직일 필요가 없었다. 사무실에 널려 있는 각종 게임 중에 하나를 골라 푹신한 의자에 앉아서 손가락만 놀리면 그만이었다. 1000단어 이내로 리뷰를 완성하면 되기에 복잡하게 생각할 필요도 없었다. 보험회사의 IT 부서에서 일하던 10년 전에 이런 상태가 됐다면 어떻게 버텼을지 모르겠다. 나는 남들이 어떻게 버티는지도 모른다. 다만 알아야 한다는 건 안다.

내가 출근할 때 이용하는 버스는 원래 옆면에 '브라이튼 마리나(BRIGHTON MARINA)'라고 쓰여 있는데, 지금은 '브리지 마 마니마(BRIDGE MAR MARNIMAR)'라는 곳으로 간다면서 얼른 타라고 내게 손짓했다. 이런 이름의 장소가 있다면 선뜻 가보고 싶을 것 같았다.

세라는 여전히 집 근처 바다와 그곳에 들어선 괴물체에 집착했다. 해안에서 멀지 않은 곳에 풍력발전단지가 들어설 예정이라더니, 드디어 공사가 시작되었다. 버스를 타고 시내로 가는 길에 수평선 부근을 바라보면 괴물체가 바다에 다리를 내리고 파도 위에 우뚝 서 있는 것처럼 보였다.

"내가 보는 대로 당신도 볼 수 있다면 좋으련만." 세라에게 말했다. "장비들이 단순히 떠 있는 게 아니라 덩실덩실 춤을 추거든."

그림자를 달고 움직이는 보트, 브리지 마 마니마라는 엉뚱한 행선지로 향한다는 불안감은 정상적으로 작동하는 눈이 얼마나 고마운지 새삼 느끼게 했다. 눈은 어떻게 작동할까? 눈이 작동을 멈추면 어떻게 될까? 처음엔 하나의 3차원적 이미지를 창조하고자 두 개의 2차원적 이미지를 결합하는 시각령(視覺領)의 일부가 MS에 영향을 받았을지 모른다고 생각했다.

시각령은 참으로 경이롭다. 뇌가 부리는 온갖 트릭 중에서도 이곳은 단연 최고라 할 만큼 빠르고 기발하다. 빛이 망막의 감광세포와 부딪치면 전기화학적 메시지로 변형되어 시상(視床)을 거쳐 뇌 뒤쪽에 있는 시각령으로 보내져 처리된다. 시각령은 여러 구역으로 세분화되어 있는데, 각 구역이 이미지의 색상, 움직임, 위치 등 각기 다른 측면을 처리한다. 나는 이런 처리 과정이 왠지 핀볼 게임의 작동 방식과 흡사하다는 생각을 지울 수 없다. 쇠구슬이 이 핀, 저 핀에 통통 부딪치며 기계 안쪽으로 들어가는데 핀마다 구사하는 회전과 역회전이 다르다. 쇠구슬은 계속 부딪치며 가다가 결국 구멍으로 쏙 빠진다.

내게 생긴 문제는 주로 기계적인 문제였다. 후두엽으로 이끄는 시각-처리 경로에 문제가 생겼다기보다는 안구 근육을 지배하는 신경에 문제가 있는 것 같았다. 내 눈은 이제 완벽하게 정렬되지 않았다. 다시 말해 시각령이 결합시키려는 이미지들이 예전처럼 깔끔하게 겹쳐지지 않았다. 딱 떨어지게 맞물리는 일이 점점 더 어려웠다.

이런 증상 때문에 얼마나 피곤해질지는 전혀 몰랐다. 주말에 세라와 리언을 데리고 이케아(IKEA) 매장에 갔는데, 안타깝게도 이케아는 시계(視界)에 문제가 생긴 사람이 갈 데가 아니었다. 세라와 나는 이곳을 정말로 좋아했는데, 젊은 부부가 집을 새로 꾸미는 데 이만한 곳이 없었다. 우리는 침실로 꾸며진 전시장 몇 곳을 지나갔다. 마음에 드는 물건이 많았지만 스칸디나비아 사람들이 추구하는 유토피아적 실용주의는 구불구불한 우리 집의 현실과 맞지 않았다. 침실 전시장들을 지나 다른 공간으로 가자 문제의 적(敵)을 만났다. 스트란드몬(Strandmon), 1950년대 스타일의 윙백 체어다. 우아한 복고풍 디자인과 뛰어난 허리 지지대를 지닌 이케아의 걸작품이었다. 아무리 멍청한 사람도 여기 앉아서 다리를 꼬고 손가락을 관자놀이에 대면 곧바로 빅토리아 시대의 명탐정처럼 보인다.

그런데 갑자기, 전시장에 진열된 스트란드몬들이 요술 거울에 비춰진 것처럼 서로 얽히고설키며 무수히 많은 복제품을 만들어냈다. 형체가 일그러지고 해체되었다가 다시 하나로 합체되었다. 어디로 눈을 돌리든 스트란드몬들이 춤을 추듯 움직였다. 다리가 미끄러지듯이 움직이고 팔걸이가 서로 부딪치며 색상과 모양이 뒤섞였다. 머리가 띵하고 속이 메스꺼웠다. 복제품 무리와 함께 물결치듯 일렁이는 스트란드몬 하나를 손으로 더듬어 짚었다. 몸을 가누려고 의자에 잠시 기대었다.

"또 살 생각은 꿈에도 하지 마." 세라가 말했다. "집에 있는 보라색도 고양이들이 죄다 물어뜯어 놨잖아."

"그건 짙은 청색이야." 내가 휘청휘청 걸어가며 말했다.

스트란드몬의 골짜기를 빠져나오자 더 험난한 계곡이 기다리고 있었다. 칼락스(Kallax) 책장이었다. 견고한 목재 펄프로 된 책장 프레임이 기하학적 구조로 합쳐지더니 소용돌이를 일으켰다. 회전 반경이 점점 넓어져 쇼핑 카트에 타고 있는 리언을 삼킬 것 같았다. 급기야 이케아 매장 전체가 해체되는 시점에 이르렀다. 물건과 사람들이 마구 뒤

섞여 돌다가 플랫팩(flat-pack : 납작한 상자에 부품을 넣어서 파는 자가 조립용 가구-옮긴이 주) 포장용기 속으로 뚝뚝 떨어졌다. 자동 포장된 상자엔 희한한 이름의 도장이 찍혔다. 눈이 핑핑 돌 것 같아 고개를 푹 숙였다. 매끄러운 콘크리트 바닥을 응시하자 소용돌이가 싹 가라앉았다.

그런데 핑핑 돈 것은 사실 눈이 아니었다. 내 눈이 전달한 혼잡한 이미지를 처리하는 뇌 부분이 과도한 부담으로 핑핑 돌았던 것이다. 이런 혼란의 원인은 한쪽 눈에 생긴 변화, 기껏해야 1밀리미터도 안 되는 변화 때문이었다. 변화가 너무 미미해서 이케아 화장실에 있는 거울을 아무리 들여다봐도 내 안구는 멀쩡한 것 같았다. 위아래로, 좌우로 굴려봐도 문제가 없어 보였다.

"문제가 뭔지 곧 알아낼 수 있을 거야."

계산대 앞에 줄을 서면서 내가 말했다. 이케아 전시장의 비현실적 협곡을 통과하는 내내 예언이라도 하듯이 여러 번 말했다. 정말로 그렇게 됐으면 싶었다.

집으로 돌아오는 길에 크로이던 교외를 지나는데 갑자기 깊은 구렁텅이가 아가리를 떡 벌리고 우리를 삼킬 듯이 달려들었다. 그 이미지를 떨쳐내려고 얼른 눈을 감았다. 기차가 브라이튼을 향해 질주할 때는 들판이 이중, 삼중으로 겹쳐졌다. 도중에 비까지 내려 사방이 어둑해졌다. 개트윅 공항을 지날 때는 똑같이 생긴 두 비행기가 흐릿한 활주로를 따라 미끄러지듯이 달려가다 하늘로 떠올랐다. 복시는 눈앞에

극적인 장면을 보여줬지만 불안감을 조성할 정도는 아니었다. 다만 온갖 트릭으로 나를 놀라게 하면서 내 세계가 여러 각도로 영향을 받고 있다는 사실을 환기시켰다. 아무도 자신의 뇌를 볼 수 없다. 아울러 뇌가 문제를 해결하고자 애쓰는 과정도 볼 수 없다. 그렇기에 뇌는 갖가지 트릭을 구사해 우리의 경각심을 일깨운다.

눈은 손이나 장의 융모처럼 뇌와 상호작용해 움직이면서 의식이 있는 부분과 자율신경계의 지시를 받아 반응하는 신체 부위가 아니다. 눈은 태아 때 뇌의 일부분이 떨어져 나와 만들어진 것으로 뇌의 연장선이라 할 수 있다. 뇌에서 유일하게 볼 수 있는 부분이다. 그래서 더 이상하게 생겼는지도 모른다. 고무 같은 반구형 보호막 아래엔 기이하고 환상적인 홍채가 있다. 홍채는 인체 어느 부위와도 다른 색깔로 채색되어 있으며 동공을 중심으로 짙은 선들이 이리저리 뻗어 있다. 동공의 크기를 조절해 망막으로 도달되는 빛의 양을 조절하고 초점 심도를 높인다.

그런데 동공이 정상적으로 작동할 때도 지각된 모든 것을 곧이곧대로 믿을 수는 없다. 사람 눈의 해상도는 대부분의 스마트폰 카메라보다 성능이 떨어진다. 게다가 황반과 황반 중심부에 움푹 팬 작은 부분인 중심와(中心窩)만 사물을 있는 그대로 볼 수 있다. 망막에 포착된 정보는 전기 신호로 전환되어 시각령의 여러 부위에서 처리되는데, 이때 창의성이 발휘될 여지가 굉장히 많다. 내 경우 거리의 신호가 희한한 것을 보여주기 시작하면서 시각령이 온갖 추측을 내놓았다. 그때 안경을 벗으면 죽은 자가 나를 향해 걸어온다. 그리고 뇌가 잽싸게 빈틈을 채운다.

복시가 서서히 가라앉았다. 초기에 겪었던 다른 신경학적 손상과 마찬가지로, 지나고 나서 보면 복시도 그렇게 엄청난 재앙 같진 않았다. 겨울의 끝자락에 이르자 복시는 아른거리는 그림자만 남았다. 나는 아침마다 두려운 마음으로 창가로 뛰어갔다. 눈이 내렸는지 보려는 게 아니라 건물이 여전히 대지에 단단히 뿌리를 박고 따로따로 서 있는지 보기 위해서였다.

복시는 내가 여전히 아프다는 사실을 상기시켰다. 인정하기 부끄럽지만 당시엔 어디라도 아픈 구석이 있어서 다행이지 싶었다. 병 때문에 내 자아감은 소용돌이치는 먼지 성운 속으로 빨려 들어갔다. 이 먼지 속에서 형성된 새로운 인격체는 분명 병에 뿌리를 두고 있었다. 병, 혹은 병이라는 원시적이고 불완전한 개념이 나라는 존재의 일부가 되었다.

MS가 다리 통증이나 얼얼한 감각 정도로 물러간 시기엔 고마운 마음이 드는 한편 사기를 치는 것 같은 기분도 들었다. 나는 바뀐 게 별로 없는데 만나는 사람마다 매사에 과분할 정도로 잘해줬다. 아픈 사람에 대한 배려를 실컷 누리면서도 기분은 썩 좋지 않았다. 나와 같은 병 때문에 어떤 사람은 휠체어 신세를 지거나 병상에 누워서 지낸다.

그들에겐 자신이 누구이고 어떤 사람이 될 것인지 같은 공허한 질문을 생각할 여유가 없다.

그런데 복시는 정신을 번쩍 들게 했다. 내 세계에 계속해서 불어닥칠 변화를 상기시키면서 탐색 의지를 불러일으켰다. 아울러 다음엔 또 무엇이 찾아올지에 대한 불안감도 안겨주었다.

예전부터 나는 뇌에 관심이 많았다. 좋든 나쁘든 내가 살고 있는 세상에 영향을 미치는 경험들을 다루는 방식에도 관심이 많았다. 그런 관심과 호기심 덕분에 지금껏 잘 버텨냈다고 굳게 믿고 있다. 그런데 이 글을 쓰면서 돌아보니 중요한 사항에 관심을 기울이지 않은 적도 있었다는 걸 알았다. 순전히 두려움 때문이었다. 복시가 이케아 전시장 디자인의 미학에 어떤 영향을 미쳤는지는 궁금해했지만, 최신 약물에 노출된 지 한 달 정도 경과된 시점에서 복시가 나타났다는 사실은 깊이 숙고하지 않았다.

복시에 시달리면서도 약이 효과가 있다는 점을 의심하지 않았다. 효과가 있더라도 내 면역 체계와 맞지 않을까 걱정하지도 않았다. 약물이 어떻게 작용하는지 잘 모를 땐 믿는 게 최선이다. 아침마다 알약을 먹고 30분쯤 지나면 속에서 화끈거리는 기운이 올라왔다. 그럴 때마다 약효가 나타났다는 믿음을 되새겼다.

그즈음 병원에 진료를 보러 갔다. 하지만 지난 보름 동안 경험했던

'브리지 마 마니마'에 대해 누구에게도 말하지 않았다. 나중에 말했더니 다들 무척 놀라워했다. 그게 정말 놀랄 만한 일이었을까? 보름이라는 기간은 별로 길지 않은 시간이다. 가벼운 두통 외엔 복시 때문에 크게 고통스럽지도 않았다. 게다가 약물을 복용하고 얼마 지나지 않은 시점이었다. 어쩌면 복시는 진작 예정되어 있었는지도 모른다.

어쨌든 약물과 관련해선 이미 선택을 내렸고, 그 과정이 쉽지 않았는데 또다시 결정을 내려야 하는 상황에 서고 싶지 않았다. MS는 단순히 육체적 문제만이 아니라는 사실을 깨닫는 데 오랜 시간이 걸렸다. 병마다 독특한 감정적 특징이 있다. 나는 MS가 사색적이라고 처음 몇 주 만에 단정했다. 적어도 내가 겪는 유형에선, 그리고 초기 단계에선 그렇다고 생각했다. 나는 곧잘 두개골 중심부로 숨어 들어가 MS를 통해 세상을 바라보려고 했다. 뭐라고 꼬집어 말할 순 없지만 MS는 감각, 지각과 관련해 모든 걸 바꿔놓았다. 마치 이상한 안경을 쓴 것 같았다.

오랜 시간이 지나서야 MS가 사람을 지치게 할 뿐만 아니라 사람다움을 잃어버리게 할 수도 있다는 걸 깨달았다. 그 점을 깨닫는 데 복시가 중요한 역할을 했다. 복시 때문에 내가 새로 알게 된 세상을 깊이 생각하게 됐다. 아울러 겨울이 다 가고 나서야 각종 책과 웹사이트에서 '인지력 감퇴'라고 부른 증상을 주목했다. 기억력과 전반적인 인지 능력, 까다로운 문제를 처리하는 능력이 확실히 떨어졌다.

도대체 언제부터 이런 과정이 시작되었을까? 딱히 어느 시점이라고 말하긴 어렵다. 아마도 손이 쿡쿡 쑤시는 증상이 나타나고 몇 달 뒤부터 시작됐을 것이다. 침실 카펫에 앉아 이케아 침대를 조립하면서 뭔가 심각한 일이 벌어진다는 의심을 품었을 땐 이미 한참 진행된 뒤였다. 침대의 묵직한 부분을 정리했을 때, 작은 비닐봉지에 담긴 나사를 찻잔 받침에 쏟았을 때, 조립 설명서를 뒤적이다 연장이 다 준비됐는지 확인했을 때 나는 뭔가 새로운 걸 느꼈다. 아니, 예전에 늘 있던 것이 더 이상 없다는 걸 느꼈다.

나 혼자서 가구를 조립하는 일은 대단한 모험이었다. 스크루드라이버와 육각렌치를 이용해 발판보다 크고 복잡한 물건을 조립하는 일이 갑자기 탐정 소설의 영역이 되었다.

'앞으로 무슨 일이 벌어질까?'

문득 내가 뭘 하는지 모른다는 걸 깨달았다. 전혀 몰랐다. 묵직한 침대 뼈대, 찻잔 받침에 놓여 있는 나사들, 조립 설명서 등 주변에 널린 물건들을 한참 쳐다보다 결국 혼자선 조립할 수 없겠다는 결론에 이르렀다. 머릿속에선 침대라는 단어가 떠올랐지만 설명서를 아무리 살펴봐도 주변에 놓인 부품들을 어떻게 연결해야 하는지 감이 오지 않았다. 이 모든 게 어떻게 침대라는 물건으로 완성되는지 도무지 알 수 없었다.

스트레스가 쌓이면서 짜증이 확 올라오고 머리가 쿡쿡 쑤셨다. 거지 같은 문제만 잔뜩 나열된 시험지를 풀 때처럼, 늦잠 자는 바람에 비행기를 놓칠 때처럼 당황스러웠다. 머리가 지끈거렸다. 설명서엔 조립된 침대 이미지가 분명히 있는데 어떻게 조립하란 말인가? 왜 제대로 알려주지 않는 걸까? 무엇부터 시작해야 할까? 뭘 집어 들어야 할까?

도저히 알아낼 수 없을 것 같아서 결국 거실로 나왔다. 세라가 리언을 허벅지에 눕혀 재우고 있었다.

"못 하겠어." 내가 말했다. "뭔가 단단히 잘못됐어. 어떻게 시작해야 하는지 하나도 모르겠어."

"처음부터 아는 사람이 어디 있어." 세라가 말했다. "처음엔 누구나 다 그래. 앉아서 쉬면 방법이 떠오를 거야."

'앉아서 쉬면 방법이 떠오를 거야.' 이 말은 지금 생각해도 크나큰 위안을 준다. 그런데 아플 때만 세라에게 위로의 말을 들었던 건 아니다. 지극히 정상일 때도 세라는 나를 어르고 달랬다. 특히 이 집에 들어온 지 얼마 안 됐을 땐 손볼 곳이 너무 많아서 나는 걱정과 불만을 달고 살았다. 하다하다 이런 말까지 했다.

"당신이 걱정해야 할 일은 대부분 물로 귀결된다고 봐."

그나저나 물 말고 다른 걱정거리는 뭐였지? 그게 진짜 걱정할 정도로 중요한 문제였나?

결국 두 번째 시도에서 침대를 완성했다. 혼란이 걷히고 조립 방법이 저절로 눈에 들어왔다. 사실 첫 시도에서 실패했던 이유는 단순히 처음이라서가 아니었다. 어쩌면 리언이 나보다 더 잘 해냈을지 모른다. 진짜 이유는 집중력이 떨어졌기 때문이다. 내 머릿속에 나라는 존재가 점점 줄어들었기 때문이다. 그것도 MS 때문일까?

복시가 사라진 뒤부터 자꾸 몸놀림이 둔해졌다. 여전히 스위치를 한 번에 켜지 못하고 열쇠를 구멍에 쉽게 맞추지도 못했다. 하지만 그게 다가 아니었다. 손이 두 개라는 사실이 너무 불편했다. 물건을 들고 가다 이유 없이 떨어뜨렸다. 한 손이 다른 손을 툭 치는 바람에 걸핏하면 음식을 흘리거나 음료를 쏟았다. 한 손이 다른 손을 치면 기분이 묘했다. 굉장히 드문 증상이기에 더 이상했다. 두 손은 각자 자유롭게 행동할 자유가 있는데, 갑자기 서로 간섭하려 드니 어이가 없었다. 그 외에 말에 숨은 의미를 파악하는 능력도 감퇴하는 것 같았다. 저녁때나 몹시 피곤할 때면 사람들이 하는 말의 속뜻을 알아들을 수가 없었다. 단어의 표면적 뜻만 이해하고 넘어갔다.

혼란스럽긴 했지만 한편으론 대단히 흥미로웠다. TV 드라마가 이렇게 난해한지 미처 몰랐다. 벌어지는 일마다 충격의 연속이었다. 너무나 뻔한 반전마저 예상하지 못했고, 그런 반전이 실제로 벌어졌을 땐 이해하지 못했다.

"방금 무슨 일이 벌어진 거야?"

어느 날 밤 「리벤지(Revenge)」라는 미국 드라마를 반쯤 보다가 세라에게 물었다. 이 드라마는 복잡한 내용이 아니다. 하지만 내내 지켜봤으면서도 잠시 자리를 비웠던 사람마냥 앞 내용을 되묻곤 했다.

이게 큰일일까, 작은 일일까? 나 같은 병에 걸렸을 땐 허투루 넘겨선 안 될 질문이다. 앞으로 어떻게 전개될지 모르는 상황에선 사소한 변화도 예의주시해야 한다. 그런데도 나는 대수롭지 않게 생각하고 말이 좀 어눌해졌다거나 손끝이 살짝 쑤신다는 식으로 넘기곤 했다.

큰지 작은지를 따지는 문제가 때로는 이상한 형태로 나타나기도 했다. 뒤죽박죽 섞인 빨랫감을 분류하다 팬티를 한 장 발견했다. 내가 알기론 우리 집에서 이런 팬티를 입는 사람은 두 명이었다. 한 명은 작고 다른 한 명은 좀 더 컸다. 그렇다면 이 팬티는 작은 건가, 큰 건가? 답이 바로 나오지 않았다. 이 작은 보라색 팬티가 딸의 것인지, 아내의 것인지 헷갈렸다. 엉뚱하긴 하지만 혼란스럽긴 마찬가지였다.

"그건 리언 거야."

세라가 소파에 앉아 나를 힐끔 보면서 말했다. 그녀는 '그랜드 테프트 오토 V'라는 비디오게임에 열을 올리는 중이었다. 우리 집 앞바다에 거대한 보트가 들어왔을 때 좋아했던 것처럼, 요즘 그녀는 온갖 어두운 요소로 점철된 비디오게임에 푹 빠졌다. 내가 MS 진단을 받은 뒤로 게임은 그녀의 주요한 탈출구가 되었다.

"나는 보라색 팬티가 없어." 세라가 덧붙였다.

문득 세라와 데이트를 막 시작했을 때가 떠올랐다. 세라의 낡은 아파트에 갔는데 라디에이터에 팬티가 놓여 있었다. 연한 물방울무늬의 팬티를 보고 괜히 얼굴을 붉혔었다.

다시 빨래를 분류하면서 진입로 끝에 설치된 재활용 수거함을 떠올렸다. 격주로 목요일 밤마다 상자에 모아뒀던 종이와 병 따위를 분류해서 수거함에 넣었다. 요즘 들어 분류에 재미가 들렸다. 이만큼 단순하고 분명하고 쉬운 일도 없다. 3월의 어느 목요일 저녁이었다. 이 시간까지 해가 비치는 걸 보면 겨울이 가긴 갔나 보다. 그래도 아직은 찬바람에 옷깃을 여미고 분리수거함 앞에서 물건을 어디에 넣을지 고민하는데 느닷없이 "반갑네!"라고 인사하는 소리가 들려왔다. 고개를 들자 눈앞에 웬 남자가 서 있었다.

큰 키에 점잖아 보이는 인상이었다. 나를 만나 진짜로 반가운 듯 환하게 웃었다. 펄럭이는 리넨 바지 안에 칙칙한 셔츠를 넣어 입고 목도리를 두르고 챙 넓은 모자를 썼다. 3월인데도 볕에 그을린 얼굴이었는데 오히려 건강해 보였다. 검은 머리카락 몇 가닥이 이마로 흘러내렸다. 기골은 장대하면서도 우아했다. 뭐랄까, 위엄이 서려 있다고 할까? 가수 브라이언 페리나 소설가 A. A. 길(A. A. Gill) 같은 풍모를 지녔다.

"안녕하세요!"

내가 살짝 놀라며 말했다. 남자는 지팡이를 들고 있었다. 다리가 불편해 보이지 않는 걸로 봐서 그냥 멋으로 들고 다니는 듯했다.

"난 마이클이라고 하네."

남자가 말했다. 아니, 어쩌면 마틴이나 매튜라고 했는지도 모르겠다. 남자는 두 발을 단단히 딛고서 어깨와 가슴을 쭉 내밀고 고개를 치켜들었다. 그 모습은 마치 만화에 나오는 주인공처럼 보였다.

"여긴 참으로 멋지군, 그렇지 않은가? 아주 특별한 곳이야."

주변을 둘러봤다. 어슴푸레한 석양이 수평선 언저리에서 짙푸른 빛깔로 변했다. 나도 모르게 남자의 말에 동의했다.

"정말 멋지죠." 내가 말했다. "전 이곳을 무척 좋아합니다."

남자가 몇 마디 더 말했다. 나를 만나서 기쁘다며 자기도 이 동네에 산다고 했다. 여기서 산 지 몇 년 됐다고 말하더니 지팡이를 한 바퀴 휘 돌리고 홀연히 어둠 속으로 사라졌다. 그 후 몇 주에 걸쳐 남자를 몇 차례 더 봤다. 우리는 매번 비슷한 이야기를 나눴다. 남자는 나를 만나서 기쁘다고, 이곳을 무척 좋아한다고 했다.

"좀 특이한 사람 같지 않아?"

어느 날 오후 시내에 나갔다가 세라에게 남자 이야기를 처음으로 꺼냈다. 그러자 그녀는 단호한 목소리로 나더러 유령을 봤다고 했다.

"당신만 그를 봤다고? 게다가 복장이 중세 시대 사람 같았다고?"

"그보다는 좋은 식재료를 찾아다니는 델몬트 사 직원 같았어. 아무튼 요즘 사람 같진 않았어."

"그 남자가 '당신을 만나서 기쁘네, 이곳은 참 멋지지 않나? 이곳은 늘 한결같은 곳이야'라고 했단 말이지?" 세라가 혀를 차더니 내 어깨에 손을 올리고 덧붙였다. "그야말로 유령이네. 그 남자가 옆에 있을 때 왠지 등골이 오싹하지 않았어?"

세라와 유령. 세라는 간호사로 근무하던 시절, 환자가 죽으면 그 사람의 영혼이 새처럼 훨훨 날아갈 수 있도록 창문을 열었다. 간호사를 그만둔 뒤에도 그때 습성이 조금 남아 있어서 예방접종은 반드시 해야 하고 항생제는 남용하지 말아야 한다고 노래 부른다. 요즘 사람들이 맹신하는 아보카도의 치유력도 무시한다.

나는 다른 사람들에게도 잔디밭의 유령에 대해 말했다. 처음엔 뜻밖의 만남 정도로 생각했는데 세라에게 말한 뒤론 내 판단에 자신이 없었다. 결론적으로, 대다수 사람들이 그를 유령이라고 생각했다. 다들 나더러 환영을 봤다고 말했다. 아무도 그를 진짜 사람이라고 생각하지 않았고 아버지도 그를 환영이라고 생각했다.

"하지만 너무 진짜 같았단 말이에요."

내가 전화로 아버지에게 반박했다.

"환영도 때로는 진짜처럼 보인단다."

아버지는 1980년대에 사회복지사로 근무했을 때 겪었던 일화를 들려줬다. 기독교인으로 거듭났다는 환자를 돌보게 됐는데, 그는 사도 바울이 시켰다면서 오밤중에 잔디 깎는 기계로 시끄럽게 잔디를 깎았다는 것이다.

"사도 바울이 그에게 편지라도 썼대요?"

내가 물었다. 아버지는 내 질문을 묵살하고 하던 말을 계속했다.

"그런데 말이다. 너 같은 사람이 환영을 본다면 어떤 사람이겠니?"

"저야 모르죠."

"나는 안다." 아버지가 말했다. "점잖고 친절한 상류층 남자일 거야."

아버지와 통화한 뒤로 하릴없이 인터넷을 뒤지며 오후를 보냈다. MS로 인한 환영은 드물었다. 굉장히 드물었다. 그래도 사례가 없지는 않았는데, 간혹 병 자체보다는 환자가 복용하는 약 때문이며 대체로 병이 한참 진행된 환자에게 나타난다고 했다.

이런 사례에서 대부분 환자들은 샤를 보네 증후군(Charles Bonnet Syndrome)이라고 알려진 시각적 환각을 경험했다. 1760년에 스위스의 동식물학자 샤를 보네가 처음 보고했다고 해서 붙여진 이름이다. 이 유형의 환각에선 흔히 사람, 동물, 만화 등 복잡한 이미지를 보는데 주로 시력을 상실한 사람에게서 나타난다. 그런 이유로 시력이 손상되는 질병인 MS와 결부된다. 하지만 내 시력은 최근에 복시를 경험한 것 외엔 지극히 정상이었다. 그렇기 때문에 나는 동네를 떠도는 유령이 진짜 유령도, 마음속 환상도 아니라고 생각한다.

게다가 샤를 보네 증후군을 앓는 사람은 자기가 보는 것이 환영이라는 사실을 알고 있다. 그들이 봤다는 사람은 굉장히 작고 대화를 나눌 수도 없다. 말 자체를 할 수 없다. 그런데 인터넷에서 환영과 MS를 검색할 때마다 마주치는 내용이 있다. MS의 정신병리학은 아직 미지의 영역이라 누구도 이렇다 저렇다 단정할 수 없다는 것이다. 나는 내 주장을 끝까지 우기지 않았다. 어차피 내가 설명한 남자가 진짜로 거기 있었다는 걸 아무도 믿지 않았다.

"그가 진짜라면." 아버지가 말했다. "다음에 봤을 때 집에 초대해서 세라와 만나게 해줘라."

나는 잔디밭의 남자가 예전에도 진짜라고 생각했고 지금도 진짜라고 생각한다. 언젠가 그와 우연히 마주치면 모든 게 밝혀질 것이다. 만에 하나 그가 유령이나 환영이라 해도 MS와 관련된 건 아니라고 생각한다. 절대로.

그보다는 건강에 대한 지나친 염려와 관련되지 않았을까 싶다. 심기증(心氣症)이라고 하는 건강염려증이 생긴 이유는 순전히 내 생각과 행동에 자신감이 떨어졌기 때문이다. 아울러 내 정신 활동이 빈약해졌기 때문이기도 하다. 대화를 따라가지 못하는 건 물론 하고 싶은 말이 머릿속에 전혀 떠오르지 않을 때도 있다("당신은 어떤 유형의 MS을 앓고 있습니까? 척수 MS? 실명과 마비 MS?" 환자들끼리는 이런 질문을 하곤 한다. 아무래도 나는 서술 MS에 걸린 듯하다. 맥락을 이해하고 새로운 맥락을 창출하는 데 어려움을 느끼기 때문이다).

그래서 컨디션이 지극히 좋을 때도 내가 보고 듣는 것의 진실성을 의심하고 거듭해서 확인하라고 스스로 되뇌곤 한다. 그렇지만 매사에 의심하고 따지는 일은 젖은 신문을 한 장씩 넘기는 것처럼 쉽지 않다. 게다가 이런 식으로 끊임없이 나 자신을 분석하는 것이 정말 유익한 건지도 잘 모르겠다.

세라와 잔디밭의 유령에 대해 논의하던 즈음, 밤늦게까지 잠을 이루지 못할 때가 많았다. 거실에 혼자 조용히 앉아 있으면 갑자기 머리가 맑아질 때가 있었다. 잠을 못 자서 피곤하고 팔다리가 쿡쿡 쑤셨지만 정신만은 또렷했다. 그런 순간이면 시간이 멈춘 듯 고요한 정적 속에서 나 자신을 솔직하게 바라볼 수 있었다. 내가 경험하는 온갖 극적인 사건과 흥분은 주로 내면의 문제로 보였다. 복시, 신경통, 순간적인 혼란이 내 발밑에서만 일어나는 지진 같았다. 주변 사람들은 내게 이런 일이 벌어진다는 사실을 잘 몰랐다.

그즈음 나는 사람들에게 미안하다는 말을 자주 했다. 내가 한 이상한 짓을 설명하려고 거의 매일 누군가에게 이메일을 보내곤 했다. 하지만 누구도 내가 이상하게 행동한다고 생각하는 것 같지 않았다. 내게 벌어진다고 느끼는 모든 일이 아직은 내 안에서만 벌어졌기 때문이다. 어쩌면 내가 그만큼 잘 버텨냈다는 뜻인지도 모르겠다.

때로는 버텨내는 수준을 넘어섰다. 3월 말경, MS의 또 다른 측면을 포착했다. 그것은 일종의 광적 흥분 상태였다. 적당한 속도로 달리던 내 인생이 갑자기 폭주족처럼 미친 듯이 질주하는 것 같았다. 복시에 시달리고 이케아 침대도 단번에 조립하지 못했지만 좌절은커녕 의욕이 넘쳤다. 쉼 없이 떠들고 오만 가지 질문을 쏟아냈다. 약에 대해, 신경학에 대해, 세상 모든 것에 대해 알고 싶어 안달했다. 그리고 걸핏하면 동네를 쏘다녔다. 세라가 그만 쉬라고 말리면 다리가 쓸 만할 때 실컷 써야 한다고 말했다.

쏘다니면서 생각했다. 왜 까치에 대해 아는 게 없지? 구름도 이름이 있다는데 나는 왜 모르지? 대학을 졸업하고 처음으로 다시 노트를 들고 다녔다. 궁금한 게 생기면 메모해뒀다가 전부 조사하기로 마음먹었다. 까치는 정말로 반짝이는 걸 수집할까? 파상운이라고 불리는 구름이 정말로 있을까? 구름이 정말로 파도처럼 생겼을까? 구름에 이름을 붙인 사람은 누구일까?

세라에게 했던, 다리가 쓸 만할 때 실컷 써야 한다고 했던 말은 무심결에 튀어나온 것이다. 요즘 들어 남의 기분을 별로 신경 쓰지 않았다. 감정이 다소 무뎌졌다고 해야 할까. 마음이 차분해지고 다시 현실로 돌아올 때마다 어떤 사람이 자꾸 떠올랐다. 바로 피니어스 게이지였다. 역사상 가장 유명한 신경질환자인 그는 당시 '탈억제' 상태에 빠져 자신을 억제하지 못하고 쉽게 분노를 표출했다. 나는 탈억제 상태에 빠졌다고 생각하진 않지만 대화를 나누다가 상대방 얼굴에서 어리둥절하거나 놀란 표정을 자주 목격했다. 탈억제 상태인 사람에게 내가 지을 법한 바로 그런 표정이었다.

긍정적인 면도 있었다. 아니, 있다고 나 자신에게 거듭 말했다. MS

는 내가 그동안 얼마나 단조로운 삶을 살았는지 보여주었다. 자동항법장치를 켜놓은 채 아무 생각 없이 살았다는 걸 극명하게 보여주었다. MS에 걸리기 전, 나는 다람쥐 쳇바퀴 돌 듯 살았다. 아침마다 똑같은 길을 따라 버스 정류장에 도달해서 똑같은 버스에 올라 똑같은 자리에 앉았다. 그리고 똑같은 창문으로 똑같은 풍경을 바라보며 똑같은 생각에 잠겼다.

이젠 그런 단조로운 삶에서 벗어나기는커녕 그마저도 어렵게 됐다. MS 때문에 전처럼 단조롭게 사는 것도 어려워졌다. 신경학자들 사이에서 흔히 하는 말이 있다. 바로 '함께 활성화되는 세포들은 함께 연결된다'는 말이다. 시냅스는 한 뉴런의 축삭돌기 말단과 다음 뉴런의 수상돌기가 맞닿은 부위를 말하는데, 메시지가 뇌로 갈 때 활성화되는 시냅스는 사용하면 할수록 더 강해지며 예전에 활성화됐던 시냅스 무리가 나중에 또다시 활성화될 가능성이 크다. 한 번 하는 게 어렵지, 일단 저지르면 두 번, 세 번은 훨씬 더 쉽다. 그렇게 하다 보면 습관처럼 굳어진다.

그런데 돌연 MS가 나타나서 기존에 연결돼 있던 선들을 일부 끊어버린다. 내가 이해한 바로는 그렇다. 그것 말고는 관례처럼 굳어졌던 내 행동에 빈틈이 보이는 걸 설명할 길이 없었다. 버스에 앉아 있는데 왜 손에 커피 잔이 들려 있었겠는가. 왜 그렇게 자주 바지 지퍼를 올리지 않고서 쏘다녔겠는가. 바지 사건만 빼면 행동 패턴이 깨졌다고 해서 엄청난 참사라고 할 순 없었을 것이다.

하지만 세라는 내 행동에 기겁했다. 어느 날 세라가 가게에 물건을 사러 간 사이, 나는 리언 주위에 레고 성을 높이 쌓았다. 리언은 가운데 앉아 점점 높아지는 레고 성을 보며 당황스런 표정을 지었다. 세라가 집으로 돌아와서 레고 블록으로 아이를 가두는 건 놀이가 아니라며 나를 나무랐다. 그 말에 나도 똑같이 당황했다. 그즈음 내 옷차림도 이상해지기 시작했다. 미래에서 온 고장 난 로봇 집사처럼 보였다. 옷깃은 똑바로 펴져 있지 않고 단추는 제대로 채워지지 않았다. 내가 리언을 돌보는 날엔 리언의 옷차림도 이상해지기 시작했다. 걸핏하면 바지 앞뒤를 바꿔서 입혔다.

재발완화형 질병이라는 이름에 걸맞게 증상이 나타났다 사라졌다 하면서 몸과 마음이 혼란에 빠졌다. 기분이 살짝 처지다가 점차 불안해졌고, 여기저기 아프기 시작하다 손가락 하나 까딱하지 못할 정도로 기진맥진해졌다. 때로는 머리까지 혼란스러웠다. 그러다 또다시 기분이 좋아지고 모든 게 지극히 명료해졌다. 거리에서 스치는 낯선 이의 얼굴에서 주름 하나까지 또렷하게 볼 수 있을 것 같았다. 때로는 아무나 붙잡고 내 상황을 토로하고픈 유혹을 느끼기도 했다.

이런 명료성은 결정적인 순간에 쓸모가 있을 때도 있었다. 어느 날 밤 욕실에 있는데 얼굴에 물기가 느껴졌다. 순간 삼차신경통이 도진 줄 알았다. 그런데 물기가 얼굴 안쪽이 아니라 바깥쪽에서 느껴졌다.

밖에서 내리던 봄비가 이젠 집 안에서도 내렸던 것이다. 욕실 천장에 새로 생긴 구멍에서 물방울이 똑똑똑 떨어졌다.

MS에 걸리기 전에는 집에 비가 들이치면 정신이 아득해졌다. 오밤중에 오염된 물이 다락에 차고 넘쳐서 거실로 와락 쏟아져 우리 가족을 덮칠 것 같았다. 출입구마저 물에 잠겨 손도 못 쓰고 그대로 수장될 것 같았다. 이런 끔찍한 상상으로 잠을 설치기 일쑤였다. 하지만 지금은 지붕에 구멍이 생겨 물이 새는구나, 이런 일을 처리할 사람을 불러 얼른 고쳐야겠다, 당분간 주말 외식은 자제해야겠다고 생각했다.

사람을 불러 새는 곳을 막았지만 일시적으로 멈췄을 뿐 시간이 지나 또다시 욕실에 물이 떨어졌다. 다행히 정신이 계속 명료한 상태여서 여기저기 알아보고 숙련공을 불렀다. 마지막에 부른 사람은 지붕과 다락을 꼼꼼히 살핀 다음 지붕을 전체적으로 손봐야 한다고 했다. 1930년대에 시공한 타일이 수십 년간 바닷바람을 맞아 젖은 비스킷처럼 물러졌다면서 전부 교체해야 한다고 했다.

공사 소음 때문에 온 우주가 이 볼품없는 방갈로를 미워한다는 생각이 들었지만 지붕 타일을 교체하는 사흘 내내 정신이 또렷했다. 작업하는 남자에게 따끈한 차를 끓여주려는데 느닷없이 전기가 나가버렸다. 이 집에 들어오고 처음으로 두꺼비집이 어디 있는지 찾아봐야 했다.

두꺼비집은 부엌 찬장 뒤쪽에 꼭꼭 숨겨져 있었는데 생김새가 참으로 요상했다. 이 집을 구입할 때 부동산 중개인에게 받은 조사서에서 두꺼비집의 위치를 읽었던 기억이 났다. 그런데 그게 제2차 세계대전 당시 독일 잠수함 U보트에 있을 법한 장치처럼 보인다는 내용은 기억에 없었다. 두꺼비집은 나무도 아니고, 그렇다고 플라스틱도 아닌 재질로 희한하게 덧대어져 있었다. 나는 지붕을 고치는 남자에게 물어보았다.

"저게 예전에 전기용품 등에 쓰던 베이클라이트(Bakelite)인가요?"

"모르겠습니다." 남자가 말하면서 두꺼비집 쪽으로 고개를 들이밀었다. "하지만 저 퓨즈는 분명 옛날에 초콜릿 포장지로 썼던 포일이군요. 그 옆에는 녹슨 못이고."

남자는 말을 마치기도 전에 찬장에서 얼른 물러났다. 나는 전기기사에게 연락해서 황급히 와달라고 부탁했다.

"휴, 다 끝났네." 지붕 공사가 끝난 날 밤, 감격한 목소리로 세라에게 말했다. "처음부터 끝까지 다 지켜보고 처리했어. 이젠 걱정 없이 잘 수 있으니 기분이 째질 것 같아."

갑자기 온몸이 찌릿찌릿 저렸다. 벌떡 일어나 팔다리를 흔들며 왔다 갔다 했다. 세라가 해양 관련 책을 읽다 말고 고개를 들었다. 그녀는 최근 쌍안경과 선박 추적 앱에서 바다 연감으로 관심사가 바뀌었다(전날 밤엔 자다가 일각고래에 대한 이야기를 중얼거렸다).

"옛날 뱃사람들 얘기를 읽고 있는데 말이야." 세라가 책을 들어 보이며 말했다. "배를 타고 바다에 오래 나가 있다 보니 열대성 열병에 시달렸대."

그녀는 컴퓨터에서 열대성 열병을 검색해서 읽어줬다.

"열사병이나 고열로 생기는 망상 증세로, 열대성 열병에 걸린 뱃사람은 바다를 푸른 초원으로 착각해 풍덩 빠져들고자 한다."

세라가 나를 차분히 쳐다봤다.

"그 뱃사람들도 바다에 떨어지기 전에 기분이 째졌을 거라고 봐."

그날 밤, 잠자리에 누워 한층 차분해진 상태로 세라에게 리언에 대한 걱정을 털어놨다. 브라이언을 만나고 온 뒤로 줄곧 시달렸지만, 복시와 행복감과 지붕 공사 등으로 얘기할 짬이 없었다.

"리언 문제로 마음에 걸리는 게 하나 있어. 리언의 삶이 완벽하지 못할 것 같다는 생각이 자꾸 들어."

불안한 마음이 드는 데는 다 이유가 있었다. 리언은 그날 어린이집에 다녀오자마자 아침에 자신이 입었던 티셔츠가 남자애들이나 입는 거라고 따지듯 말했다. 검정색 바탕에 흏골 모양이 찍힌 평범한 티셔츠였다.

"누가 그러디?"

우리는 리언을 달래면서 절대 그렇지 않다고 알려줬다. 하지만 아이의 마음을 돌리기엔 이미 늦었다. 너무 늦었다.

"리언의 삶이 언제는 완벽할 거라고 생각했어?" 현실감이 떨어지는 내 이야기 때문에 속상한 목소리였다. "아니, 완벽한 삶을 사는 사람이 있기는 해?"

평소 같았으면 기분이 축 처졌을 텐데, 세라의 핀잔에도 나는 상심하지 않았다. 어쩌면 행복감에 취한 탓이었는지 모르겠다. 그녀의 말처럼 나는 바다에 떨어지려던 뱃사람들과 같은 기분이었는지도 모르겠다.

나는 새롭게 차오른 에너지를 십분 활용했다. 신경학을 이해하고자 닥치는 대로 조사하고 알아봤다. 놀랍게도 사람의 감정과 성격을 왜곡시키는 질병은 한두 가지가 아니었다. 아침에 눈만 뜨면 침대에 앉아서 뇌가 잘못 돌아가는 사례를 찾아봤다. 세라가 깨면 옆으로 바싹 다가가서 새로 발견한 최악의 상황에 대해 들려주었다.

"이게 말이 돼?" 아침마다 말도 안 되는 이야기로 하루를 시작했다. "움직이는 물체를 시각적으로 인식하지 못하는 신경질환자가 있다니, 이게 말이 돼?"

"아키네톱시아(akinetopsia, 동작맹)라는 거야." 세라가 리언을 살피며 말했다. "「하우스」라는 미국 드라마에서 다뤘던 에피소드잖아."

흠, 눈이 멀었는데도 자신이 볼 수 있다고 확신하는 질병이 있다니, 이게 말이 돼? 무슨 말을 들으면 그 말의 운을 맞추는 걸 멈추지 못하는 질병이 있다니, 이게 말이 돼? 한번 보거나 겪은 일을 전부 다 기억하는 질병이 있다니, 이게 말이 돼?

"전부 다 기억한다고?" 세라가 물었다.

"하이퍼사이미시아(Hyperthymesia, 과잉기억 증후군)라는 거야."

"거참 유용하겠네."

세라가 말했다. 그녀는 어제 휴대폰을 찾느라 집 안을 하루 종일 뒤졌다.

"그렇게 유용하진 않아. 당신에게 일어났던 일을 모두 기억한다고 상상해봐. 쓸데없는 지식과 정보로 머리가 터질 것 같지 않겠어?"

세라가 일어나면서 머리를 살짝 매만졌다. 그러더니 돌연 몸을 돌리고 나를 쳐다봤다. 눈매가 매서웠다.

"도대체 무슨 일이야?"

"뭘, 그냥 읽은 내용을 들려준 것뿐이야." 내가 항변했다. "당신이 신경학을 공부해보라고 했잖아."

"난 당신한테 뭘 하라고 말한 적 없어. 당신이 MS에 걸렸으니까 알아보면 좋을 거라고 했지. 이건 달라. 이건……."

"나비 채집이라고?"

내가 물었다. 어떤 신경학자가 이런 행위를 나비 채집이라고 부른다는 얘기를 읽었다. 죄다 「하우스」에 나올 만한 특이하고 지엽적인 질병이었다. 어렸을 때 여동생과 내가 주로 수집하던 것이다. 우리는 틈만 나면 아버지가 일하면서 마주친 가장 엽기적인 사건에 대해 들려달라고 졸랐다. 차를 타고 이동할 때마다 누군가가 소름 끼치는 방법으로 죽은 얘기를 들으며 무료함을 달랬다.

"애들이 원래 좀 무자비하잖아."

내가 옛날 일을 떠올리며 말했다. 세라는 말하지 않아도 다 알아들었다는 듯 고개를 끄덕였다. 그런데 자리에서 일어나려고 이불을 젖히다 말고 뜬금없는 질문을 던졌다.

"혹시 당신의 진단을 바꿔보려는 속셈으로 이런 요상한 진단들에 매달리는 거야?"

"내가 MS 진단을 바꾸려고 이러는 것 같아?"

"신경과 전문의들이 내린 진단 말고." 세라가 내 어깨에 손을 올리며 말했다. "그 뒤에 당신 아버지가 내렸던 진단 말이야. MS 인격."

미엘린초의 가능성

: 무언가를 계속 배우면 파괴된 신경을 되살릴 수 있을까?

오랫동안 나는 샤르코 외에 다른 연구자를 찾아볼 생각을 못 했다. MS에 대해 조사할 때마다 샤르코와 마주쳤고 찾아본 위키피디아 페이지마다 그의 이름이 나왔다. 브라이튼의 주빌리 도서관에서 신경학 책을 넘기다 보면 어디선가 그의 얼굴이 튀어나와 근엄하면서도 그윽한 눈길로 나를 쳐다봤다. 나 역시 MS를 어둠 속에서 끄집어낸 남자에게 똑같이 그윽한 눈길을 보냈다. 수개월 동안 샤르코 이후 누가 어떤 연구를 진행했는지 크게 신경 쓰지 않았다.

하지만 MS 연구는 샤르코에서 끝나지 않았다. 자료를 더 찾아본 결과 그에게서 시작된 것도 아니었다. 1960년대에 면역 체계가 MS에 미치는 효과가 알려졌고, 그 후 30년에 걸쳐 재발완화형 MS를 근본적으로 치료하는 약이 하나둘 나오기 시작했다. 이후 미엘린초가 등장했다. 미엘린초는 뇌의 백질로서 MS 이야기에서 핵심을 이루는 부분이다. 이 낯선 물질에 대한 인식은 수십 년 사이에 극적으로 바뀌었다.

미엘린초는 독일의 병리학자 루돌프 피르호(Rudolf Virchow)가 찾아냈다. 1800년대 열악한 환경에서 태어난 그는 그야말로 다재다능한 인물이었다. 인류학자이자 의학박사였을 뿐만 아니라 생물학자, 역사학자, 저술가, 정치가로서도 이름을 날렸고 비스마르크와 자주 논쟁을 벌이기도 했다. 피르호는 결투를 신청한 비스마르크에게 똑같이 생긴 소시지 두 개를 내밀고 하나를 선택하라고 제안했다. 둘 중 하나에는 치명적 병균이 감염되어 있었다고 한다.

메시지가 영혼이나 액체나 진동에 의해 전달된다고 여겨지던 18세기에 루이지 갈바니(Luigi Galvani)는 뉴런이 전기를 통해 메시지를 전달한다는 사실을 입증했다. 아울러 전기를 절연하기 위해 이런 세포를 감싸는 물질이 분명히 있을 거라고 주장했다. 1854년 피르호가 그 물질을 발견했다. 바로 축삭돌기를 감싸는 지방질이었다. 대단한 발견이긴 하지만 피르호는 이 지방질이 뉴런의 밖이 아니라 안에 있다고 생각했다. 그래서 미엘린(myelin)이라고 이름 붙였는데, 'marrow(골수)'라는 뜻의 그리스어인 'muelos'에서 따온 것이다.

미엘린이 MS에서 하는 역할은 20세기 초부터 알려졌지만 미엘린 자체는 계속 오해를 받았고 제대로 평가받지도 못했다. 뇌에서 이뤄지는 흥미로운 일들은 수상돌기와 신경세포체로 구성된 회백질이 죄다 가로챘다. 우리의 생각과 행동은 시냅스의 흥분과 세로토닌 같은 신경전달물질의 갑작스러운 분출을 통해 전기 신호가 다른 세포로 전달되면서 유발된다. 여기서 미엘린초는 단지 축삭돌기를 감싸고 있을 뿐이다.

요즘에도 미엘린초를 흔히 전기배선을 감싸는 플라스틱 코팅제에 비유하는데, 단순히 축삭돌기를 감싸서 보호하는 역할만 하는 게 아니다. 축삭돌기를 지나는 전기 메시지의 속도를 높이는, 그것도 엄청나게 높이는 역할도 한다.

알면 알수록 낯선 그림이 완성된다. 중추신경계의 모든 축삭돌기가 미엘린초로 둘러싸여 있다고 생각한다면 오산이다. 실제로는 그렇지 않다. 가령 눈의 망막에서 뇌 뒤편의 시각령까지 메시지를 빠르게 전달해야 하는 시신경의 경우 거의 모든 축삭돌기가 미엘린초로 둘러싸여 있다. 하지만 다른 곳은 희박하다. 좌우 대뇌 반구를 연결하는 축삭돌기 다발이자 백질의 본거지 중 하나로 여겨지는 뇌량(腦梁)에서도 축삭돌기의 약 30퍼센트만 미엘린초로 둘러싸여 있다.

이런 사실을 설명해준 사람은 윌리엄 리처드슨(William Richardson) 박사다. 유니버시티 칼리지 런던에서 신경발달과 가소성(뇌세포의 일부가 죽더라도 재활치료를 통해 그 기능을 다른 뇌세포에서 일부 대신할 수 있는 성질)을 연구하는 과학자로, 미엘린초가 중추신경계에서 하는 역할을 제대로 평가받지 못했다고 주장하는 신경과학자 중 한 명이다. 나는 더 자세히 알아보고 싶어서 돌풍이 몰아치는 겨울에 그를 찾아갔다.

지난 수십 년간의 연구 결과 미엘린초는 우리가 생각했던 것보다 복잡하다는 사실이 밝혀졌다. 예전엔 수초 형성이 유년기 초에 끝난다고 추정했지만 이젠 그보다 훨씬 더 늦게까지, 때로는 성인기까지 지속된다는 사실도 밝혀졌다. 뇌는 어떤 축삭돌기가 많이 사용된다는 피드백을 충분히 받으면 노출된 축삭돌기에 수초가 형성되도록 선택할 수 있다는 징후도 있다.

리처드슨은 이를 바탕으로 미엘린초가 학습에 기여한다고 추정했다(예전엔 학습이 회백질의 전유물로 여겨졌다). 리처드슨과 그의 연구팀은 가로대를 임의로 뺀 쳇바퀴를 여러 개 만들어 쥐에게 돌리도록 했다. 복잡하게 변형된 쳇바퀴에 쥐를 올려놓자, 대부분 쥐들이 금세 돌리는 법을 익혔다. 가로대를 아무리 이상하게 배치해도 별 차이가 없었다. 그런데 축삭돌기를 감싸는 미엘린초의 형성 능력을 제거한 쥐는 그 과정이 훨씬 더 오래 걸렸다. 함께 활성화됐던 세포들이 함께 연결되긴 했지만 속도는 현저하게 떨어졌다.

나는 리처드슨의 사무실에서 한두 시간 정도 머물며 쥐들이 쳇바퀴를 도는 비디오를 지켜봤다. 내심 그의 연구가 향후 치료에 어떤 영향을 미칠지 궁금했지만 묻지 않겠다고 속으로 다짐했다. 왜 그런 다짐을 했는지는 모르겠다. 어쩌면 녹음기와 노트패드를 들고서 좀 더 객관적이고 냉정한 태도를 취하려 했는지도 모른다. 또는 그런 걸 물으면 공연한 기대를 품게 될까 걱정했는지도 모른다.

하지만 결국엔 궁금증을 참지 못하고 그에게 묻고 말았다. 리처드슨은 잠시 신중하게 생각하더니 뇌에 산재된 세포들이 축삭돌기의 사용 빈도를 감시하다 질병으로 파괴된 수초를 다시 형성하도록 유도할지 모르겠다고 대답했다. 그럴 경우 MS 환자들이 새로운 것을 계속 배운다면 수초 형성에 유리할 것이라고 덧붙였다.

그의 마지막 말이 내 귀에 쏙 들어왔다. 현명하면서 낙관적인 조언일 뿐만 아니라 실천할 만한 조언이었다. 그 말이 맞는다면 피아노를 연주하거나 오디오북으로 스페인어를 배우는 일도 유의미한 치료 효과가 있을 것이다. 나중에 리언이 영어의 불규칙동사에 대해 물으면 왜 특정 동사가 애초에 불규칙하게 변하는지 찾아봐야 할 텐데, 그 과정에서 나는 사소한 행복을 느끼며 우리 둘 다를 도울 것이다.

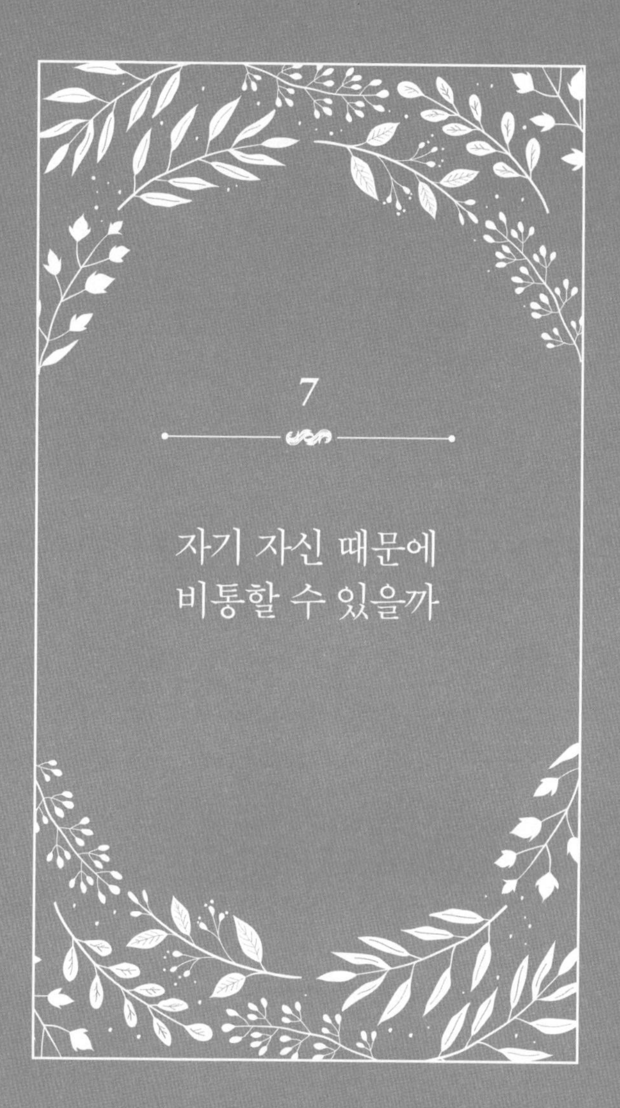

7

자기 자신 때문에 비통할 수 있을까

~

해안도로에서 바라보면 하늘과 바다가 만나 은백색 선을 길게 그은 듯 보였다. 그 선 위로 풍력발전단지 공사가 한창이었다. 병원에 가는 길인데 오늘따라 마음이 조마조마했다. 도로를 달리면서 앞으로 다가올 시간의 전조가 될 만한 걸 계속 찾아봤다.

3월 말로 잡혔던 정기검진 날이었다. 퀼 박사를 다시 만날 생각에 아침부터 기분이 들떴다. 출발하기 몇 시간 전부터 셔츠를 걸치고 옷매무새를 살폈다. 먼지라도 붙었을까 툭툭 털어내는 것으로 모자라 셔츠 자락을 바지 속에 집어넣기까지 했다. 세라가 침대에서 나를 보더니 피식 웃었다. 조금 있으면 내가 거울을 보며 '이렇게 입으니까 어울려?'라고 물어볼 걸 뻔히 아는 눈치였다.

막상 외래환자 진료실에 도착하니 퀼은 나를 다른 신경과 전문의에게 맡기고 퇴근한 뒤였다. 내 MS 전문의인 케이니그 박사가 아니라 새로운 사람이었다. 키가 크고 서글서글한 눈매를 한 젊은 여의사가 활기차게 악수를 청했다. 그녀는 만나서 반갑다면서 내 뇌의 스캔 사진을 이미 살펴봤다고 했다. 그러면서 모니터가 여러 대 있는 진료실로 안내했다. 모니터들에는 뇌 단면도가 떠 있는데 MRI 이미지의 은백색 선들이 두개골 모양대로 또렷하게 빛났다. 그 안에 담긴 뇌는 폭우에 잠긴 듯 흐릿했다.

생전 처음으로 내 뇌를 마주했다. 낡은 빅토리아풍 건물의 낡은 빅토리아풍 진료실에 앉아 스크린에 비친 뇌를 넋 놓고 쳐다봤다. 스크린마다 다른 사진이 떠 있었다. 각도도 다르고 부위도 다르고 해상도도 다 달랐다. 하지만 죄다 내 머릿속을 찍은 것들이었다.

마우스를 움직여 이리저리 살펴봤다. 그러다 이상하게 골이 잡힌 지역에서 회색 물질을 아래부터 위까지 찬찬히 살펴봤다. 야한 비디오라도 보는 듯 눈도 깜빡이지 않았다. 위쪽으로 올라가자 동맥이나 정맥 줄기가 강처럼 지나는 평지가 타나났다.

뇌를 구경하는 일은 생각보다 유쾌하지 않았다. 뇌를 구경하다니, 멍청한 생각이었다. 뇌는 구경하는 장소가 아니라 내가 사는 장소라는 생각이 퍼뜩 스쳤다. 귀신이 나올 것 같은 이 울퉁불퉁한 덩어리 안에서 서른여섯 해를 보냈다. 그러다 뜻밖의 재난을 당해 이 자리에 앉아 있었다. 이렇게 떨어져서 남의 일인 양 바라보니 왠지 탈출했다는 느낌이 들었다. 하지만 나는 탈출한 게 아니었다. 내 뇌는 여전히 그 자리에 있었다. 늘 있던 자리에서 자신을 바라보고 있었다. '이게 나야?' 하는 심정으로.

인간의 뇌는 우주에서 가장 복잡한 물체로 알려져 있다. 나는 그 사실을 입속으로 거듭 되뇌었다. 그래, 맞아. 하지만 눈앞에 펼쳐진 모습은 기대했던 것만큼 멋지지 않았다. 그렇긴 해도 내가 본 모든 것이, 내가 여태 생각했던 모든 것이 스크린 어딘가에 있었다.

뇌 안에 있으면서 동시에 뇌를 바라보다니 기분이 묘했다. 그간의 온갖 탐사에도 불구하고 나는 여전히 여행자에 불과했다. 내가 바라보는 게 뭔지 제대로 알지 못했다. 스크린에 비치는 다양한 덩어리가 뭔지, 어두운 지점이 근심거리인지 아닌지 전혀 알지 못했다. 사방으로 뻗어 있는 정맥이 실제로 정맥인지도 몰랐다. 내가 보는 게 회백질인지 백질인지도 몰랐다. 내가 지금까지 알아봤던 주요 부위는 다 어디 있지? 공포를 느낀다는 편도체는 어디지? 좌우 해마(hippocampuses)는? 해마(hippocampus)의 복수형이 이게 맞나? (hippocampus의 복수형은 hippocampi다-옮긴이 주.) 뉴런은? 생각과 이해와 탐구를 관장하면서 내가 아는 어떤 조직보다 신출귀몰한 조직인 뉴런은 도대체 어디지?

MS의 흔적을 찾는 것은 거의 불가능했다. 나는 신경 조직 가운데서 산불처럼 하얗게 타오르는 빛을 기대했지만 신경과 전문의는 군데군데 옅은 안개가 낀 지역을 가리켰다. 저기가 문제를 일으키는 곳인가?

저게 MS인가? 딱히 눈길을 사로잡을 정도로 인상적이진 않았다(나중에 집에 돌아온 뒤에야 안개가 여러 지역에 끼었다는 걸 알아차리고 몸서리를 쳤다).

그 자리에서 뭘 의논하고 싶었는지 기억나지 않았다. 15분 동안 상담하면서 무슨 얘길 들었는지도 생각나지 않았다. 다만 지금 복용하는 약을 모니터하기 위해 연말에 MRI를 다시 찍어보자고 했던 건 확실히 기억했다. 그리고 한 가지 더! 진료실을 나설 때 신경과 전문의가 나더러 방금 본 것을 다 이해했냐고 물었던 것도 기억했다. 너무 많은 걸 보여줬다고 생각하는 눈치였다. 아무래도 상담 중에 내가 얼굴을 씰룩거리거나 얼빠진 표정을 지었나 보다.

너무 많이 보여줬다고? 하얀 안개를? 유령 같은 풍경을? 실은 본 게 없다고, 너무 없다고 반박하고픈 심정이었다.

집에 도착하자 세라가 진료에 대해 물었다. 나는 괜찮았다고 둘러댄 후 작업실로 들어가 문을 닫았다. 사무실엔 진료 예약이 잡혀서 못 나간다고 미리 말해뒀다. 세라가 섭섭해할 걸 뻔히 알면서도 오후 내내 작업실에서 꼼짝하지 않았다. 가만히 앉아 있었지만 머릿속은 오전에 봤던 것들을 죄다 거부하느라 분주했다. 조금만 노력하면 이해할 수 있을지도 모르는 것들을 마주했는데, 나는 고개를 돌려버렸다.

거부하는 것도 쉽지는 않았다. 다행히 그 뒤로 며칠간 운이 따랐다.

온 우주가 나를 도왔다. 다음 날 아침 사무실에 갔더니 누군가가 이메일로 라니아케아 초은하단에 관한 짤막한 비디오를 보내왔다. 하와이 말로 '측정이 불가능할 정도로 넓은 천상(天上)'이라는 뜻의 라니아케아는 우주에 수백만 개나 존재하는 거대 은하 중 하나다. 최근 여러 연구를 통해 라니아케아의 경계와 그 안에 속하는 은하가 새로 확정되었다.

방대한 은하의 특이운동을 조사한 결과 라니아케아에 속하는 은하들이 마치 LA 하이웨이를 달리는 자동차들처럼 다 같이 거대 인력체(Great Attractor)로 알려진 우주 공간으로 끌려간다는 사실이 드러났다. 끌려가는 도중에 그들은 거대 깃털 같은 필라멘트를 형성했다. 도드라져 보이게 하려고 비디오에서는 황금색으로 표시되어 있었다. 수백만 개나 존재하는 초은하단 중 하나인 라니아케아는 바람에 흩날리는 거대하고 섬세한 깃털처럼 보였다. 언젠가 뛰어난 능력의 탐험가가 적절한 도구를 이용해 실체를 알려줄 때까지 포물선을 그리며 우주 공간을 선회할 것이다.

비디오를 보는 동안 눈물이 흐르기 시작했다. 시간이 없다고 생각했다. 라니아케아는 우리에게 말하고 있었다. 이렇게 방대한 우주를 연구할 시간이 없다고. 오늘 바로 시작하더라도, 설사 시간이 시작된 태초에 시작했다 하더라도 이게 무엇을 뜻하는지, 이게 진짜로 무엇과 같은지, 이게 무엇을 초래할 수 있는지 알아차리는 데는 시간이 모자랄 거라고. 이것의 총체적 역량은 알 수도 없고 깨달을 수도 없다. 그저 시간 낭비에 불과하다. 그에 비해 어제 병원에서 봤던 내 뇌는 참으로 보잘것없었다. 하루 동안 나를 아둔한 존재로 느끼게 했지만 이제 보니 아무것도 아니었다.

"뇌와 비슷해 보이지 않아?"

동료인 댄이 내 어깨 너머로 비디오를 보다가 불쑥 말했다. 모니터에서는 라니아케아가 앞뒤로 방향을 틀면서 선회하고 있었다.

"아니, 내 눈엔 깃털처럼 보여."

내가 필요 이상으로 단호한 목소리로 말했다. 내 기세에 눌렸는지 댄이 슬그머니 자기 책상으로 돌아갔다. 나는 비디오게임에 관한 리뷰를 쓰려고 문서를 열었다. 하지만 쓸 말이 하나도 떠오르지 않았다. 스크린에서 깜빡이는 커서에게 뭐라도 할 일을 줘야겠기에 결국 인터뷰한 내용을 글로 옮기기로 했다.

첫 증상은 2014년 1월에 나타났고 이때는 2015년 3월 말이었다. MS가 2년차로 접어들었다. 그동안 나는 어떻게 대응했을까? 솔직히 평가하자면 아주 형편없이 대응했다. 하지만 잘 대응하고 있다고 나 자신에게 거듭 말했다. 이런 착각에 빠져서 2015년 상반기를 괴물과 다름없이 보냈다.

살다 보면 항상 좋을 수도, 항상 나쁠 수도 없다. 좋은 시기와 나쁜 시기가 언제 닥칠지 미리 알 수도 없다. 나는 절대적 혼란과 절대적 확신 상태를 오락가락하며 MS의 초반기를 보냈다. 그러면서 MS가 무엇인지, 나한테 무슨 의미가 있는지 다 안다고 생각했다. 안개 속에 갇힌 듯 흐릿한 기분과 득도의 경지에 이른 듯 선명한 기분은 적정한 거리를 유지하지 못했다. 상반된 감정이 오락가락하다가 어느 순간 서로 튀어나오려고 했다. 며칠 간격으로, 때로는 몇 시간 간격으로 갈팡질팡했다. 그러다 어느 순간 길을 잃었다. 지금 와서 생각해보면 최악의 순간은 길을 잃고서도 전혀 그렇게 생각하지 않을 때였다.

3월 어느 날 저녁, 일을 마치고 동료들과 가볍게 한잔하러 갔다. 내 기억으로는 이즈음 말이 어눌해질 때가 자주 있었다. 피곤할 땐 더 더듬거렸다. 사무실에서 일할 때도 별로 말을 하지 않았다. 혹시라도 누가 내 상태를 눈치채고 집으로 돌려보낼까 봐 두려웠기 때문이다.

그런데 술이 한잔 들어가자 이 멍청이가 좋다구나 나타나더니, 어깨를 으쓱하면서 카랑카랑한 목소리로 MS가 세상에 대해 가르쳐준 것을 떠벌렸다. 사람은 누구나 자기 인생을 확고하게 책임져야 한다며 친구들에게 일장 연설을 하기도 했다. 나라도 이런 작자하고는 엘리베이터도 같이 타고 싶지 않을 것이다. 그런데 이런 작자가 바로 나였다. 쥐뿔도 모르면서 MS에 걸린 사람들을 대변하는 양 목소리를 높이는 작자가 다른 사람이 아닌 바로 나였다.

그날 저녁엔 의외로 말이 술술 나왔다. 내가 대충 짜 맞춘 MS의 대통일 이론(grand unified theory)에 대해, 마음챙김(mindfulness : 현재 순간을 있는 그대로 자각하는 것-옮긴이 주)의 중요성에 대해 큰 소리로 떠들었다. 미래는 불확실하지만 현재는 즐길 수 있고 또 즐겨야 하는 구체적이고 확실한 대상이기에 지금 이 순간을 살아야 한다고 쉴 새 없이 떠들었다. 아무도 묻지 않았지만 기어이 내 세계에 대해 장황하게 설명했다. 순전히 나를 돋보이게 하려고 멋대로 짜 맞춘 세계였다. 당시 복용하는 약은 내가 생활하는 데 전혀 지장이 없도록 병을 철저하게 통제한다고 설명했다. 어떤 면에서는 MS가 나를 더 나은 사람이 되도록 돕는다고도 했다.

당시엔 그 말을 믿었다. 아니, 믿고 싶었다. 내가 찾아낸 이 접근법이, 들뜬 마음으로 세상을 바라보는 이 방식이 전면적으로 확대되길 바랐다. 앞으로 직면할 모든 순간을 행복한 마음으로 맞이할 수 있기를 바랐다. 매 순간 최선을 다해 살아야 하니까!

하지만 나는 잘 까먹었다. 내가 세상의 중심이 아니라는 사실을 자꾸 까먹었다. 주변 사람들은 내게 질질 끌려가면서 내가 너무 최선을 다해 살지 않기를 바랄 지경이었다. 나는 잘 알지도 못하면서 다 아는 듯 굴었다. 오만이 하늘을 찔렀다. MS에 걸린 지 얼마 되지도 않았는데 MS에 대처하는 전략을 마구 떠벌렸다. MS를 오랫동안 앓았던 사람이 들었으면 뭐라고 했을까? 애초에 그런 사람들을 만나 자유롭게 얘기할 깜냥이나 있었을까? 설사 만났다 해도 들뜬 기분으로 MS에 맞서 싸우겠다는 내 말에 그들이 옳다구나 박수를 쳐줬을까?

그날 저녁 방언처럼 터진 내 독백은 끝없이 이어졌다. 급기야 나 같은 사람들의 대변자라도 되는 양 열변을 토했다. 나 같은 사람들이라니. 어이없게도 나는 장애인들의 인권을 부르짖는 맬컴 엑스처럼 행동했다. 그때 난 장애인도 아니었다. 물론 지금도 아니다. 심지어 어느 날 내가 장애인 상태로 눈을 뜰 거라는 생각조차 해보지 않았다. 어느 날 MS 때문에 장애인이 될 거라는 깨달음과, 장애인들이 흔히 대우받는 대로 평생 대우받을 경험 사이의 근본적인 차이를 나는 생각해보지도 않았다.

"사람들은 나 같은 사람을 좀 돌아봐야 해."

나는 거리를 지나가는 사람들의 눈에 내 병이 보이기라도 하는 양 말했다. 내 목소리엔 분노가 담겨 있었다. 어쩌면 그날 아침 만원 버스에서 5분 정도 서 있었던 걸까. 자리를 양보하지 않는 사람들을 성토하고 싶었나 보다. 내 목소리엔 부끄러움도 담겨 있었다. 지난 30년 동안 장애인들을 배려하지 않고 살았던 과거에 대한 반성이었다. 그렇게 말한 이유는 브라이튼에 갑자기 장애인이 많아진 것 같았기 때문이다. 장애인 시설이 새로 들어선 것도 아닌데 도처에서 장애인이 눈에 띄었다.

나는 병적인 자기중심주의에 사로잡히고 편협한 확신에 차 있었다. 심지어 MS 덕분에 더 높은 차원의 인식과 시각을 갖게 됐다고 그럴싸하게 포장했다. 이런 사람이 나였다. 그리고 지금의 나이기도 하다. 나의 모든 측면을 다 인정한다. 못마땅한 측면이라 해도 그 나름대로 효용성이 있다.

매번 들어줄 가치가 있는 말만 했던 건 아니지만 때로는 그날 저녁처럼 또렷하게 말할 수 있었다. 때로는 같은 시기인데 아주 간단한 말도 제대로 할 수 없었다. 이 역시 종잡을 수 없었다. MS 초기 증상치고는 굉장히 특이했다. 지금 생각해봐도 도통 알 수 없다. 4월에 들어서는 말을 더듬거렸다. 처음엔 웃어넘겼지만 점차 짜증이 밀려왔다. 시내에 다녀오면 피곤해지는 것처럼 말하는 것도 피곤해졌다. 말해야 한다는 생각 자체가 걷는 행위만큼이나 지치게 했다. 어떤 날은 괜찮았다. 또 어떤 날은 먼지 자욱한 도로를 걷는 것처럼, 햇볕에 달궈져 움푹 팬 곳도 많고 목적지에 도착하기 전에 충돌하거나 졸도할 위험이 있는 도로를 걷는 것처럼 조마조마했다.

이런 게 말더듬이의 사고 과정일까? 그야 모르지만 딱히 그럴 것 같지는 않았다. 다른 사람도 때로는 15분 동안, 때로는 한 시간 동안 말을 더듬다가 언제 그랬냐는 듯 똑바로 말할까? MS 때문에 말을 더듬기도 할까? 궁금하지만 누구에게 물어볼 수도 없었다. 나중에는 말을 너무 심하게 더듬는 바람에 업무상 예정된 전화 인터뷰까지 취소하기에 이르렀다. 도무지 이유를 알 수가 없었다. 혹시라도 실수할까 봐 애초에 시도조차 안 하려고 일부러 말을 더듬는 건 아닐까 의심이 들기도 했다.

여기저기 알아보다 앨런 로퍼(Allan Ropper)라는 신경과 전문의가 쓴 책을 읽게 되었다. 보스턴의 한 대학병원 신경 병동에서 겪었던 일을 기록한 책이었다. 그는 책의 한 챕터에서 환영, 위양성(false positive: 정상인데 이상이라고 잘못 판단하는 경우-옮긴이 주), 꾀병 등을 자세히 다뤘다. 한 번도 내가 꾀병을 부린다고 생각하진 않았지만 부끄럽게도 그 챕터를 읽고 나서 말 더듬는 증상이 사라졌다. 아주 말끔히 사라졌다. 어디 한 군데가 아프면 멀쩡하던 곳도 아픈 걸까?

말 더듬는 증상이 가시자 이젠 단어가 떠오르지 않았다. 머릿속에 저장된 어휘들이 명멸하는 불빛처럼 나타났다 사라졌다 했다. 저녁때가 되거나 걱정거리가 있을 때는 아무리 쥐어짜도 어떤 단어는 영 떠오르지 않았다. 누구나 그런 경험이 한두 번은 있겠지만 나는 짜증 날 정도로 자주 일어났다. 급기야 누군가와 이야기할 때 오른손을 계속 돌리면서 말했다. 말하고 싶은 단어가 아직 떠오르지 않았다는 신호였다. 그럴 때마다 대처하는 방식은 달랐다. 사무실에선 글을 많이 쓰고 말을 적게 하려고 노력했다. 친구들을 만나면 대화를 주도하지 않고 간간이 거들기만 했다. 그래도 집에 있을 때는 여전히 내 의사를 전달하려고 애썼다.

단어만 깜빡깜빡한 건 아니었다. 어느 여름날, 나는 방역업자와 전화로 한참 얘기를 나눴다. 집에 또 말썽이 생겼기 때문이다. 퇴치제를 아무리 뿌려도 해충이 도무지 죽지 않았다. 방역업자가 내 전화번호를 물었다. 나는 얼른 전화번호를 떠올렸다. 생각나지 않았다. 좀 더 생각해봤다. 머릿속이 걱정될 정도로 조용했다.

"미안하지만 기억나지 않습니다."

내가 말했다. 그러자 방역업자가 집 주소를 물었다.

"미안하지만." 나도 모르게 웃음이 나왔다. "그것도 기억나지 않습니다."

이런 건 괜찮았다. 솔직히 말하지만 정말 괜찮았다. 방역업자가 전화를 뚝 끊었을 때 킬킬거리면서 혼자 중얼거렸다.

"난 너무 오랫동안 기억의 노예였어."

나는 이 과장된 표현을 무척이나 좋아했다. 어렸을 때 매튜 아놀드(Matthew Arnold)의 「도버 해변(Dover Beach)」이라는 시를 몇 시간씩 외우곤 했다. 우리가 살던 곳이 도버 해변에서 가깝기도 했지만 어머니가 매튜 아놀드를 무척 좋아했기 때문이다. 어머니의 모리스 트레블러를 타고 해안지구를 지날 때마다 나는 유치한 목소리로 그 시를 읊어 어머니를 열받게 하곤 했다. 시 전문을 거의 완벽하게 암기했지만 '구슬프고 아득하게 멀어지는 파도 소리뿐'에 이르면 매번 '구슬프고 암울하게 떠나가는 파도 소리뿐'이라고 잘못 말했다. 어머니에게 실수를 지적당할 빌미를 준 거였고 나는 거기에 열이 받았다. 그래서 그 구절을 똑바로 외우려고 미친 듯이 노력했다. 사랑하는 어머니를 열받게 하려고 고안한 장난이 좋은 쪽으로 역효과를 낳았던 것이다.

요즘엔 그런 역효과를 찾아볼 수 없다. 실은 그런 데 신경 쓸 여유도 없다. 우리 집 전화번호도 기억하지 못하는데 매튜 아놀드를 돌아볼 여유가 있겠는가. 매튜 아놀드가 시간과 건강의 다양한 부당성에 대해 계속 주시하라고 말했든 말든.

"오늘 밤바다는 고요하구려."

「도버 해변」의 첫 구절처럼 내 머릿속도 참으로 고요했다. 결국 일상생활에서 쉽게 접하는 것마저 장황하게 설명해야 했다. 샤워 꼭지를 물이 나오는 스피커라고 설명했다. 창턱이라는 말이 떠오르지 않아 유리창 옆에 난 좁은 보도라고 설명했다. 리언의 입을 리언의 깔때기나 리언의 부리라고 말하곤 했다. 일정표에 뭘 급히 적어야 할 때는 일정표라는 단어가 생각나지 않아서 세라에게 각 달의 알파벳을 물어보곤 했다. 처음엔 너무나 편하고 자유로웠다.

"글쎄, 모르겠는데."

뭐든 모른다고 말하고 넘어갈 수 있으니 그야말로 완벽한 핑계가 생겼다. 그 중심에는 당연히 MS가 있었다. 통증에 시달리고 행복감에 도취되고 부지불식간에 나타나는 새로운 증상으로 혼란스러울 때마다 MS는 변화의 주체이면서 그 변화에 대처하기 위한 핑계였다. 다른 건 거의 신경 쓰지 않았다. 컨디션이 좋은 날엔 뭐든 까먹어도 되는 양 행동했다. 생각해내려고 골치 아프게 신경 쓰지 않으니 세상만사가 편하기 그지없었다.

그렇지만 마냥 편하고 자유로울 수는 없었다. 이제 와 생각해보면 MS를 핑계로 누렸던 자유는 실제로 MS 때문이 아니다. 까먹은 것을 기억하려는 노력을 금세 포기했던 것도 MS 때문이 아니다. 어쩌면 그런 건 임상적 증상도 아니다. 내 경우 임상적 증상보다 더 나쁜 것 같다. 내가 애초에 두려워했던 건데, 나중엔 두려워한다는 사실도 잊어버렸다. MS가 너무나 멋지고 강력한 핑곗거리여서 나는 너무 자주 들먹거렸다. 관심을 기울이고 집중하지 않으면 세상에서 점점 멀어질 수 있다. 너무 멀어져서 언젠가는 구슬프고 암울하게 떠나가는 파도 소리를 더 이상 듣지 못할 수도 있다.

자기 자신 때문에 비통해할 수 있을까? 문득 이런 의문이 들었다. 조앤 디디온의 『상실(The Year of Magical Thinking)』을 읽었다. 디디온도 MS를 앓았지만 이 책에서 그 문제를 다루진 않는다. 남편이 갑자기 죽고 난 다음 해에 있었던 일을 주로 서술하는데, 그녀는 사람이 슬픔에 잠기면 이상한 경험을 한다고 주장한다. 그녀가 말하는 경험은 신경학과 관련된 특정 증상과 매우 흡사하다. 남편이 떠난 뒤 디디온은 집중력이 흐트러졌다. 인지 능력도 떨어졌다. 실독증이 생겨서 시각은 정상인데 글을 못 읽었다. 실수가 잦고 자신의 전화번호를 까먹었다.

디디온의 경우 비통함이 MS와 한데 어우러져 이런 증상이 나타났을까? 그렇다면 자기 자신 때문에 비통해할 수 있을까? 이 질문에 대한 내 대답은, 예스다.

단어를 까먹는 게 MS 때문일까? 사물이나 대상의 이름을 대지 못하는 명칭실어증(Anomic aphasia)은 두정엽이나 측두엽의 손상 때문에 생긴다. MS에서도 가끔 나타나며 여러 종류의 뇌손상에 흔히 수반된다. 그렇다면 MS 때문일 수도 있다. 아니면 순전히 진단에 따른 스트레스 때문일까? 아니면 그런 것들과 더불어, 나타났다 사라졌다 하는 내 병이 자신의 존재를 알릴 수단이 필요하다고 무의식중에 결정한 것일까?

시간이 지나면서 나는 MS를(그리고 MS 때문에 생기거나 내가 자초한 잔혹함을) 내 안에 생긴 공동(空洞, hollowing)으로 생각하게 되었다. 내가 좋아하는 부분에, 그리고 내가 나 자신을 정의하도록 해주는 부분에 생긴 구멍. 그런데 이 구멍은 안쪽에 생기기 때문에 포착하기가 어렵다. 게다가 핼러윈 호박에 새겨진 삐죽삐죽한 미소처럼 가면을 쓰고 있다(할로윙(hollowing)이라는 단어는 마땅히 있어야 할 내용물이 없어지는 현상을 말하는데, 올리버 색스가 환자들한테 가끔 이 단어를 사용했다는 사실을 최근에 알게 되어 나 혼자 뿌듯해했다). 핼러윈 호박처럼 머릿속이 비면 덜거덕 소리만 날 뿐 아무것도 생각할 수 없다. 그런 상태에선 걸핏하면 문짝에 부딪히고 어린 딸에게 불평을 쏟아놓기도 했다.

하지만 늘 그런 상태는 아니었다. 가끔 그랬다. 어느 날은 말을 버벅거렸고, 어느 날은 달변가처럼 막힘없이 말했다. 언제 어떻게 될지 종잡을 수 없었다. 그런 상태를 지칭하는 이름도 있었다. 나는 리언이 태어나고 얼마 후 『지킬 박사와 하이드 씨』를 다시 읽었다. 이 책은 늘 내 곁을 맴돌았지만 이번엔 다소 색다른 방식으로 내 마음속에 머물렀다.

병에 걸린 뒤로 로버트 루이스 스티븐슨(Robert Louis Stevenson)을 자주 떠올렸다. 제일 좋아하는 작가인 데다 최근 그의 전기를 다시 읽다가 뜻밖의 사실을 알았기 때문이다. 그는 다양한 폐질환으로 평생 고생했다. 그야말로 '프로 병자'였다. 전기에 따르면 스티븐슨은 이런 병에도 불구하고 위대한 작가가 됐다기보다는 병 덕분에 위대한 작가가 되었을 가능성이 있다고 했다. 그는 심신을 쇠약하게 하는 질병에 평생 시달리면서 조금이라도 괜찮을 때 멋진 작품을 남기려고 무진 애를 썼다. 기운이 있을 때 한 글자라도 더 쓰려고 노력했다. 인생은 작게 타오르는 마그네슘 덩어리에 지나지 않으며 시간은 짧고 활력은 소중하다는 걸 일찌감치 깨달았기 때문이다.

그런데 그게 다가 아닌 것 같았다. 그에게서 뭔가 더 큰 그림을 찾아야 할 것 같았다. 그래서 저녁마다 『지킬 박사와 하이드 씨』를 또다시 펼쳐 들었다. 리언은 내 무릎에 앉아 놀면서 책장이 넘어가며 내는 소리와 바람을 좋아했다.

하이드 씨는 재발성 질병에 걸린 캐릭터 가운데 가장 유명하다. 스티븐슨은 그를 처음 생각해냈을 때 빅토리아 왕조의 억눌린 사회에서 '숨겨진 자아'를 탄생시켰을 뿐만 아니라, 어쩌면 오락가락하는 질병이 한 사람의 자아에 엄청난 혼란을 야기하는 방식에 정면으로 맞섰는지도 몰랐다. 그런 점이 『지킬 박사와 하이드 씨』에 모두 담기긴 했지만 잘 드러나지 않게 변형되고 가공되었다.

스티븐슨은 그야말로 맹렬하게 썼고 지독하게 앓았다. 한 번씩 앓을 때마다 며칠 혹은 몇 주 동안 침대에 누워 천장만 바라보거나 카펫에 앉아 양아들의 양철 병정을 만지작거리며 시간을 보냈다. 이런 식으로 오락가락하는 삶이 지킬의 갑작스러운 변화에 영향을 미쳤을 것이다. 거기에 상황을 복잡하게 꼬기 위해 도덕성을 개입시켰다. 그렇다 해도 점잖은 신사에서 흉포한 괴물로, 부정직한 고상함에서 정직한 공포감으로 지킬을 퇴행시키는 과정은 쉽게 알아볼 수 있다.

문득 내게 벌어지는 재발과 완화가 나를 어떻게 변화시키는지 궁금해졌다. 온갖 증상에 시달리면서 인내심이 점점 줄어들고 그 자리에 자기연민과 비통함이 들어섰다. 이게 아버지가 언급했던 MS 인격일까? 아니면 원래 내 모습일까?

머릿속에 두 사람이 산다고 느끼는 신경질환자는 내가 처음이 아닐 것이다. 어쨌든 나는 그 둘 중 하나를 좋아하지 않는다. 내 안의 하이드 씨 때문에 내가 제일 걱정하는 사람은 리언이다. 하이드 씨는 종잡을 수 없다. 틈만 나면 은밀히 다가와 나를 밀어낸다. 봄이 끝나갈 무렵, MS가 재발해서 몹시 힘들었다. 극도로 피곤하고 마음이 불안해서 리언을 제대로 돌보기 어려웠다. 그런데도 세라가 주말 근무를 할 때는 토요일과 일요일 내내 혼자서 리언을 봐야 했다. 그런 날엔 「페파 피그(Peppa Pig)」라는 만화가 내 조수 노릇을 톡톡히 했다. 리언이 만화에 빠져 있는 동안 나는 소파에 누워 끙끙 앓는 소리를 냈다. 리언에게 점점 더 퉁명스럽게 말했고, 즐겁게 놀아주기보다는 그냥 옆에 축 늘어져 있었다.

그렇긴 해도 리언의 이야기엔 귀를 기울였다. 리언이 하는 말은 거의 다 좋았다. 예전부터 그랬다. 리언은 내게 단순한 표현의 힘을 알려줬고, 한 문장에서 어눌함과 유창함이 공존할 수 있음을 알려줬다. 며칠 전 라디오를 듣는데 리언이 갑자기 몸을 돌리더니 눈물을 글썽이며 말했다.

"내 안에 음악이 많이 있어요."

그런데 리언의 이야기 중에 듣기 싫은 말도 있다. 특히 기분이 어떠냐고 물었을 때 돌아오는 말은 영 듣기 싫었다. 리언은 좋다거나 괜찮다거나 행복하다거나 언짢다거나 화났다거나 슬프다고 말하지 않는다. 매번 '나아졌어요'라고 말한다. 그전에 나쁘지도 않았는데 꼭 나아졌다고 말한다. 이런 대답은 부모의 우려를 사전에 차단하려는 의도가 담겨 있다. 사랑이 걱정이 되고 걱정이 간섭과 과도한 개입으로 변질되는 걸 막고자 거리를 두려는 것이다.

최악의 예를 하나 들어보겠다. 3월의 어느 화창한 토요일, 봄인데도 햇살이 유난히 따가웠다. 난방을 틀어놨나 싶어 라디에이터를 만져봤지만 차가웠다. 다리가 휘청하더니 순식간에 찌릿한 전기가 척추를 지나 눈 뒤쪽까지 올라왔다. 식기세척기와 세탁기는 제 할 일을 잊고 조용했다. 집 꼴이 엉망이었다. 컵이 책장과 바닥에 널려 있었고 고양이 털과 모래가 발바닥에 들러붙었다. 텔레비전에선 「페파피그」가 방영되고 있었다. 세라는 일하러 가고 없었다.

오후로 접어들자 컨디션이 최악으로 치달았다. 나는 자기연민에 빠져 우울한 데다 감기 기운마저 있었다. 시간이 멈춘 것처럼 하루가 참으로 길었다. 팔다리가 쑤시고 손발이 저렸다. MS에 시달리는 내 인생을 바라봤다. 아버지 노릇도 못 할 정도로 기력이 떨어지고 기분도 오락가락했다. 생각을 제대로 표현하지도 못했다. 한심하기 짝이 없었다. 이렇게 살 수는 없었다. 뭐라도 해야 했다. 좋은 부모라면 이럴 때 어떻게 할까? 필시 아이를 공원이나 도서관이나 수영장 같은 곳에 데려갈 것이다. 나도 그 정도는 할 수 있을 것 같았다. 리언을 찾아보니 자기 방에서 혼자 인형 놀이를 하고 있었다.

"밖에 나가자!"

내 말에 리언이 벌떡 일어나 팔짝팔짝 뛰기 시작했다. 리언의 넘치는 에너지를 실컷 발산시키자고 다짐하며 외출 준비를 했다. 기저귀와 여벌의 옷, 간식을 챙긴 후 유모차를 가지러 베란다로 나갔다. 유모차 좌석에 떨어진 과자 부스러기를 털어내는데 유모차의 나사가 하나

느슨해져 있었다. 쪼그려 앉아서 저린 손으로 나사를 조였다. 몇 분 안 걸린 것 같았는데 일어나서 보니 시간이 꽤 흘러 있었다.

"리언, 어디 있니?"

나는 거실로 돌아오면서 리언을 불렀다. 리언은 나갈 생각이 있는지 없는지, 여름 재킷을 바닥에 펼쳐놓고 만지작거리고만 있었다. 휴대폰을 확인했다. 버스가 곧 출발할 시간이었다. 그런데 아직 표도 사지 않았다. 표를 사려고 얼른 앱을 켰다.

"리언! 금방 나가야 해."

내가 언성을 높였다. 리언은 여전히 재킷을 펼쳐놓고 꼼지락거렸다. 재킷의 안팎을 뒤집더니 양쪽 팔을 반듯하게 폈다. 버스 앱의 비밀번호가 맞지 않았다. 기억을 더듬어 다시 입력했다. 손가락이 말을 듣지 않았다. 간신히 다시 입력했다. 마지막 기회였다. 5분 후면 버스가 도착한다. 다음 버스는 한 시간 뒤에나 있다.

간신히 표를 사고는 고개를 들었다. 실내가 왜 이렇게 덥지? 리언은 왜 여태 재킷을 안 입은 거야? 버스 도착할 시간이 다 됐는데 왜 앉아서 노닥거리는 거야? 오늘 같은 날 재킷은 왜 입으려는 거야? 불쑥 화가 치밀었다. 앞뒤 따져보지도 않고 버럭 고함을 질렀다.

"리언! 그 빌어먹을 재킷, 당장 입지 못하겠니?"

그제야 재킷이 똑바로 펼쳐진 게 보였다. 내가 소리칠 때 리언은 이미 동작을 취하고 있었다. 재킷의 양쪽 소매 끝을 잡고 머리 위로 아주

교묘하고 우아하게 넘겼다. 리언에게 저런 재주가 있었나 싶었다. 재킷이 뒤로 넘어가는가 싶더니 어깨에 척 걸렸다. 두 손도 양쪽 소매 끝으로 쏙 나왔다. 마술이라도 부린 것 같았다. 저렇게 입으려고 옷을 뒤집어 폈구나. 나는 그제야 알아차렸다.

하지만 이미 엎질러진 물이었다. 리언은 내가 방금 한 말의 뜻을 정확히 알아들었다. 뿌듯한 미소를 담은 입술이 파르르 떨렸다. 깜찍한 내 딸의 핵심 자질이랄 수 있는 긍지가 흔들리기 시작했다. 얼굴이 일그러지면서 울음이 터졌다. 리언은 내가 자신을 자랑스러워할 거라고, 잘했다고 칭찬해줄 거라고 생각했을 것이다.

얼굴을 가리고 엉엉 울던 리언이 한참 만에 나를 쳐다봤다. 내 눈에서도 눈물이 흘렀다. 끔찍했다. 칭찬을 해줘야 하는 상황에서 엄하게 꾸짖은 것도 모자라 우는 모습까지 보이다니, 반전의 연속이었다. 이건 또 뭐지?

실은 내 낙관주의도 악화와 완화를 거듭했다. MS에 걸리면 '취기'를 느낀다는 글을 여러 책과 팸플릿에서 읽었다. 멀쩡한 상태에서 거나하게 취한 상태로 순식간에 돌변하고, 앞뒤가 안 맞는 행동을 일삼는다는 것이다. 나도 걸핏하면 취기를 느낀다. 길거리를 걸어갈 때 갑자기 도로가 출렁이거나 옆으로 스치는 광고판이 비스듬히 기울어져 보인다. 술기운에 세상이 온통 좋게 보일 때도 있지만 지쳐 탈진한 것 같을 때도 있다. 무슨 일이 벌어지는지 내게 계속 알려주던 나의 의식적인 부분이 어찌된 일인지 우물에 빠져 검붉은 우물 바닥에서 세상을 올려다보는 것 같다. 때로는 내게서 분리돼 약간의 거리를 두고 내 움직임을 바라보는 것 같다.

'리언! 그 빌어먹을 재킷, 당장 입지 못하겠니?'

술기운에, 혹은 탈진한 상태에서 이렇게 말했다고 주장하려는 건 아니다. 차라리 그럴 수 있으면 좋겠다. 하지만 어떤 변명으로도 이 추악한 말을 되돌릴 수는 없다. 어떤 상황에서도 어린아이에게 이렇게 말해서는 안 된다. 이 추악하고 잔혹한 말에 담긴 해악은 독성 물질보다 더 지독하다. 리언의 인형 뽀삐는 이번에도 고개를 바닥에 처박고 뒤집어져 있다. 인형만이 아니라 사람도, 세상도 전부 다 뒤집어졌다.

어렸을 때 아버지가 떠난 뒤로 우연찮게 우리 삶에 끼어들었던 끔찍한 남자들이 떠오른다. 술에 절어 있던 정원사, 뱀파이어 영화를 좋아하고 성난 군인처럼 엄격하던 남자, 여기저기 떠돌면서 만난 남자들. 생김새는 달라도 하나같이 저속하고 형편없었다. 나는 그런 남자들처럼 되고 싶지 않다. 세라가 임신했을 때부터 혹시라도 내가 그런 남자들처럼 될까 봐 심히 두려웠다. 엉망인 집을 비롯해 오만 걱정을 달고 살았는데 걱정거리가 하나 더 추가된 것이다.

한번은 밤에 자다가 벌떡 일어나 소리쳤다.

"난 자식을 못 키울 만큼 성장하지 못한 어른이 되고 싶지 않아!"

그런데 이젠 누구도 비난할 수 없다. 어머니 곁을 스쳐간 남자들, 우리 형제자매들 주변을 맴돌다 떠나간 남자들을 비난할 수 없다. 걸핏하면 들먹였던 MS 탓으로 돌릴 수도 없다. 리언을 제대로 키우지 못하면 나도 제대로 살 수 없을 것이다. 실패한 인생으로 끝날 것이다. 그렇지만 MS를 실패한 내 인생의 종범으로 끌어들일 생각은 없다.

적어도 나는 앞날을 내다볼 수 있다. 리언에게 소리치고 나서 며칠 동안 되뇌었던 말이다. 하이드에게 내 딸을 맡기고 싶지 않았다. 하이드가 자신의 일부인 걸 볼 수 없는 남자에게, 자신의 모든 부분을 통제할 수 있다고 생각하는 남자에게 내 딸을 맡기고 싶지 않았다.

그해 여름, 내 MS는 계속 나빠질 수 있지만 그에 대처하는 내 방식은 그렇지 않다는 걸 어렴풋이 깨달았다. 나는 사무실에서도, 집에서도 종잡을 수 없을 만큼 오락가락했다. 침울한 얼굴로 입을 꾹 다물고 있다가 다음 순간 희망 섞인 이야기를 과장해서 떠들었다. 속상하지 않은 상태로 하루를 마치면 기뻐하면서도, 그동안 주변 사람들 기분을 얼마나 속상하게 했는지 전혀 신경 쓰지 않았다. 뭔가 바뀌어야 했다. 그런데 갑작스레 그렇게 됐다. 그 순간이 지금도 생생하다.

그날은 내가 눈이 멀어지기로 결정한 날이었다. 코스튬 파티에 다녀온 다음 날이었다. 해마다 핼러윈 파티를 크게 여는 친구가 있는데 우리도 늘 희한하게 분장하고 파티에 참석했다. 리언이 태어나고 두어

달밖에 안 지났을 때도 빠지지 않았다. 당시 리언에겐 해골 무늬가 찍힌 우주복을 입혔었다. 그때 찍은 사진이 있는데 맥도날드의 마스코트인 로널드 맥도날드로 분장한 친구가 리언을 안고 있었다. 그때가 2013년 핼러윈 파티였다. 2014년의 핼러윈 파티는 스케줄 문제로 계속 미뤄지다가 2015년 여름에야 열렸다.

그날 밤 세라는 너무 피곤하다며 리언과 함께 집에 있겠다고 했다. 나는 들뜬 기분을 어떻게든 발산하고 싶어 혼자라도 가겠다고 했다. 일단 복장을 준비해야 했다. 집 안을 둘러보다 주방에서 마분지 심지를 발견했다. 순간 아이디어가 번뜩 떠올랐다. 심지를 감쌀 포일과 이마에 고정할 고무줄을 준비했다.

"피니어스 게이지로 분장했단 말이지."

열쇠를 집어 드는 나를 보고 세라가 말했다. 왠지 말에 가시가 돋친 듯했다. 그녀는 내 인사도 받지 않고 문을 닫았다. 버스 정류장까지 터덜터덜 걸어갔다. 쇠막대, 아니 마분지 심지가 이마에서 덜렁거렸다. 내 모습을 보고 파티에 참석한 사람들이 몹시 거북해할 걸 생각하니 실실 웃음이 나왔다. 알코올이 새로 복용하는 약에 어떤 영향을 미칠지 몰라서 칵테일 음료는 입에 대지도 않았다. 그러다 결국 일찍 자리를 떴다. 버스를 타고 집으로 돌아와서 세라와 리언 옆에 조용히 누웠다. 다음 날 아침, 평소보다 일찍 잠에서 깼다. 새벽의 희뿌연 어스름 속에서 올 것이 왔다는 걸 깨달았다. 앞이 안 보였다.

눈이 멀게 될 날을 기다렸다. 두렵지는 않았다. 어차피 MS로 인한 시력 상실은 오래가지 않을 테니까. 대개는. 그래서 두려움보다는 호기심 속에서 기다렸다. 맹인처럼 정말로 앞이 하나도 안 보일까? 실상은 이랬다. 눈을 떴을 때 회색 반점이 보였다. 부드러운 연필로 칠해진 가림막이 시야 한가운데에 들러붙은 것 같았다. 눈을 감았다가 다시 떴다. 가림막이 그대로 있었다. 차분하게 휴대폰을 집어 들고 동료에게 이메일을 보냈다. '며칠 휴가를 내야겠어. 잠시 동안 눈이 멀 것 같거든.'

잠시 동안 눈이 멀 것 같다니, 안일한 마음이 위험 수위에 도달했다. 21세기 초반에 MS에 걸리면 어떨지 예상했던 대로 가는 거라고 나 자신에게 되뇌었다. 이메일을 서너 군데 더 보내고 계획을 세웠다. 집안일, 리언을 어린이집에 보내는 것, 장보기, 재활용, 친구 생일 선물 구입 등을 어떻게 할지 생각한 다음 다시 잠자리에 들었다. 눈은 결국 멀지 않았다. 오후에 접어들면서 가림막이 서서히 사라졌다. 그렇지만 그땐 이미 눈이 멀게 된 상황에 대한 내 영웅적 대처 방식을 세라와 리언에게 선포한 뒤였다.

문득 MS 초기는 신경질환의 맛보기 단계가 아닌가 하는 생각이 든다. 아울러 인생의 맛보기 단계이자 한 사람의 인생을, 아니 여러 사람의 인생을 형성할 수 있는 온갖 경험의 맛보기 단계라는 생각도 든다. 나는 이런저런 일을 겪으며 계속 나아가고 있었다. 비결은 뭐든 부딪쳐보는 것이다. 크고 작은 두려움과 불쾌한 기분을 죄다 맛본다. 너무 두려워서 얼른 끝나길 바라는 끔찍한 일도 결코 회피하지 않는다. 그나저나 그런 일을 겪을 때마다 내가 매끄럽게 잘 대처했던가? 아니면 멋모르고 날뛰면서 암울한 장면을 연출했던가?

"눈이 멀지 않았으니 사무실에 나가봐야겠어."

점심 무렵에 세라에게 말한 후 열쇠를 찾느라 집 안을 돌아다녔다. 열쇠를 찾아서 돌아왔더니 세라가 울고 있었다. 그녀는 카펫에서 노는 리언을 지켜보며 소리 없이 눈물을 흘렸다. 내가 쳐다보는 줄도 몰랐다. 이건 암울한 장면이 아니었다. 그녀는 결코 암울한 장면을 만들지 않는다. 그날도 내가 건드리지 않았다면 그냥 혼자 삭이고 넘어갔을 것이다. 옆으로 다가갔지만 세라는 내가 편히 앉도록 자리를 내주지 않았다.

"괜찮아. 이젠 멀쩡해졌잖아."

한 팔로 어색하게 세라를 감싸며 말했다.

"어떻게 그럴 수 있어?" 세라가 입을 열었다. "어려운 일이 닥칠 때마다 당신은 어쩜 그렇게 느긋할 수 있어? 별일 아닌 것처럼, 다 이겨낸 것처럼 그렇게 우쭐대고 돌아다닐 수 있냐고? 눈이 멀 걸 미리 알고 혼자 조용히 대비했다고? 어떻게 철근이 머리를 관통한 것처럼 분장하고 파티에 갈 수 있어? 그런 당신을 보고 사람들이 좋아할 거라 생각했어?"

"난 그냥 부딪쳐나가는 거야." 내가 차분한 목소리로 말했다. "당신이랑 같이. 그냥 그때그때 닥치는 현실에 맞게 대처하는 거야."

"아니." 세라가 말했다. 눈에선 여전히 눈물이 흘러내렸다. "그렇지 않아. 당신은 늘 현실에서 벗어났어. 붕 떠서 남의 일인 양 내려다봤어. 이런저런 변명만 늘어놓고, 남들은 도저히 이해하기 어려운 멍청한 방식으로 대처하고. 진짜로 걱정해야 할 일에 전혀 걱정할 것 없다며 은근슬쩍 넘어가려 하고. 이건 정말 걱정해야 할 문제란 말이야."

세라는 그날 아침 자신이 목격한 걸 설명했다. 눈이 멀게 된 상황을 무덤덤하게 접근하다니, 참으로 무례하다고 했다. 자기 인생은 물론이요, 주변 사람들의 인생까지 엉망으로 만드는 공포의 대상으로 인식해야 한다고 했다. 눈이 멀게 된 상황에 대한 내 반응을 보면, 대범하게 대처하는 것 같지만 대응 기제가 교묘하게 틀렸다고 했다. 실제론 부정하면서 겉으로만 현실을 인식하고 트라우마에 대처하는 것처럼 속인다고 했다.

"그럼 내가 공황 상태에 빠지는 게 더 좋다는 거야?"

세라는 내 질문에 대답하지 않고 고개를 돌리며 말을 이었다.

"당신은 요즘 신경학에 도취됐어. 물론 처음엔 질병을 이해하기 위해 시작했겠지."

세라의 이야기가 길어지자 나는 카펫에 앉아 있는 리언을 멍하니 쳐다봤다.

"하지만 관련 자료를 읽을수록 거기에 심취해서 당신 자신을 망각하는 것 같아. 당신이 처한 현실에서 교묘하게 거리를 두려고 해. 하지만 현실은 극히 간단해."

세라가 잠시 뜸을 들이다 말을 이었다.

"당신은 의사가 아니라 환자야. 당신의 뇌에 문제가 생겼어. 그게 아무리 흥미와 탐구심을 자극하더라도 당신에게, 아니 우리에게 닥친 재앙이라는 점을 인정해야 해. 온갖 이론을 뒤질 게 아니라 무슨 일이 벌어지는지 제대로 봐야 한다고. 그런 다음엔 어떻게 대처할지, 앞으로 어떻게 살아야 할지 생각해봐야 한다고."

세라가 마지막에 제기한 질문은 대답하기 쉽지 않았다. MS를 좀 더 넓은 맥락에서 바라본다면 우리 삶이 어떻게 보일까? 우리는 그 답을 찾기로 했다. 하지만 급하게 찾기보다는 몇 달 동안 차분히 알아보기로 했다. 어느 날 갑자기 사라진 고양이를 위해 밤마다 집 앞에 음식을 남겨놓듯이 별일 없는 양 지내면서 그 답을 찾아보기로 했다.

평온한 나날이 흘러갔다. 우리는 집 안팎에서 생기는 문제를 해결하고, 쑥쑥 자라는 리언에게 새 옷을 사 입히고, 작아진 바지와 티셔츠를 다른 부모에게 나눠줬다. 나는 뭔가 집중할 거리를 찾다가 아리송한 십자말풀이를 풀기 시작했다. 점심 식사를 마친 후 심심풀이로 시작했는데 다 완성할 때마다 성취감이 이루 말할 수 없었다. 때로는 토요일 오후 내내 세라와 함께 단서를 주고받으며 낱말을 찾기도 했다.

그러면서 내 MS 전담 간호사인 제니퍼를 전보다 자주 만났다. 창문도 없는 방에서 만나 테이블에 놓인 대퇴골 모형을 사이에 두고 이런저런 이야기를 주고받았다. MS를 앓는 사람들뿐만 아니라 MS를 잘못 알고 있다고 의심하는 사람들에게서 자주 나타나는 문제들을 논의했다. 나 역시 MS를 잘못 알고 있다는 의심을 떨쳐내지 못했다. 훨씬 더 심각한 형태의 MS나 완전히 다른 병은 아닌지, 혹은 아프지도 않은데 주변 사람들을 괜히 걱정시키는 건 아닌지 상반된 의심 사이에서 왔다 갔다 했다.

어느 날 제니퍼가 MS는 발목이 부러지는 것과 같지 않다고 말했다. MS는 본래 어느 정도 해석이 필요한데, 처음엔 감정에 휩쓸려 오해할 수 있다고 했다. 내가 잘 알아듣지 못하자 제니퍼는 내가 느끼는 두려움, 그 두려움을 감추기 위한 보상 작용과 과잉 반응을 인식할 수 있도록 명확하게 설명해주었다. 아울러 병이 계속 진행되고 있음을 인식할 수 있도록 차근차근 설명해주었다.

이번에도 표현이 문제였다. 제니퍼 덕분에 나는 자료를 찾는 방법과 새로운 증상을 포착하고 그걸 말로 표현하는 방법을 배웠다. 제니퍼는 나를 처음 만났을 때 MS가 사람마다 달라서 이런 형태의 MS를 앓는 사람은 내가 처음이자 유일하다고 했다. 그 말의 의미를 제대로 깨달았다. 이제야 새로운 내 자아를 인식하는 방법을 알게 됐다. 전에는 마음챙김에 대해 장황하게 떠들었지만 제니퍼 덕분에 그 말의 참 뜻을 다시 새기게 되었다. MS로 인한 미래가 두렵긴 하지만 '지금 여기'가 가장 중요하다는 사실을 진심으로 받아들였다.

MS는 현재진행형이기에 현재의 나를, 현재에 순간적으로 대처하는 나를 공격한다. MS는 부사 같은 역할을 하는 질병이다. 부사는 문장에서 '어떻게'에 해당하는 부분이다. 어떤 생각이나 행동이 이뤄질 때 그 생각이나 행동을 못 하게 방해하거나, 그 생각이나 행동의 뉘앙스를 정확하게 드러나게 해준다. 실제로 내가 침대를 정리하려고 할 때나 리언을 씻기려고 준비할 때 MS는 은밀하게 마수를 뻗쳐서 나를 방해한다.

이 시기에 내 병은 변화를 거듭했다. 나를 괴롭히던 인지적 혼란은 줄어들고 언어 능력도 개선되는 것 같았지만 신체적 증상은 점점 더 뚜렷하게 드러났다. 종아리 통증이 허벅지와 사타구니로 번졌다. 시내에 나갈 때면 30분에 한 번씩 쉬어야 했다. 밤마다 두통에 시달렸다. 마치 금속 밴드가 두개골을 옥죄는 것 같았다. 밤새 주먹을 불끈 쥐고 잔 탓에 아침에 눈을 뜨면 손바닥에 손톱자국이 깊게 패였다. 아프지도 않은데 주변 사람을 괜히 걱정시킨다고 생각했던 걸 떠올리면 헛웃음이 나왔다.

MS가 잠잠해진 것 같은 시기에도 나는 진전, 즉 떨림 증상을 느꼈다. MS가 극심할 땐 조금만 무리해도 가는 쇠막대가 팔과 다리를 관통하고 골반을 지나 허벅지까지 쑤시고 내려가는 것 같았다. 마치 철제 십자가가 몸속에 박혀 있는 것 같았다. 어느 날 오후 런던의 코톨드 미술관을 방문했다가 에드가 드가의 청동 발레리나 상을 보게 됐다. 가까이 다가가서 보다가 팔꿈치 쪽에 튀어나온 철사를 보고 나도 모르게 껄껄 웃었다. 동병상련이랄까.

이젠 이런 일들을 어느 정도 있는 그대로 받아들이게 됐다. 사람들 사이에서 내 MS가 화제에 올라도 가볍게 언급하고 넘어갔다. 예전엔 술자리에서 동료들에게 온갖 미사여구를 동원해 떠벌렸지만 이젠 누가 굳이 묻지 않으면 내가 먼저 꺼내지 않았다. MS를 은밀하고 조용한 영역에 묻어두었다.

몸은 힘들었지만 리언 덕분에 하루하루가 새로웠다. 리언이 매일 보여주는 새로운 묘기는 내 몸이 짜낼 수 있는 어떤 증상보다 훨씬 더 흥미로웠다. 그때도 리언은 하루가 다르게 성장했다. 팔다리가 늘어나고 머리카락도 길어졌다. 얼굴도 갈수록 포동포동해졌다. 겉모습뿐만 아니라 내적으로도 훌쩍 성장했다. 신경세포에서 수상돌기가 기지개를 켜듯 쭉쭉 뻗어 나왔기 때문이다. 리언은 끊임없이 새로운 연결을 만들어내고 새로운 능력을 드러냈다. 왕성한 식욕과 함께 넘치는 탐구욕으로 보는 것마다 호기심을 드러냈다. 어떤 날엔 문장으로 나를 놀라게 했다.

"아빠, 나 사과 먹어."

그러면서 사과를 냠냠 먹었다. 어떤 날엔 시제로 나를 놀라게 했다. 과거와 미래를 알아차린 것이다.

"아빠, 나 방울 달린 사자가 있었는데."

진짜로 방울 달린 사자가 있었다. 아마 지금도 소파 아래에 벌렁 누워 있을 것이다.

어떤 날엔 거짓말로, 어떤 날엔 농담으로 나를 놀라게 했다. 내가 가장 놀라고 좋아했던 도약은 뉘앙스였다. 리언은 단어의 미묘한 차이를 알아차리고 적절히 활용할 줄도 알았다.

"나, 초콜릿 달걀 먹어야 하는데."

이 말은 '나, 초콜릿 달걀 먹고 싶어'보다 강력한 표현이다. 자신의 욕구를 숨기고 초콜릿 달걀을 내 문제로 바꿔 어쩔 수 없이 내줘야 하는 상황으로 몰아간다. 한번은 브라이튼 외곽으로 나들이를 갔다가 낡은 가스탑 앞을 지나쳤다. 관리를 안 했는지 지지대가 잔뜩 녹이 슬어 있었다. 리언이 또 호기심을 드러냈다.

"저거 뭐야?"

"가스탑이야."

"나, 언젠가 가스탑 가져야 하는데."

맙소사!

어느 날부턴가 리언 주변에 반짝이는 위성이 하나둘 생겨났다. 리언이 새로운 아이디어와 특성을 드러낼 때마다 나는 그와 관련된 위성을 하나씩 쏘아 올렸다. 리언은 연기자야. 리언은 외톨이야. 리언은 절대로 외톨이가 아니야. 리언을 지칭하는 위성을 너무 많이 쏘아 올린 탓에 조만간 리언의 주변에 작은 은하계가 형성될 것 같았다.

그러지 말아야 한다는 건 나도 알았다. 자식을 있는 그대로 바라봐야 하는데 자꾸 부모의 기대와 희망을, 때로는 두려움을 투영해서 바라보게 된다. 하루하루 커가는 모습을 지켜보면서 자연스럽거나 부자연스러운 변화를 포착해야 하는데, 왜곡된 눈으로 바라보다 그 변화를 놓치고 만다.

언젠가는 리언 주변을 맴도는 위성이 싹 사라지고 탁 트인 하늘이 보일 것이다. 지금은 낯설고 신기해도 언젠가는 무덤덤하게 바라볼 날이 올 것이다. 어차피 내 딸은 자신이 원하는 방향으로 인생을 꾸려갈 테니까. 내가 방향을 제시하거나 내가 끌고 갈 수 없을 테니까. 내가 그린 그림은 아이의 일부를 과장한 캐리커처에 불과하다. 탐험이 끝나면 그림과 지도는 구석에 처박힐 것이다.

어느 날 아침 리언과 세라 옆에서 눈을 떴는데 아직 혼미한 상태에서 두 사람이 낯선 사람처럼 보였다. 그때 결심했다. 내 멋대로 덧씌운 렌즈를 통해서 보지 않고 있는 그대로 바라보겠다고. MS는 내가 세상을 어떻게 바라보는지 알게 해주었다. 이젠 그런 인식 방법을 벗어나 내가 놓친 것을 포착하려고 노력해야 한다. 이제야 그걸 알았다.

나는 중요한 것을 놓치고 있었다. 세라와 나, 우리 둘 다 놓치고 있었다. 실제로 우리는 눈으로 보면서도 전혀 지각하지 못했다. 우리가 놓친 것도 지각과 관련된 것이었다. 리언은 책과 장난감을 쳐다볼 때 코앞에까지 바싹 가져가곤 했다. TV를 볼 때는 냄새라도 맡는 양 스크린 바로 앞에 코를 들이댔다. 이런 행동은 너무나 명백한 사실을 보여준다. 그걸 놓치다니, 지금 생각해도 참으로 부끄럽고 한심하기 그지없다. 당시에 우리는 리언이 세부적인 것도 놓치지 않고 꼼꼼하게 살펴본다고 생각했다.

흠, 진짜로 꼼꼼하게 살펴봤는지도 모른다. 하지만 더 정확히 말하면 리언은 잘 보이지 않아서 얼굴을 들이댔던 것이다. 여름이 끝나갈 무렵 다시 병원에 갔다. 이번엔 둘이 아니라 셋이서 갔다. 우리는 브라이튼의 안과 병동 대기실에서 차례를 기다렸다. 방문 간호사가 리언의 시력을 검사해보라고 권했기 때문이다. 방문 간호사는 리언의 2년차 마지막 정기검진을 위해 우리 집을 찾았는데, 리언이 책을 볼 때마다 코를 들이대는 걸 보고 시력에 문제가 있다고 판단했다.

리언은 장난감이 놓인 대기실 바닥에서 놀았다. 세라와 나는 나란히 앉아 꼼짝도 하지 않았다. 쓰러지지 않으려고 서로를 지렛대 삼아 기대고 있었다. 안과 병동은 너무 낡아서 일부는 수리 공사를 할 예정이었다. 그래서 새로 설치될 문의 위치가 바닥에 표시돼 있었다. 기존 위치와 가까웠지만 죄다 1~2인치 정도 벗어나 있었다. 건물도 고유수용감각에 이상이 있나 싶었다.

하지만 오늘은 그런 걸 따질 때가 아니었다. 고유수용감각은 내 문제와 관련된 영역이었다. 이곳은 리언의 문제를 살피는 영역이었다. 대기실 바닥에서 노는 리언을 바라봤다. 잠시 후 리언은 복도 안쪽의 어둑한 진료실에서 주관적 시력 검사(subjective eye test)를 받았다. 나는 밖에서 그 모습을 유심히 지켜봤다. 아이를 내 딸이 아닌 한 인간으로 바라본 건 그때가 처음이었다.

리언은 할머니처럼 인자한 모습의 검안사와 무난하게 소통했다. 렌즈를 갈아 끼울 수 있는 안경 틀을 착용해야 한다는 말에도 순순히 응했다. 검안사는 다양한 도수의 렌즈를 갈아 끼우면서 리언의 동공을 검사했다. 리언은 대체로 차분하게 앉아 있었다. 시선을 끌려고, 혹은 사물을 인식하는 능력을 검사하려고 앞에서 흔들어대는 장난감을 즐거운 눈으로 쳐다봤다. 평소에 자주 봤던 만화 캐릭터를 보면 손뼉을 치면서 좋아했다. 하지만 시간이 지나면서 집중력이 흩어지고 슬슬 짜증을 내기 시작했다. 막판엔 전혀 협조하지 않았다. 그래도 검안사는 필요한 정보를 거의 다 얻었을 것이다.

세라는 검사가 진행되는 내내 나와 눈을 마주쳤다. 리언을 무릎에 앉히고 검안사의 이야기를 들을 땐 내 손을 꽉 쥐었다. 검안사는 우리 딸이 고도 근시이며 도수가 굉장히 높은 안경을 껴야 한다고 아주 조심스럽게 말했다.

"처음엔 아이가 필요한 도수의 절반 정도로 시작할 거예요."

그런데 그날 오후 늦게 안경점에 갔다가 그 절반도 매우 높은 도수라는 걸 알았다. 안경점에서 우리가 찾는 렌즈를 말하자 판매원은 뭔가 착오가 있나 보다고 말했다.

몇 주 뒤, 우리는 시내에서 리언을 살살 구슬려 안경을 써보게 했다. 리언은 안경을 쓰더니 절대로 벗지 않겠다고 선언했다. 집으로 돌아오는 길에 리언은 푸른 바다와 하늘을 쳐다봤다. 머리 위로 날아다니는 새들과 스치듯 지나가는 건물을 넋 놓고 쳐다봤다. 2층 버스 상단에 한 자리 차지하고 앉아서 감탄을 연발했다.

"우와!"

평범한 풍경을 보고도 손으로 가리키면서 탄성을 내질렀다.

"우와! 우와!"

"아무래도 나를 닮았나 봐."

내가 뻰질나게 하는 말이다. 둘 다 그 사실을 알고 있는데도 자꾸 하게 된다. 차마 입 밖에 내지 못하는 생각이 있어서 더 그런 것 같다. 그러고 보니 이 생각은 입 밖에 내본 적이 한 번도 없다. 리언이 내게서 물려받은 게 나쁜 시력만은 아닐 것 같다는 생각.

11월에 MRI 검사를 받았다. 크리스마스가 다가오자 우리는 해안가에 자리 잡은 세라의 부모님 댁에 갔다. 밤마다 휘몰아치는 바람 소리를 들으며 우리는 동작 알아맞히기와 빙고 게임을 했다. 리언은 선물로 받은 장난감을 늘어놓고 호들갑을 떨었다. 나는 리언이 작은 온풍기 앞에서 노는 모습을 지켜봤다. 이대로 시간이 멈췄으면 싶었다. 리언도, 나도 지금 모습으로 계속 살 수 있었으면 싶었다.

1월이 왔다. 새해가 되면서 중요한 사건이 연속해서 일어났다. 리언은 처음으로 머리를 잘랐다. 다시 「로즈메리의 아기」로 돌아갔지만 이번엔 신생아가 아니라 어린 여자아이의 얼굴이었다. 리언은 처음으로 갈매기에게 도둑을 맞기도 했다. 브라이튼에 살다 보면 어쩔 수 없는 일이다. 우중충한 어느 날 오후, 도서관으로 가는 길에 난데없이 갈매기가 나타나 리언의 손에서 크루아상을 휙 낚아채갔다.

"아빠, 갈매기가 고맙대요."

리언이 확신에 찬 목소리로 말했다. 리언은 우리와 다른 눈으로 세상을 바라봤다. 매번 우리의 상상력을 뛰어넘었다.

그런데 하늘에서 눈이 펑펑 내리는 어느 날 아침, 남들은 죄다 육지에 발을 디디고 있는데 나만 흔들리는 갑판 위에서 비틀거리는 것 같은 느낌을 받았다. 내 뇌가 물에 둥둥 떠 있는 사과처럼 느껴졌다. 딱히 불쾌하진 않았다. 그날 나는 병원에 가려고 혼자 언덕길을 걸어 올라갔는데 몸이 좌우로 살짝 흔들렸다. 거의 잊고 있었던 MRI 검사 결과를 확인하러 가는 길이었다. 상담실에서 간단한 설명을 들었다. 흔들리는 걸음걸이로 이미 짐작했지만 약물이 효과가 없는 것으로 드러났다.

MRI 영상에 새로운 병변이 보였다. 하나는 좌측 대뇌각(大腦脚)에, 다른 하나는 우측 상전두회(上前頭回) 안쪽에 생겼다. 나중에 구글에서 이런 용어를 찾아봤다. 뇌회(腦回)는 자기인식과 웃음을 주로 관장한다. 뇌각(腦脚)은 중뇌에 있는 가는 막대상조직으로 소근육운동과 균형감과 고유수용감각을 돕는다. 작심하고 인터넷에서 뇌각을 찾아보면 해부학 시험을 준비하는 의대생의 기분을 이해할 수 있을 것이다. 자꾸만 튀어나오는 희한한 용어에 고개가 절레절레 돌아간다.

약물이 효과가 없다는 의심을 했던가? 전혀 의심하지 않았다. 온갖 증상이 나타나는데도 전혀 의심하지 않았다. 공평하게 말하자면, 약물은 효과가 있었다. MS에 대한 엄청난 공포심을 억제했고 내가 겪는 고충의 극히 일부만 드러나게 했다. 약물은 아무런 문제가 없었다. 내게 생긴 MS가 너무 강한 게 문제였다.

시중에 약물이 10가지나 있지만 대부분 지난 1년 동안 복용했던 약보다 약해서 내게는 소용이 없었다. 이젠 최종 결단을 내려야 했다. 부작용 면에선 매우 안전하지만 병을 억제하는 데 별 도움이 안 되는 다른 약물을 시도할 것인가, 아니면 MS뿐만 아니라 MS로 인한 일부 폐해까지 되돌릴 수 있지만 부작용 가능성이 많은 더 위험한 약물을 시도할 것인가?

약효가 없는 안전한 약물에 대해선 별로 관심이 없었다. 하지만 위험한 약물에 대한 설명에는 귀를 쫑긋 세웠다. 렘트라다(Lemtrada). 최후의 수단. 이걸 선택한다면 기존에 먹던 약물을 중단해야 한다. 리언이 아침저녁으로 내게 알려주는 '아빠 약'에 이별을 고해야 한다. 그리고 약물 주입을 위해 닷새 동안 병원에 입원하고, 그 뒤로도 면역 체계가 회복될 때까지 한 달 동안 반격리 상태로 지내야 한다.

기존에 복용하던 약은 면역 체계의 전투견 부대라 할 수 있는 림프구가 실수로 뇌를 공격해서 미엘린초를 파먹을 경우 림프구의 공격 작용을 억제한다. 이런 약은 면역 체계의 전반적 기능을 억눌러서 그런 일을 한다. 반면 렘트라다는 체내에 들어가서 새로운 세포가 전투태세를 다시 갖췄을 때 원래 목적대로 행동하기를 희망하면서 대놓고 림프구를 죽인다.

리언을 재운 뒤 세라와 함께 제약회사의 안내 책자를 꼼꼼히 살펴봤다. 그들은 굉장히 긍정적인 의견을 제시하면서도 있을 수 있는 부작용들을 상세히 열거했다.

첫째, 렘트라다 치료 후 일부 환자에게서 갑상선 기능 항진증이나 저하증이 생긴다. 흔히 발생하는 부작용이지만 어렵지 않게 치료할 수 있다.

둘째, 렘트라다는 매우 드물게 출혈성 장애를 일으킬 수 있다. 면역 체계가 혈액 응고에 필요한 혈소판을 파괴하기 때문이다. 이 부작용은 발생 빈도가 더 낮으며, 역시 치료할 수 있다.

셋째, 렘트라다로 치료하면 대단히 드물지만 신장 장애를 초래할 수 있다. 발생 빈도는 훨씬 더 낮지만 위험성은 훨씬 더 크다.

안내 책자에서 이 부분을 읽고는 내 눈을 의심했다.

유진이 죽고 오랜 시간이 흘렀는데도 도저히 이해할 수 없는 부분이 있었다. 왜 그런 위험한 수술을 받았을까? 성공하지 못하면 죽을 수도 있는 이식 수술을 왜 굳이 받았을까? 더 심도 있는 차원에서 이해하지 못한 부분도 있었다. 나는 유진이 아프지 않았다는 점을, 아니 그보다는 유진의 정체성이 병에 전적으로 매몰되지 않았다는 점을 이해하지 못했다. 죽느냐 사느냐 하는 위중한 상태에서도 유진은 늘 미래를 생각했다. 미래를 계획하고 꿈꾸면서 남은 평생을 뭘 하고 지낼지 고민했다. 어떻게 그럴 수 있었을까? 세라와 함께 렘트라다 안내 책자를 살펴보기 전까지는 그 점을 이해하지 못했다.

유진은 앞으로 다가올 삶에 대한 의욕이 넘쳤으며 그 삶을 최대한 즐기고 싶었던 것이다. 바로 그런 이유로 마지막 수술을 감행했던 것이다. 이제야 제대로 이해했다. 유진에 대한 기억과 일화와 직감을 비롯해 모든 것이 다시 생생하게 살아났다.

지난 1월 리언과 함께 유진을 찾으러 떠났을 때, 그가 내게 무슨 말을 해줄 거라고 생각했다. 불치병에 걸린 사람들의 낯선 세계에서 살아남을 방법에 대해 조언해줄 거라고 말이다. 하지만 아무것도 들을 수 없었다. 브라이언과 함께 우리 마음속에 남아 있던 유진의 단편적 모습을 샅샅이 살펴봤지만 그의 목소리를 들을 수 없었다. 안경을 벗고 세인트 판크라스 역의 통근자들 속에서 그의 유령을 찾았을 때도 들을 수 없었다.

그런데 세라와 함께 렘트라다의 부작용을 읽다가 드디어 유진의 목소리를 들었다. 세 번째 부작용이 신장 장애와 관련되지 않았더라도 그 목소리를 들었을 것이다. 이젠 그를 이해했으니까.

"기분이 어때?"

그날 밤 세라가 물었다. 그녀는 내 결정을 두려워한 게 아니라 내가 결정 내리는 과정을 두려워했다. 매번 애를 먹였으니까.

"좋아."

내가 말했다. 정말로 기분이 좋았다. 세라에게 앞으로 우리가 해야 한다고 생각되는 일을 설명했다. 그리고 내 생각에 동의하는지 물었다.

이제 두 달 정도 기다려야 했다. 기존 약물이 몸에서 다 빠져나갈 동안의 유예 기간이었다. 그사이 스케줄을 잡고 병실을 예약했다. 이 기간에도 어떤 형태로든 MS가 급습할 수 있음을 알고 있었다. 리언이 여전히 '아빠 약'을 알려주었지만 유예 기간엔 무방비 상태로 맞아야 했다.

그러던 2월 어느 날 밤, 서리로 뒤덮인 블랙프라이어스 기차역에서 MS가 진짜로 급습했다. 템스강 양쪽에 들어선 고층 빌딩의 불빛이 시커먼 강물에 어른거렸다. 게임 스튜디오에서 일하는 친구들을 만나러 가는 길이었다. 그리니치 선창가에 있는 레스토랑에서 저녁을 먹기로 했다. 그런데 플랫폼에 발을 내디디는 순간 머리가 핑 돌았다. 바람까지 거세게 불어 똑바로 서 있기도 힘들었다. 현기증과 자욱한 안개 때문에 앞을 분간하기도 어려웠다.

MS가 어둠 속에서 툭 튀어나온 것 같았다. 그렇다고 내 눈을 멀게 하거나 나를 세상에서 떼어낸 건 아니었다. 다만 세상을 눈부시게 환하고 날카로운 파편으로 산산조각 냈다. 이곳은 더 이상 런던이 아니라 빛과 소음과 스쳐가는 사람들의 집합체였다. 문득 뭘 해야 할지 전혀 감이 오지 않았다. 옆으로 휙 지나가는 기차 때문에 또다시 휘청하면서도 속으로 다짐했다.

'이걸 기억해. 이게 어떤 기분인지 꼭 기억해.'

기차역에서 그리니치까지 가려던 계획이 싹 사라졌다. 뭘 할지 다시 생각하려면 지하철 지도가 필요했다. 그 정도는 알았다. 하지만 근처 안내소에서 지도를 찾았을 때 나도 모르게 헛웃음이 나왔다. 흰색 바탕에 노란 선, 초록 선, 파란 선이 복잡하게 꼬여 있었다. 군데군데 보이는 동그라미는 각 노선이 통과하는 역인 줄 알았지만 내가 도달하려는 동그라미, 아니 역에 어떻게 가는지는 몰랐다. 내가 이 친근한 기하학적 시스템에 들어가서 올바른 노선으로 갈아탈 수 있을 것 같지 않았다. 지도 속으로 들어가서 순조롭게 길을 찾을 수 있을 것 같지 않았다.

그래도 바로 포기하진 않았나 보다. 나는 어느새 역 밖으로 나와 바다로 내려가는 좁은 복도를 걷고 있었다. 정확히 말하자면 바다가 아니라 강둑으로 내려가는 복도였다. 눈앞에서 시커먼 강물이 유유히 흘렀다. 강바람이 몹시 차가웠다. 겉으로 드러나는 모든 표면과 모서리가 유난히 날카롭고 밝았다. 한 건물의 꼭대기에서 '씨 컨테이너스(SEA CONTAINERS)'라고 적힌 글자가 푸르스름한 빛을 발산했다. 나는 그 글자를 보고 고개를 끄덕였다. 씨 컨테이너스. 마침 휴대폰에서 윙 하는 소리가 났다. 화면을 내려다봤다. 평소보다 더 선명하게 빛났다. 너무 선명해서 이미지를 구성하는 수많은 화소를 감지할 수 있을 것 같았다. 메일이 왔나 보다. 중요한 메일 같아서 열어보니 2월의 잔액 이체 수수료를 알려주는 메일이었다.

나는 그때가 2월이라는 걸 알았다. 내가 지하철 대신 보트를 타려 한다는 것도 알았다. 숨을 크게 들이마셨다. 또다시 웃음이 나왔다. 머릿속이 갑자기 텅 비고 조용해지자 주변 세상이 보였다. 내 생각과 판단을 개입하지 않고 바라보자 복잡 미묘한 세상이 제대로 보였다. 두렵지는 않았다. 오히려 차분하고 즐거웠다. 그리고 내가 얼마나 미약한 존재인지도 새삼 깨달았다.

'이걸 기억해.'

내가 브라이튼에서 왔다는 점과 당장 그곳으로 돌아갈 수 있다는 점을 기억했다. 아무래도 돌아가는 게 좋을 것 같았다. 주머니에 왕복 승차권이 있었다. 블랙프라이어스에서 집으로 돌아갈 때 어느 플랫폼을 사용하는지도 알았다. 기차에 올라타서 테이블에 놓인 신문을 펼쳤다. 마지막 페이지로 넘기자 십자말풀이가 나왔다. 나는 십자말풀이를 어떻게 하는지 알았다. 당장은 그걸 할 기분이 아니라는 것도 알았다.

한 시간쯤 멍하니 앉아 있었더니 머릿속 혼란이 살짝 가라앉는 게 느껴졌다. 그런데 곰곰 생각해보니 이번에도 혼란의 일부는 내가 자초했다. 난관에 부딪쳐서 바로 포기해버렸다. 속이 쓰렸다. 어쩌면 그 난관마저 부분적으론 또 다른 환상인지도 몰랐다.

'안 돼. 이런 식으로는 절대 안 돼.'

브라이튼으로 돌아가면서 세라에게 문자 메시지를 보냈다. 집에 일찍 돌아가야 하지만 어디가 아픈 건 아니라고 보냈다. 답장을 기다리면서 방금 무슨 일이 있었는지 찬찬히 돌아봤다. 내가 느꼈던 혼란은 너무나 생생하고 극심했다. 그렇다면 MS가 난데없이 나타나 이토록 총체적인 혼란을 야기한 걸까?

'MS 혼란'은 왠지 지나치게 광범위한 용어 같았다. 이케아 의자 사건을 제외하면 MS가 찾아와도 대개 초조한 기분이 드는 정도였다. 이렇게 멍하고 당혹스러운 건 처음이었다. 예전과 비교하면 훨씬 더 광범위했다. MS 때문이라기보다는 MS에 대한 히스테릭하고 허술한 내 반응 때문인 것 같아서 신경과 전문의에게 털어놓기도 망설여졌다. 게

다가 요즘은 히스테릭한 상태도 아니었다. 이런 일을 겪기 전까지 몇 주 동안 전혀 흥분된 상태도 아니었다. 무슨 영문인지 당최 알 수 없었다. 내가 과연 이 문제를 풀어낼 수 있을까?

나는 기차를 타면 원래 신경질환의 도움을 받지 않고도 곧잘 잠에 빠져든다. 그러다 역에 도착해서 문이 스르르 열리는 소리를 듣고서야 눈을 뜬다. 그럴 때면 내가 어디에 있는지, 무엇 때문에 거기 갔는지 전혀 생각나지 않는다. 계획이 뭔지 쉽사리 떠오르지 않는다. 기억을 더듬어보니 블랙프라이어스에 도착했을 때도 딱 그런 느낌이었다. 기억을 더 더듬어보니 MS에 걸리면 계획하고 결정하는 복잡한 일들이 점점 더 힘들어질 수 있다는 걸 어딘가에서 읽었다.

아까 지하철 지도를 봤을 때 마음만 먹었다면 짙은 안개 속으로 뛰어들 수 있었을 것이다. 과감하게 뛰어들 의지와 자신감만 있었다면 얼마든지 가능했을 것이다. 집중력 부족, 흐릿해진 계획, 의지와 믿음의 부재. 문득 이런 것들이 MS로 인한 증상과 흡사하게 들렸다. 결국 나는 두 가지 상반된 인식 사이에서 갈등할 수밖에 없었다. 내가 느꼈던 혼란이 실제로는 그리 깊지 않고 주로 집중력과 순간적으로 놓쳐버리는 현실 감각 때문일 수도 있다. 그런데 그렇게만 생각하기엔 아까 경험이 너무나 생생했다. 산산조각으로 부서지는 세상에서 제대로 맞는 조각도 별로 없이 살아간다는 게 실제로 어떤 것인지 온몸으로 느꼈기 때문이다.

어쩌면 여기에 진실이 담겨 있을지도 모르겠다. 심적 기제(心的機制)와 그 심적 기제의 효과가 굉장히 다르게 이해될 수 있다는 진실. 어쩌면 그 둘은 달라야 하는지도 모르겠다. 신경학적 사건을 풀려면 차분하고 명쾌하게, 정확하게 생각하고 판단해야 한다. 그런데 나는 그렇게 정확한 사람이 아니다. 평소에 차분하고 명쾌한 태도로 살지도 않는다. 내가 이해한 것과 실제로 경험한 것 사이에 때로는 격차가 있을 수 있다는 걸 알았다. 렘트라다를 주입받고서 어떤 일을 겪든 간에 그대로 살아야만 한다는 것도 알았다. 어쩌면 시간이 흐른 뒤엔 격차가 있다는 걸 이해하는 것만으로 그 격차를 메우는 데 도움이 될지도 모르겠다.

여자의 발병률이 현저히 높은 이유

: 내 병은 딸에게 어떤 의미일까?

얼마 전 리언이 나를 흔들어 깨우더니 신나는 목소리로 손가락이 저리다고 말했다. 순간 등골이 오싹해졌다. 다행히도 리언은 몇 분 전까지 어떤 놀이를 했다는 설명을 덧붙였다. 얼마나 오랫동안 손을 깔고 앉아 있어야 아픈지 테스트했다는 것이다. 놀란 가슴이 가라앉자 내가 너무 성급하게 최악의 상황을 가정한다는 생각이 들었다. 이런 상황은 떠올리고 싶지도 않은 생각 중 하나다. 하지만 이참에 최악의 상황을 제대로 알아보는 것도 나쁘지 않을 것 같다.

리언이 내게서 MS를 물려받을 가능성은 얼마나 될까? 가족 중 MS를 앓는 사람이 있으면 MS에 걸릴 위험이 더 높다고 흔히 알려져 있다. 영국에서 대략 600명 중 한 명이 MS를 앓고 있다. MS 트러스트라는 단체가 최근 언급한 조사에 따르면 MS에 걸린 부모를 둔 사람의 발병 위험성은 67명 중 한 명이라고 한다(형제나 자매가 MS에 걸렸다면 발병 가능성이 37명 중 한 명으로 높아지며, 일란성 쌍둥이 중 한 명이 MS에 걸렸다면 발병 가능성이 5명 중 한 명으로 크게 높아진다).

이 단체는 다른 질병의 발병 위험성에 대해서도 언급했다. 가령 65세 이상은 20명 중 한 명이 치매에 걸리고, 우리는 3명 중 한 명이 어떤 형태로든 암에 걸린다. 다발성 경화증에 대한 민감성을 높이는 데 관여하는 유전자는 100가지가 넘지만 이는 어디까지나 민감성에 대한 이야기일 뿐이다. 실제로 MS에 걸린 사람들은 대부분 가족력이 없다. MS는 복잡한 유전적 요소로 구성되긴 하지만 유전병으로 분류되지 않는다.

내가 MS에 걸렸다고 해서 리언이 걸릴 가능성도 끔찍하게 커지는 건 아니라는 쪽으로 생각이 기울고 있다. 그렇지만 이 문제가 무척 혼란스럽다는 건 인정한다. 리언의 건강과 상관없이 내 병이 리언에게 어떤 의미를 지니는지 걱정하느라 마음이 어지럽다. 또한 애초에 MS를 일으키는 원인이 무엇인지 불확실하다는 사실도 혼란을 부채질한다.

그동안 여러 가설이 있었지만 결론이 도출되지는 않았다. MS의 원인을 모른다고 인정했던 샤르코는 비통함이나 사회적 지위 상실, 그에 따른 스트레스 등 '마음 상태'에 문제가 있지 않을까라고 애매하게 말했다. 한 세기 반이 지나면서 다른 학자들도 이론을 내놨다. 그들은 MS의 원인으로 과로, 과도한 고민, (뭐라고 콕 집어서 말하진 않았지만) 특정한 성 습관, 맹독성 환경을 지목했다. 개중에는 설득력 있는 이론도 있다. 특히 병이 침투했지만 잠복기 상태일 때 트라우마나 지속적인 스트레스를 계기로 발병한다는 주장은 눈길이 갔다.

MS 환자의 성비 차이는 일찍부터 주목받았다. 19세기에 샤르코는

MS 환자들 중에 여성이 남성보다 많다는 사실을 알아챘다. 오늘날 재발완화형 MS는 여성이 2~3배 이상 많다는 게 정설로 인정받고 있으며 이를 근거로 호르몬이 어떤 작용을 한다고 추정하고 있다.

21세기 초반 무렵 여러 연구자들이 MS의 특이한 지리적 분포에 관심을 기울이기 시작했다. 적도에서 멀어질수록 MS 발병률이 현저하게 높아졌기 때문이다. 극단적인 예를 들면 스코틀랜드 북동쪽의 오크니 제도에서는 여성 170명 중 한 명이 MS에 걸린다. 대단히 높은 발병률이다. 그리고 이곳의 발병률은 계속 높아지고 있다. 2012년 《가디언(Guardian)》에 실린 기사에 따르면 1980년대 중반 셰틀랜드와 오크니 제도에서 10만 명당 190명꼴로 발병했다. 그런데 지금은 오크니 제도만 따져도 10만 명당 402명꼴로 발병한다.

최근의 여러 연구는 MS의 지리적 분포에 대한 용의자로 비타민 D를 지목하고 있다. 비타민 D는 햇빛에 노출된 피부에 의해 형성되기 때문에 춥고 우중충한 환경에서 MS가 더 번성하는 것 같다. 나를 포함해서 MS로 진단받은 사람들은 대부분 처음 증상이 드러났을 때 비타민 D 수치가 낮다고 밝혀졌다.

감염에 노출되는 것도 잠재적 원인이다. 다만 예전엔 MS가 특정한 감염증 때문에 생긴다고 여겨졌지만 이젠 여러 감염증이 MS로 이어지는 과정을 촉발할 수 있다는 쪽으로 바뀌었다. 100년이 넘는 기간 동안 다양한 바이러스가 후보로 제시되었다. 요즘엔 굉장히 흔한 엡스타인-바 바이러스(Epstein-Barr virus)가 MS와 관련해 연구되고 있다.

지금은 MS가 여러 요인으로 발생한다는 게 통념이다. 그만큼 원인을 특정하기가 굉장히 어렵다. 유전적 요소와 아울러 성적 편향, 비타민 D 결핍, 감염 노출 등이 흔히 꼽히지만, 흡연을 비롯해 일부 MS 환자에게 나타나는 혈관 기형도 부차적 잠재 요인으로 꼽힌다. 오크니 제도 같은 곳에서 MS가 많이 발병하는 이유가 '바이킹 유전자' 때문이라고 보는 사람도 있다. 북쪽에서 내려온 약탈자, 즉 바이킹이 상륙하는 곳마다 유독한 흔적을 남겼다는 것이다. 오크니 제도 외에 캐나다의 노바스코샤와 앨버타, 스코틀랜드 북동부의 애버딘, 내가 성장한 이스트 켄트 등이 비교적 높은 발병률을 보이고 있다.

그렇다면 이것은 유전적 요인이 크다는 증거인가, 아니면 단지 비타민 D가 MS에 미치는 영향이 더 많다는 증거인가? 2016년 발표된 연구에 따르면 위도가 10도 높아질 때마다 MS 증상이 평균 10개월 일찍 나타난다고 한다. 그게 다가 아니다. MS 발병률이 평균보다 높은 지역에서 태어난 사람이 낮은 지역으로 이주할 경우, 15세 이전에 이주할 때만 새로운 지역의 위험도를 취한다(나는 위험도가 낮은 캘리포니아에서 태어났지만 학교에 들어가기 전에 위험도가 비교적 높은 켄트로 이주했다).

MS 치료법을 개발하는 노력과 함께 원인을 파악하기 위한 조사도 계속 진행되고 있다. 치료법이 금세 나올 거라고 기대하지 않는다. 아울러 MS가 왜 누구에겐 생기고 누구에겐 생기지 않는지에 관한 수수께끼가 금방 풀릴 거라고도 기대하지 않는다. 내 병이 리언에게 유전될까 봐 조바심치면서도 한편으론 리언을 안전하게 지키기 위해 우리가 당장 할 수 있는 일이 있다는 사실에 한없이 감사한다. 그렇긴 해도 나는 여전히 걱정한다. 하지만 전적으로 무력하다고 느끼진 않는다.

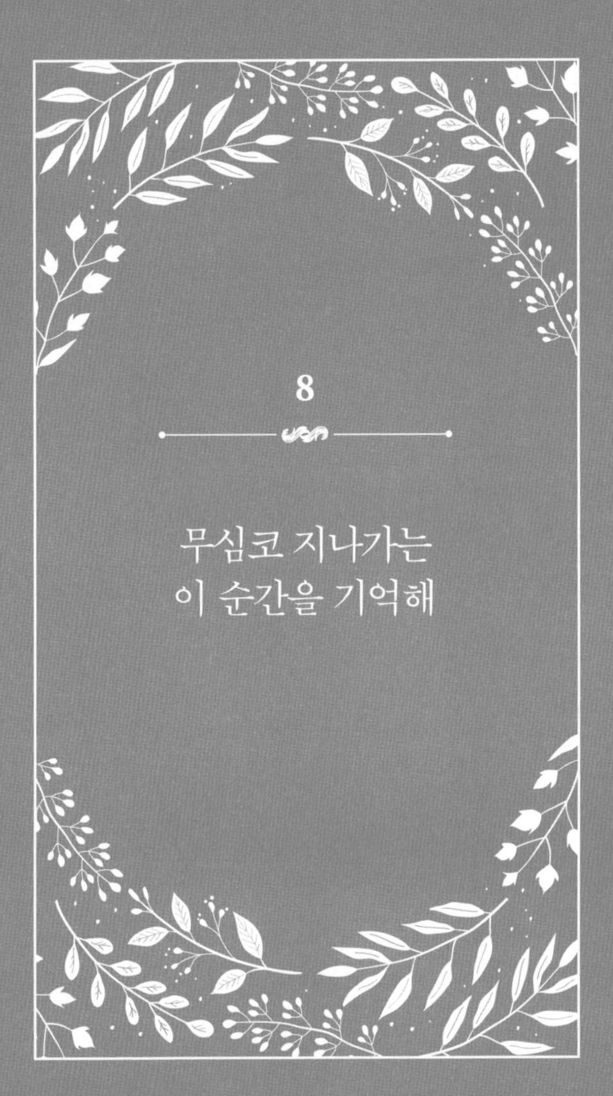

8

무심코 지나가는 이 순간을 기억해

~

일요일

세라가 리언을 위해 텐트를 사왔다. 청록색 원단에 딸기와 아이스크림 무늬가 점점이 찍혀 발랄해 보였다. 둥그런 모양의 텐트는 안에서 프레임이 단단히 받쳐주고 있었지만 요상한 바람에 강타라도 당한 듯 한쪽이 살짝 기울어졌다.

"짜잔, 서커스 텐트야."

세라의 설명에도 불구하고 리언과 나는 이게 탐험가의 텐트라는 걸 알았다. 우리는 장난감이 널려 있는 리언의 방에 텐트를 설치했다. 리언은 최근에야 장난감을 제대로 갖고 놀기 시작했다. 방 한가운데를 떡하니 차지한 텐트는 유년기의 첫 발판이 되는 베이스캠프처럼 보였다.

당분간 사무실엔 나가지 않을 생각이다. 참으로 너그러운 고용주에게 인사한 뒤 어제부로 한 달간 병가에 들어갔다. 병원에서 처치를 받은 다음엔 면역 체계가 회복될 때까지 한동안 집에서 지낼 예정이다. 마지막 특집 기사 파일도 제출했고 메일함도 싹 정리했다. 오늘 오후에 병원으로 가서 일주일 동안 입원할 것이다. 몇 년 만에 처음으로 코르덴 바지에 벨트를 매지 않았다. 주머니에 동전이나 열쇠도 넣지 않았다.

"꼭 감옥에 들어가는 기분이야."

소지품을 찬장에 올려놓으며 세라에게 말했다.

"병원에서 벨트는 매고 있어도 돼."

세라는 말은 그렇게 하면서도 내가 귀담아듣지 않는다는 걸 알았다. 내가 벨트와 열쇠 같은 속세의 물건에서 벗어나는 환상에 젖어 있다는 사실을 그녀는 잘 알고 있었다.

오늘 새 노트에 일기를 쓰게 된 건 순전히 우연이었다(맨 위에 '토요일'이라고 적었다가 오늘이 일요일임을 깨닫고 얼른 줄을 그었다). 당황한 게 분명하다. 곧 세라와 함께 아버지가 운전하는 차에 올라야 하지만 먼저 리언에게 작별 인사를 해야 했다.

리언은 텐트 안에서 아기 인형과 곰돌이 인형을 모아놓고 한창 이야기하고 있었다. 초봄이지만 바깥 날씨는 더웠고 햇볕도 밝게 내리쬐었다. 텐트 안이 은은한 청록색으로 물들어 있었다. 리언은 나를 보고 반가워했다. 인형 놀이에 한자리 끼길 바라는 눈치였다. 역할을 정하느라 분주하던 리언은 결국 내가 우는 걸 알아차렸다. 그런데도 따라 울지 않았다. 뒤로 물러나서 장난감 쪽으로 몸을 돌린 채 나와 눈을 마주치지 않으려 했다. 관여하지 않기. 뜻대로 돌아가지 않는 세상에 대한 리언의 최근 대응 방식이다. 나는 뒤로 몇 걸음 물러났다. 잠시 후 외할머니가 들어와 리언을 데리고 공원에 가겠다고 했다. 할머니 품에 안겨 고개를 푹 숙인 채 내 앞을 지나는 리언의 귀에 어색하게 입을 맞췄다.

병원으로 가는 길에 스마트폰에 뜬 마지막 3G 신호로 발진에 대해 검색했다. 이번에 받을 치료와 관련해 위험 사례를 몇 차례 살펴봤지만 세라가 기대했던 것만큼 많이 찾아보진 못했다. 그 몇 번의 조사에서 알게 된 건 주사치료로 치명적 합병증이 생기는 사람은 극히 드물다는 사실이다. 아울러 갑상선 이상과 출혈, 신장 기능 장애 같은 문제가 생길 수 있는데 심각한 부작용일수록 발병 가능성은 낮았다. 심각성이 가장 낮은 부작용으로는 방금 알게 된 발진이 있다. 발진은 거의 확실하게 나타난다. 그런 이유로 발진을 검색한 것이다. 알고 있어야 실제로 생겼을 때 놀라지 않을 테니까.

발진은 렘트라다의 가장 흔한 부작용이다. 지금까지 읽은 온라인 병상 일기마다 발진에 대한 언급이 나왔다. 발진이 생길 확률은 90퍼센트다. 치료 둘째 날이나 셋째 날부터 몸에 이상 반응이 나타난다. 먼저 피부가 벌겋게 달아오르기 시작한다. 가슴과 팔에 생긴 불그스름한 다도해가 눈에 안 보이는 단층선을 따라 쫙 퍼지면서 대륙으로 커진다. 이런 발진은 한동안 성난 기세를 떨치다 차츰 가라앉는다. 숨겨져 있던 세상이 순간적으로 확 나타났다가 서서히 사라진다. 의학 용어로는 '지도상 발진(cartographic rash)'이라고 한다. 내 기억으론 그렇다. 그런데 차 안에서 내 설명을 듣던 세라가 '지리적 발진(geographic rash)'이라고 정정해줬다. 침입자에 대한 인체의 알레르기 반응이라면서.

뭐라고 부르든, 휴대폰 화면에 보이는 발진의 전개 양상은 영토 확장에 열을 올리는 침략자로밖에 보이지 않았다. 이름 없는 땅들이 점차 팔다리에까지 세력을 넓히며 대륙을 형성해나가고 있었다. 듣자 하니, 발진은 견디기 힘들 만큼 가렵다고 한다. 그런데 그런 건 별로 중요하지 않았다. 내게는 몸이 지도로 변신한다는 게 더 중요했다. 몸은 지도가 되어 노화, 질병, 부상 등 인생의 주요 사건을 고스란히 보여준다.

며칠 전 병동에 잠깐 다녀왔다. 마침 분위기가 아주 좋은 때였다. 열린 창문으로 보니, 환한 병실에서 여자들 몇 명이 침대에 다리를 꼬고 앉아서 잡지를 읽거나 수다를 떨고 있었다. 대부분 편한 운동복 차림이었다. 금방이라도 헬스클럽에 운동하러 갈 것처럼 보였다. 그중 저스틴이라는 한 여자와 이야기할 기회가 있었다. 저스틴은 그날 오후에 렘트라다를 세 번째 주입받을 거라고 했다. 그때까지 발진도 생기지 않았고 경과도 순조로웠다. 저스틴은 원래 쾌활한 성격인 듯했다.

다른 여자들도 아주 흡족한 모습이었다. 다들 아파서 입원한 게 아니라 즐거운 모임에 참석한 듯 이야기꽃을 피웠다. 봄이 일찍 와서 정원에 사는 동물들이 올겨울엔 동면할 시간이 부족했다는 이야기도 들렸다. 나도 흡족한 마음으로 물러나면서 그동안 쓸데없이 고집을 부렸다는 사실을 깨달았다. MS 환자와는 절대로 마주치지 않겠다던 어리석은 고집을 드디어 꺾은 것이다. MS 동지를 제대로 만나본 건 그때가 처음이었다. 만나보니 괜찮았다. 괜찮은 정도가 아니라 참으로 유익했다.

그런데 오늘은 해가 거의 떨어진 뒤에야 병원에 도착했다. 들어설 때부터 어둑한 분위기가 영 께름칙했다. 게다가 병실에 들어서려다 연두색 환자복을 입은 거구의 남자와 부딪혀 뒤로 자빠질 뻔했다. 민머리에 의료용 전극을 덕지덕지 붙인 남자는 자유를 찾아 탈주하는 것 같았다. 하지만 남자의 멍한 눈을 보니 정신은 병실 의자에 두고 온 것 같았다.

어둑한 병실 조명으로 보니 희끄무레한 사람 형체가 여럿 보였다. 한 명은 저녁 식판에 몸을 기울이고 있었고 다른 한 명은 의자에 앉아 있었다. 나는 병실에 불쑥 들어가서 인사를 건네지도 않고 소지품을 정리했다. 침대에 누워 미간을 잔뜩 찌푸린 채 눈에 들어오지도 않는 책을 들여다보다가 내 반대편에 설치된 물비누 통을 봤다. 손을 씻으라는 문구가 사방에 붙어 있었다. 나는 눈도 돌리지 않고 앞만 주시했다. 눈앞에 보이는 문구를 읽고 또 읽었다.

오늘은 병실도 어둑하고 즐겁게 이야기꽃을 피우는 사람도 없었다. 그야말로 신경 병동다웠다. 신경성 질환은 목에 영향을 미친다. 그래서 신경질환자는 자다 막 깬 사람처럼 칼칼한 목소리로 말한다. 병실에서 이따금 들려오는 소리가 딱 그랬다. 오래 쓴 칫솔모와 뭉뚝해진 연필 등 닳고 닳은 물건들이 차례로 떠올랐다.

밤중에 간호사들이 와서 팔에 캐뉼라(cannula)를 꽂았다. 모기 날개 같은 플라스틱이 좌우에 붙은 주사 바늘이었다. 얼핏 보면 작은 비행기가 내 팔뚝에 비상착륙한 것처럼 보였다. 캐뉼라 밸브의 매끈한 감촉이 살갗에 느껴졌다. 졸린 눈으로 보니 한 줄기 핏물이 튜브 안에 갇혀 있었다. 팔을 움직일 때마다 핏물이 온도계 안의 빨간 액체처럼 오르락내리락했다. 이 작은 기구가 어떻게 작동하는지 모르지만 굳이 알아보고 싶지 않았다. 전문가들이 알아서 해줄 때는 그냥 느긋하게 누워 있는 게 상책이었다.

캐뉼라는 의료용 테이프로 깔끔하게 고정되었다. 간호사가 테이프에 날짜를 기입했다. 간호사는 생리식염수로 캐뉼라를 세정했다. 서늘한 감촉이 팔뚝을 따라 서서히 올라왔다. MS가 나를 위해 미리 준비해둔 은밀한 길이 잠시 드러났다.

"느껴지세요?" 간호사가 낮은 목소리로 물었다. "목구멍에요. 어떤 분들은 목구멍 안쪽에서 느껴진다고 하더라고요."

혀를 이리저리 굴려봤다. 아무런 느낌도 없었다.

내가 마지막으로 봤던 캐뉼라는 심하게 훼손되고 망가진 모습이었다. 세라가 리언을 출산하는 도중에 경막외마취제를 기다리며 삽입하려다 결국 포기했던 것이다. 세라는 출산 진행 속도가 너무 빨라 결국 마취 주사를 맞지도 못했다. 캐뉼라는 불안정하게 흔들리다 결국 떨어져 버렸다. 그땐 너무 흥분해서 실제로 무슨 일이 벌어졌는지 돌아볼 여유가 없었다. 완전히 잊고 지내다가 일주일 뒤 집에서 내 낡은 셔츠 속에 크리스마스 장식처럼 숨어 있는 것을 발견했다.

밤이 되자 병동은 무서울 정도로 음산했다. 어둠 속에서 잿빛 그림자들이 내는 기침 소리만 간간이 들렸다. '이런다고 좋아질 리 없어.' 잠에 빠져들면서 생각했다. 머릿속에서 그 문장이 실제로 보이는 것 같았다. 나는 어느새 시사만화에 흔히 등장하는 심술쟁이 캐릭터로 변해 있었다. MS 치료차 입원하면서 기대가 너무 컸나 보다. 내일 컨디션이 괜찮으면 몸에 유독한 약물이 주입될 것이다. 그리고 앞으론 아무것도 배우지 못할 것이다.

월요일

아침에 눈을 떴는데 별로 겁나지 않았다. 이런 게 체념인가? 아무튼 될 대로 되라는 심정이었다. 일주일이 후딱 지나갔으면 싶었다.

늘 그랬던 것처럼 감정을 드러내지 않은 채 적당히 예를 갖추고 사람들을 대했다. 간호사가 혈압과 맥박을 잰 다음 모스 부호처럼 생긴 알약을 내밀었다. 길쭉한 약은 위벽을 보호하고 둥근 약은 경련을 방지한다고 했다. 10시경에 간호사가 의료용 카트에 주입 펌프를 싣고 왔다. 쐐기 모양의 회색 플라스틱이었다. 손목에 꽂혀 있던 캐뉼라에 투명한 정맥 내 투여기가 연결되었다. 항히스타민제가 몸속으로 들어오자 머리가 띵하고 졸렸다. 다른 정맥 내 투여기가 연결되는 동안 내 손가락을 쳐다봤다. 간호사가 이번 약물엔 스테로이드가 들어 있다면서 금속 맛이 느껴질 거라고 했다. 정말로 금속 맛이 느껴졌다. 병원 사람들이 예측한 대로 될 때는 늘 마음이 놓였다.

마지막으로 화학요법이 시작되었다. 약은 감광성이라 검정 봉지에 담겨 있었다. 펌프 상단에 대롱대롱 매달린 검정 봉지가 횃대에 내려앉은 까마귀처럼 보였다. 왠지 카리스마가 느껴졌다. 나는 약물이 관을 통해 천천히 떨어지는 모습을 지켜봤다. 기분이 어떻게 달라지는지 보려고 신경을 곤두세웠다. 오전 11시밖에 안 됐는데 벌써 온갖 약물이 몸속으로 침투했다. 돌연 정신이 아득할 정도로 피곤했다.

눈이 잠깐 떠졌는데, 마침 간호사가 마지막 약물을 밀어내느라 봉지를 꽉 누르고 있었다. 나중에 한 번 더 눈이 떠졌는데 이번엔 세라가 옆에 앉아 있었다. 간호사가 옆으로 다가왔다. 고개를 끄덕이더니 고리에 걸린 봉지를 떼어내며 말했다.

"네, 다 끝났습니다."

화요일

뭔가가 바뀌었다.

치료 이틀째, 새벽에 잠이 깼다가 이 병동에 마술 같은 시간이 있다는 것을 알았다. 5시에서 6시경 새벽 여명이 조금씩 스며들면서 천장이 어슴푸레한 물빛으로 물들었다. 입원 후 처음으로 병실이 고요했다.

그동안 아침마다 손 때문에 눈을 떴다. 주먹을 꽉 쥐고 자는 바람에 눈을 뜨자마자 처음 1~2분 동안은 손가락을 비틀어 떼어낸 다음 팔을 세게 흔들어야 했다. 손가락을 오므렸다 폈다 하면서 팔을 한참 흔들어야 오븐 장갑을 낀 것 같은 느낌이 가셨다. 그런데 오늘은? 아무런 느낌이 없었다. 두 손이 쫙 펴진 채 몸통 옆에 나란히 놓여 있었다. 게다가 저리지도 않고 떨리지도 않았다.

기다렸다. 찌르르한 느낌이 마치 들리기라도 하는 양 귀까지 기울이며 기다렸다. 하지만 아무 느낌도 없었다. 두 손을 붙이고 손가락을 문질렀다. 2년여 만에 처음으로 멀쩡한 느낌이 들었다. 뇌에서 손가락을 관장하는 신경이 오랜만에 제 기능을 발휘하는 것 같았다. 나선형 지문의 홈이 느껴진다 싶을 정도로 감각이 멀쩡했다.

팔꿈치를 괴고 일어나 다른 증상이 느껴지는지 온몸을 구석구석 느껴봤다. 다 멀쩡했다. 갈비뼈를 옥죄는 느낌이 없었다. 고개를 좌우로 돌려봤지만 머리가 물 위에 둥둥 떠 있는 느낌도 없었다. 마음을 가라앉히고 생각했다. 때로는 이런 날도 있어야지. 새로운 하루를 시작하기 전에 MS도 전열을 정비할 시간이 필요하겠지. MS도 때로는 쉴 짬이 필요하겠지. 그렇다 해도 이런 적은 처음이었다. 그동안 쿡쿡 쑤시고 저렸던 손가락은 내가 MS에 걸렸음을 끊임없이 상기시켰다. 2년이 넘는 시간 동안 한시도 잠잠하지 않았다. 그런데 지금은 이곳 어두운 병실처럼 고요했다.

눈을 감고 속삭였다. 이건 좋은 소식이야. 하지만 너무 좋아하진 마. 이제 겨우 하루 지났어. 반응이 나타나기엔 너무 일러. 그냥 심리적인 효과일 거야. 아니면 스테로이드 때문이거나. 그래, 스테로이드 때문일 거야. 나는 흥분하지 않으려 애쓰면서도 한편으론 이 순간을 온전히 음미했다. 기우뚱하던 세상이 다시 수평을 잡은 것 같았다. 이 시점에서 치료가 효과를 보일 거라고 생각할 순 없었다. 하지만 이 치료를 견딜 수 있겠다는 생각은 해도 될 것 같았다.

손가락을 문지르면서 눈을 감았다. 복도를 오가는 간호사와 환자 이송원들의 소리가 들렸다. 이 특별한 세계의 일원이 됐다는 사실에 익숙해지려고 노력했다. 내가 여기 있다는 게, 이런 일이 벌어지고 있다는 게 더 이상 말도 안 되는 일이 아니었다. 간호사가 다가와 내 상태를 살폈다. 이름을 묻자 애니라고 했다. 큰 키에 단발머리를 한 런던 토박이였다. 샤워를 해도 되냐고 묻자 애니가 단조로운 목소리로 대답했다.

"그럼, 이 녀석부터 처치해야겠네요."

이 녀석? 약은 이미 삼킨 뒤였다. 애니가 말한 '이 녀석'은 팔에 꽂힌 캐뉼라였다. 애니는 캐뉼라가 물에 젖지 않도록 봉지로 감쌌다. 그런 다음 지나칠 정도로 꼼꼼하게 테이프를 붙였다.

"저는 늘 테이프 끝을 이렇게 접어요."

애니가 자랑스럽게 말했다. 나중에 떼기 쉽도록 테이프 끝부분을 살짝 접는다는 뜻이었다. 하도 세심하게 붙여준 탓에 샤워를 마치고 떼어낼 때 미안한 마음이 들 것 같았다. 그런데 손목에 캐뉼라가 꽂혀 있으면 봉지로 감싸든 말든 내내 히틀러식 경례를 하고 있어야 한다는 걸 알았을 땐 미안한 마음이 살짝 가셨다.

아직은 까마귀 같았던 어제의 검정 봉지를 숙고해볼 여유가 없었다. 그래서 오늘 진행될 주입 과정을 마음에서 내보내고 병실 사람들을 알아보기로 마음먹었다. 제일 안쪽에 있는 더글러스는 처음 생각했던 것보다 젊었다. 아무래도 질병이 그의 노화를 재촉했나 보다. 잘생긴 얼굴이 노상 찌푸린 상태였고 목소리도 덩치에 어울리지 않게 작았다. 병실에 햇볕이 들면서 따스한 기운이 퍼지자 그는 낮지만 정중한 목소리로 의자를 창가로 가져가서 앉아도 되겠냐고 물었다.

내 옆으로는 필이 있었다. 체구는 작지만 존재감은 누구보다 컸다. 필이 고개를 움직일 때마다 제멋대로 자라난 하얀 턱수염과 곱슬머리가 흔들렸다. 원래는 유쾌한 성격이었을 것 같지만 간밤엔 내내 뒤척이면서 불평을 쏟아내고 끙끙 앓는 소리를 냈다. 성난 산타라고나 할까. 그런데 아침에 일어나서는 병실 분위기를 띄우라는 사명이라도 받았는지, 내내 우스갯소리를 지껄였다. 내 약물 주입 펌프를 살피려고 드나드는 간호사들에 대해 이러쿵저러쿵 논평하기도 했다.

내 맞은편 창가에는 에드워드가 있었다. 팔다리가 가늘고 길었으며 다소 예민해 보였다. 더글러스는 말이 없고 필은 가끔 살짝 맛이 갔다면, 에드워드는 존재감이 거의 없었다. 뇌졸중이겠거니 짐작했지만 나중에 간호사들에게 듣기론 뇌졸중 환자는 10년 전 카운티 병원으로 이전됐다고 했다. 우리는 이 변두리 병원에 적합한 환자인 듯했다. 아무튼 에드워드는 60대 초반으로 보였다. 왠지 인도 귀족 출신 같은 분위기가 풍겼다. 처음엔 얼빠진 사람 같았는데 시간을 두고 지켜보니 점잖은 학자처럼 보였다. 기다란 손가락으로《텔레그래프》를 들고서 눈을 가늘게 뜨고 크리켓 점수를 살필 때는 꽤 고상해 보였다. 하지만 그는 불안해 보였다. 걸핏하면 자리에서 일어나 자신의 의자를 밀쳐내고 병동 복도로 뛰쳐나가려 했다.

네 사람 중에서 나만 유일하게 '자유로웠다.' 나만 혼자서 마음대로 돌아다닐 수 있었다. 스테로이드가 계속해서 MS 증상을 없애주는 데다 이 병동에 어울리지 않게 젊고 자유롭다는 점에서 운이 좋다는 기분까지 들었다. 그래서 다른 사람들이 간혹 나를 연민의 눈으로 쳐다볼 때는 이해가 가지 않았다. 간호사들이 예전에 세라를 다낭포성난소로 생각했던 것처럼 나를 MS로 생각하는지 궁금했다.

오후에 세라가 방문했을 때 손이 다시 저리기 시작했다. 왠지 마음이 놓였다. 수상쩍을 정도로 저리는 게 아닌 한 그냥 좋은 신호로 여기기로 했다. 세라에게 이런저런 이야기를 하면서 건너편에 있는 에드워드를 예의주시했다. 아버지가 멋대로 병실을 휘젓고 다니면서 사람들을 혼란스럽게 할까 봐 은근히 불안했다. 필에게 말을 거는 것도 위험스럽긴 했지만 그나마 대화 상대로는 필이 제일 나을 듯싶었다.

벌써 일과가 생겼다. 밤마다 세라와 리언에게 잘 자라고 문자 메시지를 보냈다. 그런데 병실이 지하에 있어서 메시지가 잘 들어가지 않았다(병원 측에서 물리적 공간을 무시하고 병실을 마구잡이로 배치한 탓에 아직도 다들 병실에 '올라간다'라고 말했다). 메시지가 전송되지 않을 때가 오히려 좋았다. 세라와 리언에게서 멀리 떨어진 곳에 혼자 누워 있다고 생각하면 마음이 아팠다. 통통한 손을 턱에 살포시 올리고 자는 리언의 모습이 눈에 선했다.

'이걸 기억해.'

인생은 순간의 연속이며, MS는 지금 이 순간을 지배하는 질병임을 기억해야 한다. 무심코 지나가는 이 순간이 중요하다는 사실을 기억해야 한다. 어슴푸레한 새벽에 깼을 때 손가락이 멀쩡했던 걸 기억해야 한다. 어제는 간호사가 나를 깨우더니 크라이스트가 자신의 구세주라면서 내 이름을 보고 무척 기뻤다고 말했다. 나는 이름은 크리스천이지만 구세주를 믿지 않는다고 했는데도 그녀는 여전히 내 이름에서 행복을 느낀다고 했다. 더 이전에, 청록색으로 물들었던 텐트도 기억해야 한다. 리언이 처음으로 내 머리에 두 손을 올리고 자기 쪽으로 끌어당기던 순간, 내 뺨에 닿았던 리언의 숨결을 기억해야 한다.

수요일

에드워드는 자신의 침상 옆 창턱에 책을 여러 권 세워놓았다. 가끔 간호사가 바이탈사인 측정기를 끌고 지나가다 책을 건드려 창밖으로 떨어뜨리기도 했다. 오늘 한 신경과 전문의가 회진을 돌면서 에드워드에게 아무 책이나 골라 큰 소리로 읽어보라고 했다. 병실 사람들이 모두 귀를 쫑긋 세웠다. 나는 퍼뜩 워즈워스를 떠올렸다. 다음 순간에는 매튜 아놀드가 어떨까 하는 생각도 들었다. 그런데 여기서 아놀드를 다루긴 어려울 것 같았다. 그의 무뚝뚝한 성격과 잔인할 정도로 명쾌한 생각은 불평불만이 가득한 이 병실에 전혀 어울릴 것 같지 않았다. T. S. 엘리엇도 너무 완벽해서 이곳엔 맞지 않을 것 같았다.

잔뜩 기대하고 기다렸지만 결국 시시하게 끝나고 말았다. 에드워드는 들릴 듯 말 듯한 목소리로 웅얼거렸고, 낭독도 단순히 구절을 앵무새처럼 읊는 선에서 끝났다. 뜻을 새기면서 읽는 게 아니었다. 아무도 논평을 내놓지 않았다. 신경과 전문의는 고개를 끄덕이며 뭐라고 끼적이더니 다음 환자에게로 넘어갔다.

의사가 나간 뒤에도 나는 생각을 거듭했다(내가 생각이라는 걸 다시 할 수 있을까 회의를 품었었는데 참으로 놀라웠다). 엘리엇의 시는 병원에서 읊기에 안성맞춤이었다. 변화가 별로 없는 그의 시 리듬은 묵직한 수술대에 축 늘어져 있는 환자에게만 맞는 게 아니라 병동의 착 가라앉은 분위기와 더디게 흘러가는 시간에도 딱 맞았다. 은밀한 암시는 특히 신경병동의 착 가라앉은 분위기를 띄우는 데 그만이었다. 엘리엇의 「황무지(The Waste Land)」에 이런 구절이 있다.

당신 옆에서 항상 걷고 있는 제삼자는 누구요?

세어보면 당신과 나 둘뿐인데

내가 이 하얀 길을 내다보면

당신 옆엔 언제나 또 한 사람이 걷고 있네

Who is the third who walks always beside you?

When I count, there are only you and I together

But when I look ahead up the white road

There is always another one walking beside you

「황무지」에 관심이 없었는데 몇 년 전에 이 부분을 읽으면서 좀 더 알아보고픈 충동이 일었다. 그때의 관심은 이른바 '제삼자 요인(Third Man Factor)'이라는 개념으로 이어졌다. 제삼자 요인은 생사의 기로에서 삶의 길로 이끌어주는 은밀한 존재를 말한다. 극지 탐험가 어니스트 섀클턴(Ernest Shackleton)은 사우스조지아섬의 빙하에 갇혔을 때 그 존재를 느꼈다고 한다. 나는 이것을 종교적 현상이라고 보지 않는다. 신을 믿지 않는 사람들의 수많은 생존 스토리에도 이런 존재가 흔히 등장하기 때문이다.

그리고 제삼자 요인은 신경학에도, 기벽과 속임수와 왜곡이 난무하는 고유수용감각에도 멋지게 들어맞았다. 아울러 까마귀처럼 보이는 검은 봉지에서 렘트라다가 똑똑똑 떨어지는 이곳에도 딱 들어맞았다. 필과 나 사이에도 제삼자가 숨어서 우리를 지켜보는 것 같았다.

예전에 진료를 마치고 신경 병동을 나서면서 우연히 마주쳤던 한 여자가 떠올랐다. 아마도 그녀가 처음으로 내 눈에 들어온 MS 환자였을 것이다. 새처럼 가늘고 긴 다리로 휘청휘청 걷는 모습을 보고 속으로 '버드 레이디(Bird Lady)'라고 이름 붙였다. 걸음걸이도 어색하고 기력도 쇠했지만 내면의 기품은 훼손되지 않은 듯 보였다.

며칠 뒤 시내에서 그녀를 우연히 또 봤다. 사무실로 서둘러 걸어가는 길이었는데, 그녀가 어떤 건물 입구에서 한쪽 겨드랑이에 지팡이를 낀 채 카메라로 뭔가를 찍고 있었다. 그날 집으로 돌아가는 길에 그 장소를 지나가며 유심히 살폈지만 그녀가 특별히 뭘 찍었는지는 알 수 없었다. 다른 MS 환자와 부딪치지 않으려 애썼지만 그녀를 봤을 땐 왠지 연락하고 싶은 마음이 들었다. 고맙다고 말하고 싶었다. 그녀가 세상에 대한 관심을 유지한 채 살아갈 수 있다면 나도 그럴 수 있을 것 같다고 말하고 싶었다. 그 버드 레이디는 이 시커먼 까마귀 밑에 앉을 기회를 잡았을지 못내 궁금했다.

예상대로 흘러가는 게 하나도 없었다. 입원하기 전엔 내 병과 끔찍한 교감을 나눌 거라고 예상했다. 가령 약물로 인한 메스꺼움이나 눈앞에 별이 번득거릴 정도로 머리를 옥죄는 두통이 기다릴 거라고 생각했다. 하지만 실상은 정반대였다. 스테로이드 덕분에 예전의 나로 거의 돌아갔다. 생각의 실타래가 눈앞에서 술술 풀리는 것 같았다. 이미 다 나은 듯한 기분일 땐 누구라도 고분고분한 환자가 되지 않을 수 없다.

그런데 상태가 좋지 않을 때는 어떨지 감이 오지 않았다. 바이탈사인 측정기가 30분마다 돌아다닐 즈음, 시간 개념이 점점 흐릿해졌다. 입원한 지 넷째 날부터(그럼 치료 세 번째 날인가?) 날짜를 헤아릴 때 헷갈리기 시작했다.

바이탈사인 측정기는 바퀴가 여러 개 달려서 움직일 때마다 소리가 요란했지만 세상에서 가장 행복한 기계였다. 스위치를 켜면 애니메이션 「두갈: 마법의 회전목마(The Magic Roundabout)」의 오프닝 음악이 흘러나왔다. 선원들이 불던 뿔피리로 흥겹게 연주한 곡이었다. 혈압계의 가압대와 손가락 클립이 제거되면 늘 기분 좋은 결과가 나왔다. 혈당이 다소 높았지만 그건 스테로이드가 효과를 보인다는 뜻이었다. 심박동수와 혈압은 극히 정상이었다. 언제 측정해도 마찬가지였다. 의사가 한번은 오밤중에 와서 내 기록을 살피더니 너무 한결같아서 되레 역정을 내는 것 같았다. 아파서 병원에 왔는데 얄미울 정도로 건강한 수준이니, 의사도 나도 참으로 의아할 따름이었다.

이 병실에서는 나만 상태가 괜찮은 듯했다. 더글러스는 고개를 푹 숙인 채 빠르게 움직였다. 점잖은 태도와 어쩌다 한마디씩 던지는 유머에 간호사들도 그를 싫어하진 않는 듯했다. 그렇다면 에드워드는? 나는 시간이 갈수록 에드워드에게 유난히 관심이 갔다. 에드워드를 지켜본 결과, 그의 동요를 미리 예측할 수 있었다. 에드워드는 아무 때나 침대에서 들썩거리는 게 아니었다. 전화벨 소리나 각종 장치에서 나는 삐 소리 등 특정한 자극이 있을 때만 반응했다. 그런데 병동에선 각종 경보음이 수시로 울렸다. 전기 기사들이 조명을 고치러 왔을 때도 필은 시끄럽다면서 얼른 나가달라고 요구했지만, 에드워드는 의자에서 비틀비틀 일어나더니 배선을 붙잡아주겠다고 했다.

무슨 일이 생기면 에드워드는 늘 그 일의 중심에 있어야 한다고 생각하는 듯했다. 그의 정신은 배선이 꼬인 탓에 그를 혈기왕성하던 중년기로, 그가 아프기 전으로 돌려놓았다. 그의 병은 그가 정력적으로 활동하던 시기를 골라서 지금도 그때처럼 행동하도록 조종하는 것 같았다.

에드워드의 병은 참으로 고약했다. 날이 갈수록 그의 정신을 젊은 시절로 돌려놓는 게 분명했다. 뭐든 주도하려 들었고 그 과정에서 외향적이었던 예전 성격이 자꾸 드러났다. 젊었을 때 우리 아버지와 비슷해 보였는데, 아버지보다 좀 더 세련되고 공상가적 기질이 강했을 것 같았다. 작은 소리에도 반응하고 병동에서 벌어지는 일에 사사건건 참견하려는 모습을 보면서 그가 젊었을 때 얼마나 열정적이었을지 짐작이 갔다.

어느 날 오후, 그는 음모에 실패하고 붙잡힌 인질마냥 보행 보조기에 기대어 멍하니 서 있었다. 그런데 발산할 길 없는 에너지를 주체하지 못하고 돌연 보행 보조기를 밀면서 뛰기 시작했다. 너무 빨리 뛰는 바람에 간호사들이 그를 붙잡으려고 쫓아갔다. 그는 긴급한 임무라도 있는 것처럼 고개를 쳐들고 질주했다. 급기야 보조기를 한 손으로 질질 끌면서 뛰어갔다. 하지만 그가 처리할 임무는 없었다. 목적지도 없었다.

에드워드는 에너지가 넘칠수록 초조해했다. 할 일이 없는데도 계속 뭔가를 해야 한다고 느꼈기 때문이다. 평생 정열적으로 살다 보니 아무것도 안 하면 몸이 근질거렸다. 하지만 배선이 끊어진 그의 정신은 에너지를 발산할 기회를 주지 않았다.

"어르신이 할 일은 없습니다."

의사가 그를 진정시키려고 말했다.

필도 배선이 망가졌는지 자꾸 엉뚱한 짓을 저질렀다. 의사와 간호사가 있을 때 특히 심했다. 그들의 기대에 어긋나려고 일부러 그러는 것 같기도 했다. 걸핏하면 자신의 젊은 시절을 언급하면서 우스갯소리를 했다. 간혹 겁나는 행동을 하기도 했지만 대체로 재미있었다. 내가 세 번째 처치를 받는 동안 필은 자신의 침상을 점점 높이 올렸다. 침상 높이를 조절하는 스위치를 어떻게 찾아냈는지 신기할 따름이었다.

"어디 가세요?"

필의 침상이 삐걱거리는 소리를 내면서 계속 올라가자 병실 담당 간호사가 물었다. 필은 손가락으로 천장을 가리켰다. 그리고 점점 더 높이 올라갔다.

그렇다면 나는 어땠을까? 본의 아니게 오만한 인상을 주지 않았나 싶다. 누가 말을 걸지 않으면 입을 꾹 다물고 지냈다. 깍듯하게 예의를 갖추다 보니 차갑게 보였을 것이다. 간혹 의료진에게 뭔가를 질문하면 환자가 별걸 다 궁금해한다는 눈길이 돌아왔다. 나로서는 의학적인 문제에 호기심을 드러낸 것이지만 내 질문에 수동적 공격성이 있었는지도 모르겠다.

아마도 나는 에드워드보단 필에 가까웠을 것이다. 필의 농담과 꾸며낸 이야기는 끈질긴 통제 욕구를 드러냈다. 필은 남의 지시를 받는 걸 견디지 못했다. 그래서 익살스러운 방식으로나마 사람들을 휘어잡으려 들었다. 그가 사람들을 웃기는 모습에선 고압적인 면모가 엿보였다. 가끔 황당한 추론으로 우리를 당황하게 하기도 했지만 그의 뼈 있는 농담을 듣는 것은 우리의 특권이었다. 이런 데서 그런 농담을 할 수 있는 그가 존경스러웠다.

이따금 그에 관한 이야기를 엿듣기도 했다. 필에게 진짜로 무슨 문제가 있는지 의료진도 모르는 듯했다. 그를 집으로 돌려보내자는 이야기까지 돌았다. 겉으로는 주변 환경에 대해 불만을 토로하지만 필은 사실 집에 가고 싶어 하지 않았다.

"여기 온 지 2주밖에 안 됐는걸."

필은 그렇게 말했지만 실제론 6주나 됐다고 한다.

나는 시간 날 때마다 책을 읽었다. 이런 곳에 갇혔을 때 필요한 탐구심을 북돋을 만한 책으로 신중하게 골랐다. 제이 레이너(Jay Rayner)의 미식 여행기, 태양계 외 행성 탐험의 역사, 항공기 조종사의 회고록인

『비행의 발견(Skyfaring)』. MS에 걸리기 전에 그랬던 것처럼 책의 내용이 스며들어 나는 별나게 행동하거나 생각하기 시작했다.

한번은 화장실에 갈 때 약물 주입 펌프를 끌고 갔는데 코드를 뽑았기 때문에 삐 하는 경보음이 계속 울렸다. 그 소리가 외계 행성의 침입을 경고하는 것 같았다. 스푸트니크호를 타고 순찰을 나서는 기분이 들었다. 유치하지만 그럴듯한 생각이었다. 스푸트니크호뿐만 아니라 파이어니어호도 지구 주변을 돌면서 자신의 별난 존재감을 유치하게 떠벌렸었다. 생각해보면 별로 의미 없는 연결이긴 하지만 내 정신은 뭐라도 감지해서 서로 연결 지을 수 있었다. 독서는 언제나 노력을 기울일 가치가 있었다.

나는 병원 생활에 익숙해지면서 자잘한 일에 관심을 기울였다. 의료진의 지시대로 캐뉼라에 물을 한 방울도 묻히지 않았다. 책을 한 챕터씩 끝낼 때마다 뿌듯함을 느꼈다. 다음번 검사 결과가 어떻게 나올지 곰곰이 생각하거나 에드워드를 누가 어디로 데려갔는지, 더글러스가 어떤 음료를 즐겨 마시는지 기억했다. 한편 이 주제, 저 주제를 넘나들며 내 멋대로 연결 짓던 생각 방식도 돌아왔다. 이런 자질을 완전히 잃었을까 봐 걱정했는데, 되찾아서 내심 마음이 놓였다.

심지어 책은 나의 예전 기억을 환기시켰다. 곰곰 생각해보니 세라를 처음 만났을 때 독서를 싫어한다는 말을 듣고 기뻐했었다(물론 나중에 세라도 배와 관련된 책을 읽으면서 독서를 좋아하게 되었다). 어리석게도 나는 삶의 너무 많은 시간을 하릴없이 책에 빠져 지냈다. 요즘 들어 마르셀 프루스트(Marcel Proust)의 말이 자꾸 떠오른다.

"당신은 삶을 영위할 수 있다. 아니면 삶을 꿈꿀 수 있다. 그런데 삶을 영위한다면 그 삶을 꿈꾸는 것이기도 하다."

그렇죠, 마르셀. 하지만 삶을 꿈꾸기만 한다면 실제로 누려야 할 삶을 놓치지 않을까요? 나는 삶의 경험이 더 필요하다. 병원에서 나가면 삶을 회피하지 않을 것이다. 예전과 달리 철두철미하게, 능숙하게 내 삶을 영위해나갈 것이다.

하루가 또 끝났다. 무슨 요일인지 모르지만 노트를 뒤져보면 알 수 있을 것이다. 병원 생활은 비행기에 탄 것과 흡사했다. 착륙할 때를 기다리며 공중에서 선회하는 건 퇴원할 때를 기다리며 똑같은 일정대로 사는 것과 흡사하다. 세상과 단절되고 고립된 채 지내는 것도 흡사했다. 우리가 시간 격차로 인한 피로감만 느끼는 줄 알았는데, 오늘 『비행의 발견』에서 '장소 격차(place lag)'에 대한 내용을 읽었다. 비행기로 너무 먼 거리를 이동하면 우리의 '도마뱀 뇌(lizard brain)'는 그 경험을 제대로 정리하지 못한다는 것이다. 그런데 병원은 그 반대다. 아주 오래, 아주 멀리 여행한 것 같은데 실제로는 전혀 이동하지 않았다. 여행은 몸 안에서만 이뤄졌다.

병원에서는 비행기에 탔을 때처럼 당신이 뒤에 두고 온 것들과 자신에 대해 돌아볼 기회도 생긴다. 침상 옆에 있는 의자는 제삼자 요인을 상기시켰다. 나는 계속해서 누군가가 내 옆에 있다고 느꼈다. 든든하면서도 왠지 신경이 쓰였다. 이게 고유수용감각일까? 아니면 부성애일까? 밤에 상체를 뒤로 젖히고 의자를 바라보면 문득 리언이 훌쩍 성장한 모습으로 앉아 있는 것 같았다. 리언은 가만히 앉아서 나를 유심히 지켜봤다. 그 자세로 수년간 나를 지켜본 듯한 모습으로.

목요일

렘트라다는 시계다. 펌프로 중단되고 방출되면서 각각의 방울이 시간의 한 단위를 나타낸다. 똑. 똑. 똑. 오늘 아침에 경미한 사고가 있었다. 새로운 간호사가 검정 봉지에 펌프를 연결하다 실수로 몇 방울 흘리고 말았다. 렘트라다 액은 물보다 약간 진해 보였다. 그리고 안에서 빛을 뿜어내는 듯 더 밝아 보였다.

"이런, 큰일났네!"

간호사가 기겁하더니 얼른 손을 씻으러 뛰어갔다. 의사들이 소환되었다. 그런데 5밀리리터 정도 흘렸다니까 대수롭지 않게 넘어갔다. 그 정도는 상관없는 듯했다. 바닥에 그을린 자국이라도 있을까 싶어 살폈지만 아무것도 보이지 않았다.

이런 일이 벌어지는 와중에도 병실은 평소와 다름없이 굴러갔다. 창가에서 에드워드가 눈을 감은 채 말했다.

"여러분, 여러분." 콜록콜록. "괜찮습니다. 괜찮습니다."

치료 나흘째인가? 오늘부터 발진이 나타날 거라고 들었다. 점심 무렵엔 어깨 부위에서 불긋불긋한 발진이 조그마한 섬처럼 돋아날 것이고 시간이 지나면서 점점 퍼져나가 널찍한 해안선이 형성될 것이다. 섬들이 점점 대륙으로 연결되듯이 생각도 점점 넓게 연결된다는 걸 이제야 깨달았다.

그런데 섬은 안 나타나고 죽음의 그림자가 나타났다. 얼마 안 가서 소문이 사실로 드러났다. 누군가가 세상을 떠났다. 복도 건너편 1인실에 입원했던 남자일 거라고 짐작했다. 병세가 깊어 다들 그를 유령 같은 존재로 여기면서도 1인실에 있다는 이유로 은근히 부러워했었다. 간호사들 말로는 그가 떠나기 전에 잠시 활기를 되찾았다고 한다.

"흔히들 그래요."

간호사들이 우리를 지켜보면서 말했다. 그 눈길이 왠지 달갑지 않은 활기의 징조라도 찾는 듯했다. 이곳에서 죽음은 아주 멋지게 다뤄졌다. 죽음은 중요한 사건이었다. 다들 충격을 받았는지 말소리가 착 가라앉았다. 간호사들이 이런저런 이야기를 들려줬다. 간병인 캐스는 자기 어머니가 돌아가시던 순간을 들려줬다. 그녀의 어머니는 아직 태어나지도 않은 캐스의 아기를 위해 양말을 뜨다가 눈을 감았다고 한다. 그때 어머니 나이가 쉰다섯인데, 캐스도 지금 쉰다섯이었다.

그리고 오늘 필이 집으로 돌아갈 것이다. 이따금 엉뚱한 짓으로 우리를 놀라게 했지만 그래도 그가 그리울 것이다. 필은 병동과 싸웠다. 병동 자체는 필이 시비를 걸 이유가 없었지만 어쨌든 그로서는 소득이 없지 않았다. 간병인부터 의사까지 모두 나서서 필의 휴대폰 케이스를 고쳐주겠다고 제안했다. 며칠 전 필이 홧김에 휴대폰을 깔고 앉는 바람에 케이스가 망가졌다. 그가 고치려고 시도하다 완전히 망가뜨렸는데도 다들 그 케이스를 고칠 수 있다고 생각하는 듯했다. 필은 병동뿐만 아니라 자신의 소지품과도 싸웠다. 그는 집으로 가기 전에 또다시 침상을 올리며 물었다.

"내가 여기 얼마 동안 있었지?"

그는 자신이 일주일 정도 머물렀다고 생각했다. 며칠 전보다 오히려 줄어들었다. 자식들이 그의 소지품을 챙겼다. 다들 필처럼 체구가 작았지만 행동이 민첩하고 손발이 척척 맞았다. 순식간에 짐을 싸고 떠날 준비를 마쳤다. 그런데 자식들 말고도 도와주러 온 남자가 있었다. 쉰 살이 넘으면 퇴원 수속을 도와주는 사람이 나온다고 했다. 그는 브라이튼의 재즈 바에서나 만날 것 같은 인상이었다. 안경을 쓰고 구레나룻을 짧게 길렀으며 중절모에 짧은 소매의 셔츠를 입었다. 불룩한 배를 보니 운전대를 잡고서도 수제 맥주를 마실 궁리를 할 것 같았다. 아무튼 나는 필이 잘 지내길 바랐다.

에드워드는 필이 요란하게 떠나는 모습을 조용히 지켜보더니 완전히 사라지고 나자 복잡한 피드백 회로를 가동시켰다. 한 말을 또 하고 또 해서 솔직히 짜증이 났다. 게다가 내 펌프가 이따금 작동을 멈추면서 간호사를 호출하는 소리를 자꾸 냈다. 그 소리가 에드워드를 자극했다. 그는 문제를 해결해주겠다면서 침대에서 일어나려고 버둥거렸다. 나는 그를 진정시키려고 자리에서 일어났다. 몸에 부착된 다양한 튜브가 엉키지 않도록 신경 쓰면서 그에게 다가가려 했다. 그런 나를 보고 에드워드는 더 급하게 나를 도와줘야 한다고 생각한 듯했다. 그는 미소를 지으며 괜찮을 거라고 했다. 자기가 다 해결해주겠다고 했다! 그가 떨어지면 내 탓일 것 같아 나도 모르게 얼굴을 찡그렸다. 때마침 간호사가 들어왔다. 에드워드를 먼저 진정시켜야 할지, 아니면 내 펌프의 경보음을 꺼야 할지 갈팡질팡했다.

에드워드는 몸에 살집이 하나도 없었다. 그래도 참 건강해 보였다. 여전히 뭐든 할 수 있을 것 같았다. 병원에 일주일 정도 머물다 보니 생물학적 용어를 동원하지 않을 수 없다. 신진대사가 정말 끝내주는군! 정신이 망가져도 몸은 알아서 작동하는 듯했다.

필은 헤럴드가 되어 병동에 새로 왔다. 헤럴드와 그의 아내가 도착하고 몇 분 뒤 침상 주변에 커튼이 쳐졌다. 의사가 왔을 때만 나타나는 텐트였다. 뭔가 중요한 얘기가 오가는 것 같았다. 잠시 후 의사가 사라졌다. 그런데 헤럴드가 에드워드의 신경을 자극하기 시작했다. 에드워드는 특정한 자극에 반응하도록 설정되어 있었다. 헤럴드가 몸을 뒤척이자 침대가 삐걱거렸다. 아니나 다를까, 에드워드가 그를 도와주겠다고 일어나려 했다. 그러자 헤럴드가 에드워드를 진정시키려고 몸을 더 움직였다. 침대가 더 크게 삐걱거렸다. 그 소리에 에드워드는 얼른 도와주겠다고 더 버둥거렸다.

내 치료를 주관한 의사들이 도착했다. 현재 MS 주치의인 케이니그 박사와 과거 주치의인 퀼 박사였다. 퀼은 거의 1년 만에 만났는데 변한 게 거의 없었다. 퀼이 병실로 들어오는 걸 보고 나는 깔끔한 인상을 주고 싶어서 얼른 침상을 정리하고 책들을 똑바로 세웠다. 오랜만에 그를 만나서 가슴이 뛰었지만 그의 얘기를 듣고 가슴이 살짝 내려앉았다.

"이번 치료에서 유일하게 부정적인 점은, 아마도 앞으론 당신을 볼 일이 없을 거라는 점입니다."

퀼은 그만큼 결과를 긍정적으로 내다봤다. 그렇지만 너무 성급한 판단이 아닐까? 나는 아직 결과에 대해선 생각해보지 않았다. 치료 결과는커녕 내 인생의 결말에 대해서도 생각해보지 않았다. 병실을 나서는 케이니그 박사에게 가볍게 목례를 하면서 그녀가 처음 내게 들려줬던 말을 떠올렸다.

'혼자가 아니라는 사실을 명심하세요.'

오후에 책을 읽을 때면 리언이 늘 나와 함께했다. 리언의 사진을 맨 뒷장에 서표로 꽂아두었다. 책장을 넘길 때마다 리언에게 점점 더 가까워지는 것 같았다. 마지막 장에 이르면 흐릿한 사진 속의 리언이 도끼눈을 하고 나를 노려봤다.

하긴 그게 아니라도 리언은 늘 나와 함께했다. 지난 몇 달 동안 변화가 있었는데, 나는 이제야 그 변화를 온전히 알아차렸다. 리언이 태어났을 때 세라와 나는 리언의 얼굴을 시간 가는 줄 모르고 쳐다봤다. 안고 재울 때도, 아침에 눈을 떴을 때도, 배고프거나 피곤한 기색이 있나 살펴볼 때도 아이 얼굴에서 눈을 떼지 못했다. 실은 아무 이유 없이 쳐다볼 때도 많았다. 그때마다 우리는 아이 얼굴에서 뭔가 익숙한 점을 찾았다. 흔히 우리가 아는 사람들의 얼굴이었다.

리언은 나와 흡사해 보였다. 그런데 여기에는 서글픈 이유가 있다. 어린 아기가 자기 아버지를 닮는 이유는, 아버지가 집을 나가 다른 가족을 형성하지 않도록 하기 위해서란다. 그런데 이런 속설에는 문제가 있었다. 리언은 세라하고도 흡사해 보였다. 때로는 친할아버지나 친할머니하고도 비슷해 보였다. 때로는 제이니나 외할머니하고도 비슷해 보였다. 그런데 생김새만 비슷한 게 아니었다.

리언이 자신의 성격을 드러내기도 전에 우리는 다른 사람의 성격을 리언에게 투영했다. 하지만 시간이 지나면서 이것도 바뀌었다. 몇 달 전부터 나는 리언의 얼굴을 다른 사람에게 투영한다는 사실을 깨달았다. 세라의 친구 중에 안면인식 장애를 앓는 사람이 있다. 안면실인증이라고도 하는 이 신경질환은 타인의 얼굴이나 거울에 비친 자신의 얼굴을 인지하지 못한다(그렇게 드문 증상은 아니다. 올리버 색스도 앓았다고 한다). 그런데 리언 때문에 지난 몇 달 동안 나는 그 반대 증상에 시달렸다. 거리에서 지나치는 사람들의 얼굴에서, 때로는 사물에서도 리언이 보이기 시작했다. 시내로 나갈 때마다 군중 속에서 리언의 얼굴을 발견하고 깜짝 놀라곤 했다. 청소부 헨리를 생각하면 지금도 눈앞이 살짝 뿌예졌다. 그의 눈, 코, 입은 리언과 진짜로 닮았다.

특정한 사람과 사물이 왜 내게 리언을 연상시키는지 알아내야 했다. 그래야 리언의 특징을 좀 더 뚜렷하게 파악할 수 있을 테니까. 그런데 이 낯선 사람들과 자잘한 물건을 떠올리자 울컥 치미는 감정을 주체할 수가 없었다. 다 팽개치고 리언에게 달려가고 싶었다.

리언 문제는 모두 교육과 관련된다. 나는 리언이 우리와 다르다거나 비슷하다는 생각을 싹 지우고 새롭게 알아가고 있다. 리언은 날마다 새로운 문장으로 자신의 충동과 욕구, 나아가 세상에 대한 관점을 표출하면서 언어적 격차를 넘어 내게 다가오고 있었다. 얼마 전 우리는 리처드 스캐리(Richard Scarry)의 동물 동화책을 읽었다. 돼지 가족이 옥수수로 만든 차를 타고 가면서 옥수수를 먹는 내용이었다. 리언은 배꼽을 잡고 깔깔 웃었다. 저러다 숨넘어가겠다 싶을 정도로 웃었다. 그러다 돌연 웃음을 뚝 그치고 나를 쳐다보더니 눈살을 찌푸리며 말했다.

"웃기잖아요. 웃길 땐 웃어야죠."

그렇다. 웃길 땐 웃어야 한다. 그런데 지금 리언을 떠올리면서 입으로는 웃지만 눈에서는 눈물이 나왔다. 리언은 옥수수로 만든 차를 웃기다고 생각했다. 나이는 어린데 입맛은 꼭 1970년대에 태어난 사람 같았다. 칵테일 올리브와 연어를 좋아하고, 크림소스에 고기나 생선을 넣어

만든 볼로방 파이도 무척 좋아했다. 조만간 조리법을 배워서 만들어줘야겠다.

리언은 기억력도 겁나게 좋았다. 내가 어떤 셔츠를 입으면 그 셔츠를 언제 또 입었는지, 입고 뭘 했는지 줄줄이 읊었다. 리언은 돈런 가 사람들 중에서 유일하게 춤을 만들어냈다. 그것도 음악에 맞게 매번 다른 춤을 만들었다. 라디오에서 새로운 노래가 나오면 어떤 동작으로 풀어낼지 생각하는 듯 가만히 귀를 기울였다. 그리고 다음 순간, 실패에 실을 감는 듯 두 팔을 흔들었다. 그리고 무릎을 굽혔다가 개구리처럼 팔짝팔짝 뛰었다.

밤이 되자 날이 서늘했다. 나는 데스크에 있는 수간호사에게 책임을 묻지도 않고 절대로 넘어지지도 않겠다는 각서를 써주었다. 그리고 지하 병동에서 병원의 더 넓은 세상으로 올라가는 화물 엘리베이터에 올라탔다. 파자마에 가운을 걸치고, 집에서 챙겨온 두 가지 색상의 구두를 신었다. 그럭저럭 봐줄 만했지만 누구와도 부딪히고 싶지는 않았다. 걷는 데 익숙하지 않다 보니 몸이 자꾸 왼쪽으로 기울어졌다. 그래도 넘어지지 않고 위로 올라갔다.

휴대폰 신호가 잡히고 서늘한 밤공기가 얼굴을 때렸다. 오랜만에 맡아보는 신선한 공기를 한껏 들이마시며 세라에게 전화를 걸었다. 리언에 대해 물어보려던 걸 까먹고 바람이 서늘하다는 둥, 몸이 자꾸만 기울어진다는 둥, 넘어지지 않겠다는 각서를 써줬다는 둥 엉뚱한 얘기만 늘어놨다. 세라는 에드워드의 안부를 물었다. 나는 에드워드에 대해 말하면서 생각했다. 그를 만나서 좋았다고. 이 문장에는 더 많은 이야기가 담겨 있지만 어떻게 풀어내야 할지 모르겠다.

금요일

투덜거림이 멈췄다. 아침마다 잠깐씩 찾아오는 평온함 속에서 에드워드를 쳐다봤다. 그는 벌써 일어나서 쉬고 있었다. 새벽 6시, 오전 회진 시간이었다. 에드워드와 나 둘만 눈을 떴다. 밖에서 간호사들이 부산하게 움직이는 소리가 들렸다.

나는 에드워드의 얼굴을 관찰했다. 조각상처럼 섬세하고 멋진 얼굴이었다. 듣자 하니 한때는 과학자였다고 하지만 얼핏 봐선 시인의 얼굴을 하고 있었다. 정신적으로 살짝 문제가 있는 가문의 혈통이 아닌가 싶었다. 아무튼 귀족적 풍모가 엿보일 만큼 당당하고 우아했다. 실제로 에드워드는 진짜 시인들보다 더 시인처럼 보였다. 찌푸린 얼굴로 창턱에 놓인 책을 바라볼 땐 마치 그 책의 저자 같았다. 확실히 그는 T. S. 엘리엇보다 더 시인처럼 보였다. 엘리엇의 얼굴과 한쪽으로 탄 가르마는 은행가로 일했을 때의 모습을 그대로 보여주는 반면, 에드워드는 청명한 여름날 민들레 갓털 같은 머리카락을 휘날리며 멋진 시상을 떠올리는 것 같았다.

경보음만 울리면 발동이 걸리고 걸핏하면 투덜대지만 그의 육신은 뭐든 하려고 애썼다. 분위기를 주도하고 질서를 회복하려고 애썼다. 그런데 어쩌면 그가 회복시킬 질서가 진짜로 있는지도 모르겠다. 어쩌면 그가 전해줄 메시지가 진짜로 있는지도 모른다.

새벽 어스름이 깃드는 평온 속에서 문득 에드워드가 나의 마지막 안내자라는 생각이 스쳤다. 그는 신경학의 황무지에서, 질병의 황무지에서 내가 만난 누구보다 더 많이 돌아다녔다. 분명히 나보다 훨씬 더 멀리, 훨씬 더 깊숙이 들어갔다. 그 안에서 수많은 것을 목격했다. 그리고 지난 며칠 동안 그것에 대해 계속 알려주었다. 더 정확히 말하면 나는 강력한 안테나로 나와 관련이 있는 그 신호를 놓치지 않고 포착했다. 나는 그가 다 설명했다고 생각했다.

이런 병동에 있으면 공동(空洞)이 생긴 후에 남은 것을 볼 기회가 생긴다. 파블로프의 조건반사와 흡사하다. 습관처럼 굳어진 것들, 즉 세포 속에 각인된 것들이 끝까지 남는다. '함께 활성화되면 함께 연결된다.' 결국 평소 행동이 중요하다. 상황을 통제하고 우리를 안전하게 해주려는 에드워드의 욕구. 사람들을 즐겁게 해주려는 필의 욕구. 평생 해왔던 행동이 몸에 배는 것이다. 의식의 엔진이 속도를 떨어뜨리기 시작하면 무엇이 남을까? 내 몸에 밴 것은 무엇일까? 내게는 무엇이 남을까?

아프다는 걸 알았을 때 왜 바로 탐험에 관심이 갔을까? 그리고 질병이 진행되면서 내 생각은 어떻게 달라졌을까? 내가 처음 탐험에 눈길을 준 이유는 이게 길을 잃는 것과 같다고 생각했기 때문이다. 나는 고유수용감각의 트릭에, 1인치씩 왼쪽으로 옮겨간 세상에 깊이 빠져들었다. 뇌가 보이지 않는 곳에서 자동으로 하던 일을 더 이상 못 하게 된 상황을 어떻게든 파악해야 했다. 그래서 탐험가가 되기로 마음먹었다. 그런데 탐험가 역할에 빠져들수록 내가 병으로 잃게 되는 부분에 자꾸 초점을 맞춘다는 사실을 깨달았다. 사라져간다고 느끼는 것을 어떻게든 붙잡으려고 애썼다.

에드워드는 보행 보조기를 질질 끌면서, 또 간호사들을 화들짝 놀라게 하면서 나를 인도했다. 전화벨이 울릴 때마다, 기계가 삐 소리를 낼 때마다, 데스크에 사람이 없을 때마다, 전구가 깜빡거릴 때마다 그는 반사적으로 나섰다. 그런 모습을 보면서 나는 어디에 관심을 둬야 하는지 깨달았다. 내가 잃어버리는 것에 신경 쓰지 말고 다른 것들이 모두 사라졌을 때 내게 남아 있는 것에 신경 써야 한다. 벤, 유진, 퀼, 제니퍼, 세라, 리언.

나는 탐험가가 아니었다. 탐험가는 혼자 힘으로 헤쳐나간다. 나는 늘 안내자를 찾았다. 나를 인도해줄 사람을 찾았다. 아프기 전에도 그랬던 것 같다. 그게 내 핵심이요, 변하지 않는 부분이다. 다섯 남매 중 셋째로 태어나서 늘 형제자매와 우르르 몰려다녔다. 내가 결정해야 할 일도 없었고, 처음으로 시도하는 일도 없었다. 실수를 저지르는 첫 번째가 되는 일도 없었다. 방향을 고르거나 전례 없는 일에 직면할 일도 결코 없었다. 하지만 이것은? 이것은 전례가 없다. MS는 전례가 없다. 나도 그렇고, MS에 걸린 누구라도 그렇다. 내 MS에서는 내가 유일한 전문가가 되어야 한다. 결정적인 순간에 스스로 이겨내야 한다.

그런데 지금까진 그렇게 하지 못했다. 다른 것들이 모두 사라졌을 때 내게 남는 것은 결국 도움에 대한 끝없는 욕구다. 어려운 일을 대신해줄 사람에 대한 갈망이다. 그래야 내가 지켜보고 기록하고 따라갈 수 있을 테니까. 그래야 때때로 방종에 빠질 수 있을 테니까. 그렇게 늘 다른 사람들 눈으로 모든 걸 이해하려고 애쓰다 보니 나도 모르게 그들을 괴롭히거나 가장 중요한 사람을 무시하기도 했다.

병원에 있는 동안 결국 발진이 나타나지 않았다. 신경질환의 혼란과 예측 불가능성 속에서 때로 우리는 명백한 진실에 도달한다. 재앙은 우리를 둘러싼 것을 갉아먹으면서 속에 숨겨져 있던 것을 드러낸다는 것이다. 거의 모든 걸 잃었을 때 우리에겐 과연 무엇이 남을까? 벤에겐 분노가 남았다. 유진에겐 극기와 희망, 삶을 향한 열정이 남았다. 에드워드에겐 남을 도우려는 타고난 욕구가 남았다. 필에겐 감탄스러울 정도의 개인주의가 남았다. 내겐 타인을 추종하고 안전한 곳으로 인도받으려는 뿌리 깊은 욕구가 남았다고 생각한다. 하지만 그게 내 유산으로 남겨지길 원치 않는다. 자식까지 둔 마당에 여전히 내 아버지를 두리번거리며 찾는 사람이 되고 싶지 않다. 리언에게 그런 아버지가 될 수는 없다.

이것은 큰일일까, 아니면 작은 일일까? 공기 방울 하나, 작은 일이다.

그야말로 작은 일이다. 퇴원하기 전에 작은 소동이 벌어졌다. 병실에서 보낸 마지막 날, 펌프에서 한 번도 들어보지 못한 경보음이 울리기 시작했다. 전에도 몇 번 울렸던 나직한 삐 소리가 아니었다. 뭔가 긴급한 위험을 알리려는 듯 날카로운 소리였다. 줄이 엉망으로 꼬이면서 플라스틱 가요선(기구에서 고정 부분과 가동 부분 사이를 이어주는 선-옮긴이 주)이 구부러져 형체가 찌그러졌다. 전에 캐뉼라가 물에 젖지 않도록 멋지게 감싸줬던 애니가 황급히 뛰어와 기구를 다시 설정하고 가요선을 살폈다. 잠시 후, 애니는 라인에 공기 방울이 생겼다면서 몸을 숙이고 가요선과 캐뉼라가 연결된 부위를 다시 찬찬히 살폈다.

"여기예요." 애니가 캐뉼라 바로 앞에 붙은 작은 밸브를 가리켰다. "제가 곧 빼드릴게요."

그런 다음 애니는 조금 전 누군가의 침대 시트를 갈아주던 일을 마무리하러 뛰어갔다. 나는 전혀 동요하지 않았다. 공기 방울 하나가 뭐 그리 큰일이란 말인가. 그런데 옆에 앉아 있던 아버지는 굉장히 당황하는 것 같았다. 나는 스테로이드와 항히스타민제에 취해서 아버지가 얼마나 당황했는지 정확히 파악할 수 없었다. 우리와 같이 있던 세라가 아버지의 정신을 딴 데로 돌리려고, 캘리포니아에서 보낸 아버지의 젊은 시절과 아버지의 숙모에 대해 물었다. 내가 제일 좋아했던 그 숙모는 102세까지 살았다. 그렇게 장수한 이유는 순전히 주식 시장 덕분이었다. 침대에 누워 있으면서도 늘 주식 시장을 모니터했다.

공기 방울이 작은 밸브에 도달했을 때 마침 애니가 주사기를 들고 돌아왔다. 바늘과 밸브로 뭘 하는 것 같았는데, 정확히 뭘 하는지는 보이지 않았다. 얼핏 바느질하는 것처럼 보였다.

"다 됐습니다."

애니는 말을 마치기 무섭게 다시 자리를 떴다. 아마 30분쯤 후 퇴근할 것이다. 병원에 일주일 정도 있다 보니 나는 병동의 돌아가는 시스템을 웬만큼 알았다. 당시 내가 몰랐던 건 치명적일 수도 있는 상황에서 애니가 날 구해줬다는 점이다. 그녀는 별일 아니라는 듯 아주 차분하고 조용하게 처리했다. 대단한 일을 해냈지만 그녀가 나중에 그 일을 떠올릴 가능성은 거의 없을 것이다.

막상 퇴원할 때가 되자 집으로 돌아가지 않겠다던 필의 심정이 이해가 갔다. 나도 집으로 돌아가고 싶지 않았다. 마지막 주입이 끝났다. 까마귀가 횃대에서 내려와 멀리 날아갔다. 간호사실에 틀어놓은 TV에서 트럼프의 목소리가 들렸다. 몇 분 뒤, 나는 구내 상점을 절뚝거리며 지나가면서 신문을 사고픈 충동을 억눌렀다. 이젠 정치가 어떻게 돌아가는지 신경 쓰고 싶지 않았다. 나아가 동전과 직불 카드와 은행 잔고 따위도 신경 쓰고 싶지 않았다.

나는 작별을 고하는 게 힘들었지만 간호사들은 작별에 익숙했다. 그들이 내게 준 것은 말로 다 옮기기가 어려울 정도다. 다행히 그들은 우리가 말하지 않아도 알았다. 차를 타고 집으로 돌아왔다. 예상대로 리언은 탐험가의 텐트 안에 있었다. 눈부시게 빛나는 청록색 햇살을 받으며 앉아 있었다. 그동안 어디서 무엇을 했는지 리언에게 해주고 싶은 말이 참으로 많았다. 하지만 리언이 이해할 때까지 기다릴 것이다. 지금은 그저 꼭 안아줄 뿐이다. 리언이 활짝 웃으며 내 셔츠에 고개를 묻었다. 나를 붙잡은 리언의 팔에 힘이 잔뜩 실렸다.

병은 한 인간의 스토리다

: 의사의 진단이 환자의 삶을 바꿀 수도 있다

지난 몇 년간 내 삶은 과연 무엇에 관한 것이었을까? 다발성 경화증에 관한 것일까, 아니면 그로 인한 편집증과 혼란에 관한 것일까? 어쩌면 부모가 되는 과정에 관한 것일까? 그도 아니면 생각만 해도 우울한 중년기로 넘어가는 과정에 관한 것일까?

이 궁금증을 풀다 보니 그동안 내가 MS 진단을 받아들이는 데 많은 시간을 할애했음을 알았다. 진단 결과를 기다리는 시간도 무척 두려웠고, 진단 내용을 들은 후에 마음을 추스르는 과정도 쉽지 않았기 때문이다. 결국 지난 몇 년간의 내 삶은 MS에 관한 것이다. 아울러 내가 봤던 환상과 무수히 저질렀던 허튼 짓거리에 관한 것이기도 하다. 또 부모가 되는 과정에 관한 것이기도 하다. 물론 부모가 되는 과정은 훨씬 더 행복한 방식이었다.

MS는 진단을 내리기가 힘든 질병이다. 의사들은 예전부터 MS의 수

많은 증상을 파악하느라 힘겨운 시간을 보냈다. MRI가 나오기 전까지는 특히 그랬다. 환자들도 MS를 제대로 이해하지 못한다. MS로 진단받았을 때 이게 무슨 병인지 아는 환자는 거의 없다. 때로는 진단이 전달되는 방식에도 문제가 있다. 내가 들어본 최악의 진단 경험 중 하나는 T. 자크 머리(T. Jock Murray)가 쓴 『다발성 경화증: 질병의 역사(Multiple Sclerosis: The History of a Disease)』의 각주에 나오는 것이다. 1922년 새뮤얼 알렉산더 키니어 윌슨(Samuel Alexander Kinnier Wilson) 박사에게 진단받은 한 여성 환자는 수십 년이 지난 뒤에도 그가 했던 말을 정확하게 기억할 수 있었다. 그는 이렇게 말했다고 한다.

"DS네요. 거참, 운도 없군요. 당신은 4년 후에 휠체어 신세를 질 겁니다. 진료비는 5기니입니다." (DS는 MS의 예전 이름으로, 파종성 경화증(播種性硬化症, disseminated sclerosis)의 약자다.)

각종 자료를 읽다 보면 이런 식의 진단 경험이 의외로 많다. MS의 경우 예전엔 관행적으로 환자에게 진단 결과를 알려주지 않는 게 좋다고 여겨졌다. 그래서 의사는 환자 대신 친척에게 통보하곤 했다. 때로는 아무에게도 알리지 않는 경우도 있었다. 물론 수십 년 전까지만 해도 MS는 변변한 치료제가 없었다. 그렇다 해도 숨기거나 속이는 것은 좋은 접근 방식이 아니다. 아울러 이런 관행은 MS 환자의 대다수가 여성이라는 점에서 일상화된 성차별주의로 볼 수도 있다.

그렇다면 진단 결과를 어떻게 전달하는 것이 좋을까? 나는 명료하고 친절하게, 그리고 적절한 정도의 낙관적 분위기 속에서 진단 결과를 전달받았다. 덕분에 지난 몇 년 동안 힘든 과정을 버티는 데 큰 힘을 얻었다. 퀼 박사는 자기가 하는 말의 심각성을 내가 제대로 알아듣도록 전달했다. 아울러 내 삶이 계속될 것이며, 치료할 방법도 있고 나를 돌봐줄 사람도 있다는 점을 확실하게 알려줬다. MS를 진단받고 나서 나는 여러 번 길을 잃긴 했지만 그것은 애초에 질병을 통지받았던 방식 때문이 아니다.

오마르 하피즈-보어(Omar Hafeez-Bore) 박사는 개인적으로 친분이 있는 의사인데, 응급의학을 전공할 계획을 잡고 있다. 응급실에서 교대 근무를 하기 때문에 날마다 다양한 진단을 내린다. 그 덕에 환자에게 중요한 정보를 전달하는 방법에 대해 들려줄 이야기가 많다.

"진단을 제시하는 방법과 제시할 때 사용하는 말은 진단을 이해하는 것만큼이나 질병의 체험에 중요하다고 생각합니다."

최근에 만난 자리에서 오마르 박사가 내게 설명했다. 나는 그에게 이런 일과 관련해서 정식으로 어떤 교육을 받았는지 물었다.

"우리는 의과대학에서 의사소통 기술과 '나쁜 소식을 요령 있게 전하는 기술' 등을 배웁니다. 그래서 다들 내용뿐만 아니라 의사소통 방식의 중요성도 알고 있습니다. 요즘처럼 의료 분쟁이 남발되는 시대엔 의술이 방어적 태도를 취하게 되죠. 새내기 의사뿐만 아니라 선배 의사들도 의사소통 기술을 제대로 익혀야 합니다. 그런 과정이 다양하게 개설되어 있어요. 그렇긴 하지만 현장에서 날마다 목격하는 기술의 범위는 상당히 넓습니다."

그가 진단에 대해 들려준 이야기 중에 유독 기억에 남는 말이 있다. 병에 걸리는 순간 환자의 '인생 스토리'가 확 틀어진다는 것이다.

"신체 기능뿐만 아니라 그들이 그려왔던 인생의 궤도 역시 갑자기 바뀌거나 위태로워집니다."

"의사들이 그런 점까지 고려해야 하나요?"

내가 물었다. 오마르는 고개를 끄덕였다.

"그런 점을 세심하게 신경 쓰는 것이 중요하다고 생각합니다. 가령 열광적인 축구 팬의 발목이 부러졌다고 합시다. 그는 취미 생활만 못 하는 게 아니라 생업에도 지장이 생기죠. 진단을 제대로 전달하려면 진단이 그들의 삶에 미치는 영향까지 두루 살펴야 합니다. 나아가 환자와 협조해서 신체 기능 외에 영향을 미칠 수 있는 부분까지 대처할 방법을 파악한다면 더 좋겠죠."

오마르는 '이야기 치료'라는 의학 분야를 언급했다. 요즘 새로 떠오르는 학제 간 분야로서, 환자의 스토리가 치료 과정에서 중요한 역할을 할 수 있다고 본다. 아울러 의사 입장에서도 환자의 스토리를 알면 치료에 더 정성을 기울일 수 있다고 본다. 이야기 치료는 1980년대에 등장했다. 의사와 환자 양쪽에 부담이 되는 심리적 문제를 간과하는 비인간적 의료 형태에 대한 반발로 급부상했다. 당시 올리버 색스가 자신의 사례 연구를 글로 작성하던 시기였다는 점을 감안하면 별로 놀랍지 않다. 색스는 환자의 스토리를 참으로 인간적이고 호기심 어린 시선으로 바라봤다.

"임상의학은 생체의학이나 생리학이 아닙니다." 오마르는 자신이 좋아하는 주제로 넘어오자 신이 나서 이야기했다. "각종 증상과 징후와 언어로써 사람을 통해 표현되는 과학입니다. 진단을 전달할 때 의사는 다양한 방식으로 전달되는 환자의 스토리를 최대한 끌어내고 정리한 다음, 합의되고 정형화된 코드로 다시 상술합니다."

왠지 복잡하게 들린다고 말하자 오마르는 그것이 자연스러운 과정처럼 느껴진다고 말했다.

"의사는 환자들이 들려주는 스토리에 귀를 기울입니다. 나중에 동료 의사들과 환자에 대해 논의할 때도 스토리로 말하죠. 그리고 환자의 다양한 스토리를 임상 기록이 요구하는 양식에 따라 체계적으로 기록합니다. 스토리를 다른 형태로, 즉 치료할 수 있는 형태로 전환하는 거죠. 의사는 스토리를 다루고 그 스토리에 입각해서 병을 알아냅니다. 이것은 임상의학의 또 다른 측면입니다. 말 한마디가 전체 진단과 삶을 변화시키는 중심축이 될 수 있습니다."

나는 오마르가 올리버 색스에게 영향을 받았을 거라고 짐작했다. 색스는 질병이 애초에 스토리가 된다는 점을 알았으며, 운이 없을 경우 질병이 유일한 스토리가 될 수 있다는 점도 간파했다.

나는 지금도 경련 때문에 매일 아침과 점심에 약을 복용한다. 그런데 아직까지 리언에게 내 병에 대해 말하지 않았다. 물론 리언은 내가 매일 약을 복용하는 것과 내 뇌에 이상이 있다는 것을 알고 있다. 하지만 지금은 내 병에 대한 '스토리'를 들려줄 때가 아니다. 아직 리언은 내 스토리를 들을 준비가 되지 않았다. 때가 되면 나는 리언에게 어떻게 들려줘야 할지 알게 될 것이다.

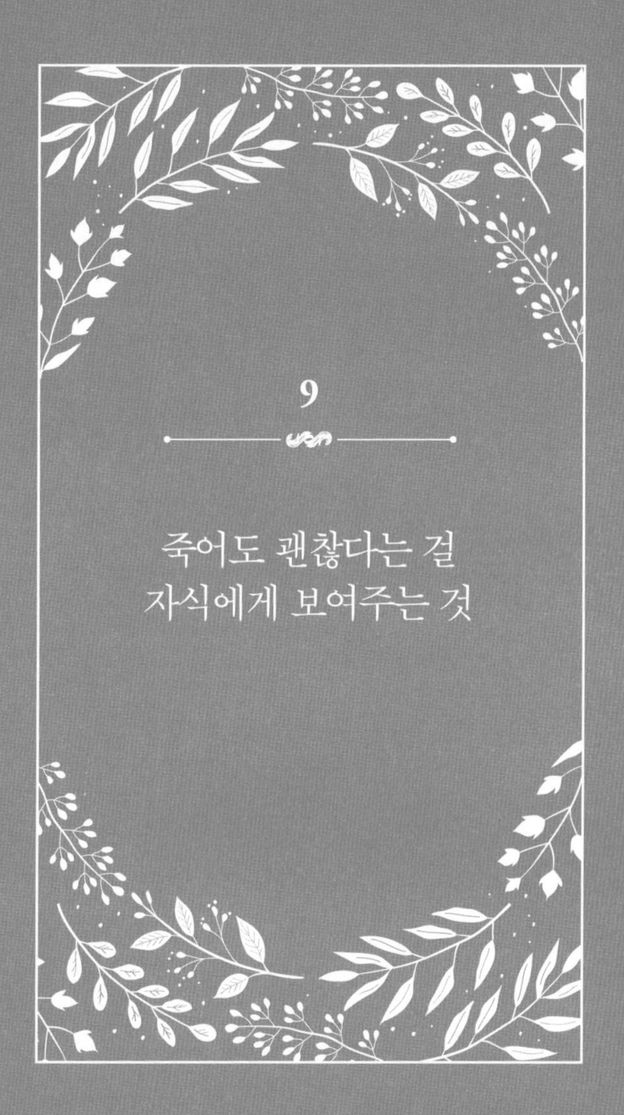

9

죽어도 괜찮다는 걸 자식에게 보여주는 것

~

최근 세라와 단둘이 나들이를 갔다. 작은 보트로 수평선을 향해 통통 소리를 내며 나아갔다. 지난 몇 년간 브라이튼 경계선에서 조금씩 형체를 잡아가는 풍력발전단지를 둘러보고 싶었다.

풍력발전단지가 조성될 때부터 세라는 눈을 떼지 못했다. 바다에서 우뚝 솟아난 요상한 기둥을 넋 놓고 바라봤다. 세라는 단조롭게 뻗어 있는 영국 해협으로 드나드는 배에도 집착했다. 배의 항적을 추적하는 앱까지 깔아서 근처에 들어오면 한달음에 달려갔다. 바다와 관련된 설화와 난파선에 관한 책도 수집했다.

세라는 버스를 타고 가면서 수평선에 펼쳐진 풍력발전단지를 하염없이 바라봤다. 그런 것들에 왜 그렇게 관심을 쏟느냐고 물어보면 제대로 대답하지 못했다. 아마 한마디로 대답하기 어려웠을 것이다. 갑자기 바닷가 근처에 살게 되어 그런 것일 수도 있고, 손바닥만 한 목조 주택에서 사는 게 답답했을지도 모른다. 어쩌면 신경학과 치료 계획에 대한 온갖 이야기와 초조한 일상에서 잠시나마 벗어날 대상이 필요했는지도 모르겠다.

그런데 풍력발전단지에 관심을 둔 사람은 세라뿐만이 아니었다. 단지가 조성되기 시작한 이래로 다들 밤낮없이 그쪽에 신경을 곤두세웠다. 나는 월요일 아침 일찍 버스를 타고 지나면서 단지의 진행 과정을 지인들에게 알렸다. 바다와 더 가까운 해안지역에 사는 친구들은 밤에도 파도 소리와 함께 공사 소리가 들린다고 전했다. 심지어 리언도 쌍안경으로 단지를 살폈다. 물론 잠시 쳐다보다가 구름이나 갈매기 쪽으로 곧 방향을 틀었다.

바다와 하늘이 만나는 지점, 일렁이는 파도 속에 우뚝 솟은 금속 기둥들을 멀리서만 지켜보다 가까이 다가가자니 왠지 두려운 마음이 앞섰다. 선장은 전 재산을 투자해서 소형 보트로 풍력발전단지 인근까지 관광하는 프로그램을 개발했다. 우리는 그를 믿고 바다로 향했다.

풍력발전단지까지는 육지에서 8해리 정도 떨어져 있었다. 가는 길에 바다가 보여주는 다양한 풍경을 구경하기에 충분한 거리였다. 우리가 보트 정박지를 떠나는 모습을 리언과 외할머니가 부두에서 지켜봤다. 바다는 은은한 비취색으로 반짝거렸고, 뱃머리에 부딪친 물결은 하얀 거품을 일으켰다. 출발한 지 20분쯤 지나서 배가 속도를 높이자

물거품이 바다를 가를 것처럼 거칠게 일었다.

세라는 좋아서 어쩔 줄 몰랐다. 40분쯤 나아가자 망망대해에 우리밖에 없었다. 브라이튼이 눈부신 햇살 속으로 사라지고, 우리 주변엔 장소를 알리는 부표만 둥둥 떠 있었다. 세상을 등지고 떠나는 데 오랜 시간이 걸리지 않았다. 우리는 잠시 사색에 잠겼다.

"그동안 무슨 일이 있었는지 줄곧 생각했어."

세라가 입을 열었다. 있는 힘껏 소리쳤지만 엔진 소음 때문에 속삭이는 것처럼 작게 들렸다.

"그간의 일이 한 편의 모험담 같아. 하지만 당신이 생각하는 모험담과 같은지는 나도 모르겠어. 당신은 루이스와 클라크 같은 위대한 탐험가의 모험담이야? 아니면 북서항로를 개척한 항해사의 모험담이야? 그도 아니면 『돈키호테』의 모험담?"

세라가 잠시 뜸을 들이다 말을 이었다.

"난 당신이 온갖 자료를 탐독하다 맛이 살짝 간 돈키호테라고 봐. 예나 지금이나 나를 산초로 달고 다니고." 그녀는 웃으며 내 쪽으로 몸을 붙였다. "인식과 오해로 점철된 스토리지. 우린 모두 돈키호테야. 그런 점에서 당신도 여전히 우리와 한통속이야."

예전에 아버지는 『돈키호테』를 평생 세 번은 읽어야 한다고 말했다.

"그러니까 당신 말은." 내가 한참 만에 입을 열었다. "신경질환에 걸리지 않고도 누구나 자기 삶을 오해할 수 있다는 뜻이야?"

"그래."

"하지만 신경질환에 걸리면 그게 더 심해지는 건가?"

"물론이지."

배가 지나가면서 일으킨 거친 물결에 부표가 심하게 깐닥거렸다.

"전부 자기인식의 일환일 뿐이야. 죽고 사는 문제가 아니고. 아무도 죽지 않아."

세라가 웃으며 덧붙였다. 생각해보니 정말로 인식의 문제일 뿐 죽고 사는 문제가 아니었다. 실제로 아무도 죽지 않았다. 하지만 죽은 게 한 가지 있었다. 내 무사안일주의가 사라졌다. 그전에 내가 너무 무사안일하게 살았기 때문에 지난 몇 년간 더 초조하고 불안했는지 모르겠다. 이젠 그런 무지와 무사안일로 화를 자초하는 어리석음을 반복하고 싶지 않았다.

육지에서 멀리 나오자 으슬으슬 추웠다. 풍력발전단지의 플랫폼들이 눈에 보이기 시작할 즈음 바람이 더 거세졌다. 샛노란 색으로 칠해진 원기둥이 갠트리 기중기와 크레인에 의지해 줄지어 늘어선 풍경은 황량하면서도 멋졌다. 해안도로에서 바라봤을 땐 작은 꽁초처럼 보였는데 여기서 보니 우리들 머리 위로 우뚝 솟아 있었다. 그런데도 제 높이에 이르려면 아직 멀었다고 한다.

마지막 몇 분 동안 수평선에 다리를 내리고 선 거대한 회색 덩어리를 볼 수 있었다.

"MPI 디스커버리호야."

세라가 눈앞에 어렴풋이 보이는 거대한 배를 쳐다보며 말했다. 디스커버리호에 가까이 다가갈수록 초현실적인 모습에 나도 입을 다물지 못했다. 화물선처럼 보이는 붉은 선체의 한쪽 끝에 높다란 건물이 들어서 있었다. 게다가 선체도 두꺼운 금속 다리로 떠받쳐져 있었다. 파도가 아무리 거세게 일어도 선체는 꿈쩍도 하지 않았다.

디스커버리호의 창문에 반사된 햇살이 눈부시게 빛났다. 크레인과 철탑에서 뻗어 나온 케이블이 끊어질 듯 팽팽했다. 선미에는 거대한 프로펠러가 물 위로 올라와 있었다. 두 눈으로 보면서도 믿기 어려운 모습이었다. 수평선 위에 다리를 내리고 선 거대한 배는 세상에서 가장 비현실적으로 보였다. 그렇게 별난 모습으로 가능할 것 같지 않은 프로젝트를 묵묵히 수행하고 있었다.

집으로 돌아올 때 우리는 보트 뒤쪽을 향해 앉았다. 선미 위쪽에 은색의 금속 다이빙대가 있었다. 햇빛에 반짝이는 다이빙대가 왠지 대양으로 훌쩍 뛰어들기 위한 발판 같았다.

렘트라다 치료를 위해 입원하기 전인 토요일 오전에 나는 리언을 데리고 브라이튼의 한 레스토랑에 갔었다. 리언은 기분이 좋은지 테이블 밑으로 다리를 흔들며 즐거워했다. 유아용 의자에 앉지 않아서 더 신난 것 같았다. 음료수를 기다리는 사이, 나는 휴대폰을 꺼내 리언의 모습을 담았다. 순식간에 30여 장을 찍었다. 특별한 이유는 없었다. 휴대폰 배터리도 충분했고 저장 공간도 여유가 있었다.

그때 찍은 사진을 지금 바라보고 있다. 놀랍게도 사진마다 리언의 표정이 달랐다. 지루한 표정, 기쁜 표정, 배고픈 표정, 뭔가 복잡한 생각에 빠진 표정, 아는 사람을 발견한 듯한 표정, 코를 납작하게 누르며 이마에 주름을 잡아 퍼그 흉내를 내는 모습까지, 단 15초 동안에 리언은 천의 얼굴을 보여주었다.

이것만 봐도 생각의 속도를 짐작할 수 있다. 더 구체적으로 말하면 신경섬유의 수초가 폭발적으로 생성되는 동안 생각이 얼마나 빠르게 진행되는지 알 수 있다. 생각이 번뜩 떠오른 순간 얼굴 근육에 바로 반응이 나타난다. 생각과 반응 사이에 시차가 전혀 없다. 그런 모습을 보면 한없이 기쁘면서도 리언에게 벌어지는 수많은 일 중에서 내가 놓치는 부분이 점점 늘어나는 것 같아 두렵기도 하다.

입원해 있는 동안 리언과 떨어져 지내며 아버지로서 나를 돌아봤다. 앞으론 내가 되고 싶은 아버지가 되겠다고 다짐했다. 느긋한 마음으로 하루하루 지냈고 휴대폰을 무시했다. 하긴 휴대폰이 제대로 작동하지도 않았다. 나는 책을 읽으면서 그동안 잊고 지냈던 세상으로 돌아왔다. 지나치다 싶을 만큼 사람들을 만났고, 오랫동안 만나지 못한 사람들을 떠올리며 다시 만날 날을 고대했다.

퇴원한 뒤에는 집에서 초봄의 기운을 느긋하게 즐겼다. 이제나저제나 하고 기다리던 발진이 돋아났다가 서서히 사라졌다. 가슴과 허리에 붉은 섬들이 하나둘 돋아나더니 금세 다도해를 이루었다. 어깨를 지나 순식간에 손목까지 번져나갔다. 온몸이 화끈거렸지만 참을 수 없을 정도는 아니었다.

맹렬한 기세로 번지던 발진이 결국 물러났다. 하지만 병원에서 했던 다짐은 발진처럼 사라지게 하고 싶지 않았다. 내 침대에서 눈을 뜬 첫날 아침, 본능적으로 휴대폰을 더듬었다. 그런데 휴대폰에 손이 닿자 왠지 속이 울렁거렸다. 게임 산업에 대한 걱정으로 하루를 시작하고 싶지 않았다. 자잘한 세상사에 조바심 내고 싶지 않았다. 새로운 책을 찾아 아마존을 뒤지고 싶지도 않았다. 어차피 읽을 시간도 없어서 책장으로 직행할 테니까.

입원하기 몇 주 전부터 기존에 복용하던 약을 끊었다. 그 뒤로도 경련을 다스리기 위한 약 외에는 복용하지 않았다. 약물의 도움 없이 MS가 내게 어떤 영향을 미칠지 이미 목격했다. 애초에 약물을 복용하지 않던 시기는 증상이 대단치 않았다. 그런데 지금은 그때와 다르다. 약물을 복용하다 중단한 지금은 집채만 한 파도가 접근하는 것 같다. 한 순간에 달려들어 나를 삼켜버릴 것 같다. 본격적으로 진행된 MS는 초기 단계라 해도 정신을 쏙 빼놓을 만큼 격렬할 수 있다. 다른 데 관심을 돌릴 여유가 없다.

실제로 병원에 입원하기 전, 나는 전혀 집중할 수 없었다. 일도 거의 할 수 없었고, 아내와 딸에게 말도 걸 수 없었다. 눈을 뜨고 다니면서도 여기저기 부딪쳤다(그래서 MS에 걸린 사람을 눈뜬장님이라고 놀리기도 한다). 나는 뭘 한참 하다가도 내가 뭘 하는지 잊어버렸다. 팔다리에 경련이 일어서 잠을 이룰 수도 없었다. 어쩌다 시내에 나가면 자주 멈추고 쉬어야 했다. 그런 식으로 걸을 땐 이야깃거리가 많아야 동반자에게 덜 미안했다. 하긴 정신이 산란해서 두서없는 이야기만 지껄이기 일쑤였다.

퇴원하고 집에 돌아온 지금, 병원에서 투여한 약물의 효과가 점차 사라지고 MS가 다시 고개를 들었다. 하지만 입원하기 전보다는 훨씬 가벼웠다. 처음 며칠간은 찌릿찌릿하거나 쿡쿡 쑤시는 등 익숙한 증상뿐이었다.

주사 치료 후 한 달 동안 고립된 채 지내야 했다. 집에서 벗어날 수도, 직계가족 외엔 누구도 만날 수 없었다. 세라와 리언만 있으면 되니까 이건 문제가 되지 않았다. 브라이튼 외곽에 자리 잡은 조그마한 목조주택이 우주선으로 변했다. 제이니가 가끔 퇴근하면서 이상한 모양의 케이크를 들고 와 현관에 놓고 갔다. 아들을 유모차에 태우고 돌아가는 여동생의 모습을 창가에서 바라보며 손을 흔들었다.

한 소프트웨어 개발업자는 커다란 카드에 직원들의 응원 메시지를 적어 보냈다. 나는 그걸 보면서 한 시간 동안 펑펑 울었다. 그들은 자유를 찾아 모험을 떠나는 게임까지 동봉했다. 어린 로봇이 하늘 높이 올라가 공중에 떠 있는 바위섬들을 자유롭게 탐험하는 내용이었다. 자유! 창가에 서서 파릇파릇한 새싹이 돋아나는 잔디밭을 쳐다봤다. 아직은 흙바닥이 더 많이 보였지만 그래도 겨울 한파를 뚫고 생명의 기운이 싹트고 있었다. 듬성듬성 서 있는 나무들도 조만간 울긋불긋한 꽃망울을 터뜨릴 것이다.

집에만 머물라는 지침이 지나친 처사일 수 있지만 감염을 피하기 위해 내가 할 수 있는 일은 다 하고 싶었다. 면역 체계가 약해져서 손을 끊임없이 씻어야 했다. 문제가 될 만한 일은 가급적 안 하려고 노력했다. 식중독 원인균인 리스테리아균을 피하고자 먹기 전에 꼭 질문을 던졌다.

"프랑스인이 이걸 좋아하나?"

계란, 유제품, 소시지, 차가운 고기, 그리고 프랑스식으로 조리한 음식은 가급적 건너뛰었다. 경험에 바탕을 둔 방법인데 왠지 효과가 있는 것 같았다.

4주 동안 나는 느지막이 일어나서 햇살 가득한 집 안을 어슬렁거렸다. 어느 각도에서나 햇빛이 들어와 집 안 곳곳이 황금빛으로 물들었다. 이렇게 멋진 집을 두고 불평불만을 달고 살았던 게 미안할 지경이었다. 거실을 중심으로 방들이 빙 둘러 배치되었기 때문에 어느 방에서도 바깥 풍경이 보였다. 잔디밭에 찾아오는 까마귀와 까치, 때로는 화려한 깃털을 자랑하는 꿩까지 두루 구경할 수 있었다. 밤에는 새끼

여우들이 우리 집 정원에까지 어슬렁거리며 들어왔다. 어미 여우가 고개를 바짝 치켜들고 주위를 살피는 사이 새끼들은 막 돋아난 채소를 뜯어 먹거나 흙 속에서 벌레를 잡아먹기도 했다.

나는 낮잠을 즐긴 탓에 밤이 되면 오히려 정신이 말똥말똥해졌다. 사방이 고요한 시간에 창밖을 내다보면 눈길을 끄는 동물이 없어도 마냥 행복했다. 툭 트인 공간을 아무 생각 없이 바라보기만 해도 좋았다. 예전엔 중년기를 떠올리면 막연히 불안했지만 지금은 자연스러운 과정으로 생각하려고 애쓴다. 전에 없이 호기심에 가득 찬 눈빛으로 세상을 바라보는데, 눈에 들어오는 게 주로 새와 여우였다.

집에서 머문 한 달 동안 증상이 서서히 돌아오더니 치료하기 전 수준에 가까워졌다. 왼손은 한시도 가만히 있지 않았다. 우려했던 경련이 다시 나타났다. 지난 몇 년간 왼쪽 눈의 시력이 계속 나빠졌는데, 이건 MS 탓이라고 보긴 어려울 것 같았다. 아무튼 휴대폰 글자가 잘 안 보여서 돋보기까지 샀다. 그런데 돋보기가 너무 자연스럽게 어울려서 세라마저 처음엔 알아차리지 못했다. 그렇다면 훗날 MS 때문에 지팡이를 짚게 됐다고 친구들에게 말할 때도, 한 친구가 고개를 갸우뚱거리며 "너 원래 지팡이를 짚고 다니지 않았냐?"라고 묻는 상황이 오지 않을까?

이런 증상 외에 다른 부분은 대체로 괜찮았다. 단어가 떠오르지 않거나 말을 더듬는 일은 거의 없었다. 한 달은 이것저것 생각하기에 충분히 긴 시간이지만 나는 의외로 MS에 대해 많이 생각하지 않았다. MS에 끌려가지 않는 것 같아 오히려 흐뭇했다. 게다가 오른손은 멀쩡했다. 여전히 내 오른손은 제 역할을 해냈다. 때로는 동전을 손가락 사이에 끼우고 끝없이 계단 놀이를 하면서 몇 시간씩 손가락을 풀었다.

초가을에 접어든 어느 날 밤, 우리의 임무는 리언을 안전하게 지키는 것으로 끝나지 않는다는 생각이 들었다. 그래서 리언에게 넓은 세상을 보여주기로 결심했다. 《뉴욕 매거진》이라는 잡지의 음식평론가 애덤 플랫(Adam Platt)의 인터뷰를 들었다. 플랫은 외교관의 아들로 태어난 덕분에 어렸을 때부터 늘 새로운 환경에 적응하며 살았다. 그는 새로운 곳을 이해하는 가장 빠른 방법으로 음식을 추천했다. 그가 열한 살 무렵, 논으로 둘러싸인 베트남의 한 레스토랑을 방문해 두꺼운 유리병에 든 콜라를 마셨다. 그런데 병을 버리지 않고 꼭 챙겨 나왔다. 밖에서 사람들이 로켓을 팔았는데, 널따란 논에서 병을 발사대로 이용해 로켓을 쏠 수 있었기 때문이다.

"리언을 데리고 어디든 가야겠어."

소파에 앉아 잔디밭을 바라보다 말고 내가 뜬금없이 말했다.

"바르셀로나?"

세라가 기다렸다는 듯이 말했다. 우리는 바르셀로나까지 갈 돈이 없었지만 개의치 않았다. 아무래도 우리 둘 다 탈억제 상태에 빠진 듯했다. 우리는 미국 대통령 선거가 한창인 11월에 바르셀로나에 갔다. 몇 달 전 브렉시트가 그랬던 것처럼 미국에서도 이변이 일어났다. 트럼프가 승리한 날, 우리는 피카소 미술관을 방문했다. 피카소가 벨라스케스의 「시녀들(Las Meninas)」에 영감을 받아 그린 동명의 연작이 여러 전시실에 걸려 있었다.

벨라스케스의 작품은 죽기 전에 꼭 봐야 할 명화 중 하나로, 역사 속 인물을 우리 눈앞에 생생하게 보여준다. 이 작품을 보고 있으면 오만 가지 상상이 떠오른다. 오죽했으면 피카소가 이 작품을 재해석해 50여 점이나 완성했겠는가! 첫 번째 전시실엔 피카소가 자신의 시선으로 벨라스케스의 작품을 해석해서 거대한 캔버스에 흑백으로 표현한 작품이 걸려 있었다. 다른 전시실엔 전체 이미지를 구역과 인물별로 나눠 독특하게 묘사한 작품이 줄줄이 걸려 있었다.

모두 원작을 체계적으로 파괴하고 해체한 결과물이었다. 노화가의 피나는 노력이 고스란히 느껴졌다. 공주는 유령이 되고 다시 지하철 지도가 되었다. 어떤 그림에선 개가 피아노로 대체되었다. 벨라스케스가 닫아둔 알카자르 왕궁의 창문은 수백 년이 흐른 뒤엔 활짝 열려 있었다. 열린 창문으로 햇빛이 쏟아져 들어왔다.

꼼지락거리는 리언을 품에 안고 생각했다. 76세에 17세기 스페인 화가의 그림을 베껴 다시 그리는 작업을 시도한 피카소가 존경스러우면서도 한편으론 측은하게 느껴졌다. 이해할 수 없는 것을 이해하려는 끝없는 집착이었을까? 아무튼 그의 그런 노력이 있었기에 우리가 지금 이토록 멋진 작품을 감상할 수 있다.

"이젠 세상으로 돌아가야 해."

내가 선언하듯 말하자 세라가 내 비장한 표정을 보고 한참 웃더니 고개를 끄덕였다. 이젠 세상사에 다시 관심을 기울여야 했다. MS는 내면을 돌아보게 했다. 하긴 그전에도 내 시선은 늘 내부로 향하고 있었다. 이젠 초점을 돌려야 할 때가 왔다.

리언은 그런 내게 완벽한 영감을 제공했다. 아이는 여행을 좋아했고 뭐든 쉽게 받아들였다. 한번은 늦은 시간까지 여기저기 돌아다닌 후 밤 10시가 넘어 야외 레스토랑에 앉아 파스타를 먹는데 스페인의 차들이 빵빵거리며 지나갔다. 리언은 전혀 동요하지 않았다. 큼지막한 포크로 소고기 완자를 푹 찍어서 맛있게 베어 먹었다. 모르는 사람이 보면 평소에도 혼자서 잘 먹는 줄 알았을 것이다.

리언은 하루가 다르게 바뀌었다. 약간 쉰 듯한 목소리는 미국의 시인이자 작가인 도로시 파커(Dorothy Parker)와 흡사했다. 때로는 동화 속 빈정거리는 개구리의 목소리 같기도 했다. 리언은 생전 처음으로 세상에 대한 의심을 품기 시작했다. 바르셀로나에서 보낸 마지막 날, 리언은 숙소로 빌린 아파트에서 숨바꼭질 놀이를 하고 싶어 했다. 리언이 거실에서 열까지 세는 동안 나는 잽싸게 작은방 테이블 뒤로 몸을 숨겼다. 리언의 숫자 세기가 생각보다 길어졌다. 숫자 9를 잊어먹고는 처음부터 다시 세기 시작했다. 그사이 나는 휴대폰으로 공항까지 가는 버스를 검색했다. 그러다 전날 읽다 만 자료를 읽었다. 실어증, 실독증, 실서증, 명칭실어증. 신경학에는 그럴싸한 명칭이 많았다.

화면에서 고개를 들었을 때 마침 리언이 방으로 들어왔다. 하지만 나를 발견하지 못했다. 아이가 혼자 있을 때 어떤 표정을 짓는지 살펴볼 절호의 기회였다. 동그랗게 뜬 눈엔 호기심과 간절함이 깃들었고 속임수라고는 찾아볼 수 없었다. 내가 막 손을 흔들려는데 리언이 돌아서서 방을 나갔다. 쿠션이 들썩이는 소리, 마룻장이 삐걱거리는 소리가 들리는가 싶더니, 잠시 후 가녀린 목소리가 들렸다.

"아빠, 나 이제 그만할래."

나는 얼른 거실로 뛰어나갔다. 다음 순간 세라가 샤워하다 말고 놀라서 뛰어나왔다. 리언이 소파에 얼굴을 묻고 엉엉 울었기 때문이다.

"무슨 일인데?" 우리가 물었다. "리언, 왜 우는 거니?"

"아빠가 날 떠난 줄 알았어요."

리언이 어깨를 들썩이며 말했다. 리언, 우린 널 떠나지 않을 거야. 널 절대로 떠나지 않을 거야. 실은 이제야 널 제대로 보게 됐는걸.

이게 내 스토리다. 내 스토리를 익히 안다고 생각해서 글로 적어보기로 했다. 그런데 막상 글로 적고 보니 내가 늘 생각했던 스토리가 아니었다.

최근에 한 신경과 전문의를 만났다. 지금까지 나를 치료해준 의사는 아니다. 지난 3년 동안 벌어졌다고 생각하는 일들을 그 사람 앞에서 장장 1시간 30분에 걸쳐 털어놨다. 인지력 감퇴를 보여주는 사례, 후줄근한 복장, 열리지 않는 문, 말더듬증, 떠오르지 않는 단어, 기차역에 내려앉은 짙은 안개……. 그에게 이런 이야기가 진짜 있었던 일처럼 들리는지 물었다. 이 중에 MS와 관련된 일은 얼마나 되는지도 물었다. 그는 상당히 많다고 대답했다. 어쩌면 거의 다 관련될 것 같다고 대답했다. 하지만 신경과 전문의마다 의견이 다를 수 있으니 내 경험을 평가할 다른 변수를 찾아보라는 말도 덧붙였다.

아무리 돌아봐도 MS 진단에 대한 내 반응이 적절했는지 잘 모르겠다. 나 자신에게, 혹은 주변 사람들에게 유용했는지도 잘 모르겠다. 나는 MS를 모험으로 생각하고 싶었다. 지금 생각하면 터무니없게 들리지만 어쨌든 그랬다. 나는 MS를 내가 갑자기 맞닥뜨린 새로운 세상을 탐색할 기회로, 또 그 안에서 내 자리를 찾아볼 기회로 여기고 싶었다. 나는 진실을 발견하고자 떠났다. 그러다 길을 잃었다. 그 때문에 내 삶은 물론 주변 사람들의 삶까지 힘들게 했다. 그렇다면 이게 내 스토리인가?

MS에 대한 반응은 사람마다 다르다. 의외로 많은 사람이 MS를 엄청난 비극으로 여기는 것 같지 않다. 몇 달 전, 나는 신경 병동에서 피검사를 받으려고 안내 데스크에 접수했다. 때마침 한 남자가 병원 문을 벌컥 밀고 들어와 사람들이 줄 서 있는 것도 무시하고 안으로 사라졌다. 그는 젊고 활기가 넘쳤다. 물리치료사가 아닐까 싶었다. 그런데 아니었다. 몇 분 뒤, 그가 MS 주입팀의 치료실에서 나왔다. 팔뚝엔 소독용 솜이 테이프로 붙여져 있었다. 그는 휘파람을 불면서 유유히 사라졌다. 그의 활기와 쾌활함을 보면서 나 자신이 부끄러워졌다. 그의 삶에서 MS가 차지한 공간은 얼마 안 되는 듯했다.

MS에 대한 반응만 다른 건 아니다. 나쁜 소식에 대한 반응도 사람마다 다르다. 그중 내가 좋아하는 반응 두 가지를 소개한다. 우선 퍼거스 핸더슨(Fergus Henderson)은 런던에서 '세인트 존'이라는 레스토랑을 운영하는 셰프다. 이 레스토랑에선 골수를 듬뿍 바른 토스트, 랭커셔 치즈로 만든 에클스 케이크(건포도가 든 작고 납작한 과자), 뇌를 갈아 만든 패티를 빵 사이에 끼운 버거를 맛볼 수 있다. 뇌 햄버거가 어떤 맛이냐고 물으면 핸더슨은 바삭한 구름 맛이라고 대답한다. 그는 파킨슨병 초기 진단을 받고 기분이 침울했지만 맛있는 점심을 먹으니까 훨씬 좋아졌다고 여러 인터뷰에서 밝혔다.

다음으로 월릭이 있다. 월릭은 마크 헬프린(Mark Helprin)의 『더 슈뢰더스피츠(The Schreuderspitze)』라는 단편 소설에 등장하는 사진가다. 뮌헨에서 아내와 함께 어린 아들을 키우며 행복하게 살던 월릭에게 날벼락이 떨어진다. 아내와 아들이 자동차 사고로 세상을 떠난 것이다. 월릭은 비탄에 잠겨 사진관을 정리하고 알프스로 향한다. 그리고 요상한 이름의 마을에 정착한다. 그러던 어느 날 까마득히 높은 알프스를 오르기로 결심하고 준비에 들어간다. 그는 등반에 관한 책을 읽고 몸을 단련한다. 등반에 필요한 장비를 손수 만들고 막대한 비용을 들여 피톤과 특수 로프 등을 구입한다.

그렇게 몇 달에 걸쳐 장비를 갖추고 체력을 기른다. 그런데 출발하기 며칠 전에 꿈을 꾼다. 그것도 한 번이 아니라 사흘 동안 연달아 꾼다. 등반의 전 과정이 꿈속에서 펼쳐졌는데, 그는 암벽과 빙벽을 오르면서 짜릿함을 맛보고 수시로 위험천만한 상황에 부딪치지만 그동안 쌓은 지식으로 하나씩 극복해나간다. 정상에 이르렀을 때 그는 문득 자신이 올라온 산이 처음 생각했던 것보다 훨씬 더 높다는 걸 알아차린다. 너무 높아서 온 세상이 다 내려다보이고 발밑에 펼쳐진 세상은 밝고 환하게 빛났다. 월릭은 등반에 관한 꿈을 꾸고 나서 소지품을 모두 챙겨 기차역으로 향한다. 그리고 뮌헨으로 돌아온다. 세상으로 돌아가야 한다는 걸 깨달았기 때문이다.

남들은 어떨지 모르겠지만 적어도 나는 이 스토리에서 월릭에게 동질감을 느끼지 않을 수 없었다. 오래전 이 책을 처음 읽었을 때도 그랬던 것 같다. 당시 유진과 책에 대해 이야기하면서 내가 말했다.

"나도 그랬을 거야. 그토록 엄청난 일이 닥치면 나도 그 사람처럼 행동했을 거야."

이 단편을 다시 읽는 지금도 그렇게 생각한다. 내게 그토록 끔찍한 일이 닥치지 않겠지만 만에 하나 그 비슷한 일이라도 겪게 된다면 나도 그렇게 할 것이다.

돌이켜 생각해보면 그동안 탐험가가 되겠다면서 너무 멋대로 굴었던 것 같다. 나 자신을 엉뚱한 길로 이끌었다. 하지만 한 번도 허튼짓을 한다고 생각하진 않았다. 첫발을 내디디면서 나 자신에게 물었다. 진단 속으로 숨을 것인가, 아니면 진단을 출발점으로 삼을 것인가? 피해자가 될 것인가, 아니면 드넓은 신경학의 세상을 온갖 가능성이 숨어 있는 중요한 곳으로 바라볼 것인가? 나는 진단을 출발점으로 삼아 신경학의 숨겨진 비밀을 탐험하기로 굳게 결심했다. 그런 마음가짐 덕분에 다른 때 같았으면 헤어나지 못했을 상황도 처리할 수 있었다. 간혹 엉뚱한 환상 속에서 헤매기도 했지만 그래도 꿋꿋하게 이겨내고 있다.

그간 정신이 황폐해지는 것에 신경을 집중하느라 몸이 얼마나 망가졌는지 돌아볼 여유가 없었다. 그런데 이젠 돌아보지 않을 수 없다. 경련과 강직으로 인한 통증이 점점 심해지고, 손가락과 손바닥도 더 쿡쿡 쑤셨다. 저녁 6시경에 한 번씩 찾아와 한 시간 정도 지속됐던 압박감이 이젠 아침에 눈 뜨면 시작돼서 자기 전까지 이어졌다. 움직일 때마다 왼쪽 다리가 뻐근했다. 반대급부로 고개가 오른쪽으로 쏠리면서 목까지 아팠다. 가끔 우스꽝스럽게 걷기도 하지만 나는 잘 견디고 있다. 세라도 잘 견디고 있다. 지난주에 세라가 유람선 여행에 대한 이야기를 꺼냈다. 나는 유람선 여행이 내키지 않았다. 흔들흔들하는 다층식 주차장에서 일주일간 머물려고 생돈을 쓰는 것 같았다. 하지만 세라는 예전부터 유람선 여행을 떠나고 싶어 했다.

"당신 거동에 지장이 생겼을 때 언젠가는 떠날 거야."

내가 껄껄 웃으며 물었다.

"내가 거동하는 데 문제가 생길 거라고 생각해?"

"물론이지." 세라가 말했다. "하지만 상관없어. 유람선 안에선 돌아다닐 일이 거의 없으니까."

지금은 2017년 봄이다. 나는 3년째 MS를 앓고 있다. 내 상태로 말하자면 기특할 정도로 잘 버티고 있다.

최근에 아버지를 만났을 때, 엄청난 비밀을 발견했는데 그 비밀을 어떻게 처리해야 할지 모르겠다고 말했다. 피검사를 받으러 가는 길이었다. 렘트라다에 대한 지속적 반응을 모니터하기 위해 매달 피검사를 받았다. 아버지는 브라이튼을 싫어해서 차로 몇 시간 가야 하는 월트셔에 정착했다. 그런데도 내가 병원에 가는 날은 꼭 태워다줬다. 집에서 40분 거리의 병원까지 가는 동안 아버지와 이야기를 나눴다. 나는 아버지의 근황을 물어볼 기회였고, 아버지는 내 MS 인격을 살펴볼 기회였다. 아버지는 처음에 별생각 없이 그런 경고를 했다며 두고두고 후회하는 눈치였다. 하지만 의도가 뭐였든 간에, 나는 그 경고가 참으로 시의적절했다고 본다. 아버지와 아무 얘기나 허심탄회하게 나눌 수 있어서 참으로 다행이다.

"그 비밀을 어디서 발견했니?"

아버지가 나를 쳐다보면서 물었다. 그런데 너무 오래 쳐다보는 바람에 하마터면 로터리에서 방향을 틀 기회를 놓칠 뻔했다.

"병원에서요." 내가 말했다. "발견이라기보다는 깨달음에 가까워요. 자식을 위해 죽는 게 부모의 책무라는 걸 깨달았어요. 그게 부모의 궁극적 책무죠."

아버지는 아무 말도 하지 않았다. 하지만 운전대를 잡은 손에 힘이 들어가는 것 같았다.

"목숨을 걸고서 불구덩이나 달려오는 차로 뛰어들어야 한다는 뜻이 아니에요. 사람은 결국 죽는다는 걸, 죽어도 괜찮다는 걸 보여주기 위해 죽는다는 뜻이에요. 그게 부모가 해야 할 마지막 일이에요."

별로 웃기는 말도 아닌데 말하고 나서 껄껄 웃었다. 아버지는 운전하면서 내 말을 곰곰 생각하는 것 같았다. 가로수가 길게 늘어선 곡선 도로를 지나고 주유소가 나왔다. 병원까지 얼마 남지 않았다. 아버지와 좀 더 이야기를 나누고 싶었는데 못내 아쉬웠다.

"글쎄다." 아버지가 마침내 입을 열었다. "나는 잘 죽는 것뿐만 아니라 잘 사는 것도 부모 역할이라고 본다."

이번엔 내가 입을 다물었다.

"함부로 살거나 방탕하게 살지 않고 자식이 본받으며 살 수 있는 방식으로 살아야지. 설사 본받지는 않더라도 부끄러워하지는 않게 살아야지." 아버지는 잠시 뜸을 들이다 덧붙였다. "하긴 본받지 않는다는 건 부끄러워한다는 뜻이겠지."

우리는 병원에 도착했다. 아버지가 몸을 쭉 내밀어서 차문을 열어주었다. 나는 고개를 끄덕인 뒤 병원으로 들어갔다. 이젠 자동항법장치로 운행하는 비행기처럼 몸이 알아서 움직였다. 손 소독기 앞에 멈춰 서서 손을 소독하고 문을 밀었다.

잘 사는 방법을 찾는 것. 이것이 지금까지 진짜 임무가 아니었을까? 워체스터에서 아이들을 키우며 사는 벤을 떠올렸다. 브라이언이 리언을 처음 만나 스스럼없이 놀아주던 모습을 떠올렸다. 잘 사는 방법을 찾아야 해. 유진은 그걸 찾았어. 그런데 나는?

'죽어도 괜찮다는 걸 자식에게 보여주는 것.'

아버지와 헤어지고 나서도 이 말이 계속 뇌리를 맴돌았다. 너무나 지당한 말인데, 내가 생각해낸 것 같지는 않았다. 필시 어디선가 주워들었을 것이다. 책에서 봤거나 좋아하는 작가에게 들었을지 모른다. 마틴 에이미스(Martin Amis)? 헬렌 맥도널드(Helen Macdonald)? 마이클 패터니티(Michael Paterniti)? 아니면 노랫말이나 시의 한 구절인가? 주말 내내 그 말의 출처를 찾아 책장에서 온갖 책을 넘겨봤다. 인터넷에서 각종 인용문 사이트도 뒤졌다. 하지만 찾을 수 없었다. 더 정확히 말하면 이 말과 똑같은 표현을 찾을 수 없었다. 하지만 표현은 달라도 뜻이 같은 말을 도처에서 접했다. 추적추적 비가 내리던 유진의 장례식 날, 우리는 '죽음이 없으면 삶도 없다'라는 말을 들었다. 다들 그 말을 믿었다.

현대 미국 문학을 대표하는 솔 벨로(Saul Bellow)는 "죽음은 거울에 필요한 어두운 뒷면이다"라고 말했다. 영국 작가인 마틴 에이미스도 이 표현을 즐겨 인용했다. 영국 성공회 교도의 장례식에서는 "삶의 한가운데서 우리는 죽음을 마주한다"라는 말을 들었다. 우리 주변엔 이런 정서가 널리 퍼져 있으며 그 속엔 은밀한 가르침이 담겨 있다.

"죽음에 직면해서 그 힘을 인정하라. 아울러 그에 못지않은 삶의 힘도 인정하라."

매달 아버지가 병원에 태워다주면 나는 혼자서 신경 병동으로 갔다. 옛날에 벤이 치료를 받았던 곳이다. 벤을 병문안하려고 이곳에 처음 왔을 땐 참으로 크고 무서워 보였다. 그땐 자판기에 음료수를 뽑으러 갔다가 길을 잃었다. 차에 뭘 가지러 갔다 오면서도 길을 잃었다. 처음 얼마 동안은 혼자 움직일 때마다 길을 잃었다.

그런데 2017년 현재 나는 이곳을 내 집처럼 자주 드나든다. 초봄인데 병동 복도는 벌써 여름처럼 느껴졌다. 창문으로 햇살이 환히 비쳐 들고 복도와 휴게실은 바람이 잘 통해서 쾌적했다. 지나가면서 마주치는 사람들과도 목례를 할 만큼 친밀했다. 지금까진 검사 결과도 괜찮은 것 같았다. 하지만 앞으로 남은 MRI 결과가 썩 좋지 않을지도 모른다고 애써 마음의 준비를 했다.

그런데 피검사를 받으러 이 복도를 뻔질나게 지나다녔지만 아직도 내가 왠지 특이하다고 생각했다. 다른 환자들을 지나칠 때 그들이 왜 이곳에 있는지 궁금한 적은 있지만 그들이 MS 환자라는 생각은 한 번도 안 했다. 처음부터 그랬다. MS 전담 간호사인 제니퍼를 만난 뒤로도 MS 환자를 만나볼 생각을 전혀 안 했다. 몇 년이 흐르면서 MS 환자를 만날지도 모른다는 두려움은 훨씬 더 어리석은 착각으로 변했다. 여기서 MS를 앓는 사람은 내가 유일하다는 착각.

내가 피검사를 기다리며 앉아 있는 복도는 아주 특별한 곳이었다. 나는 늘 이곳에서 혼자 기다렸다. 매번 태워다주는 아버지도 항상 위에서 기다리게 했다. 리언을 이런 곳에 데려올 생각은 추호도 없었다. 그리고 웬만하면 세라도 데려오지 않았다. 이곳은 이제 눈 감고도 찾아올 수 있었다. 병원 현관에서 좌측으로 두 번 틀면 기다란 복도가 나오고 그 끝에 일렬로 늘어선 엘리베이터가 있다. 엘리베이터를 타고 내려가면 전에 렘트라다를 주입받은 병동이 나온다. 엘리베이터를 타지 않고 밖으로 나가서 비탈길을 살짝 올라가면 건물들 사이에 있는 통로가 나온다. 통로를 지나서 계단을 두 개 내려가면 장식 판자를 붙인 문 맞은편에 빈 플라스틱 의자가 늘어서 있다.

그런데 오늘은 의자가 비어 있지 않았다. 사람들이 한 자리씩 다 차지하고 있었다. 따뜻한 햇살을 맞으며 가만히 앉아서 사람들이 떠드는 소리를 들었다. 몇 사람은 친구나 친척과 함께 왔고, 일부는 혼자 왔는지 남들이 하는 얘기를 듣다가 살며시 고개를 끄덕였다. 나를 비롯해 복도에 있는 사람들 모두 한 가지 공통점이 있다는 걸 이제야 알았다.

그 공통점 외엔 다들 너무나 달랐다. 병 자체의 단계도 다르고 병에 대한 이해 수준도 달랐다. 나는 내가 입원했을 땐 늘 안내자를 찾는다는 사실을 깨달았다. 하지만 이제는 렘트라다 주입을 거의 끝낸 저스틴을 만난 이후에도 나는 이곳에서, 그러니까 나와 똑같은 영역을 탐험하는 사람들 속에서 안내자를 찾은 적이 없다.

검사를 기다리는 와중에 불현듯 옛 기억이 떠올랐다. 대여섯 살 때였다. 커다란 배낭에 짐을 잔뜩 쑤셔 넣었다. 고만한 나이 때 배낭에 넣어야 한다고 생각하는 것들이었다. 엄마가 끈을 단단히 묶어줬다. 나는 간신히 일어서긴 했지만 모포와 장난감, 음료수, 직접 그린 지도 등으로 묵직한 배낭 때문에 다리가 후들거렸다. 엄마가 현관문을 열어주었다. 우리는 집 앞 공원을 지나 높다란 산으로 향했다. 산꼭대기엔 우스꽝스럽게 생긴 건물이 하나 있었다. 한참 걷다가 나는 엄마에게 등산은 위험하고 힘들 거라고 경고했다. 엄마가 위험한 상황에 빠지면 내가 구조해주겠다고 큰소리쳤다.

물론 실제 등산은 얼마 하지도 못하고 끝났다. 묵직한 배낭을 메고 엄마 앞에서 허세를 부리며 걷다가 조그마한 모래밭에 빠졌다. 옆에서 걷던 엄마도 덩달아 빠지고 말았다. 한참 허우적거리다 마지막 순간에 나뭇가지를 붙잡고 간신히 빠져나왔다. 그땐 그렇게 생각했었다. 정상에 오른 뒤, 나는 찌그러진 샌드위치를 먹으며 엄마에게 제안했다. 내가 엄마를 구해줬으니까 집에 가는 길에 내 배낭을 대신 들고 가면 어떻겠냐고. 그러다 문득 클럽을 만들어야겠다는 생각이 들었다. 죽을 뻔한 상황에서 빠져나왔으니 클럽을 만들 자격이 있었다. 탐험가 클럽이라는 이름까지 붙이고 회원증도 만들기로 했다.

실제로 회원증을 만들었냐고? 물론 만들었다. 이런저런 모험을 위해 매주 새로운 회원증을 만들었던 것 같다. 괘선지에 사인펜으로 끼적거려 만든 회원증이 지금도 눈에 선하다. 회원은 단 두 명이었다.

그런데 이곳엔 회원이 두 명보다 많다. 여기가 나의 새로운 탐험가 클럽이다. 나는 이 사람들과 공유하는 게 많다. 병, 그야 당연하다. 갖가지 증상, 물론이다. 퀼 박사, 아마도. 케이니그 박사, 역시나. 그 밖에도 열거하기 힘들 만큼 많은 것을 공유하고 있다.

이젠 내 병을 있는 그대로 보기 시작했다. 이 말은 나와 같은 병을 앓는 사람들을 돌아보게 됐다는 뜻이다. 실제로든, 상상으로든 새로운 증상이 나타나면 신경학 책을 뒤지지 않고 동료 환자들이 운영하는 블로그를 살펴본다. 갑자기 짙게 깔린 안개, 고유수용감각 이상, 신경이 뻗친 곳엔 어디나 나타나는 증상 등.

사람들은 눈꺼풀이 떨리면 흔히 나방이 살갗에 내려앉은 것 같다고 말한다. 나도 나방이 내려앉은 것 같다. 손 감각은 있는데 팔 감각이 없다고 호소하는 남자도 있다. 그의 손은 결국 옆구리 쪽 허공에 둥둥 떠 있는 셈이다. 어떤 사람은 나보다 훨씬 어렸을 때, 10대 말에 진행성 MS에 걸려 수년째 병상에 누워 있다. 그런데도 삶의 끈을 강하게 붙잡고 자신이 할 수 있는 일을 찾는다. MS가 가할 수 있는 병증의 극단을 보면 참으로 믿기 어렵다. 그런데 그런 극단적 고통 속에서 사람들이 살아가는 모습을 보면 더더욱 경이롭다. 게다가 그들은 그냥 살아가기만 하는 게 아니라 나 같은 신참자를 도우려고 기꺼이 손을 내민다.

남들에게 말하진 않았지만 이걸 시작할 때 나 자신에게 말했다. 내가 그 일의 적임자인 것 같다고. MS가 누구에게든 찾아올 수 있다면 차라리 내게 찾아오는 게 낫다고. 뇌에 호기심을 품은 내게, 정체성에 대해 끊임없이 떠벌리는 내게, 질병과 인체의 신비에 매료된 내게, 상황이 아무리 좋아도 현실에 안주하지 못하는 내게 오는 게 낫다. 처음부터 그렇게 생각했다.

그런데 이젠 다른 이유로도 내가 이 일에 적합하다고 확신한다. 나는 정신적으로뿐만 아니라 각종 기반 시설을 활용하는 측면에서도 이 일을 감당할 수 있다. 병에 걸리고 보니 나는 남들이 못 받은 특혜를 많이 누리며 살고 있었다. 19세기 사람들이 꿈꿨던 안락한 생활을 영위하고 있다. 작지만 편히 쉴 내 집이 있고, 필요할 때 아이를 맡길 친척이 가까이에 있다. 아픈 와중에도 나와 가족을 부양할 직업이 있다. 내게는 세라가 있다. 리언도 있다. 나는 병을 고쳐줄 치료제가 개발된 시대에 살고 있다. 그리고 NHS라는 든든한 의료제도가 있는 나라에 살고 있다. 그 덕에 다른 나라에서 살았다면 형편이 안 돼서 못 받았을 전문 치료를 받을 수 있다. 처음부터 나는 내 신경과 전문의들이 우수한 교육을 받은 뛰어난 이들이라고 확신했다. 내 확신은 결코 틀리지 않았다. 곁에서 나를 돕고 응원하는 대단한 분들이 참으로 많다.

MS는 살갗 속에 퍼져 있는 신경을 알게 해주었다. 생각과 움직임을 가능하게 해주는 전기적 세상을 알려주었다. 하지만 MS는 행운과 불운의 우연성도 알려주었다. 그렇다면 MS에 걸린 건 불운인가? 딱히 그런 건 아니다. 어차피 누군가는 걸려야 하니까. 다만 내 MS가 꾸준히 나빠진다는 사실은? 그건 좀 불운인 것 같다.

마지막으로 MS는 현안이 무엇인지 확실히 알게 해주었다. 얼마 전 주말에 버스를 타고 시내로 가는 길에 리언이 갑자기 세라를 쳐다보며 말했다.

"난 죽지 않을 거야."

세라와 나는 이건 또 무슨 소리인가 싶은 얼굴로 쳐다봤다. 그러고 보니 몇 정거장 전에 리언이 자신의 머리카락 일부를 분홍색으로 물들이고 싶다고 말했다.

"죽으려는 건 아니지(You're not going to dye)?" (본래 뜻은 '염색하려는 건 아니지?'이다-옮긴이 주.) 세라가 물었다. "머리를 박고 죽으려는 건 아니지(You're not going to dye your hair)?" ('네 머리를 염색하려는 건 아니지?'라는 뜻이다-옮긴이 주.)

"아니야." 리언이 눈살을 찌푸렸다. "난 스스로 죽지 않을 거야. 난 죽지 않을 거야."

이런 비슷한 대화를 전에도 나눴던 적이 있었다. 대학생 시절, 강의실에 들어갈 때만 되면 공황발작을 일으키는 친구가 있었다. 그날도 자신이 죽을 거라고, 당장은 아니지만 언젠가는 결국 죽을 거라면서 불안에 떨었다. 어차피 죽을 건데 지금 살아서 뭐 하느냐고 말했다. 그때 나는 아마 열아홉 살이었을 것이다. 거짓말 말고는 그 친구에게 딱히 해줄 수 있는 게 없었다.

"난 걱정하지 않아. 우리가 나이를 먹었을 땐 그런 고민을 안 해도 될 테니까."

내 말은 죽을 때가 되면 그런 고민을 하지 않아도 된다는 뜻이었다.

하지만 리언에게는 거짓말을 할 수 없었다. 그랬다간 앞으로 내내 거짓말을 해야 할 테니까. 사실을 어떻게 전달할까 고민하는데 세라가 먼저 나섰다. 전직 간호사라서 그런가? 아니면 애초에 간호사가 될 수 있었던 그녀의 특별한 자질 때문일까? 그게 뭐든 세라는 내 고민을 해결해주었다.

"사람은 누구나 죽는단다, 리언." 세라가 리언의 가녀린 어깨에 한 손을 올리며 말했다. "태어나고 죽는 건 자연스러운 거야. 우린 모두 언젠가는 죽어야 해. 그렇지만 아주아주 오래 시간이 흐른 뒤의 일이야. 그러니까 지금부터 걱정하지 않아도 돼. 혹시라도 또 걱정되면 언제든지 말하렴. 엄마, 아빠가 곁에 있잖아."

세라의 말을 듣고 보니 내가 늘 걱정했던 게 떠올랐다. 나는 장차 어디에 있을까? 나는 장차 어떤 아버지가 될 수 있을까? 그런데 세라가 리언을 안아주고 리언의 찌푸린 눈을 마주 보며 이 중요한 상황을 처리하는 모습을 쳐다보는 순간, 다른 생각이 퍼뜩 스쳤다. 나는 지금 리언 곁에 있다. 적어도 지금은 리언 곁에 있다. 지금 여기서 리언을 위해 내가 뭘 해줄 수 있을까?

일주일쯤 전, 인스타그램에 알림 메시지가 떴다. 확인해보니 새로운 계정이 나를 팔로우한다는 메시지였다. 눈길을 확 끄는 Mrs. 앤게미를 제쳐두고 새로운 계정의 프로필에 올라온 사진을 봤다. 벤이었다. 벤의 얼굴 외에도 워체스터에서 가족과 사는 모습을 담은 스냅 사진이 여러 장 올라와 있었다. 딸들이 기타 레슨을 받는 사진, 방과 후 활동을 담은 사진, 점심을 먹는 사진. 그야말로 단란한 가정의 모습이었다. 우리가 사는 모습과는 다르지만 어떤 삶인지 알 것 같았다.

사실 나는 언제나 사태를 파악하고 이해하는 데 느렸다. 워낙 느려서 다들 그러려니 했다. 이것도 내가 누린 특혜라면 특혜였다. 아무튼 내 딸을 제대로 바라보는 것도 느렸다. 우리 사이에 존재하는 궁극적 유대감을 알아차리는 것도 느렸다. 나는 내 자식이 몽상가라는 점을 알아차리지 못한 몽상가였다. 세라는 이 사실을 진작 알아차렸다. 하지만 집 근처 공사 중인 도로에서 서늘한 아침 공기를 쐬고 있는 지금은 나도 알고 있다.

리언에게 벤과 그의 딸들 사진을 보여줬더니 사촌 언니들한테 편지를 쓰고 싶다고 했다. 리언은 거실에 있는 작은 플라스틱 탁자에 종이와 펜을 놓고 앉았다. 그런데 원래 쓰려던 편지 대신 지도를 완성했다. 우리는 아침 일찍 집을 나섰다. 편지가 될 뻔했던 보물 지도를 들고서. 리언은 파란색 펜으로 자신 있게 그려낸 나선형 도로와 계단에 대해 설명하면서 앞장서 걸었다.

"지도를 보면 이 길로 죽 가야 해요."

우리 집 진입로 끝에 이르자 리언이 말했다. 공사가 안 끝나서 울퉁불퉁한 도로가 나오자 리언이 멈춰 섰다.

"이 길로 가면 가파른 오르막과 내리막이 나온대요." 리언이 심각한 얼굴로 경고하더니 잔디밭을 가리켰다. "그래서 우린 잔디밭 쪽으로 걸어갈 거예요."

그날 아침 우리가 마주친 것은 죄다 지도에 나와 있었다.

"이 차는 원래 여기 있어야 해요."

리언이 길가에 세워진 빨간 볼보를 지나치면서 말했다.

"저 새는 원래 저기 있어야 해요."

리언이 근처 나무에서 푸드덕 날아가는 까마귀를 가리키며 말했다. 우리는 모퉁이를 돌아서 야트막한 언덕으로 향했다. 어느 집 앞 계단에 개 한 마리가 기운 없이 앉아 있었다. 리언이 지도를 슬쩍 살핀 후 말했다.

"난 저 개가 원래 저기 있을 줄 알았어요."

리언은 지도를 접어 주머니에 넣었다. 우리는 언덕을 따라 계속 올라갔다. 더없이 완벽한 날이었다.

참고 문헌에 관한 메모

~

퀼 박사와 처음 상담하고 난 후부터 줄곧 우리가 뇌를 탐험하는 방식에 매료되었다. 전문 의료진은 MRI와 SPECT 스캔 같은 첨단 장비뿐만 아니라 기술이 별로 필요하지 않은 방식도 똑같이 활용한다. 지금까지 만나본 신경과 전문의 중 내게 눈을 감아보라거나 두 손을 뻗어보라고 요구하지 않은 사람이 없었다. 아울러 내가 진료실 밖 긴 복도를 걷는 데 걸리는 시간을 재지 않은 사람도 없었다.

의료계 종사자가 아닌 우리로서는 책이 최선의 접근 방식이다. 나는 지난 3~4년 동안 뇌에 관한 책을 닥치는 대로 읽었다. 그중 가장 큰 영향력을 미친 책을 꼽으라면 단연 『활짝 열린 정신: 당신은 왜 당신이 생각하는 그대로인가(Mind Wide Open: Why You Are What You Think)』(펭귄출판사, 2004)이다. 스티븐 존슨(Steven Johnson)이 쓴 이 책은 MS 진단을 받기 훨씬 전, 그러니까 20대 초반에 읽었다. 폴 맥린의 '삼위일체 뇌' 이론을 처음 접한 것도 이 책이었고, 뇌를 믹솔로지스트로 보는 개념도 이 책에서 얻었다. 믹솔로지스트가 내 정신 건강을 위해 신경전달물질과 호르몬으로 칵테일을 완성해서 내게 전달하지만 매번 내 동의를 구하지는 않는다는 표현은 순전히 존슨의 책을 읽은 덕분에(혹은 잘못 해석했기 때문에) 나온 것이다.

MS 진단을 받고 나서 나는 뇌에 호기심을 갖기 시작했다. 그리고 MS를 세상에 알리는 데 공헌한 사람들에게도 관심이 생겼다. 그러다 『뇌 뒤에 감춰진 정신: 선구자들의 노력과 발견의 역사(Minds Behind the Brain: A History of the Pioneers and Their Discoveries)』(옥스퍼드대학교출판부, 2000)를 발견하고 너무나 기뻤다. 스탠리 핑거(Stanley Finger)가 쓴 이 책은 신경학의 발견에 기여한 사람들을 중심으로 신경학의 역사를 다뤘다. 이 책은 병이 진행되는 과정에서 내 궁금증을 풀어준 든든한 친구였고, 신경학의 역사를 이해하는 데 밑거름이 되었다.

특히 혼란스럽고 모순된 인물인 장-마르탱 샤르코를 이 책에서 처음으로 자세히 접했다. 샤르코에 대해서는 다른 책에서도 영향을 받았다. 크리스토퍼 G. 게츠(Christopher G. Goetz), 마이클 봉뒤엘(Michel Bonduelle), 토비 겔판트(Toby Gelfand)의 『샤르코: 신경학을 구축한 인물(Charcot: Constructing Neurology)』(옥스퍼드대학교출판부, 1995)은 MS에 끼친 샤르코의 업적을 훨씬 더 폭넓은 관점에서 다룬 전기다. 아울러

MS에서 샤르코의 임상적 업적과 샤르코 이전의 성과에 대해서는 T. 자크 머리의 『다발성 경화증: 질병의 역사』(데모스출판사, 2005)에 힘입은 바가 크다. 또 MS의 초기 사례와 지난 세기까지 MS의 원인에 대한 추측 등도 이 책에 출처를 두고 있다.

내가 읽고 참고했던 나머지 책도 더 소개하고자 한다. 이 책을 쓰는 동안 여러 신경학자들과 오랜 시간 인터뷰하면서 MS 증상 이면의 메커니즘부터 MS 환자가 진단에 반응하는 방식까지 다양한 내용을 탐색할 수 있었다. 시간을 내준 모든 분에게 진심으로 감사드린다. 이 책에 혹시라도 오류가 있다면 순전히 내가 부족한 탓이다.

---

1. 죽음은 여름방학이 끝나는 날 밤과 같다

"뚜렷한 쇠약(marked enfeeblement)": 장-마르탱 샤르코의 이야기는 다음에서 인용했다. T. Jock Murray, *Multiple Sclerosis*, p. 461.

"내 안에서 일어나는 변화가 처음부터 유쾌하진 않았지만 재앙이라고 ……": 나는 이 부분에서 올리버 색스의 책을 떠올렸다. Oliver Sacks, *An Anthropologist on Mars*, Picador, 1995. (올리버 색스, 이은선 옮김, 『화성의 인류학자』, 바다출판사, 2015.) 이 책에서 색스는 이렇게 말했다. "내가 보기엔, 문제가 뭐든 상관없이 거의 모든 환자들이 삶에 의지를 보인다. 자신들의 상황에도 불구하고 바로 그런 상황 때문에…….” 같은 책, p. xvi.

뇌를 하찮게 여긴 사람들

“에드윈 스미스 외과 파피루스(Edwin Smith Surgical Papyrus)”: 이와 관련된 내용과 이집트 제3왕조 시대 신경학의 초기 모습과 관련된 내용은 모두 다음에서 참고했다. Stanley Finger, *Minds Behind the Brain*, p. 7~19.

2. 몸 안의 거대한 발전소

나의 첫 주치의, 올리버 색스

“육체에서 분리된 여자(The Disembodied Lady)”: 크리스틴의 이야기는 다음에서 참고했다. Oliver Sacks, *The Man Who Mistook His Wife for a Hat*, Picador, 2007, p. 47~58. (올리버 색스, 조석현 옮김, 『아내를 모자로 착각한 남자』, 알마, 2016.)

“내 몸은 보지도, 듣지도 못해요.”: 같은 책, p. 55.

“고유수용감각이라는 대단히 기이한 영역”: 고유수용감각의 숨은 메커니즘에 대해서는 색스의 기술 외에도 여러 신경학자들과 나눈 대화에 바탕을 두고 있다.

3. 뇌를 도둑맞다

쇠막대가 머리를 관통한 남자

신경질환자들 가운데 피니어스 게이지만큼 논란이 분분했던 환자도 없다. 이 장의 상세 내용은 다음을 참고했다. John Fleischman, *Phineas Gage: A Gruesome but True Story about Brain Science*, Houghton Mifflin, 2002. (존 플라이슈만, 햇살과 나무꾼 옮김, 『쇠막대가 머리를 뚫고 간 사나이』, 논장, 2011.) 이 책이 주로 10대 독자를 대상으로 했기 때문에 더 끌렸던 것 같다. 플라이슈만은 게이지의 끔찍한 부상을 굉장히 생생하게 묘사했다. 확실히 그는 당대 의학계에서 주목할 만한 업적을 남겼다. 특히 부분뇌와 전뇌에 관한 논쟁 부분은 그의 책에서 인용했다. 같은 책, p. 34~42.

4. 병을 진단받은 날 딸이 첫걸음마를 떼다

최초의 다발성 경화증 환자들

"그래선지 간혹 19세기 질병으로 여겨지기도 ……": 19세기 질병으로 간주되는 MS에 관한 내용은 다음에서 인용했다. Stanley Finger, *Minds Behind the Brain*, p. 183.

"12세기에 할도라(Halldora)라는 이름의 아이슬란드 여성은 …": 할도라는 다음에서 잠깐 언급된다. T. Jock Murray, *Multiple Sclerosis*, p. 26. 한편 토르락 주교의 전설 같은 이야기는 여기서 자세히 살펴볼 수 있다. http://www.vsnrweb-publications.org.uk/Text%20Series/Thorlaks%20saga.pdf.

"성녀 리드비나(St. Lidwina)": 리드비나의 이야기는 다음에서 다루고 있다. T. Jock Murray, *Multiple Sclerosis*, p. 21~6. 아울러 다음 문헌에도 상세히 나온다. Caroline Walker Bynum, *Holy Feast and Holy Fast: The Religious Significance of Food to Medieval Women*, University of California Press, 1987, p. 124~9.

"1822년 12월 조지 3세의 손자인 아우구스투스 데스테(Augustus d'Este)는 ……": 아우구스투스 데스테는 MS 문학에서 널리 다뤄지지만 내가 그를 처음 알게 된 것은 몇 년 전이다. 데스테는 한때 (Dr. 브라이튼으로도 불리는) 세이크 딘 모하메드(1759~1851)의 환자였다. 모하메드는 브라이튼 지역의 영웅이다. 동인도에서 태어났고 군에서 훈련의로 복무한 뒤 영국으로 건너왔다. 환자를 돌보는 일 외에 샴푸를 유럽에 처음 소개했고 1810년 영국에서 최초로 인도 레스토랑을 열었다. 데스테에 대한 내용은 다음에 상세히 기록돼 있다. T. Jock Murray, *Multiple Sclerosis*, p. 32~41. 그리고 다음에서 데스테가 쓴 일기를 보면 더 정확히 알 수 있다. https://www.ncbi.nlm.nih.gov/pmc/articles/PMC1998243/.

5. 죽은 자가 산 자를 가르친다

"나를 기억해주오. 내가 떠난 뒤 ……": 이 시는 다음에서 인용했다. Christina Rossetti, 'Remember', in *The Oxford Book of English Verse*, 1250~1918, ed. Sir Arthur Quiller-Couch, Clarendon Press, 1939, p. 967. (아래는 시 전문이다. 궁금해할 독자들을 위해 첨부했다-옮긴이 주.)

Remember me when I am gone away,
Gone far away into the silent land;
When you can no more hold me by the hand,
Nor I half turn to go yet turning stay.

Remember me when no more day by day
You tell me of our future that you planned:
Only remember me; you understand
It will be late to counsel then or pray.

Yet if you should forget me for a while
And afterwards remember, do not grieve:
For if the darkness and corruption leave
A vestige of the thoughts that once I had,
Better by far you should forget and smile
Than that you should remember and be sad.

나를 기억해주오. 내가 떠난 뒤
머나먼 침묵의 땅으로 영영 떠난 뒤.
당신이 더 이상 내 손을 붙잡지 못하고
나 또한 돌아서서 다시 머물 수 없을 때,
나를 기억해주오. 날마다 우리 장래에 관한 계획을
당신이 더 이상 말할 수 없을 때,
그저 나를 기억해주오. 우리가 함께 의논하고
함께 기도하기엔 너무 늦었음을 이해해주오.

혹시라도 한동안 잊었다가 세월이 한참 지나서
나를 기억하게 되더라도 마음 아파하지 마오.
죽음의 망각과 소멸이 한때 내가 지녔던
생각의 흔적들을 지워버린다면
기억하면서 슬퍼하기보다는
잊고 미소 짓는 게 훨씬 나을 테니까.

병을 관찰하는 의사, 장-마르탱 샤르코

"피티에-살페트리에르(Pitié-Salpêtrière) 병원": 살페트리에르 병원의 역사에 관한 내용은 다음에서 인용했다. Stanley Finger, *Minds Behind the Brain*, p. 179. 그리고 다음도 인용했다. Goetz, Bonduelle and Gelfand, *Charcot*, p. 64.

"나는 샤르코가 하나밖에 없는 창문으로 들어오는 햇빛에 의지해 오전 진료를 시작하는 ……": 샤르코의 진료 장면은 다음을 인용했다. Goetz, Bonduelle and Gelfand, *Charcot*, p. 137~9. 그리고 다음에서도 인용했다. T. Jock Murray, *Multiple Sclerosis*, p. 126.

"유명 배우도 그의 강연을 들으러 왔다.": 매주 화요일과 금요일에 진행된 샤르코의 강연은 신경학계에서 전설로 내려온다. 믿기 어렵다면 그들의 이상한 분위기를 더 생생하게 묘사한 다음 문헌을 참고하라. Axel Munthe, *The Story of San Michele*(1929), John Murray, 2004, p. 203.

"지식, 능력, 열정 면에서 평균 이상으로 ……": 여기에 관한 내용은 다음에서 인용했다. Goetz, Bonduelle and Gelfand, *Charcot*, p. 16.

"샤르코는 자신을 '시각형 인간'이라고 불렀다.": '시각형 인간'에 관한 내용은 다음에서 인용했다. Sigmund Freud, *Sigmund Freud, Volume III: Early Psychoanalytic Publications*, Vintage, 2001, p. 12.

"그는 사색형 인간이 아니었다.": 같은 책.

"샤르코는 스스로 사진가라고 하면서 ……": 다음에서 인용했다. Goetz, Bonduelle and Gelfand, *Charcot*, p. 90.

"나는 다만 관찰할 뿐": 같은 책.

"굳이 말하자면 의사는 ……": 이 내용은 다음에서 인용했다. Stanley Finger, *Minds Behind the Brain*, p. 177.

"임상해부학적 방법": 임상해부학적 방법에 관한 내용은 다음에서 인용했다. Goetz, Bonduelle and Gelfand, *Charcot*, p. 65~72.

"치명적이지는 않지만 만성적인 질환에서 ……": 이 내용은 다음에서 인용했다. Sigmund Freud, *Sigmund Freud, Volume III*, p. 14.

"샤르코는 잘 모르는 게 있으면 ……": 같은 책, p. 12.

"많은 의사들이 MS의 특징을 포착해서 ……": MS의 특징을 포착한 의사들에 관한 내용은 다음에서 인용했다. T. Jock Murray, *Multiple Sclerosis*, p. 96.

"MS와 진전마비(振顫痲痺, 파킨슨병)를 구분해냈다.": 경련, MS와 파킨슨병의 분류에 관한 내용은 다음에서 인용했다. Goetz, Bonduelle and Gelfand, *Charcot*, p. 113~20.

"우리는 주로 치료할 수 없는 ……": 같은 책, p. 169.

6. 바다를 푸른 초원으로 착각한 사람들

"복시(複視) 혹은 이중시(二重視)": 복시에 관한 내용은 주로 신경과 전문의들과 논의한 끝에 알게 되었다.

"시각령(視覺領)": 시각령에 관한 내용은 다음에서 인용했다. Stephen Macknick and Susana Martinez-Conde, *Sleights of Mind: What the Neuroscience of Magic Reveals about Our Brains*, Profile Books, 2011, p. 11~13.

"뇌의 연장선이라 할 수 있다.": 눈을 뇌의 연장선으로 보는 것에 관한 내용은 다음에서 인용했다. Laura Cumming, *A Face to the World: On Self-Portraits*, HarperPress, 2010, p. 28. (로라 커밍, 김진실 옮김, 『자화상의 비밀: 예술가가 세상에 내놓은 얼굴』, 아트북스, 2018.)

"중심와(中心窩)": 망막과 중심와에 관한 내용은 다음에서 인용했다. Macknick and Martinez-Conde, *Sleights of Mind*, p. 29~30.

"이때 창의성이 발휘될 여지가 굉장히 많다.": 같은 책, p. 13.

"샤를 보네 증후군(Charles Bonnet Syndrome)이라고 알려진 ……": 샤를 보네 증후군에 관한 내용은 신경과 전문의들과 논의한 끝에 알게 되었다.

미엘린초의 가능성

"면역 체계가 MS에 미치는 효과": MS에서 면역 체계의 역할에 대한 발견은 다음에서 인용했다. T. Jock Murray, *Multiple Sclerosis*, p. 240~41.

"18세기에 루이지 갈바니(Luigi Galvani)는 ……": 신경에 대한 루이지 갈바니의 업적은 다음에서 인용했다. Stanley Finger, *Minds Behind the Brain*, p. 112.

"미엘린이 MS에서 하는 역할은 ……": 미엘린초와 관련된 새로운 발견은 윌리엄 리처드슨 박사를 인터뷰한 내용과 다음 사이트를 주로 참고했다. https://www.newscientist.com/article/mg22530090-600-brain-boosting-its-not-just-grey-matter-that-matters/.

7. 자기 자신 때문에 비통할 수 있을까

"라니아케아 초은하단에 관한 짤막한 비디오 ……": 다음 사이트를 참고했다. https://www.scientificamerican.com/article/laniakea-mapping-laniakea-the-milky-way-s-cosmic-home-video/.

"앨런 로퍼(Allan Ropper)라는 신경과 전문의가 ……": 로퍼의 책에 관한 내용은 다음을 참고했다. Allan Ropper and B. D. Burrell, *Reaching Down the Rabbit Hole: Extraordinary Journeys into the Human Brain*, Atlantic Books, 2015. (앨런 로퍼, 브라이언 버렐, 이유경 옮김, 『두뇌와의 대화』, 처음북스, 2015.)

"조앤 디디온의 『상실(The Year of Magical Thinking)』": Joan Didion, *The Year of Magical Thinking*, Harper Perennial, 2006, p. 47. (조앤 디디온, 이은선 옮김,

『상실』, 시공사, 2006.)

"내 안에 생긴 공동(空洞, hollowing)으로 ……": 색스가 말한 공동이라는 용어는 다음 문헌에 나온다. Oliver Sacks, 'The Last Hippie', in *An Anthropologist on Mars*, Picador, 1995, p. 41.

"병에 걸린 뒤로 로버트 루이스 스티븐슨(Robert Louis Stevenson)을 자주 떠올렸다.": 로버트 루이스 스티븐슨 전기는 다음을 참고했다. Claire Harman, *Robert Louis Stevenson: A Biography*, Harper Perennial, 2010, p. xvii.

<u>여자의 발병률이 현저히 높은 이유</u>

"리언이 내게서 MS를 물려받을 ……": MS의 유전에 관한 내용은 다음 사이트를 참고했다. https://www.mstrust.org.uk/a-z/riskdeveloping-ms.

"그동안 여러 가설이 있었지만 결론이 도출되지는 않았다.": MS의 원인에 관한 내용은 다음을 참고했다. T. Jock Murray, 'Searching for a Cause of MS', in *Multiple Sclerosis*, p. 229~318. 아울러 샤르코의 관찰(p. 124), 과로(p. 177), 지나친 생각(p. 142), 성 습관(p. 175), 독소(p. 180)는 괄호 안 페이지를 참고했다.

"MS 환자의 성비 차이는 ……": 같은 책, p. 122.

"MS의 특이한 지리적 분포에 ……": 같은 책, p. 162.

"스코틀랜드 북동쪽의 오크니 제도에서는 ……": 오크니 제도에 관한 내용은 다음 사이트에서 인용했다. https://www.theguardian.com/society/2012/dec/10/orkney-islands-multiple-sclerosis-rate.

8. 무심코 지나가는 이 순간을 기억해

"당신 옆에서 항상 걷고 있는 제삼자는 누구요?": 다음에서 인용했다. T. S.

Eliot, *The Waste Land*, in *The Complete Poems and Plays of T. S. Eliot*, Faber and Faber, 1969, p. 73.

"장소 격차(place lag)": 다음을 참고했다. Mark Vanhoenacker, *Skyfaring: A Journey with a Pilot*, Vintage, 2015, p. 23. (마크 밴호네커, 나시윤 옮김, 『비행의 발견』, 북플래닛, 2017.)

병은 한 인간의 스토리다

"내가 들어본 최악의 진단 경험 ……": 나쁜 진단의 예는 다음에서 인용했다. T. Jock Murray, *Multiple Sclerosis*, p. 220.

9. 죽어도 괜찮다는 걸 자식에게 보여주는 것

"음식평론가 애덤 플랫(Adam Platt)의 인터뷰를 들었다.": 애덤 플랫의 인터뷰는 다음 사이트를 참고했다. https://longform.org/posts/longform-podcast-133-adam-platt.

"피카소가 벨라스케스의 「시녀들(Las Meninas)」에 ……": 이 작품에 대한 내 생각은 다음 책에서 많은 영향을 받았다. Laura Cumming, *A Face to the World*, HarperCollinsPublishers, p. 118~33.

"『더 슈뢰더스피츠(The Schreuderspitze)』": 이 책에 대한 내용은 다음 문헌에서 인용했다. Mark Helprin, *Ellis Island and Other Stories*, Harcourt, 2005.

"죽음은 거울에 필요한 어두운 뒷면이다": 솔 벨로의 표현은 다음에서 인용했다. Saul Bellow, *Humboldt's Gift*, Penguin Books, 1975, p. 256.

감사의 글

이 회고록은 서평에서 시작되었다. 《뉴스테이츠먼(New Statesman)》의 헬렌 루이스와 크산 라이스가 아니었다면 그냥 서평으로 남아 있었을 것이다. 책으로 내라고 권해준 두 사람에게 고마움을 전한다. 아울러 《뉴스테이츠먼》에 실었던 「각 달의 알파벳(The Alphabet of Months)」과 「'도전'이라는 이름의 보트를 타고 풍력발전단지를 둘러본 하루(A Day Out to an Offshore Wind Farm on a Boat Called Defiance)」의 일부를 이 책에 인용하도록 허락해준 것도 고맙게 생각한다.

RCW의 샘 코프랜드와 직원들, 펭귄출판사의 베네치아 버터필드와 이사벨 월, 포피 노스, 그 외 여러 직원들에게도 무한한 감사를 드린다. 그들의 인내와 너그러움, 호의와 통찰력은 내게 크나큰 힘이 되었다. 리틀, 브라운 출판사의 진 가넷에게도 고마움을 전한다. 아울러 거추장스러운 짐을 뜻하는 'impedimenta'라는 단어를 잘못 사용하기 전에 바로잡아준 캐롤라인 프리티에게 고마움을 전한다.

신경학적 사안과 관련해 오마르 하피즈-보어 박사, 바조 라힘 박사, 리처드 니컬러스 박사, 윌리엄 리처드슨 박사와 알렉산드라 허만에게 고마움을 전한다. 데이비드 콜허스트와 그의 학생들이 보여준 노고에도 고마움을 전한다. MS 학회의 안드레아 리셔, 지나 마호니를 비롯해 모든 분에게 고마움을 전한다. 이 책에서 뇌과학과 관련된 내용 중 오류가 있다면 순전히 내 잘못이다.

사이먼 파킨, 윌 포터, 키스 스튜어트, 맷 밀른, 네이선 디텀, 팻 토드, 마이클 개퍼, 마이클 쿡, 알렉시스 케네디, 브라이언 햄프턴, 애덤 쇼, 조너선 데이비스, 스튜어트 피어스, 앨러스데어 보어햄, 찰스 사빈, 제이슨 킬링스워스, 대런 가렛, 샐리 클레이튼, 닉 시어린, 조 스크레벨스, 제임스 스미드, 크레이그 오웬스, 앤디 패런트와 레이첼 웨버에게 사랑과 고마움을 전한다. 페일베터 게임즈의 직원들과 유비소프트 리플렉션스의 직원들에게도 고마움을 전한다. 캔 모팻, 가제보 몬드리안에게도 고마움을 전한다.

영국의 국민의료보험인 NHS에 감사와 무한한 존경을 전한다. 특히 조너선 니브, 리어노라 피스니쿠, 나디아 아브도와 애나, 케이트, 자일스, 조셀린, 와카 라시드에게 고마움을 전한다. 내가 길랭-바레 증후군(Guillain-Barré syndrome)을 앓고 있다고 확신했던 대리 의사에게도 고

마음을 전한다. 가끔 머리에서 들리는 쌩 하는 소리가 혈류 소리일 수 있다고 최근에 설명해준 수련의에게 고맙다. 어렸을 때는 간혹 이런 소리를 듣기도 하는데, 지금은 MS 때문에 갑자기 그런 소리가 들릴 수 있다고 그가 알려줬다.

게이머 네트워크의 마틴, 올리, 웨스, 루퍼트, 엘리, 존, 여러 명의 크리스, 톰, 버티, 제임스 G., 맷, 이퍼, 조니, 이언, 리치를 비롯해 모든 이에게 고마움을 전한다.

희생과 사랑을 아끼지 않는 부모님과 형제자매에게 고마움을 전한다. 여동생 제이니에게는 특히 더 고마움을 전한다. 바바라와 제럴드 핼시 부부에게 고마움을 전한다.

마지막으로, 세라 리와 리언틴 메이플에게 고마움과 무한한 사랑을 전한다. 두 사람에 대한 내 감정은 말로 다 표현할 수 없다.